ERICA SPINDLER
Fruta prohibida

Editado por Harlequin Ibérica.
Una división de HarperCollins Ibérica, S.A.
Núñez de Balboa, 56
28001 Madrid

© 1996 Erica Spindler. Todos los derechos reservados.
FRUTA PROHIBIDA, N° 14
Título original: Forbidden Fruit
Publicada originalmente por Mira Books, Ontario, Canadá.
Traducido por Jesús Gómez Gutierrez
Este título fue publicado originalmente en español en 1998.

Todos los derechos están reservados incluidos los de reproducción, total o parcial. Esta edición ha sido publicada con permiso de Harlequin Enterprises II BV.
Todos los personajes de este libro son ficticios. Cualquier parecido con alguna persona, viva o muerta, es pura coincidencia.
™ TOP NOVEL es marca registrada por Harlequin Enterprises Ltd.
®™ son marcas registradas por Harlequin Enterprises Limited y sus filiales, utilizadas con licencia. Las marcas que lleven ™ están registradas en la Oficina Española de Patentes y Marcas y en otros países.

I.S.B.N.: 84-671-3283-3

Prólogo

Vacherie, Luisiana
1959

Hope Pierron estaba sentada frente a la ventana de su dormitorio, en el tercer piso, mirando el río Misisipi. Sonrió para sus adentros. La ansiedad la carcomía, pero consiguió controlarla con firme determinación. Había esperado toda la vida a que llegara aquel día. Y ahora que había llegado, no se traicionaría aparentando ansia alguna.

Apretó una mano contra el cristal, que había calentado la luz del sol. Deseó poder romperlo y volar hacia la libertad. A lo largo de los catorce años que había pasado entre las rojas paredes de aquel edificio, no había dejado de desear lo mismo: ser un pájaro para poder salir volando por la ventana.

Sin embargo, ya no necesitaría alas para ser libre. Podría escapar de aquella casa. Podría librarse de su madre y de todas las personas que había conocido.

Aquel día, volvería a nacer.

Hope cerró los ojos. Intentó pensar en el futuro, pero en lugar de eso revivió su pasado y aquella horrible casa. La mansión Pierron se encontraba en River Road desde 1917, y formaba parte de la cultura del sur de Luisiana. Habían terminado de construirla poco antes de la muerte de Storyville, cuando su abuela Camellia, la primera «madame» Pierron, decidió llevarse a la casa a su hija y a sus chicas.

Sorprendentemente nadie puso el grito en el cielo, ni siquiera cuando los caballeros empezaron a llegar. Tras muchos años la casa y las actividades que en ella se desarrollaban habían terminado por aceptarse tal y como se aceptaba el calor y los mosquitos de agosto.

A Hope no le extrañaba nada aquella situación. No en vano se encontraban en Luisiana, un lugar donde se apreciaba la comida, la bebida y los placeres. Los habitantes de Luisiana sabían disfrutar y sufrir al mismo tiempo. Y en cierto modo, la mansión Pierron representaba ambos extremos.

El edificio era una maravilla arquitectónica con veintiocho columnas dóricas, que evocaban la Grecia clásica. Cuando el sol de la tarde lo iluminaba, brillaba con un halo blanco. Sin embargo, la mansión adquiría un aspecto mucho menos virginal cuando caía la noche; adquiría nueva vida con la música de hombres como Jelly Roll Morton y Tony Jackson, y se llenaba con las risas de los clientes que querían probar la fruta prohibida y las de las profesionales que la vendían.

Había pasado todas las noches de su vida escuchando aquellas risas y contemplando a las chicas que trabajaban para su madre mientras subían con los clientes por la escalera. Aquellos escalones, cubiertos con una alfombra roja, llevaban a los seis grandes dormitorios del segundo piso; todos estaban decorados con sedas y brocados, y en todos ellos había una cama diseñada para que los hombres se sintieran reyes durante una noche. Reyes, o dioses.

Hope siempre había sabido lo que sucedía en aquellos dormitorios. Como había sabido, hasta donde alcanzaba su memoria, que era la hija de una «madame», de una prostituta.

Más de una vez había contemplado desde algún escondrijo las cosas que hacían las chicas y los clientes de la casa. Y en alguna ocasión las imágenes la habían impactado tanto como para acabar abrazada a sí misma, casi sin aliento, atenazada por el miedo.

Tras espiar a hurtadillas, casi siempre se sentía culpable y avergonzada. Hope había recibido una educación muy religiosa, y pensaba que la manera que tenía de tocarse a sí misma, y las cosas que observaba, eran pecado. Cuando daba clase de religión, los niños evitaban sentarse a su lado. Pero había aprendido que fuera de la iglesia tales comportamientos eran aplaudidos o comprendidos, especialmente por los hombres que visitaban la casa por las noches, los hombres que evitaban mirarla cuando se cruzaba con ellos.

Hope oyó un sonido que procedía de las escaleras, de modo que se apartó de la ventana y miró hacia la puerta. Un segundo más tarde, apareció su madre.

Lily Pierron era una mujer muy hermosa, como todas las mujeres de la familia. Ni su rostro ni su figura habían envejecido con los años. Aún tenía el mismo cabello negro azulado de su juventud. Y las chicas que trabajaban para su madre, por envidia, la acusaban a sus espaldas de haber hecho un pacto con el diablo para conservar la belleza. Hasta decían que todas las Pierron lo habían hecho.

Todas, excepto Hope. Hope no era ni mucho menos tan bella como su madre. Su cabello no era negro, sino castaño oscuro; sus ojos azules no eran brillantes, sino apagados; sus rasgos no eran suaves, sino duros. E intentaba contentarse diciéndose que su falta de belleza se debía a que el pecado no la había mancillado.

—Hola, mamá —murmuró con una sonrisa triste.

La mujer devolvió la melancólica sonrisa y dio un paso adelante.

—Has crecido tanto que durante un momento ni siquiera te he reconocido.

El corazón de Hope empezó a latir más deprisa.

—Soy yo, mamá.

Su madre rió con suavidad y movió la cabeza en gesto negativo.

—Lo sé, lo sé. Pero el tiempo pasa tan deprisa... me parece que hasta ayer sólo eras un bebé.

—A mí también, mamá.

Lily caminó hacia la cama, sobre la que descansaba una maleta abierta. Hope notó su pesadumbre y se preguntó qué habría dicho su madre de haber sabido que su única hija planeaba no volver a verla de nuevo.

—¿Es la última maleta? —preguntó Lily—. El coche llegará en cualquier momento.

—Sí, ya he bajado las otras.

Lily guardó las últimas cosas, con mucho cuidado, y después cerró la maleta.

—Bueno, ya está —dijo, con la voz rota—. Ya puedes marcharte.

Hope tuvo que hacer un esfuerzo para caminar hacia su madre. Tomó una de las manos de Lily y se la llevó a la mejilla.

—No te preocupes, mamá. Menfis no está tan lejos.

—Lo sé, pero... ¿Cómo voy a arreglármelas sin ti? Eres lo único bueno que ha existido en mi vida. Te voy a echar mucho de menos.

Hope abrazó a su madre y apoyó la cabeza en su hombro.

—Yo también te echaré de menos. Tal vez no debería... tal vez debería quedarme contigo y ayudarte a...

—No, nunca. No quiero que acabes como yo. No lo permitiré, ¿me oyes? Quiero que vivas tu vida, que aproveches la oportunidad de escapar. Siempre fuiste mi esperanza. No puedes quedarte aquí.

—Haré que te sientas orgullosa de mí, mamá —sonrió—. Espera y verás.

—Sé que lo harás —declaró, mientras la soltaba—. Todo está preparado ya, y te esperan en la academia de St Mary. Y recuerda que eres de Meridian, de Misisipi. La hija única de unos padres ricos.

—Qué están de viaje, sí, ya lo sé —dijo, súbitamente nerviosa—. ¿Pero qué ocurriría si alguien descubre la verdad? ¿Qué pasaría si alguna de mis compañeras de clase fuera de Meridian?

—Nadie descubrirá la verdad. Mi amigo se ha encargado de todo. Te aseguro que no todas las chicas de Misisipi van al colegio. Hasta la directora cree que te llamas Hope Penelope Perkins. No pondrán en duda tu historia. ¿Te sientes mejor ahora?

Hope observó a su madre y asintió tras unos segundos. Supuso que el amigo de su madre debía ser el gobernador de Tennessee. Se conocían desde hacía muchos años, y Lily conocía muchos de sus más ocultos secretos; estaba dispuesta a llevárselos a la tumba, y tal lealtad se pagaba de vez en cuando en forma de favores.

El sonido de una bocina rompió el silencio de la tarde.

Hope corrió hacia la ventana, nerviosa. Tres pisos más abajo esperaba el coche que iba al aeropuerto, mientras Tom, el mayordomo, ayudaba al chófer a cargar las maletas.

Lily la siguió a la ventana.

—Ya es la hora. No sé cómo voy a soportar estar tan lejos de ti.

Hope respiró profundamente. La dominaba una intensa alegría. Estaba a punto de ser libre. Unos minutos más y no tendría que volver a ver a su madre, ni aquella casa. Tuvo que contenerse para no reír.

Su madre suspiró, ajena a los pensamientos de su hija, y dio un paso atrás.

—Será mejor que nos vayamos.

—Sí, mamá.

Hope tomó la maleta y acompañó a su madre escaleras abajo. Las chicas estaban esperando en el recibidor para despedirse. Todas abrazaron a la niña, la besaron, y le hicieron prometer que escribiría pronto.

La más joven de todas, una adolescente no mucho mayor que Hope, le dio una manzana, tan roja como apetecible.

—Toma —dijo, con los ojos llenos de lágrimas—. Por si tienes hambre más tarde.

Hope aceptó el ofrecimiento de la joven como si al hacerlo estuviera recibiendo el fruto prohibido, como si quemara en sus manos. Quiso salir corriendo, pero se obligó a mirarla a los ojos.

—Muchas gracias, Georgie. Es todo un detalle por tu parte.

Hope salió al exterior, con su madre al lado. La brisa del río era húmeda y cálida. Tenía la impresión de que la estaba limpiando de aquella casa y de su propia historia.

Su madre la abrazó y dijo, emocionada:

—Mi niña, te voy a echar tanto de menos...

Hope estuvo a punto de apartarse de ella y salir corriendo hacia el coche. Pero permitió que su madre la besara por última vez, no sin antes prometerse que no volvería a permitir tan «vil» contacto. El contacto del «pecado».

El conductor se aclaró la garganta y Hope se apartó al fin de su madre.

—Tengo que marcharme, mamá.
—Lo sé —dijo, entre lágrimas—. Llámame cuando llegues.
—Lo haré —mintió—. Lo prometo.

La niña empezó a caminar hacia el vehículo, contando los pasos que daba. Y con cada paso, tenía la impresión de que se alejaba un poco más de todo aquello.

El chófer abrió la puerta para que pudiera entrar. Hope se detuvo un momento y se dio la vuelta para contemplar por última vez la mansión y ver a su madre y a las chicas que se agolpaban en el umbral de la casa. Satisfecha, sonrió.

Aquel día abandonaba por fin la «oscuridad» para volver a nacer con el nombre de Hope Penelope Perkins.

Dejó caer la manzana al suelo y acto seguido entró en el coche.

Libro 1
Hope

Nueva Orleans, Luisiana
1967

Un intenso olor a flores impregnaba el ambiente, dominándolo todo con su dulzura. Pero el aroma se mezclaba con los olores de la sección de maternidad, y el resultado final era tan original como repugnante. Sin embargo, el nacimiento del primer hijo de Philip Saint Germaine III fue recibido con todo tipo de parabienes.

La alegría del momento resultaba comprensible. A fin de cuentas el niño heredaría la fortuna de la familia y su posición social. Algún día se haría cargo del Saint Charles, el pequeño hotel de lujo que había edificado en 1908 el primer Philip Saint Germaine.

Para aquel bebé, nada era demasiado.

Hope miró al recién nacido, que descansaba en una cuna junto a la cama. Vacilaba con amargura entre la desesperación y la decepción. Esperaba que fuera un niño. Había rezado hasta la extenuación y hasta había hecho todo tipo de penitencias para conseguirlo. Estaba tan segura de que tanta oración conseguiría su objetivo que ni siquiera había pensado en posibles nombres para una niña.

Pero no había obtenido lo que deseaba, y Hope lo interpretó como una especie de castigo divino. Había dado a luz una niña. Como su madre y su abuela, como todas las Pierron en más generaciones de las que podía recordar.

Respiró profundamente. Al parecer no había conseguido

escapar del legado de las Pierron. Aunque durante algún tiempo se las hubiera arreglado para creer que lo había conseguido. En los ocho años transcurridos desde que abandonara la mansión de River Road, había logrado todos sus objetivos. No sólo había superado el estigma de ser hija de una prostituta, sino que se había casado con Philip Germaine III, un hombre rico que pertenecía a una familia tan poderosa como aparentemente impecable. Se había convertido en una de las damas más influyentes de Nueva Orleans.

Sin embargo acababa de comprender que no había logrado escapar del pasado, aunque lo hubiera dejado atrás. La maldición de las Pierron pesaba sobre ella.

La niña ya mostraba todos los signos de una postrera belleza. De piel clara y ojos azules, su pelo era de un negro aterciopelado. Como todas las Pierron, tendría la habilidad de volver locos a los hombres y llevaría en sus entrañas un fuego intenso que Hope interpretaba como algo negativo y pecaminoso.

Al pensarlo, se estremeció. Ella misma albergaba sentimientos inconfesables de pasión. Y de vez en cuando la tentaba la necesidad de liberarlos.

Philip entró en la habitación con una sonrisa en los labios y un enorme ramo de rosas en la mano.

—Cariño, es preciosa. Es perfecta. Estoy tan orgulloso de ti...

Su marido se inclinó sobre la cama y la besó en la frente con cuidado de no hacer ruido, para no despertar al bebé.

Hope apartó la cara. Temía que pudiera notar sus sentimientos, la profundidad de su decepción.

—¿Qué ocurre? —preguntó él, mientras se sentaba en la cama—. Hope, cariño, sé que querías darme un hijo, pero no importa. Nuestra pequeña es la niña más bonita que haya visto nunca.

Hope intentó controlarse, pero no pudo evitar derramar una solitaria lágrima.

—No llores, mi amor. No importa, de verdad. ¿Es que no te das cuenta? Además, tendremos más hijos. Muchos más.

El dolor que sentía era casi insoportable. Hope creía saber

que no podría tener más hijos. Ninguna Pierron había tenido más de uno, y siempre había sido una niña.

Se aferró a la solapa de su chaqueta. Deseaba compartir con él su desesperación, pero sabía que se horrorizaría al conocer la verdad sobre su «perfecta» esposa y sobre su hija.

En silencio, se juró que no llegaría a saberlo. Apretó la cara contra su hombro e inhaló el olor a lluvia que impregnaba sus prendas. Nadie lo sabría nunca.

—Ojalá que mis padres hubieran vivido lo suficiente para verla —susurró ella—. Es tan injusto y a veces duele tanto que apenas puedo soportarlo.

—Lo sé, cariño.

Durante unos segundos, Philip no hizo nada salvo abrazarla. Acto seguido se apartó, sonrió, y sacó una cajita del bolsillo. Llevaba el sello de uno de los joyeros más famosos de Nueva Orleans.

—Tengo algo para ti.

Hope abrió la caja con dedos temblorosos. En su interior, y envuelto en un pedazo de terciopelo blanco, había un precioso collar de perlas que se puso de inmediato.

—Son exquisitas —dijo.

—Algún día serán de nuestra hija —declaró él—. Pensé que sería algo apropiado.

Hope devolvió el collar al interior de la cajita. Toda su alegría había desaparecido de repente. Al mirar a su esposo se dijo que Philip ya adoraba a la criatura, que ya había caído bajo el poder de «la oscuridad» sin siquiera saberlo.

—Ha causado sensación en la maternidad —continuó Philip—. Creo que todas las enfermeras del hospital han pasado por aquí para verla. Dicen que es la niña más bonita que han visto nunca. Lo que no saben es que yo soy el hombre más afortunado del mundo.

En aquel momento, el bebé empezó a llorar. Hope no reaccionó. Sabía de sobra lo que tenía que hacer, pero la perspectiva de dar el pecho a su hija la repugnaba.

Poco a poco, los gritos de la niña se hicieron más intensos.

Philip frunció el ceño, obviamente confuso ante la situación.

—Hope, cariño, tiene hambre. Tendrás que alimentarla.

Hope negó con la cabeza mientras el rostro del bebé enrojecía al llorar. En su locura, pensó que había algo en sus rasgos que pertenecía a sus peores pesadillas. Pensó que la oscuridad era muy fuerte en aquella criatura.

Philip apretó los dedos sobre su mano.

—Hope, cariño, debes darle el pecho —insistió.

Al ver que su esposa no reaccionaba, tomó al bebé en brazos; pero la niña no dejaba de llorar. Entonces intentó dárselo, pero Hope se negó. Miró a su alrededor, desesperada por escapar de aquella situación. Estaba obsesionada con la supuesta maldición de las Pierron y convencida de haber cometido un error al quedar embarazada.

Se sentía atrapada, e impotente. Como había sucedido durante su infancia en la mansión de su madre.

—No puedo —dijo, al borde de la histeria—. No lo haré.

—Cariño...

En aquel instante entró una enfermera.

—¿Qué sucede?

—No quiere alimentar al bebé —contestó Philip—. Ni siquiera quiere tomarlo en sus brazos. Y no sé qué hacer.

—Señora Saint Germaine, su hija tiene hambre —dijo la enfermera, con firmeza—. Debe alimentarla. Dejará de llorar en cuanto...

—¡No! —exclamó, presa del pánico—. No lo haré. Por favor, Philip, no me hagas esto. No puedo hacerlo. No puedo.

Su marido la miró como si se hubiera vuelto loca.

—Hope, ¿qué ocurre? Cariño, es nuestra hija. Te necesita.

—No lo comprendes. No entiendes nada —dijo entre sollozos—. Márchate, por favor. Déjame sola.

Philip August Saint Germaine III llevaba una existencia idílica y despreocupada, hasta el punto de que lo envidiaban por ello. Pertenecía a una familia rica y bien avenida. Era un hombre poderoso, atlético y bastante atractivo, que siempre había destacado en los estudios durante su juventud, no sólo por su inteligencia sino también por su encanto.

En realidad, no había tenido que trabajar para conseguir nada. Ni títulos, ni mujeres, ni dinero. Todo le había llegado siempre en bandeja de plata y con una sonrisa; y entre todas las cosas destacaba el hotel Saint Charles, la joya más preciada de la fortuna familiar. Sin embargo, aceptaba su suerte con total naturalidad y poseía la ética suficiente como para no olvidar a los que tenían mucho menos que él. De hecho hacía generosas donaciones a diversas organizaciones de solidaridad, aunque en parte se debía a que tal acto evitaba que se sintiera culpable.

Con una arrogancia más que justificada, había pensado que nada desagradable podía tocarlo, que nada podía hacerlo infeliz. Hasta, exactamente, treinta y seis horas antes.

Pero ahora, mientras contemplaba a una enfermera que estaba alimentando a su preciosa hija, su arrogancia había desaparecido. Tenía la impresión de que su idílica vida se derrumbaba a su alrededor.

Las últimas horas habían sido una pesadilla de la que no

podía despertar. La mujer que amaba, generalmente tan tranquila y adorable, se había convertido en un monstruo, en una persona que lo asustaba.

Se llevó una mano a la cabeza. Le dolía bastante, por la ansiedad y por la falta de sueño. No sólo lo había insultado con expresiones que ni siquiera imaginaba que conociera, sino que al intentar hablar con ella, para que pusieran un nombre a la niña, dijo que lo odiaba.

Con todo, lo peor había sido el brillo de sus ojos mientras hablaba. Un brillo de evidente locura que lo asustó. En cuanto la miró supo que la vida que había conocido desaparecería para siempre.

Se metió las manos en los bolsillos y observó a su hija mientras tomaba el biberón. Ya era la viva imagen de su madre. No podía comprender que Hope la mirara con horror, que se negara incluso a tocarla. Al parecer, veía en ella algo monstruoso y terrible.

Por desgracia no comprendía en absoluto la actitud de su esposa, y no podía hacer nada para ayudarla. Todo había ocurrido de manera imprevista, sin ningún sentido aparente. Hope parecía estar muy ilusionada con el nacimiento de su primer hijo. No había sufrido durante el embarazo, y ni siquiera se había sentido revuelta por las mañanas. Hasta habían hablado más de una vez sobre lo que haría su hijo, sobre lo que sería. Al margen de su absoluta convicción de que se trataría de un niño, su actitud había parecido, en todo momento, normal.

Philip se estremeció. No sabía qué iba a hacer si la perdía, si la mujer que tanto había amado desaparecía para siempre. La quería con locura. Siempre la había querido.

La enfermera dejó de alimentar al bebé y lo dejó en una cuna. Philip observó la escena a través del cristal de la maternidad, pero por alguna razón recordó a Hope, la noche en que la conoció. Él se encontraba en Menfis por asuntos de negocios, y los habían presentado unos amigos. Cuando la vio por primera vez estaba riendo, con su largo y sedoso cabello cayendo hacia un lado. De inmediato sintió el deseó de tocar su pelo, de sentir su textura en los labios. Se había excitado con algo tan simple como verla hablar.

En cuanto se encontraron sus miradas, Philip supo que Hope sabía lo que estaba pensando, y que se alegraba por ello. En aquel instante, se enamoró. Fue todo un flechazo.

Durante los días siguientes fueron inseparables. Le contó todo lo que había que contar sobre su vida, y ella compartió su existencia con él. La trágica historia de la muerte de sus padres, mientras viajaban por Italia, lo había estremecido tanto como el hecho de que se quedara sola a los diecisiete años.

Había algo en ella que hacía que se sintiera el hombre más importante del mundo. Deseó protegerla contra todos los inconvenientes de la vida, dejar que entrara a su idílico mundo.

De haber sido un hombre más atrevido, habría confesado su amor de inmediato. Pero esperó durante seis largas y terribles semanas.

Tanto su familia como los amigos insistieron en que se había vuelto loco hasta que la conocieron. Entonces, también ellos cayeron ante su encanto. Hasta sus padres, siempre tan críticos, alabaron su buen gusto al elegirla.

En cualquier caso, a Philip no le importaba demasiado la opinión de sus padres. Estaba dispuesto a enfrentarse a cualquiera, y a cualquier cosa, por estar con ella.

En cuanto a la noche de bodas, no podría olvidarla nunca. Hope le había hecho todo tipo de cosas, tan hermosas como inimaginables, pero con tal dulzura e inocencia que tuvo la impresión de estar acostándose con una mujer virgen. Incluso después de lo sucedido con su hija, se excitaba con sólo recordarlo.

A veces pensaba que su vida era un continuo viaje entre noche y noche, siempre esperando a hacer el amor de nuevo. Cuando no podían hacerlo, experimentaba una verdadera tortura. Ninguna mujer había conseguido que sintiera algo parecido.

—Ah, estás aquí.

El médico de Hope se acercó a él. Harland LeBlanc había sido el médico de todos los niños de la familia, y a pesar de sus sesenta años parecía mucho más joven. Lo consideraban el mejor obstetra de Nueva Orleans, y Philip se sentía mucho más tranquilo al saber que Hope recibiría el mejor cuidado posible.

—Tienes una hija preciosa, Philip. De hecho no creo haber visto un bebé tan lindo en toda mi vida.

—Y sin embargo, Hope ni siquiera quiere mirarla. No la ha tocado, y se niega a ponerle un nombre.

—Sé que estás viviendo una situación difícil, pero...

—¿Difícil? —preguntó con ironía—. No creo que lo comprendas. No podrías entenderlo. No estabas a mi lado esta mañana, cuando Hope me insultó repetidas veces, cuando dijo que me odiaba sólo porque quería dar un nombre a nuestra hija. Me miró de tal modo que sentí miedo. No pensé nunca que mi propia esposa pudiera mirarme de aquella manera.

El médico puso una mano sobre su hombro para animarlo.

—Lo creas o no, lo entiendo. He contemplado comportamientos similares en el pasado, y pasará. Todo saldrá bien.

—¿Estás seguro? ¿Qué ocurrirá si no se le pasa? No podría soportar perderla. Ella es todo para mí.

Philip se aclaró la garganta como si al hacerlo pudiera librarse de aquel nudo. Se sentía estúpido y expuesto.

—Amo a mi esposa, Harland. A veces pienso que la amo demasiado.

—Mira, Philip, lo que sucede con Hope no es tan extraño como puedas imaginar. Un sorprendente número de mujeres se deprime después de un parto. A veces la depresión es tan terrible que abandonan a sus familias o hacen algo aún peor.

Philip lo miró y arqueó las cejas.

—¿Peor?

—Más de una ha llegado a matar a su hijo, Philip. Por horrible que pueda parecer.

—No es posible que estés insinuando que Hope podría matar a nuestra hija...

—Por supuesto que no —negó con rapidez—, pero creo que debería permanecer en el hospital unos cuantos días. Tenemos que asegurarnos, por si acaso.

Philip se sintió peor que nunca. Harland LeBlanc, el mejor médico en su campo, estaba preocupado. Más preocupado de lo que pretendía aparentar.

Respiró profundamente y se dijo que Harland no conocía a su esposa tanto como él. Intentó convencerse de que todo se solucionaría cuando Hope regresara a la normalidad, cuando volviera a sentirse rodeada por las personas que quería y por sus cosas.

—¿De verdad lo crees necesario, Harland? Creo que necesita volver a casa. Nuestra hija, al menos, lo necesita. En cuanto estemos allí, Hope se acostumbrará. Seguro.

—¿Y qué ocurriría si no fuera así? La depresión posparto se debe a los naturales desequilibrios hormonales en el cuerpo de las mujeres. Hasta cierto punto, Hope no puede controlar su actitud. No intenta actuar de forma irracional —negó con la cabeza—. ¿Qué pasará si le doy el alta y no se acostumbra, si ocurre algo terrible? No quiero arriesgarme, Philip. ¿Y tú?

—No, claro que no —aceptó.

—Muy bien. Tu esposa te necesita más que nunca. Dijiste que la amabas, y ahora ha llegado el momento de demostrarlo.

Philip intentó tranquilizarse un poco. Hope lo necesitaba. Su hija lo necesitaba. Debía ser fuerte.

—¿Qué puedo hacer? Dímelo y lo haré.

—Apóyala. Intenta comprenderla, y sé cariñoso. Sé que es duro, pero debes comprender que sufre de una especie de locura transitoria, que no es capaz de controlar. Está asustada. Posiblemente, más que tú. Necesita tiempo. Necesita de toda tu paciencia y de todo tu amor.

Philip miró de nuevo a su hija, que se había dormido. Con el corazón roto, pensó en lo mucho que necesitaba a su madre.

—¿Y si mi amor y mi apoyo no son suficientes? Entonces, ¿qué pasará, Harland?

El médico tardó unos segundos en contestar.

—Tendrán que serlo, Philip —suspiró—. Ahora mismo, no tienes más opciones.

Hope despertó sobresaltada. Cubierta de sudor, y respirando con dificultad, miró a su alrededor como si esperara encontrarse en la habitación de la mansión donde había crecido. Pero en lugar de eso sólo vio los muebles funcionales y sencillos de su propio dormitorio.

Se sintió aliviada. Estaba en Nueva Orleans, y la casa de River Road se encontraba muy lejos, a toda una vida de distancia.

Aún no se había recuperado de la pesadilla nocturna. Había soñado que se encontraba de nuevo en la mansión, espiando a una pareja que hacía el amor. Se suponía que la mujer era su hermana, pero cuando se dio la vuelta y contempló su rostro observó que era ella misma.

Intentó olvidar aquellas imágenes. Noche tras noche la atormentaban, y estaba convencida de que lo hacían porque la «oscuridad» la perseguía, porque de hecho ya había ganado.

Se llevó las manos a la cara y se dijo que no podía permitir que venciera. Había trabajado demasiado por todo lo que había conseguido, y no tenía intención de sucumbir entonces. No sabía a quién acudir, en quién podía confiar. Philip empezaba a perder la paciencia con ella, y tanto su familia como los amigos adoptaban una actitud distante y desconfiada en su presencia. Notaba la desaprobación en sus rostros, y no dejaba de preguntarse cuánto tiempo pasaría antes de que alguien averiguara la verdad sobre su pasado. Antes de que su nueva vida se derrumbara.

Debía aceptar a su hija y comportarse como una madre decente. Lo sabía muy bien. Pero cada vez que la tomaba en brazos sentía asco. Era incapaz de mostrar un afecto que no sentía.

Se levantó de la cama y caminó hacia la puerta, descalza. Echó un vistazo al pasillo y vio que no había nadie, ni siquiera una enfermera. Sólo oyó el gemido de una mujer, al fondo.

Al parecer, la señora Vincent había perdido a su hijo. Philip se lo había contado, y suponía que lo había hecho para que fuera consciente de la suerte que tenía al haber dado a luz a un bebé con buena salud. Por desgracia, Hope lamentó que la criatura que había muerto no fuera la suya.

Sin embargo, sabía muy bien que las Pierron gozaban de extraordinaria salud.

Desesperada, pensó que no tenía escapatoria. Tenía que salir del hospital para respirar aire fresco. Necesitaba huir de la insufrible compasión de los miembros del hospital. Debía de encontrar a alguien que la comprendiera y que la ayudara.

Obsesionada con su extraño concepto religioso del bien y del mal, decidió ir a una iglesia. Pensó que un sacerdote la ayudaría y la comprendería. Podría confesarse, en la seguridad de que el secreto de confesión impediría que nadie supiera la verdad.

Caminó hacia el armario y se vistió tan rápidamente como pudo. Estaba segura de que un sacerdote sabría qué hacer en aquel caso, pero la posibilidad de que no fuera así la asustó.

Respiró profundamente e intentó tranquilizarse un poco. Si cedía ahora, la «oscuridad» la devoraría.

Descolgó el auricular del teléfono y pidió un taxi con tanta calma como pudo. Acto seguido tomó el bolso y caminó de puntillas hacia la puerta. Salió de la habitación y llegó al ascensor sin encontrarse con nadie. Sabía que las enfermeras, o el propio Philip, habrían impedido que se marchara de allí. No la comprendían.

Tal y como esperaba, el ascensor estaba vacío. Cuando llegó al piso inferior vio que el guardia de seguridad estaba coqueteando con la recepcionista, pero no se fijaron en ella.

De inmediato se encontró en la calle. La noche de Nueva Orleans resultaba tan húmeda como siempre, pero respiró profundamente sintiéndose agradecida por aquel soplo de libertad.

La luna se reflejaba sobre la acera mojada, y de los árboles aún goteaba agua de la reciente lluvia.

Al cabo de unos segundos, llegó el taxi. Hope entró en el vehículo y dijo:

—A la catedral de San Luis.

La catedral de Jackson Square era una de las pocas iglesias en las que sabía que encontraría un sacerdote dispuesto a confesarla a altas horas de la noche.

El interior del taxi olía a tabaco. El conductor no dijo nada, de manera que Hope se limitó a mirar por la ventanilla mientras pasaban frente a las grandes mansiones antes de llegar a las clásicas calles del barrio francés, o Vieux Carré.

Unos minutos más tarde se detuvieron ante la catedral. Hope pidió al taxista que la esperara. En cuanto salió del vehículo se sintió mucho mejor. El edificio había sufrido varias catástrofes en su historia. Se había quemado por completo en cierta ocasión, y en otra había sufrido grandes desperfectos por culpa de un tornado, pero siempre lo reconstruían. Su estilo arquitectónico contrastaba bastante con el resto de las casas de la plaza.

Del río Misisipi, que se encontraba al este de la plaza, llegó el sonido de la sirena de un barco; y de la cercana calle Bourbon, risas mezcladas con jazz.

Bastó que entrara en la catedral para que se sintiera aliviada de inmediato. La desesperación que la había dominado durante días, desapareció. Allí, la «oscuridad» no podía tocarla. Allí podría encontrar una respuesta.

Hope mojó los dedos de una mano en el agua bendita de la pila bautismal que había en la entrada y se dirigió hacia los confesionarios. Se detuvo en el primero y se arrodilló. Oscurecido por una celosía, apenas podía contemplar el rostro del sacerdote.

—Perdóneme, padre, porque he pecado. Han pasado dos semanas desde mi última confesión.

—¿Qué pecados debe confesar, hija?

—Padre, yo... En realidad no he venido a confesarme, sino a pedirle consejo.

Estaba tan asustada que no sabía cómo expresarse.

—No sé a quién acudir —continuó—. Si no puede ayudarme, no sé lo que haré. Estaría perdida. Por favor, padre, ayúdeme.

—Cálmese, hija. La ayudaré. Pero cuénteme lo que sucede.

Hope se estremeció.

—Las mujeres de mi familia siempre han sido malas, padre. Son pecadoras que venden su cuerpo. Todas las mujeres de mi familia están malditas. Sin embargo, yo conseguí huir de aquello —declaró entre lágrimas—. Por desgracia ahora temo por el alma de mi hija. Temo que también ella caiga en las garras del pecado. Cuando la miro veo la oscuridad en su rostro, y estoy muy asustada.

El sacerdote tardó unos segundos en hablar. Y cuando lo hizo, habló con suavidad y firmeza.

—Hija mía, la oscuridad está en todos nosotros, desde el pecado original. Nadie está libre de pecado. Pero Dios envió a su hijo para que muriera por la humanidad, para limpiarnos. Cristo es la promesa de la salvación —dijo—. Debe ayudar a su hija. Debe enseñarle cuál es el camino correcto. Debe ayudarla a vencer a la serpiente.

—¿Cómo, padre? ¿Cómo puedo ayudarla?

—Usted es su madre. Tiene el poder de convertirla en una mujer con valores morales. No se preocupe, sabrá cómo hacerlo. Si eso le sirve de ayuda, intente creer que Dios ha enviado a su hija para probar su fortaleza y su fe. Esa niña podría ser su gloria, o su derrota.

De repente, Hope sintió que todo estaba claro. No era Dios quien intentaba probarla, sino el diablo.

Apretó los puños con tanta fuerza que se clavó las uñas en

las palmas. Dejaría que la «oscuridad» la tentara, porque no perdería aquella batalla. No dejaría que se llevara a su hija. Sacaría el mal de ella tal y como lo había sacado de sí misma.

Aquella niña no sería su derrota, sino su camino a la gloria.

Libro 2
Santos

Nueva Orleans, Luisiana
1979

A Víctor Santos le gustaba vivir en aquella casa del barrio francés de Nueva Orleans. Hasta entonces no había vivido en ningún sitio parecido. Las calles estaban llenas de vida, día y noche, y siempre había algo que hacer. A sus quince años de edad le agradaban los sonidos y los olores; le gustaban las hermosas fachadas de los viejos edificios, siempre mojados, los ocultos jardines y los balcones de hierro forjado.

Pero lo que más le gustaba era la gente. En el barrio francés se mezclaban todas las razas, y había todo tipo de personas, buenas y malas. Hasta le gustaba el ambiente nocturno de Bourbon Street, siempre repleta con personas dispuestas a divertirse o simples curiosos.

Los consejeros del colegio siempre estaban diciendo a su madre que el barrio francés era mal sitio para que creciera, porque supuestamente no era un buen barrio. Eran individuos bastante reaccionarios, que no habrían opinado mejor de su madre de haber sabido que no era camarera, tal y como decía, sino bailarina de danzas exóticas.

Pero Santos, al que todo el mundo llamaba así excepto su madre, sabía que sólo eran unos cretinos. Como sabía que cualquiera de las personas que habitaban aquel barrio tenía más corazón que los cerdos como su padre. A su corta edad ya sabía que las personas que no tenían nada, las que habían sufrido los rigores de la pobreza, eran mucho mejores. Ni siquiera tenían tiempo para odiar.

Santos cruzó Bourbon Street y saludó a Bubba, el chico que trabajaba como portero del Club 69, el local donde actuaba su madre por las noches.

—Hola, Santos, ¿quieres un cigarrillo?

—Deberías dejar de fumar, hombre. Tanto tabaco va a matarte.

El hombre se despidió amistosamente de Santos y se volvió hacia un par de turistas que dudaban en la puerta del club.

Víctor continuó calle abajo y decidió torcer por St Peter, para tardar menos. Le había prometido a su madre que compraría un par de bocadillos de vuelta a casa. Al pensar en ellos, se le hizo la boca agua y aceleró el paso, aunque no demasiado. Agosto en Nueva Orleans no era buena época para apresurarse. El sol estaba a punto de ocultarse, pero aún hacía tanto calor como para freír un huevo en la acera. Calor que empeoraba con la alta humedad ambiental. La semana anterior, un caballo que tiraba de una de las calesas para turistas se había muerto en mitad de la calle, víctima de las elevadas temperaturas.

—Eh, Santos —dijo una mujer a su espalda—, ¿adónde vas tan deprisa?

Víctor se detuvo, se dio la vuelta y sonrió.

—Hola, Sugar. Voy al mercado de camino a casa. Mi madre me está esperando.

Sugar había bailado con su madre en el club hasta seis meses atrás. Por desgracia, su marido la había abandonado dejándola sola con tres niños, y su situación económica era tan lamentable que no había tenido más opción que empezar a trabajarse la calle todo el día.

—Seguro que vas a comprar un par de bocadillos. A tu madre le gustan mucho, e imagino que a ti también. Ya eres todo un hombre —rió—. Dale saludos de mi parte a tu madre. Y dile que las cosas me van bastante bien.

—Lo haré. Se alegrará de saberlo.

Santos la observó mientras se alejaba. Sugar era un claro

ejemplo de lo que los tutores del colegio denominaban «malas influencias». En cambio, él opinaba que se limitaba a hacer lo único que podía para sacar adelante a su familia. La vida podía ser terrible en ocasiones. Había que elegir entre comer o morirse de hambre.

Con todo, sabía que en el barrio había unas cuantas personas poco recomendables. Como en todas partes. Tal y como lo veía, el mundo se dividía en tres tipos de personas: los que tenían, los que no tenían, y los que querían tener. Una simple cuestión económica, nada más.

Los que tenían actuaban con indiferencia, y en términos personales no había que preocuparse demasiado por ellos salvo en el caso de que uno de los otros dos grupos se interpusiera en su camino. Los peores de todos eran los que querían tener. Procedían de cualquier clase social, y eran capaces de hacer cualquier cosa por dinero o poder.

Santos se sabía un chico muy inteligente, que había aprendido muchas cosas en su corta vida. Su padre había sido un típico miembro del grupo de los que querían tener, siempre dispuesto a pasar por encima de alguien, a levantar su puño contra el más débil o el más pequeño. Eso hacía que se sintiera todo un hombre.

Al pensar en él, hizo una mueca de desagrado. Sólo tenía malos recuerdos de Samuel «Willy» Smith. Se creía tan importante que se había negado a darle su apellido. Decía que tanto su madre como él eran unos miserables.

El día que el sheriff los informó de que le habían cortado el cuello en una pelea, Santos se sintió aliviado. Sin embargo, no dejaba de preguntarse por él de vez en cuando. No entendía qué lo había empujado a desperdiciar su vida convirtiéndola en un infierno para todos.

Santos entró en la tienda. El aire acondicionado del interior resultaba muy agradable. Compró los bocadillos y unos refrescos, y diez minutos más tarde se encontraba de nuevo en la calle.

En cuanto llegó al edificio en el que vivían, subió el tramo de escaleras y entró en la casa.

—Mamá, ya estoy aquí.

Su madre salió del dormitorio con un cepillo en la mano. Llevaba cubierto el rostro por la capa de maquillaje que usaba para trabajar. En cierta ocasión le había explicado que se maquillaba tanto porque de ese modo tenía la impresión de que era otra la que estaba bailando en el escenario. Por otra parte, a los hombres que visitaban aquel tipo de locales les gustaba que tuviera aspecto de prostituta barata. Formaba parte de la profesión. Santos lo encontraba humillante y deseaba que su madre no tuviera que trabajar en algo así.

—Hola, cariño, ¿qué tal te ha ido el día?

—Muy bien —contestó, mientras echaba la cadena de la puerta—. He traído unos bocadillos.

—Qué bien. Estoy hambrienta. Podemos comer en mi dormitorio, que es más fresco. Hoy hace un calor insoportable.

Víctor la siguió y ambos se sentaron en el suelo. Mientras comían, observó a su madre. Lucía Santos era una mujer preciosa, de ascendencia mexicana e india. De pelo y ojos oscuros, gozaba de unos pómulos altos y de un rostro que resultaba muy exótico en Estados Unidos. Más de una vez había observado cómo la miraban los hombres cuando salían los dos solos y se vestía normalmente, sin maquillaje, con unos simples vaqueros y una coleta de caballo.

Todo el mundo decía que había salido a ella, y tenían razón. Cada vez que se miraba en un espejo, daba las gracias por no parecerse nada a su padre.

—La señora Rosewood llamó hoy.

—Magnífico —se quejó Santos—. Justo lo que necesitábamos.

La señora Rosewood era una de las tutoras del colegio.

—Las clases empiezan la semana que viene. Necesitarás unas cuantas cosas.

Víctor sabía muy bien lo que aquello significaba. Una de esas noches llegaría a casa con algún «amigo». Estaban en la ruina, y su madre no tenía otra forma de conseguir el dinero suficiente para pagar sus estudios, sus libros y su ropa.

—No necesito nada.

—¿De verdad? ¿Y qué hay del centímetro que has crecido desde el verano? ¿No crees que tu ropa te estará algo pequeña?

—No te preocupes por eso —contestó—. He ahorrado dinero gracias a mi trabajo. Yo me compraré mi ropa.

—Pero necesitas ir al dentista. Y la señora Rosewood dijo que con tus notas, deberías ir a...

—¿Qué sabe ella? —protestó, furioso, mientras se levantaba—. ¿Por qué no nos deja en paz? Sólo es una vieja metomentodo.

Lucía frunció el ceño y se incorporó a su vez.

—¿Qué ocurre, Víctor?

—El colegio es una pérdida de tiempo. No entiendo por qué razón no puedo abandonarlo.

—No lo harás mientras yo esté viva —entrecerró los ojos, con expresión fiera—. Tienes que estudiar si quieres salir alguna vez de esta situación. Si dejas los estudios acabarás como tu padre, y creo que no te gustaría.

Víctor apretó los puños.

—Mamá, te has excedido un poco. Sabes muy bien que no soy como él.

—En tal caso, demuéstralo. Quédate en el colegio.

—Por mi aspecto, cualquiera creería que soy mayor de edad. Podría dejar los estudios y conseguir un trabajo a tiempo completo. Necesitamos el dinero.

—No lo necesitamos.

—Ya.

Lucía se ruborizó ante su sarcasmo.

—¿Qué quieres decir con eso? ¿Es que hay algo que quieras que no tengas?

Víctor no contestó. Se limitó a mirar al suelo, a los restos de los bocadillos que descansaban en el interior de una bolsa. Se sentía frustrado y enfadado por tener que vivir de aquel modo.

—¿Es que quieres un equipo de música caro? ¿O tal vez unos vaqueros de marca, o una televisión en tu dormitorio?

Víctor levantó la cabeza y la miró.

—Tal vez sólo quiera una madre que no deba recurrir a ciertos extremos cada vez que tiene que comprar unos vaqueros a su hijo o llevarlo al médico.

Lucía retrocedió, pálida, como si la hubiera abofeteado.

—Lo siento, mamá, no debí decir eso —se excusó Víctor.

Su madre dio otro paso atrás, intentando recobrar la compostura.

—¿Cómo lo has sabido?

Santos se arrepintió de haber sacado aquella conversación.

—Mamá, por favor, no soy ciego. Ya no soy ningún niño. Lo sé desde hace mucho tiempo.

—Entiendo.

Lucía lo miró durante unos segundos antes de dirigirse a la ventana. Pero no dijo nada en absoluto. Al cabo de un rato, Víctor se dirigió hacia ella maldiciéndose por no haber cerrado la boca a tiempo.

—¿Qué esperabas, mamá? Cada vez que necesito algo, apareces con un «amigo» que se queda una hora o dos y que no vuelve a aparecer.

Su madre inclinó la cabeza.

—Lo siento, hijo.

Víctor la abrazó y apretó la cara contra su cabello. Olía muy bien, pero cuando regresara del trabajo, aquella noche, apestaría al tabaco de los hombres que se metían con ella.

—¿Por qué lo sientes?

—Por ser una... prostituta. Debes pensar que...

—¡No es cierto! Eres la mejor de las madres —espetó, con voz rota—. No estoy avergonzado de ti, aunque odio que te veas obligada a hacer algo así. Después estás siempre tan triste, han hundida... Pero, sobre todo, odio que lo hagas por mí. Odio ser la razón por la que te entregas a esos tipos.

—Lo siento, hijo mío. No quería que lo supieras. Ésta no es la vida que quería que tuvieras. Ni yo soy la madre que mereces.

—No digas eso —apretó los brazos a su alrededor—. No tienes que disculparte por nada. Dejaré de estudiar, y de ese modo no tendrás que volver a hacerlo.

Lucía se dio la vuelta y lo miró con ojos llenos de lágrimas.

—Por ti haría cualquier cosa, Víctor. ¿No te das cuenta? Eres todo lo que tengo, lo mejor de mi vida —declaró, mientras tomaba su rostro entre las manos—. Prométeme que no dejarás de estudiar. Prométemelo, Víctor, es importante.

Víctor dudó antes de responder.

—De acuerdo, seguiré estudiando.

—Gracias —sonrió con tristeza—. Sé que siempre cumples tus promesas. A veces me pregunto cómo puedes ser tan honesto con el padre y la madre que has tenido.

Víctor tomó sus manos y dijo:

—Algún día seré yo quien cuide de ti. No tendrás que cubrirte la cara con esos potingues, ni trabajar en nada parecido. Te cuidaré. Te doy mi palabra.

Víctor, cariño, me voy.

Santos apartó la mirada del pequeño televisor en blanco y negro para despedirse de su madre.

—Hasta luego.

—¿No vas a darme un beso de despedida?

El chico hizo tal gesto de desagrado que su madre rió.

—Ya sé, eres demasiado mayor para hacer algo así.

Lucía caminó hacia él y lo besó en la frente.

—Ya conoces las normas, ¿verdad?

—¿Cómo no? Las repites todas las noches.

—No seas tan listillo. Repítelas.

—Que ponga la cadena y que no abra a nadie, ni siquiera a Dios.

—Y no salgas de la casa a no ser que se incendie.

—De acuerdo.

—No me mires así, hijo —entrecerró los ojos—. Piensas que mis normas son estúpidas, pero te equivocas. Créeme, en el mundo hay demasiados canallas peligrosos. Y si no caes en sus manos, puedes caer en las manos de la ley. A Merry, la chica del club, le quitaron a su hijo. Descubrieron que lo dejaba solo por las noches y se lo quitaron.

—Sí, claro, pero es drogadicta y su hijo sólo tiene seis años —se levantó—. Te preocupas demasiado, mamá.

—Cuando yo tenía tu edad también creía que lo sabía todo. Nunca imaginé que algún día tendría que trabajar como bailarina en locales de mala muerte para ganarme la vida. Ni siquiera sabía que existieran mujeres así. Es una de las cosas que aprendes en la vida. Cualquier cosa puede arruinar tu existencia. Un accidente, mala suerte, o una mala decisión. Recuérdalo.

Santos sabía que se estaba refiriendo al error que había cometido con su padre. Se quedó embarazada y su familia la desheredó. En cuanto a Willy, la usó siempre como saco de boxeo.

—No te preocupes, mamá, tendré cuidado.

—No podría soportar perderte, hijo —acarició su mejilla.

—No me perderás. Estamos atrapados los dos, juntos.

Lucía sonrió y caminó hacia la puerta.

—Tengo que marcharme. Ya sabes cómo se pone Milton si llego tarde.

Santos asintió y la acompañó a la salida. La observó mientras bajaba las escaleras. Cuando Lucía llegó al rellano, se dio la vuelta y sonrió. Su hijo le devolvió la sonrisa con un nudo en la garganta y cerró la puerta. De repente, sintió la extraña necesidad de bajar corriendo y abrazarla como hacía tiempo que no la abrazaba.

Abrió la puerta con intención de hacerlo, pero se dijo que era demasiado mayor para aferrarse a su madre como si fuera un niño, demasiado para necesitar de su cariño y de su seguridad. La preocupación de Lucía, y su miedo de perderlo, lo habían puesto nervioso. Rió para sus adentros, sintiéndose algo idiota. Se preocupaba tanto por él que cualquier día diría que había monstruos en el armario.

Divertido, echó la cadena y caminó hacia su habitación. Se puso unas zapatillas y se sentó a esperar.

Miró el reloj. Daría diez minutos de tiempo a su madre antes de salir a encontrarse con los amigos. Todas las noches se veía con ellos en el colegio abandonado que había en Esplanade y Burgundy, al norte del barrio francés.

Sin embargo, no podía dejar de pensar en los miedos de su madre. Se preocupaba excesivamente. Lo trataba como a un niño. Hacía un año que veía a sus amigos por las noches, y siempre llegaba a casa antes que su madre. Procuraba mantenerse alejado de la policía y no se metía nunca en problemas. Como había dicho, tenía mucho cuidado.

Diez minutos más tarde salió de la casa. El calor agobiante de Nueva Orleans lo envolvió. Eran las nueve y media de la noche y apenas se podía respirar.

Se llevó la mano a la nuca, empapada de sudor, y pensó que eso era lo malo de los veranos de Nueva Orleans. En otros lugares refrescaba por la noche. Pero en aquella ciudad, no. De mayo a septiembre se convertía en un lugar infernal, y agosto era el peor de los meses. Los turistas siempre se sorprendían. En cuanto a los habitantes de Nueva Orleans, lo encontraban tan insoportable como cualquier visitante. Pero estaban acostumbrados.

No obstante, cuando levantó la vista al cielo y respiró profundamente notó que se había producido un cambio, aunque la temperatura no hubiera bajado.

En el exterior, el ambiente no podía ser más distinto al que se respiraba durante el día. Los oficinistas y trabajadores habían dado paso a la gente de la noche, que se dividía en tres grupos: los que se divertían; las personas como su madre, que deseaban vivir de otro modo; y finalmente, los que vivían siempre al filo por propia elección, porque les gustaba aquella forma de vida.

Al fondo se oía una canción triste. Santos procuraba evitar los lugares por los que pasaba su madre y tenía cuidado de que nadie lo reconociera, porque no quería que le contaran lo que hacía por las noches.

Poco tiempo después, cuando pudo ver el colegio a lo lejos, empezó a andar más despacio. Aquel vecindario era tan conflictivo que resultaba más conveniente tomarse las cosas con tranquilidad. Había policías por todas partes, y siempre sospechaban de cualquier joven que corriera o que sencillamente anduviera demasiado deprisa.

Santos se dirigió hacia la parte trasera del colegio. Miró a su alrededor para asegurarse de que nadie lo veía y se introdujo en el recinto entre unos arbustos. Como siempre, una de las ventanas estaba abierta. En cuanto entró, oyó las risas de sus amigos, que ya habían llegado.

Una cerilla se encendió. Sobresaltado, Santos se dio la vuelta. Scout, uno de sus amigos, se encontraba en una esquina.

—¿Qué haces? Me has asustado.

Scout encendió un cigarrillo.

—Lo siento, hombre. Esta noche llegas tarde.

—Mi madre me retrasó.

—Ah. Bueno, me alegro de que seas tú. Por un momento, pensé que tendríamos problemas.

La mayor parte de los amigos de Santos vivía todo el día en la calle. Eran chicos que habían huido o bien de sus familias o bien de algún reformatorio. Sólo unos pocos, como él mismo, eran jóvenes del barrio. El grupo crecía diariamente, y había chicos de once a dieciséis años. Pero Santos se pasaba por allí desde el principio.

—¿Dónde está todo el mundo?

—En el salón. Lenny y Tish robaron un montón de langostinos, y están comiendo.

—¿Vienes?

—No, me quedaré aquí un rato.

Santos asintió de nuevo y caminó hacia la habitación que llamaban «el salón». El colegio era tan grande que habían elegido cuatro aulas distintas que utilizaban a modo de centro cultural. Se dedicaban a todo tipo de cosas, desde hacer teatro a pintar.

El salón se encontraba en el segundo piso. Como esperaba, encontró a todo el grupo reunido alrededor de la comida, riendo y charlando.

Razor, el mayor de todos, hizo un gesto para que se acercara. Llevaba mucho tiempo en la calle y eso lo había endurecido. A los dieciséis años, todos sabían que los dejaría más tarde o más temprano.

Santos se sentó en el suelo y empezó a charlar con sus amigos. De ese modo supo que habían descubierto a Ben y que lo habían devuelto al reformatorio, que un policía se había metido con Claire para asustarla, y que Tiger y Rick se habían marchado de Nueva Orleans con la intención de lograr todos sus sueños en California.

Unos minutos más tarde, Santos notó que había una chica nueva. No decía nada. Permanecía sentada en uno de los extremos del círculo sin intervenir en la conversación. Cuando Scout llegó, Víctor se interesó por ella.

–¿Quién es?
–Se llama Tina. La trajo Claire. No ha abierto la boca desde que llegó.
–¿Se ha escapado de casa?
–Supongo.

Resultaba evidente que estaba sola y muy asustada. Se mordía el labio como si quisiera evitar que temblara, y no levantaba la mirada del suelo. Santos pensó que debía haber escapado de algo realmente malo.

Sintió lástima por ella, como la sentía por muchos de sus amigos. A lo largo de los años había oído historias tan terribles que las palizas que le daba su padre parecían simples tonterías sin importancia. Santos tomó un langostino, y se lo comió. Cada vez que oía una historia nueva daba las gracias por tener a su madre, por vivir con ella.

Recordó la desagradable conversación que habían mantenido, cuando confesó que sabía que hacía de prostituta de vez en cuando para poder pagar sus estudios y sus médicos. Se arrepentía de haber sacado el tema. Tal vez no vivieran en una situación ideal, pero resultaba evidente que su madre lo amaba, y que habría sido capaz de hacer cualquier cosa por él. Las horribles experiencias de sus amigos habían servido, al menos, para que comprendiera y valorara en su justa medida la importancia de tener a alguien en quien poder confiar, alguien especial, alguien que mereciera la pena.

Cuando terminaron de comer, el grupo se dividió y algunos se marcharon del edificio. Tina permaneció en el sitio, sin moverse, como si estuviera congelada. Muerta de miedo, indudablemente.

Santos se levantó y caminó hacia ella.

–Hola –murmuró con una sonrisa–. Me llamo Santos.
–Hola.

Su voz era dulce y denotaba un evidente temor. Demasiado dulce para ser una chica de la calle. De todas formas pensó que en poco tiempo maduraría. Se sentó a su lado, a cierta distancia y dijo:

—Te llamas Tina, ¿verdad?

—Sí.

—Scout dijo que te trajo Claire. Lo primero que debes saber sobre nosotros es que Scout siempre lo sabe todo —sonrió—. Y lo segundo, que cuidamos los unos de los otros.

Su actitud silenciosa le hizo pensar que prefería estar sola, de manera que se levantó.

—Bueno, si necesitas algo dímelo y te ayudaré en lo que pueda.

La chica levantó la mirada, y Santos notó que sus ojos estaban llenos de lágrimas. Era muy atractiva, de ojos azules y pelo castaño, más o menos de su edad, o tal vez algo mayor.

—Gracias —susurró.

—De nada —sonrió de nuevo—. Ya nos veremos.

—¡Espera!

Santos se detuvo.

—Yo... No sé qué hacer. ¿Puedes ayudarme?

Santos imaginó que querría un lugar donde poder dormir a salvo, un hogar, y eso no podía proporcionárselo. Pero de todas formas se sentó a su lado otra vez.

—Lo intentaré. ¿Dónde quieres ir, Tina?

—A casa —respondió entre lágrimas—. Pero no puedo.

—¿De dónde eres?

—De Algiers. Mi madre y yo...

En aquel momento la estridente sirena de un coche patrulla rompió el silencio de la noche.

—¡Oh, Dios mío! —exclamó Tina, aterrorizada.

Se levantó de un salto y miró a su alrededor con desesperación, como un animal atrapado.

Santos la siguió.

—Eh, Tina, no pasa nada. Sólo...

Un segundo y un tercer coche de policía pasó a toda velocidad junto al colegio, en un estruendo de luz y de sonido casi insoportable.

—¡No! —gritó la joven, tapándose los oídos—. ¡No!

—No te preocupes, Tina, no pasa nada.

Santos puso una mano sobre uno de sus hombros. Estaba aterrorizada. Se apartó de él y corrió hacia la puerta, pero consiguió detenerla antes de que huyera. Acto seguido la abrazó con fuerza.

Estaba histérica. Tina empezó a golpearlo una y otra vez.

—¡Suéltame! ¡Tienes que soltarme!

—Te harás daño —dijo, intentando evitar sus golpes—. Maldita sea, Tina, las escaleras están en muy mal estado.

—¡Vienen por mí! ¡Él los ha enviado!

—¿De quién hablas? —preguntó—. Tina, nadie viene por ti. Nadie te hará daño. Escucha, ¿es que no lo oyes? Ya se han ido.

La joven se derrumbó contra él, sollozando y temblando.

—Tú no lo comprendes. No lo comprendes —se aferró a su camiseta—. Él los ha enviado. Dijo que lo haría.

Al cabo de un rato se tranquilizó. Santos la llevó a una esquina, hacia un colchón que estaba colocado contra una pared. La chica se sentó, desesperada, y él se acomodó a su lado.

—¿Quieres hablar sobre ello?

A pesar de que había permanecido en silencio un buen rato, tuvo la impresión de que estaba decidida a confiar en él.

—Pensé... pensé que venían a buscarme —confesó—. Pensé que los había enviado él.

—¿Te refieres a la policía? ¿Pensabas que venían por ti?

—Sí.

—¿Por qué? —preguntó en un murmullo—. ¿Quién creías que los había enviado?

—Mi padrastro. Es policía. Me dijo que si alguna vez intentaba huir de él, me encontraría y me...

Santos sólo pudo imaginar lo que aquel hombre había prometido hacer con ella. Fuera lo que fuese, resultaba evidente que nada bueno.

—Te comprendo. Vivo con mi madre. Es encantadora, pero mi padre era un canalla que me pegaba. Ahora está muerto. Imagino que el tuyo debe ser de semejante calaña.

—Lo odio —declaró entre lágrimas—. Me hacía daño. Me tocaba...

—De modo que decidiste escapar.

—No tenía otra opción. Huir o suicidarme. Pero no tuve valor para quitarme la vida.

Santos supo por su mirada que estaba hablando en serio.

—¿Has hablado con alguien sobre lo sucedido?

—Con mi madre. Y no me creyó. Dijo que era una canalla y una mentirosa.

Santos no se sorprendió lo más mínimo. Había oído historias muy similares con anterioridad.

—¿Y no se lo has contado a nadie más?

—Es policía, por si no lo recuerdas, y con un puesto importante. ¿Quién me creería? Ni siquiera lo ha hecho mi madre.

—Lo siento —dijo, apretando su mano.

—Yo también. Siento no haber sido capaz de tomarme esas píldoras. Las tuve en mi mano, pero no pude hacerlo.

—No digas eso. Me alegra que no lo hicieras —sonrió, de forma forzada—. Todo saldrá bien, Tina.

—Sí, claro. No tengo dinero, ni un sitio a donde ir —empezó a llorar de nuevo—. Tengo tanto miedo... No sé qué hacer. ¿Qué voy a hacer?

Víctor no lo sabía, de manera que la animó de la única forma que conocía. La abrazó y dejó que llorara sobre su hombro hasta que todos los demás se marcharon. Mientras lo hacía, no dejaba de pensar que su madre debía estar a punto de regresar a casa, y que si no lo encontraba allí le daría un buen disgusto.

—Tina, tengo que irme. Yo...

—¡No me dejes! Tengo tanto miedo... Quédate un poco más, por favor, Santos. No te vayas todavía.

Santos suspiró. No podía dejarla allí. No tenía a nadie, ni podía dormir en ninguna parte. Su madre tendría que comprenderlo. Y estaba segura de que lo haría, pero después de enfadarse mucho con él.

Estuvieron hablando un buen rato. Santos habló sobre su padre, y mientras lo hacía pensó en lo terrible que debía ser perder a un ser amado. Había sentido tal alivio con la muerte de su padre que no había considerado la tragedia que habría supuesto la pérdida de su madre.

Compartieron sus sueños y hablaron sobre el futuro. Al final, ya exhaustos, se separó de ella y la miró.
—Tengo que marcharme, Tina. Mi madre me matará.
—Lo sé.
—Le hablaré sobre ti —declaró, mientras tomaba sus manos—. Le pediré permiso para que te quedes con nosotros una temporada. Te lo prometo. No te muevas de aquí. Vendré a buscarte mañana.
Santos se inclinó y la besó, para sorpresa de la joven. Antes de marcharse, observó de nuevo sus ojos azules y volvió a besarla de nuevo. Tina pasó los brazos alrededor de su cuello y dijo:
—Quédate conmigo, por favor, no me dejes.
Por un momento, consideró la posibilidad de quedarse allí, pero no quería que su madre se preocupara terriblemente al ver que no llegaba a casa.
—No puedo hacerlo —susurró—. Me gustaría, pero no puedo.
Esta vez se apartó de ella y se levantó.
—Volveré mañana —aseguró—. Es una promesa, Tina. Volveré.

Santos pasó por delante de una tienda que tenía un reloj de neón en el escaparate. La luz verdosa iluminaba la acera. Eran las cuatro de la madrugada.

Tomó el camino más corto de vuelta y no dejó de correr. Hasta las calles con más afluencia habitual de gente estaban desiertas.

Mientras corría pensaba en el disgusto que se habría llevado su madre y en lo que tendría que hacer para que permitiera que Tina se quedara con ellos, sobre todo después de lo que había hecho. Pero en sus pensamientos ocupaba un lugar especial el beso que habían compartido y lo que habría sucedido si se hubiera quedado con la joven.

Sólo entonces pensó que podía haberla llevado a casa. Su madre no se resistía nunca a las súplicas. Era demasiado sensible. En cuanto hubiera visto los asustados ojos de Tina habría cedido.

Torció por un callejón que salía a Dauphine Street y salió a Ursuline, a dos manzanas de su casa. Un poco más adelante, las luces de varios coches patrulla y de una ambulancia iluminaban la calle. Entrecerró los ojos y se detuvo un momento cuando comprendió que fuera lo que fuese había sucedido en su edificio.

Empezó a correr.

La policía había acordonado la zona, y a pesar de la hora se había reunido una pequeña multitud. En cuanto llegó, se dirigió a la vecina del primero y preguntó:

—¿Qué ocurre?
—No lo sé —contestó—. Alguien ha muerto. Creo que ha sido un asesinato.
—¿Quién? —preguntó, aterrorizado.
—No lo sé. Puede que nadie —respondió, encogiéndose de hombros.

Santos se apartó de la mujer y su miedo se desbocó cuando vio que su madre no se encontraba entre el numeroso grupo. Sin embargo, eso no significaba nada. No habían bajado todos los vecinos.

Se dirigió hacia la entrada del edificio, presa del pánico.
—Eh, chico...

Santos se dio la vuelta. Uno de los policías se dirigió hacia él. Por su aspecto se notaba que iba en serio. Llevaba una mano sobre la culata del revolver.

—Eh, tú, ¿dónde crees que vas?
—Adentro. Vivo aquí.
—¿Ah, sí?
—Sí. Mi madre me está esperando. Llego tarde, y debe estar muy preocupada.
—¿Cómo te llamas?

Otro agente se unió al primero. De aspecto joven y cálidos ojos azules, casi parecía un niño sin edad para ir armado.

—Víctor Santos.
—¿Santos?

Los dos agentes intercambiaron una mirada.
—¿Dónde has estado esta noche, Víctor?
—Con unos amigos. Salí un rato aprovechando que mi madre estaba trabajando —explicó, casi sin respiración—. Por favor, deje que suba. Debe estar muy asustada.
—¿Llevas el documento nacional de identidad?
—No, pero mi madre puede...
—¿Cuántos años tienes, Víctor?
—Quince —contestó, temblando—. Mire, no la culpe. Es una mujer muy responsable. Es culpa mía. Me escapé, y cuando entre en casa voy a tener un buen problema. Por favor, no la denuncie.

—Tranquilízate, Víctor —intervino el agente de mirada amable—. Todo saldrá bien.
—¿Qué quiere decir? —preguntó, presa del pánico—. ¿Qué ocurre? ¿Qué ha pasado? ¿Qué hacen ustedes aquí?
El agente más joven pasó un brazo por encima de los hombros de Santos y lo llevó hacia uno de los coches patrulla.
—Siéntate dentro, Víctor. Llamaré a alguien para que hable contigo.
—Pero mi madre...
—No te preocupes por eso ahora —dijo, mientras abría la portezuela trasera—. Siéntate unos minutos aquí y llamaré a cierto amigo mío que...
—¡No! —se apartó del agente—. Me voy a casa. Tengo que ver a mi madre.
—Me temo que no puedo permitirlo. Quédate aquí hasta que yo te lo diga. ¿Entendido?
El policía lo agarró del hombro con fuerza. De repente, toda su simpatía había desaparecido.
En aquel momento se formó un revuelo entre la multitud. Víctor miró hacia la entrada. Varios enfermeros sacaban en aquel instante una camilla, con un cuerpo tapado con una sábana.
Alguien había muerto.
Asesinado.
Santos se libró del agente y corrió hacia la entrada del edificio.
Consiguió saltarse el cordón de seguridad antes de que la policía pudiera impedirlo y apartó la sábana de la camilla.
Dos agentes lo agarraron y lo apartaron del lugar, pero no antes de que pudiera ver la sangre, no antes de que pudiera contemplar el rostro aterrorizado de la víctima.
Eran el rostro y la sangre de su madre.
De forma inconsciente dejó escapar un grito. Su madre había muerto, asesinada.
Se inclinó y vomitó sobre los limpios zapatos negros del agente con rostro de niño.

Santos estaba sentado en la sala de espera de la brigada de homicidios, mirando el suelo de linóleo. No había imaginado nunca que pudiera sentir un dolor tan terrible.

Su madre había muerto siete días atrás, brutalmente asesinada. Le habían asestado dieciséis puñaladas; en el pecho, en el estómago, en la espalda y en lugares en los que no quería pensar.

Apretó los dientes con fuerza, desesperado, e hizo un esfuerzo para no llorar.

En la sala reinaba una especie de caos controlado. Los policías iban de un lado a otro. Había delincuentes, familiares de víctimas y como siempre varios abogados que parecían tiburones oliendo la sangre. Sobre todas las voces se alzaba de vez en cuando la fuerte voz del sargento, que impartía órdenes a los presentes. En cualquier momento, sabía que oiría algo así como:

—Muy bien, chico, el detective Patterson quiere verte.

No era la primera vez que lo veía, y no le agradaba demasiado. Apretó los puños con ganas de golpear a alguien. Preferiblemente, al detective.

Gracias a los periódicos había conseguido averiguar lo que había sucedido aquella noche. Su madre había ido a trabajar al Club 69, como todas las noches, pero había regresado a casa con un hombre, el supuesto asesino. Junto a la cama, habían encontrado una manzana a medio comer.

Los periodistas decían que su madre era una prostituta y especulaban sobre la posibilidad de que aquel hombre la hubiera matado.

Santos apenas había conseguido contener su ira. Los artículos estaban escritos en un tono desinteresado y algo despectivo, como si sus autores pensaran que la muerte de una «prostituta» más o menos tenía poca importancia. Enfadado, llamó a los periódicos para defender a su madre, pero no sirvió de nada.

La policía no se había comportado mucho mejor. Al principio habían sido amables, aunque condescendientes. Pero se limitaron a decir que harían lo que pudieran, y después de comprobar su coartada se libraron de él como si sólo fuera un insecto sin importancia. Habían insistido en que no los llamara a la comisaría con la promesa de que se pondrían en contacto con él.

Sin embargo, no estaba dispuesto a esperar. No permitiría que cerraran el caso sólo porque pensaban que una prostituta muerta no valía la pena.

Los había llamado todos los días desde entonces, y hasta había pasado varias veces por la brigada de homicidios. Una semana después, ya no se mostraban tan pacientes con él. Santos sabía que habían cerrado el caso aunque no hubieran dicho nada.

Apoyó la cabeza entre las manos, sin poder apartar la imagen de su madre. No podía olvidar su sonrisa, ni la manera en que se había despedido de él la noche que la asesinaron.

No la había besado, no le había dicho que la amaba. Creía que era demasiado mayor para hacerlo.

Apretó los dientes. Sus noches se habían convertido en un infierno lleno de pesadillas que lo asaltaban. Cuando despertaba, lo hacía cubierto de sudor. Soñaba que su madre lo llamaba a gritos, pidiendo su ayuda. Y al final, veía su cuerpo inerte sobre aquella camilla.

Le había fallado. No había estado a su lado para salvarla. Se había quedado con sus amigos, sin importarle sus sentimientos ni su seguridad.

Y ahora estaba muerta.

Se sentía culpable. Sabía que Lucía había regresado a casa con aquel hombre porque tenía que conseguir dinero para pagar sus estudios, y no dejaba de repetirse que tal vez no la hubieran asesinado de haberse encontrado con ella.

Una y otra vez se preguntaba qué habría pensado en los últimos instantes de su vida. Tal vez estuviera decepcionada y enfadada con él, por haber desobedecido, por haberse quedado con Tina tanto tiempo.

No había recordado a la joven hasta dos días después del asesinato. Y sólo porque la policía quiso comprobar su coartada. Aunque no la encontraron, sus amigos confirmaron que había estado con ellos aquella noche.

En realidad, la tragedia de su madre no le había permitido pensar en lo que habría sucedido con Tina, en lo que habría pensado al ver que al día siguiente no aparecía para cumplir su promesa. La angustia lo devoraba. Creía que de haber estado en casa su madre no habría muerto. Creía que era responsable de su muerte.

—¿Estás bien, Víctor?

Santos levantó la mirada. Era Jacobs, el agente con cara de niño. Se había portado bastante bien con él.

—Siento mucho lo que ha pasado, chico. ¿Puedo hacer algo por ti?

—Encontrar al asesino —respondió, haciendo un esfuerzo por mantener la calma.

—Lo siento. Lo estamos intentando.

—Ya. Cuéntame otra historia.

El agente Jacobs hizo caso omiso del sarcasmo.

—Comprendo lo que debes sentir.

—¿De verdad? ¿Han asesinado brutalmente a tu madre? ¿Has observado con impotencia que a nadie le importa nada? ¿Te habría gustado que trataran el asunto como si no tuviera ninguna importancia? Yo podría haber evitado su muerte. Si hubiera estado en casa aquella noche...

—Vamos, Víctor. ¿Qué quieres decir?

—Si hubiera estado en casa es posible que no la hubieran asesinado. Podría haberla ayudado, no sé. Podría haber luchado con él...

—Te habría matado. De haber estado allí, te habría matado tal y como hizo con tu madre —lo miró fijamente—. Sea quien sea, es un asesino. No es la clase de hombre que se asustaría ante la presencia de un chico. No fue algo casual. Acompañó a tu madre a casa con la intención de asesinarla. Y es inteligente, porque no ha dejado una sola pista. Se aseguró de que nadie lo viera. Si hubieras estado con ella, te habría asesinado. Es un hecho, Víctor, por horrible que pueda parecer.

—Pero podría...

—No, no habrías podido hacer nada. Si hubieras estado en aquella casa ahora estarías muerto. Y punto.

—Podría haberla ayudado. Al menos habría sabido que yo...

—Ella sabía que la amabas, Víctor. Y no habría querido que te mataran. Venga, vamos a hablar con el detective Patterson. Tal vez sepa algo nuevo.

—Lo dudo. Siempre me suelta el mismo discurso.

Aquel día no fue diferente a los demás. Cuando el detective terminó de hablar, Santos lo miró con furia. Le habría gustado golpearlo, aunque seguramente no habría tenido opción. Sin embargo, pensaba que merecía la pena intentarlo. Merecía la pena intentar borrar aquel gesto arrogante de su cara.

—Mira —dijo Patterson—, sé que era tu madre, pero tengo casos más importantes. Si descubrimos algo, actuaremos.

Santos se levantó de golpe de la silla, derribándola.

—Maldito canalla, ni siquiera lo has intentado. No encontrarás al culpable a menos que se presente aquí y confiese.

El detective se cruzó de brazos.

—A veces sucede.

Jacobs puso una mano sobre el brazo de Víctor, como si sintiera que estaba a punto de estallar. Miró a su compañero con ojos entrecerrados y luego se dirigió al joven.

—Víctor, lo estamos intentando, de verdad. Pero no tenemos ninguna pista. El asesino es alguien muy inteligente.

—¿Y no os importa que esté libre? Está ahí afuera, en algún sitio. ¿Es que no significa nada para vosotros?

—Por supuesto que sí. Personalmente lo odio, y Patterson también. Pero no podemos hacer nada salvo esperar.

–¿Esperar? ¿Qué quieres decir?

–Que volverá a actuar –intervino Patterson–. Y puede que cometa un error. Entonces lo detendremos.

Santos miró al detective con incredulidad e irritación.

–Claro. Para qué vas a molestarte por investigar nada si el tipo se limita a matar prostitutas, ¿verdad? Piensas que mi madre sólo era una puta, alguien sin importancia. Pero te equivocas. Era importante. Era mi madre, cerdo, y a mí me importa.

–Víctor, ven conmigo –intervino Jacobs–. Te invito a un refresco.

Santos impidió que lo agarrara del brazo y miró al detective con ojos entrecerrados.

–Voy a encontrarlo, ¿me oyes? Voy a encontrar al hombre que mató a mi madre y voy a hacer que pague por ello.

–¿De verdad? –preguntó el detective, con aburrimiento y desprecio–. Sólo eres un niño. Sólo conseguirás que te maten. Deja que hagamos nuestro trabajo.

–Dejaría que lo hicierais si tuvierais alguna intención.

El detective apretó los dientes.

–Ya basta. Estamos haciendo lo que podemos. Márchate de aquí. Tengo trabajo que hacer.

Santos se acercó al escritorio del detective. De repente se sentía su igual. Ya no le intimidaba su posición, ni su tamaño. Por primera vez comprendía lo que se sentía siendo un hombre, no un niño.

–No te preocupes, detective –dijo con ironía, mirándolo a los ojos–. Pero recuérdalo. No sé cómo, pero encontraré al canalla que asesinó a mi madre y haré que pague por todos sus crímenes. Es una promesa.

Libro 3
Glory

Nueva Orleans, Luisiana
1974

Con sólo siete años, el mundo era un lugar mágico y amenazador para Glory Alexandra Saint Germaine. Un lugar con todo lo que una niña pudiera desear: preciosos vestidos con encajes; muñecas de largo cabello que podía peinar; lecciones de equitación; y la mejor vajilla de porcelana para las fiestas que diera en el jardín. Obtenía todo lo que se le antojaba.

Su padre era lo más mágico y maravilloso de aquel mundo. Cuando se encontraba a su lado sabía que nada malo podía ocurrirle. Se sentía especial, a salvo. La llamaba «preciosa muñeca», y aunque encontraba la expresión algo insultante a una edad en la que ya se creía mayor, en el fondo le agradaba. Sin embargo, no dejaba de quejarse cuando lo hacía en público.

Su madre, en cambio, sólo la llamaba por su nombre.

Glory intentó acomodarse en la silla de madera. Le dolía todo el cuerpo por llevar tanto tiempo sentada en la esquina. En la esquina de las malas chicas.

Suspiró y trazó una línea con el pie sobre la brillante superficie del suelo de madera. Su madre inspeccionaría más tarde el lugar, cuando hubiera levantado el castigo, para asegurarse de que no había estado haciendo otra cosa. La castigaba con bastante frecuencia, y estaba obsesionada con que la esquina estaba hecha para rezar y reflexionar. Recordaba muy bien ciertas palabras que había oído en multitud de ocasiones:

—Te sentarás en la esquina y pensarás en lo que has hecho. Pensarás en lo que Dios espera de las niñas buenas.

Otras madres hablaban con sus hijas en términos cariñosos. Por desgracia, Glory no podía recordar una simple palabra de afecto en su corta vida.

Resultaba evidente que su madre no la quería.

Cerró los ojos con fuerza como si al hacerlo pudiera borrar tales pensamientos. Pero no podía, y se sentía triste y asustada. Una vez más su madre había destruido su maravilloso mundo para construirlo en un lugar oscuro y lleno de confusión, un lugar dominado por el terror.

Más de una vez había intentado convencerse de que su madre la amaba. Se decía que Hope Saint Germaine sólo era una madre distinta a las demás, una mujer que detestaba el contacto físico, que creía en la disciplina y despreciaba el afecto. No obstante, sus esfuerzos no servían de nada. En el fondo de su corazón sabía que no era cierto.

Sus ojos se llenaron de lágrimas. Toda la vida había intentado ser buena, hacer todo lo que ella quería. No comprendía, entonces, que no la amara. Todo lo que hacía estaba mal para Hope. Si reía, reía demasiado alto; si corría o cantaba, su madre recriminaba su actitud porque deseaba rezar. Hasta la molestaba que gustara a los demás. Encontraba repugnante el afecto, en cualquier vertiente, y mucho más si procedía de alguien ajeno a la familia. Por desgracia para ella, Glory era de la clase de niñas que gustaban a todo el mundo sin proponérselo.

Tenía ganas de salir de allí para jugar. Le encantaba reír, cantar y bailar, todo ello un terrible pecado según su madre. No dejaba de repetir que a Dios no le gustaban las niñas que querían ser el centro de atención.

Fuera como fuese, Glory intentaba contentarla, pero sistemáticamente sin éxito.

Una solitaria lágrima resbaló por su mejilla. Al menos, iría pronto a levantar el castigo. Se cercaba la hora de cenar, y Hope siempre levantaba los castigos a la hora de la cena.

La boca se le hacía agua al pensar en la comida que se había perdido por su «maligno» comportamiento.

—Mamá, ¿puedo salir ya, por favor? —preguntó—. Seré buena, lo prometo.

No obtuvo más respuesta que el silencio. Glory se mordió el labio. Quiso llevarse un dedo a la boca, pero no lo hizo; su madre la había castigado con dureza en cierta ocasión por chupárselo. También eso era maligno y repugnante. Todo lo referente al cuerpo lo era.

En aquel momento oyó que se abría la puerta.

—¿Mamá?

—No, preciosa, soy papá.

—¡Papá!

Glory se levantó de la silla y salió corriendo hacia su padre. Con él no tenía que pedir permiso para huir de aquella esquina. No tenía que disculparse ni explicar lo que supuestamente había aprendido durante su penitencia. Su padre la quería, hiciera lo que hiciese.

La abrazó con tanta fuerza que Glory sintió que el día acababa de empezar.

En cuanto se apartó de él, su expresión le dijo que aquella noche habría otra fuerte discusión. Su padre acusaba a su madre de ser una obsesa inflexible, y ella lo llamaba pecador. Decía que si la abandonaba, Glory crecería en el pecado.

Sus peleas siempre terminaban del mismo modo, en silencio. En cierta ocasión la niña se había acercado a la puerta del dormitorio de sus padres para escuchar. Había oído el gemido de su padre, como si sufriera algún tipo de terrible dolor, y la risa sin aliento de su madre, un sonido triunfante y lleno de poder. Acto seguido oyó que algo caía al suelo y corrió a esconderse en su dormitorio.

Nerviosa y asustada, esperó que su madre apareciera en cualquier momento para castigarla, o que por la mañana descubriera que a su padre le había sucedido algo malo. La idea de que pudiera perder a su padre le parecía aterradora. No podría vivir sin él.

Aquella noche la pasó en vela, atemorizada.

—¿Preciosa? ¿Te encuentras bien?

—Sí —respondió entre lágrimas—. Pero he sido mala, papá. Y lo siento.

Su padre no dijo nada. Se limitó a mirarla durante unos segundos como si quisiera decir algo. Glory bajó la cabeza y continuó:

—Corté unas flores del jardín y se las di al señor Riley. Es muy simpático conmigo, y a veces parece tan triste que quise animarlo. Lo siento, no volveré a hacerlo.

La expresión de su padre se endureció.

—No has hecho nada malo, mi preciosa muñeca. Hay muchas flores en el jardín, e intentar hacer felices a los demás es algo bueno. Le dije a tu madre que podías cortar todas las flores que quisieras y dárselas a quien te viniera en gana. Lamentablemente, no lo sabía —apretó los labios con fuerza—. ¿Lo comprendes, Glory?

—Sí, papá, lo comprendo.

Sin embargo, como tantas veces, era su padre quien no comprendía. Le daba permiso para hacer cosas como cortar flores o jugar al escondite inglés sin permiso, pero su madre seguía mirándola como si estuviera haciendo algo terrible, como si fuera culpable de algún pecado inconfesable. No podía soportar aquella mirada. La estremecía. Era mucho peor que los castigos en la esquina, de manera que no volvería a cortar flores del jardín aunque tuviera el permiso de su padre.

—Tengo una idea. ¿Qué te parece si vamos a cenar al hotel esta noche? Podemos ir al salón Renacimiento.

Glory apenas pudo creer lo que oía. Todos los domingos su padre la llevaba al mercado francés a tomar cruasanes y café con leche. Después daban un paseo y él explicaba todo tipo de detalles sobre el funcionamiento del hotel. Se daban una vuelta por la sala de café y disimulaba cuando tomaba algún pastelillo o alguna chocolatina de las mesas.

Pero hasta entonces no la había llevado nunca al salón Renacimiento, el restaurante de cinco estrellas del hotel. Su madre decía que era demasiado pequeña, y sus modales demasiado alocados, para entrar en un lugar tan elegante.

—¿De verdad? —preguntó asombrada.

—Podríamos ir —le acarició la nariz.

Glory recordó a su madre y su ánimo decayó un poco. Ir al hotel con su madre no era tan divertido. Cuando los acompañaba se veía obligada a estar muy callada todo el tiempo. Tenía que concentrarse en sus modales y actuar en la mesa tal y como su madre deseaba, aplicando sus rígidas normas. Cuando iba con ellos, los trabajadores del hotel se comportaban con distanciamiento y solemnidad. No hacían bromas con ella.

—Mamá dice que soy demasiado pequeña para ir al restaurante.

—No la invitaremos —dijo, con un gesto de desagrado que desapareció al instante—. Iremos tú y yo solos. Pero recuerda que tendrás que ponerte un vestido bonito y esos zapatos que dices que te aprietan.

Glory habría sido capaz de ponerse cualquier cosa con tal de ir. Abrazó a su padre, dominada por la alegría.

—Gracias, papá, ¡gracias!

Glory se puso los zapatos prometidos, y cuando llegaron al hotel ya le dolían los pies. Pero procuró hacer caso omiso del dolor. Miró la hermosa fachada del hotel Saint Charles, con orgullo y cariño. Le gustaba de arriba a abajo. Le encantaban los viejos ascensores que crujían cuando llevaban clientes a cualquiera de los trece pisos, el constante trajín de personas en el vestíbulo y hasta el olor de los suelos encerados y de las flores.

Además, todos los empleados estaban encantados con ella. Allí podía reír todo lo que quisiera y tomar todos los pastelitos de chocolate que le apeteciera. No tenía que preocuparse por la posibilidad de llevarse una reprimenda.

Pero sobre todo le gustaba porque sólo era de su padre. Todo en él era suyo, hecho a su gusto. Glory se sentía a salvo en el hotel; en cierto modo, era como si una vez dentro sintiera constantemente el abrazo de su padre.

A veces pensaba que su madre odiaba aquel lugar. No tenía ninguna influencia, ni podía intervenir en las decisiones de Philip. En cierta ocasión se había atrevido a hacer una sugerencia sobre el funcionamiento, y su esposo había reaccionado de forma contundente, en un tono que no utilizaba nunca con ella.

El aparcacoches se apresuró a abrir la portezuela del automóvil. Al ver a la niña, sonrió.

—Hola, Glory. ¿Cómo estás esta noche?

—Muy bien, gracias —sonrió a su vez.

Su padre dio las llaves del vehículo al hombre.

—Estaremos un par de horas, Eric. ¿Preparada, muñequita?

Glory asintió y ambos se dirigieron hacia la imponente entrada del edificio. El portero saludó a la niña con una amplia sonrisa.

—Buenas noches, señorita Saint Germaine. Me alegro mucho de verla.

—Gracias, Edward. Yo también me alegro de verlo —dijo, actuando como una persona mayor—. Hemos venido a cenar. Vamos al salón Renacimiento...

—Muy bien —le guiñó un ojo mientras abría la puerta—. He oído que esta noche sirven unas fresas excelentes.

Su padre la tomó de la mano y ambos entraron en el amplio vestíbulo. Como siempre, la visión del interior del edificio dejó a Glory sin aliento. Sobre sus cabezas colgaba una gigantesca lámpara de araña, y bajo sus pies un sinfín de alfombras persas decoraban el suelo. Los elementos decorativos de cobre o de bronce brillaban, al igual que las superficies de sólida madera de ciprés.

A su madre la molestaba incluso la belleza del lugar. En cambio, Glory pensaba que era el lugar más maravilloso del mundo.

—Te has comportado muy bien en la entrada, Glory —murmuró su padre—. Estoy orgulloso de ti. Algún día llegarás a ser una magnífica directora del hotel.

Glory se sintió muy orgullosa. Su padre la llevaba al hotel desde que empezara a andar, y hablaba con ella sobre casi todos los aspectos de su funcionamiento. Entonces era demasiado joven para comprenderlo todo, pero escuchaba con atención lo que decía.

Ahora, pasados los años, lo sabía todo sobre la institución. Conocía su historia, su valor, y cómo funcionaba el día a día.

El hotel Saint Charles tenía ciento veinticinco habitaciones o suites. En él habían dormido tres presidentes de los Estados Unidos, todos los gobernadores de Luisiana, e incontables estrellas de cine entre los que se encontraban Clark Gable, Marilyn Monroe y Robert Redford. Aquel mismo año habían recibido la visita de Elton John, aunque a su padre no le agradó mucho la horda de seguidoras enfervorizadas que invadieron el hotel intentando conseguir un autógrafo de su estrella.

La recepción se encontraba más adelante, a la derecha. A la izquierda se encontraba el bar del vestíbulo, donde servían el té por la tarde y cócteles por la noche. Entre ambos se abría la puerta del salón Renacimiento.

Su padre se detuvo en la recepción. La mujer que se encontraba tras el mostrador sonrió.

—Buenas noches, señor. Buenas noches, señorita Saint Germaine.

—Hola, Madelaine. ¿Cómo va todo?

—Bien. Bastante tranquilo, teniendo en cuenta que está ocupado el setenta y cinco por ciento del hotel.

—¿Y el restaurante?

—Creo que bastante lleno.

—¿Dónde está Marcus?

—Creo que en el bar.

Philip inclinó la cabeza, pensativo.

—Estaremos en el restaurante. Si pasa por aquí, envíamelo.

Mientras se alejaban, Glory preguntó a su padre:

—¿Estás enfadado con Marcus?

—Enfadado no, decepcionado. No está haciendo bien su trabajo.

—Bebe demasiado, ¿verdad?

Su padre la miró, sorprendido.

—¿Por qué lo dices?

—Estaba en el bar la última vez que vinimos —se encogió de hombros—. Me fijo en muchas cosas, papá. Ya no soy una niña.

Su padre rió.

—Tienes razón. Estás a punto de cumplir ocho años. Eres toda una adulta —declaró con ironía—. En fin, ya estamos. Adelante, muñequita.

Philip saludó al maître y desestimó la oferta de acompañarlos a la mesa. Mientras avanzaban por el salón, Glory observó a su padre. Sabía que nada escapaba a su mirada, por insignificante que fuera. Se detuvo a saludar a varios clientes; se interesaba por ellos y expresaba la esperanza de que regresaran pronto.

Cuando llegaron a la mesa, Philip esperó a que se sentara su hija antes de acomodarse.

—Todo tiene que estar perfecto —dijo con suavidad—. Es lo que los clientes esperan de nuestro hotel. No debes olvidarlo nunca.

—No lo haré. Puedes contar conmigo.

—Recuerda también la importancia del toque personal —sonrió—. No somos una fría cadena hotelera. Debemos tratar a los clientes como si fueran amigos, invitados en nuestra propia casa.

—Sí, papá.

—Tienes que fijarte en todo, incluso en la cubertería y en la vajilla. Cualquier fallo sería imperdonable, incluso una simple huella dactilar.

Philip comprobó el estado de los cubiertos e hizo lo propio con las copas. Glory lo imitó, y al ver su reflejo en la cuchara sopera sonrió al pensar que ya era muy mayor.

—Los manteles tienen que estar muy limpios y perfectamente planchados. Y las flores deben ser frescas.

—Y la vajilla debe encontrarse en perfecto estado —dijo la niña—. Un simple rasguño sería...

—Inaceptable —sonrió su padre.

—Exacto. Inaceptable.

—Ten en cuenta que en el Saint Charles los clientes pagan por obtener un trato perfecto. Si no se lo ofreciéramos, los perderíamos.

Mientras comían, su padre siguió hablando con ella sobre diversas cuestiones del funcionamiento del hotel. Glory ya conocía a fondo el negocio, a pesar de su corta edad, pero no se cansaba nunca de escucharlo.

De hecho, no volvió a pensar en su madre hasta que sirvieron el postre. Sólo entonces comprendió que no la había visto desde que la castigara a permanecer en la esquina.

—¿Dónde está mamá?

—Ha ido a misa.

—Debe estar enfadada conmigo, por las flores que regalé al señor Riley.

Philip apretó los labios.

—Olvídalo, cariño. Cometió un error, nada más.

—Sí, papá.

—Tu madre te quiere mucho. Sólo quiere que cuando crezcas seas una buena persona. Eso es todo.

—Claro, papá —murmuró, aunque sabía que no era cierto. Una simple mirada a su padre bastó para que comprobara que él tampoco creía en sus palabras. Glory sabía que su madre no la amaba. Y a veces le dolía tanto que deseaba morir.

—¿Muñequita? ¿Qué te ocurre?

—Nada, papá —respondió con tristeza.

A pesar de la contestación, la niña esperó que su padre volviera a repetir la pregunta. Pero no lo hizo. Cambió de tema a propósito.

—¿Has pensado en lo que quieres en tu cumpleaños?

—Aún quedan dos meses.

—Dos meses no es mucho tiempo —declaró, mientras tomaba un poco de café—. Seguro que has pensado en algo.

Glory sólo quería una cosa, algo imposible. Quería que su madre la quisiera.

—No —dijo al fin—. No he pensado en nada.

—Bueno, no te preocupes. De todas formas he pensado en algo especial. Algo digno de tu octavo cumpleaños.

La niña no dijo nada, de manera que Philip añadió:

—Venga, vamos a dar una vuelta por el hotel antes de volver a casa.

Glory se encogió de hombros.

—De acuerdo.

Al principio, mientras paseaban por las salas del hotel,

Glory se encontró algo triste. Pero a medida que transcurrían los minutos la magia del hotel la envolvió. Su padre la quería, y ambos compartían un profundo amor por aquel edificio. Un amor en el que su madre no podía interferir.

Al final entraron en el ascensor para regresar al piso inferior.

—«Ocupación» es la palabra clave —dijo su padre, mientras pulsaba el botón del vestíbulo—. Debes conseguir que el hotel esté siempre lleno. Las habitaciones vacías no sólo suponen pérdidas de ingresos, sino también gastos de capital. No hay diferencia alguna entre estar ocupados al veinte por ciento o al noventa. A los trabajadores hay que pagarlos de todas formas, y se debe mantener la misma eficiencia en el trato a los clientes. ¿Lo comprendes?

—Sí.

—Además, no debes abusar nunca de tu poder ni con los trabajadores, ni con los clientes. Y no debes dejarte llevar por tu aparente riqueza. A lo largo de los años he conocido a muchos hoteleros que han quebrado después de dejarse llevar por el despilfarro y por la buena vida, dando continuas fiestas para los amigos o haciendo favores a personas equivocadas. El hotel es lo más importante de todo.

—Yo no soportaría perder el Saint Charles. Lo amo.

—Me alegro, porque algún día será tuyo —declaró, en el preciso instante en que se abrían las puertas del ascensor.

Sin embargo, su padre no salió. Apretó la mano de la niña y dijo:

—El Saint Charles es tu sangre, Glory. Forma parte de ti, como tu madre o yo mismo. Es tu herencia.

—Lo sé, papá.

—La familia y tu herencia lo es todo. No debes olvidarlo nunca. Debes recordar quién eres y quién quieres ser. No lo olvides. Nadie puede robarte a tu familia.

9

Glory despertó sobresaltada, pero tardó unos segundos en abrir los ojos porque sabía que su madre estaba junto a la cama, observándola. Podía sentir su presencia, su mirada.

Los segundos pasaron y se transformaron en minutos, pero no levantó los párpados. No quería ver su expresión. Ya la había visto demasiadas veces y sabía de sobra cuál sería. Una expresión que la destrozaría de nuevo.

Empezó a sudar bajo las sábanas. Su corazón latía tan deprisa que amenazaba con salir de su pecho. Esperó que se marchara, pero no lo hizo.

Notó que se acercaba aún más a la cama y de repente sintió pánico. Tal vez no fuera su madre, sino algún extraño. Tal vez fuera algún monstruo.

Al final no pudo soportarlo por más tiempo y abrió los ojos. Pero de inmediato deseó no haberlo hecho.

Su madre la miraba con un gesto horrible. Sus ojos brillaban de un modo extraño, y Glory se estremeció a punto de llorar. La miraba como si ella fuera el monstruo que había imaginado segundos antes. Como si fuera el mismísimo diablo. Y no comprendía por qué.

Quiso preguntar qué había hecho para merecer tal trato por su parte, pero no lo hizo. Y un instante después su madre se dio la vuelta y se marchó, dejándola a oscuras de nuevo.

Glory empezó a llorar y apretó la cabeza en la almohada, desesperada. Lloró hasta que no tuvo más lágrimas que derramar. Acto seguido tomó uno de sus muñecos de peluche y lo apretó contra su pecho. Recordó la primera vez que había descubierto a su madre en tales circunstancias, observándola en secreto mientras dormía; entonces era muy joven, tanto que no podía recordar ningún detalle, salvo que se sintió horrible y sola, muy sola.

Tal y como se sentía ahora.

No entendía por qué la miraba de aquel modo, qué había hecho para merecer tanto rechazo. Pero ante todo, no comprendía por qué no la quería.

Una vez más empezó a llorar.

De todas formas, su padre la quería. Aunque de vez en cuando pensara que quería más a su madre. Fuera como fuese el simple hecho de recordar el hotel y la noche que había pasado en compañía de su padre bastaba para que lo olvidara todo.

Pensó en las palabras de Philip y se sintió mucho mejor, menos sola y asustada. Tanto su padre como su madre formaban parte de ella. Y ella formaba parte, a su vez, de la familia Saint Germaine y del hotel Saint Charles.

Nadie podría robarle eso, ni siquiera la mirada encendida de su madre, ni siquiera la oscuridad de su propio miedo.

No estaba sola. Con una familia, no lo estaría nunca.

Glory se detuvo en el umbral del despacho y miró hacia atrás para asegurarse de que su madre no se encontraba cerca. Entonces entró y dejó entreabierta la puerta. Acto seguido se dirigió hacia las estanterías donde se encontraban los libros que su madre le prohibía leer.

Uno a uno fue mirando los títulos de los ejemplares que se encontraban en el cuarto estante. Eran obras sobre arte en general. Había un libro sobre la obra de Renoir, otro que trataba sobre los posimpresionistas, y hasta uno de Miguel Ángel. Glory se detuvo en el último. Su abuela había dicho que Miguel Ángel había sido el mejor escultor de la historia de la humanidad. Ahora sólo tenía que encontrar una forma de sacar el libro de la estantería.

Miró a su alrededor. La escalerilla se encontraba al otro lado, y los dos sillones eran demasiado grandes como para que pudiera moverlos para subirse en ellos.

—¿Qué puedo hacer? —murmuró.

Entonces vio la papelera de cobre que había en una esquina. La colocó boca abajo y se subió. Aún así no conseguía alcanzarlo, ni siquiera de puntillas.

En aquel momento oyó un ruido y estuvo a punto de caer. Era Danny Cooper, el hijo de seis años del ama de llaves.

—Me has dado un susto de muerte. ¿Qué estás haciendo aquí?

—Mi madre se ha ido al médico y mi abuela ha dicho que sea bueno y que no moleste. Quería jugar contigo, pero no te encontraba.

—A mi madre le duele la cabeza, y estuve desayunando con mi abuela.

—¿Quieres jugar?

Glory lo miró. Habían jugado juntos toda la vida, y aunque era demasiado pequeño lo tenía por su mejor amigo.

—Tengo una idea mejor —dijo, mientras bajaba de la papelera—. ¿Puedes guardar un secreto?

—Claro.

—Necesito que me ayudes a alcanzar uno de esos libros.

—¿Por qué?

—Mi abuela me llevó al museo ayer por la mañana —murmuró—. Y vi algo que... En fin, cuando pregunté por ello mi abuela se ruborizó e insistió en que regresáramos a casa.

—¿Algo que está en ese libro?

—Bueno, quiero comprobarlo.

—Puedo decirle a mi abuela que nos ayude.

—No, no, no hagas eso. Se supone que no debo ver esos libros. Mi madre lo ha prohibido.

—Ya. ¿Y yo también podré verlo?

—Si me ayudas... Pero tendrás que guardar el secreto.

—Lo prometo.

—Si nos descubren, tendremos problemas.

Glory miró asustada hacia la puerta. Sin embargo, su madre tardaba mucho en levantarse cuando le dolía la cabeza, algo relativamente frecuente. A veces no aparecía hasta la noche, y a veces ni siquiera entonces.

—¿Te atreves? —preguntó la niña.

—Si tú te atreves, yo también.

—Muy bien. Lo primero que necesitamos es acercar un sofá para poder llegar al estante. Si empujamos entre los dos, lo conseguiremos.

Juntos lo lograron. No obstante, Glory no tardó mucho en descubrir que el volumen era más grande y pesado de lo que imaginaba. A punto estuvo de no poder sacarlo. Y cuando lo hizo, no pudo evitar que cayera al suelo con un estruendo. Los dos niños se volvieron hacia la puerta del despacho, helados.

Pero no pasó nada en absoluto.

Recuperada del susto, bajó del sofá y se sentó. Abrió el libro y buscó la fotografía de la escultura que buscaba. El *David* de Miguel Ángel.

Cuando lo encontró, descubrió lo evidente. Estaba desnudo. La lógica curiosidad infantil la empujó a tocar la fotografía, puesto que su madre era una mujer tan cohibida que no se había atrevido nunca a explicarle ciertas cosas. Todo era, para ella, un pecado.

—No es justo —se quejó Danny—. Deja que lo vea yo también.

—¿Estás seguro de que eres suficientemente mayor?

—Si tú lo eres, yo también.

—Soy dos años mayor que tú.

—Pero yo soy un chico.

—Eso da igual.

—Lo prometiste.

—Oh, es cierto.

Al final dejó que viera la fotografía. Pero contrariamente a lo que esperaba, Danny no pareció sorprenderse en absoluto.

—Bueno, ¿qué te parece? —preguntó, ingenua.

—¿El qué?

—Eso —contestó.

—¿A qué te refieres?

Glory se ruborizó y no tuvo más remedio que apuntar, directamente, a la entrepierna de la escultura.

—Ah, ¿estás hablando de su pene? —preguntó el chico—. Yo también tengo uno. Todos los chicos lo tienen.

Su incultura era tal en ciertos aspectos que no había oído la palabra «pene» en toda su vida. Por otra parte, no había tenido mucho contacto con niños. Su madre se había encargado de internarla en un colegio de chicas, y no permitía que pasara demasiado tiempo con nadie que no llevara faldas.

Su madre decía que las niñas no debían mezclarse con los niños. Pero Glory sabía que no era cierto. Había visto cómo jugaban juntos, y oído las conversaciones de chicas que consideraba buenas personas.

Al parecer todo el mundo sabía ciertas cosas salvo ella.

Sin embargo intentó sentirse algo mejor pensando que era lógico que Danny lo supiera, puesto que era un chico.

—Es normal —continuó el pequeño—. Tan normal como las vaginas en las chicas.

—¿Cómo lo sabes? —preguntó, sorprendida.

—Me lo ha dicho mi madre. Es algo evidente. Los seres humanos somos así.

—Entonces, ¿no es ningún secreto? —preguntó, confusa y disgustada.

—Pues claro que no. Aunque algunas personas, como mi amigo Nathan, tiene palabras algo malsonantes para describirlo.

Glory hizo un esfuerzo por comprender la nueva situación. Si se trataba de algo tan normal y corriente no entendía que su abuela se hubiera ruborizado en el museo.

De repente tuvo una idea. E hizo algo bastante común entre los niños.

—¿Puedo ver el tuyo? No he visto uno nunca —confesó, ruborizada—. Si me lo enseñas, dejaré que me veas a mí.

—No lo sé. No me gustaría que te rieras. Además, ¿qué pasará si nos descubren?

—No me reiré, lo prometo. Eres mi amigo. Además, no van a descubrirnos.

—Bueno —asintió al fin.

Danny se bajó los pantalones y los calzoncillos y dejó que lo viera. Glory se sorprendió un poco al comprobar que era distinto al de la escultura de Miguel Ángel. Más pequeño.

En aquel instante, un grito de horror rompió el silencio. Glory se dio la vuelta y vio a su madre, que se encontraba en el umbral, pálida. Estaba temblando.

Asustada, la niña dejó caer el libro al suelo con tan mala fortuna que quedó abierto por la fotografía del desnudo «David».

—Mamá, yo no...

—¡Ramera! —la insultó, avanzando hacia ella—. Sucia prostituta...

Glory no supo qué hacer. Sólo había visto a su madre en un estado tan anormal por la noche, cuando se dedicaba a observarla mientras dormía. Y por supuesto, no había oído semejantes palabras en toda su vida.

—Mamá —susurró entre lágrimas—. No estábamos haciendo nada malo. No pretendía...

Hope la agarró y la levantó del sofá. Glory se puso de rodillas, pero su madre la obligó a levantarse. La niña sintió un intenso dolor en el hombro y gritó. Al hacerlo, la furia de la mujer se desencadenó definitivamente. La asió por los brazos y empezó a sacudirla con fuerza.

—Mamá, no estaba haciendo nada malo... No pretendía... Fue idea de Danny. Me obligó a hacerlo, mamá... Por favor...

Danny empezó a llorar al mismo tiempo, desesperado. Aún no se había subido los pantalones.

La señora Cooper apareció al cabo de unos segundos.

—¿Qué está pasando aquí? —preguntó—. Oh, Dios mío... Danny, cariño, ¿en qué lío te has metido ahora?

—¡Yo no lo he hecho, abuela! ¡No he sido yo!

Hope se dio la vuelta y levantó la mano como si tuviera intención de abofetearlo, pero la señora Cooper se interpuso. Ayudó al niño a vestirse y lo tomó en brazos.

—Cálmese, señora Saint Germaine. Sentían curiosidad, como todos los niños. Es algo normal.

—¡Salga de aquí! —rugió—. ¡Y llévese a ese violador con usted! No quiero volver a verlos. ¿Entendido?

La señora Cooper se sorprendió.

—Pero señora, no es posible que lo diga en serio.

—Por supuesto que sí —entrecerró los ojos—. Salga ahora mismo de esta casa. Soy un ángel de Dios, dispuesto a castigar a todos los pecadores y a defender a sus criaturas.

La señora Cooper palideció. Dio un paso atrás y salió corriendo con Danny en los brazos. Glory los observó, horrorizada. Esta vez, debía haber hecho algo realmente malo. Su madre no la perdonaría jamás.

Sin embargo, su madre pareció calmarse de repente.

—Ven conmigo.

Glory negó con la cabeza, asustada. Temblaba tanto que apenas podía mantenerse en pie.

—Muy bien, como quieras.

Hope la agarró del brazo y tiró con ella con fuerza, escaleras arriba. La llevó a su dormitorio y se dirigió hacia el cuarto de baño. En cuanto entraron cerró la puerta por dentro.

Glory corrió a una esquina y se apretó contra la pared. Su madre caminó hacia la bañera y abrió el grifo del agua caliente. Un minuto más tarde la habitación empezó a llenarse de vaho.

—Mamá, seré buena —murmuró—, de verdad. Seré buena.

—Has pecado contra Dios y debes ser castigada. Debo limpiarte del pecado —declaró, con expresión de locura—. Métete en la bañera.

Glory volvió a negar la cabeza.

—No fui yo, mamá, sino Danny. Fue idea suya. Él me obligo. Sólo estábamos jugando.

—No se puede confiar en ti. Eres como Eva. Estás destinada a probar la manzana. Tienes la «oscuridad» en ti.

—Por favor, mamá —rogó entre lágrimas—. No fue culpa mía. Por favor, mamá, me estás asustando...

—Yo arrojaré la oscuridad lejos de ti —espetó.

Agarró a la niña por los pies, la desnudó sin delicadeza alguna y la forzó a meterse en la bañera.

La temperatura del agua era tan alta que la niña gritó de dolor. Pero su madre la obligó a permanecer dentro.

—Esto no es nada comparado con el fuego del infierno. Recuérdalo, hija.

Hope abrió un armario y sacó un cepillo de púas duras.

—Te limpiaré. Y si es necesario te arrancaré la carne de los huesos.

Los siguientes minutos fueron una pesadilla para la niña. Su madre frotó todo su cuerpo con furia, sin dejar de gritar y de rezar en alto. Hablaba de la oscuridad, del pecado, del diablo y de una misión purificadora.

Todo su cuerpo estaba enrojecido, y sangraba entre las piernas. Sentía frío y calor al tiempo, y poco a poco fue perdiendo las fuerzas. Cuando ya ni siquiera podía mantenerse sentada, su madre la sacó de la bañera, la secó, le puso un camisón de algodón y la llevó a la esquina del dormitorio. Una vez allí, la obligó a ponerse de rodillas.

—Debes sacar al diablo de tu cuerpo —dijo, apretándola con fuerza—. Debes sacarlo de ti.

Estremecida, la niña miró a su madre a los ojos. De inmediato comprendió que estaba loca.

—La oscuridad no conseguirá entrar en ti. ¿Me oyes? No lo permitiré.

Entonces, sin decir nada más, su madre salió de la habitación y cerró la puerta con llave.

Glory no supo cuánto tiempo permaneció de rodillas en la esquina, muerta de miedo. Temía que si se movía aparecería de nuevo su madre y volvería a enfadarse.

Le dolía todo el cuerpo, pero lo peor de todo no era el dolor físico, sino el sentimiento de humillación y la certeza de que su madre no la amaba en absoluto.

Al final no fue ella, sino su padre, quien apareció. Philip no dijo nada. Se limitó a tomarla en brazos y a llevarla a la cama. Después se sentó sobre ella y la abrazó con fuerza, murmurando palabras de ánimo y de cariño.

Glory se apretó contra él, agotada. Deseaba decirle que lo sentía, que no había querido ser una mala chica, pero no era capaz de articular una simple palabra. Ni siquiera tenía ganas de llorar. Había agotado sus jóvenes lágrimas.

Poco a poco fue haciéndose de noche, pero su padre no la dejó. Glory mantenía los ojos cerrados. Sin embargo, no podía quitarse de la cabeza el rostro enloquecido de su propia madre. Y mucho más tarde, cuando por fin se quedó a solas, deseó poder hacer algo para no escuchar el sonido de las irritadas voces de sus padres, que estaban discutiendo de nuevo.

Se tapó la cabeza con las sábanas. Nunca se habían peleado de aquel modo. No entendía lo que decía, pero oyó varias veces su nombre. Como oyó que su padre amenazaba a su madre con el divorcio. Hope, entonces, se limitó a reír.

Glory sentía tanto dolor que no podía soportarlo. Se creía

culpable de la discusión de sus padres. Creía que era culpable de que su madre hubiera despedido a la señora Cooper, y de que Danny se hubiera puesto a llorar.

Se creía culpable de todo.

No en vano, había mentido a su madre acerca del niño. Le había dicho que había sido idea suya, que Danny la había obligado. Y todo ello después de prometer a su amigo que no los descubrirían.

A la mañana siguiente descubrió que los criados mantenían con ella una actitud lejana y distante. Hasta apartaban la mirada para no verla. En general bromeaban y jugaban con ella, y en su inocencia interpretó que su comportamiento se debía a que había mentido, a que pensaban que era culpable de que hubieran despedido a la señora Cooper.

Glory miró su desayuno y sintió deseos de vomitar. No podía olvidar lo que había hecho con Danny, con su amigo. Lo había traicionado a pesar de que siempre había sido cariñoso con ella, de que la hacía reír cuando estaba triste. Y de paso había conseguido que despidieran a la señora Cooper, la mujer que siempre le llevaba algo de comer, a escondidas, cuando su madre la castigaba.

Estaba desesperada. Los echaba mucho de menos. Había hecho algo terrible y deseaba pedirle a su madre que los trajera otra vez a casa.

Para entonces estaba llorando de nuevo, pero al oír que su madre entraba en la casa, de vuelta de la misa de la mañana, se secó las lágrimas. Supuso que si le decía la verdad reconsideraría su decisión. Danny no había hecho nada malo, ni mucho menos su abuela. Tenía que comprenderlo. Se enfrentaría a su madre y diría la verdad.

No obstante, en cuanto recordó el rostro de su madre se estremeció. No podía olvidar, y no olvidaría nunca, el intenso dolor que le produjo aquel cepillo. Como no olvidaría tampoco los gritos de su madre mientras rezaba y hablaba sobre el diablo y la oscuridad.

Si se atrevía a hablar, era posible que volviera a castigarla.

Se estremeció y pensó que sería mejor contárselo a su padre. Él podría arreglarlo todo.

Entonces pensó en la conversación que había oído durante la noche. Si sus padres se divorciaban, sería terrible para ella. Sabía cómo funcionaban generalmente aquellas cosas, y no tendría más remedio que irse a vivir con su madre. Algo que en ningún caso podría soportar.

No tendría más remedio que atreverse a hablar con ella.

Se levantó de la silla y avanzó hacia el vestíbulo. Estaba vacío, pero sabía de sobra dónde se encontraba su madre. Tenía la costumbre de leer el periódico, después de la misa, en el solario.

Cuando llegó, se estremeció. Bajo la luz del sol su madre parecía tan calmada y bella que no parecía la misma persona. De hecho, parecía un ángel de pelo oscuro.

—¿Mamá? —preguntó, con voz temblorosa.

Su madre levantó la mirada y la imagen celestial desapareció de inmediato. Glory dio un paso atrás.

—¿Qué quieres?

—¿Puedo hablar contigo, por favor?

Hope dudó unos segundos, pero al final asintió.

—Puedes.

—Mamá, yo... te mentí.

Su madre arqueó las cejas, pero no dijo nada.

—Mentí sobre Danny. No fue idea suya, sino mía.

Su madre permaneció en silencio. Los ojos de Glory se llenaron de lágrimas. Nerviosa, continuó hablando.

—Quería que supieras que fue culpa mía. Todo.

—Ya veo.

—Lo siento, mamá. Estoy avergonzada por ello.

Su madre levantó su taza y tomó un poco de té. Acto seguido, preguntó:

—¿Eso es todo?

—No —contestó, más tranquila al observar que no se enfurecía—. Pensé... Esperaba que le pidieras a la señora Cooper que regresara.

Hope no se movió. Daba la impresión de que ni siquiera respiraba. Al final, levantó la mirada y rompió el silencio.

—¿Por qué habría de hacerlo?

—Porque mentí. No fue culpa de Danny, ni de su madre.

No deben ser castigados por mi comportamiento. Por favor, mamá, lo siento mucho. Por favor, pídeles que vuelvan.

Su madre se levantó y caminó hacia la cristalera. Estuvo un buen rato mirando hacia el jardín, y cuando se dio la vuelta había en sus labios algo parecido a una sonrisa.

—Me alegra que estés avergonzada por tu comportamiento. Es bueno que lo sientas. ¿Pero cómo sé que eres sincera?

—¡Lo soy, de verdad! —dio un paso hacia ella—. De verdad. Por favor, dile a la señora Cooper que vuelva.

—Puede que lo haga —dijo con suavidad—. Pero no es seguro.

Glory se llevó las manos al pecho. Creía que su madre hablaría con la señora Cooper y que lo solucionaría todo. Danny volvería a ser su amigo y el resto de los criados volverían a ser simpáticos con ella.

—Oh, mamá, gracias. Muchas gracias por...

Hope la interrumpió.

—Le pediré que vuelva si me demuestras que puedes ser una buena chica. Si me demuestras que puedes ser la niña que Dios espera.

—¡Puedo serlo, mamá! —sonrió—. Te lo demostraré. Seré la mejor niña del mundo.

12

Hope conocía a fondo el barrio francés y sabía dónde encontrar lo que necesitara, dónde saciar cualquier deseo oscuro e incontrolable que la dominara. Muchos eran establecimientos públicos, frecuentados por inocentes turistas que no sospechaban lo que sucedía más allá del espectáculo nocturno.

Y aquella noche, la «oscuridad» la había llevado a uno de aquellos locales.

Hope entró por la puerta trasera y tomó un pasillo estrecho y apenas iluminado. Las paredes estaban llenas de humedad, y el ambiente, cargado. Los edificios del barrio francés eran muy antiguos, y albergaban todo tipo de criaturas diversas. Entre ellas, algunas humanas.

Se había disfrazado, aunque sabía que no encontraría a ninguna persona conocida en semejante lugar. No estaba de más tomar precauciones. No en vano había estado muchas veces en establecimientos como aquél.

El fuego que ardía en su interior se incrementaba con cada paso que daba. Era una especie de infierno que había que apagar antes de que la consumiera.

Como siempre, sabía que al día siguiente se odiaría. Como de costumbre, culparía por ello a su madre, a su pasado, y a todas las mujeres de la familia Pierron. Todo lo arreglaba con una penitencia, y se justificaba pensando que tenía que hacerlo para apagar el deseo, al menos durante unos días; con un poco de suerte, para toda la vida.

Sólo entonces podría ser libre.

Se detuvo ante la habitación marcada con el número tres. Respiró profundamente. Los latidos de su corazón reverberaban en su cuerpo como tambores tribales. Giró el frío pomo de la puerta y la abrió.

En la cama había un hombre esperándola, desnudo.

Glory se comportaba como la niña devota que se esperaba de ella. No corría, no cantaba, y no reía en alto. No se quejaba nunca ni decía nada que pudiera molestarla.

Los días pasaron hasta transformarse en semanas, pero su madre no le pidió a la señora Cooper que regresara. Glory se despertaba a veces en mitad de la noche y seguía descubriendo a Hope en su dormitorio, observándola con aquel gesto.

Al principio no lo comprendía. Pero entonces se dijo que seguramente lo había planeado para que la señora Cooper regresara el día de su cumpleaños, como una especie de regalo sorpresa. De manera que esperó la llegada del día con ansiedad y no dejó de comportarse, todo el tiempo, como una niña modélica.

Por fin, llegó su cumpleaños. Aquella mañana bajó corriendo a desayunar. Tenía muchas ganas de ver de nuevo a la señora Cooper; deseaba contemplar otra vez su suave sonrisa y sus amables ojos azules; deseaba interesarse por Danny.

Pero no estaba allí. En lugar de ella, la saludó la señora Greta Hillcrest, la nueva ama de llaves.

Decepcionada, se dio la vuelta y se encerró en su dormitorio.

Se arrojó sobre la cama y lloró hasta que no le quedaron más lágrimas. Se había equivocado al pensar que su madre pensaba sorprenderla.

Ahora sabía la verdad.

Nunca le pediría que regresara porque, por mucho empeño que pusiera en ser una buena chica, nunca lo sería ante sus ojos. No estaría nunca orgullosa de ella, no la haría feliz, no lograría ser la hija que esperaba.

Por si fuera poco, la actitud de su madre sólo servía para que se sintiera culpable. No sabía qué había hecho para merecer un trato así, pero resultaba evidente que no podía hacer nada para cambiarlo. De repente, la dominó una intensa furia. Su madre no había tenido intención de cumplir el trato, ni de pedirle a la señora Cooper que regresara.

Era una mentirosa y había intentado engañarla. Nada de lo que pudiera hacer serviría para ganarse su afecto.

Esta vez lloró de rabia. Y por alguna razón se sintió mucho más relajada.

Varias horas más tarde se encontraba mirando la tarta de cumpleaños, sobre la que ardían ocho velitas. A su alrededor, todo el mundo cantaba el «cumpleaños feliz». Año tras año había pedido el mismo deseo al soplar las velas: que su madre la amase. Pero aquel año no lo hizo. A punto de llorar, decidió que no volvería a malgastar un deseo en su madre.

Respiró profundamente y sopló.

Libro 4
La Familia

Nueva Orleans
1980

Ya no lo soportaba por más tiempo. Santos sacó su bolsa de viaje del estante superior del armario. Ya se había hartado de condescendencias, y esta vez no podrían encontrarlo. No podrían capturarlo de nuevo para ingresarlo en un reformatorio.

Habían pasado casi dos años desde la muerte de su madre, y desde entonces se había visto obligado a vivir con cuatro familias de «alquiler». Con todas ellas, sin embargo, había aprendido algo importante.

La primera de todas le había enseñado a no pensar, en ningún momento, que era su familia real. Para ellos sólo era una manera de conseguir dinero, y lo habían dejado bastante claro.

La segunda familia le había enseñado a no llorar, por mucho dolor que le infligieran. Había aprendido que el dolor era algo íntimo, algo que sólo le concernía a él. Había aprendido que cuando expresaba sus sentimientos sólo conseguía que lo ridiculizaran.

La tercera familia le había enseñado a no esperar nada de los demás, ni siquiera una mínima decencia en el trato. Y cuando llegó el turno de la cuarta familia ya no aprendió nada más por la sencilla razón de que había dejado de ser vulnerable. No tenía esperanzas, ni ilusiones, ni deseos de que lo amaran. Se limitó a cerrarse al mundo.

Como consecuencia de su comportamiento, los asistentes sociales del estado habían llegado a la conclusión de que era un chico difícil e introvertido.

Durante su experiencia con las cuatro familias había vivido en cuatro partes distintas de la misma ciudad, asistido a cuatro colegios diferentes, y perdido a todos sus amigos sin hacer ni uno solo nuevo. Habían destrozado su vida, y por si fuera poco se atrevían a decir que era difícil e introvertido. Tal y como decían a menudo sus viejos amigos, el sistema estaba podrido.

Pero esta vez no lo encontrarían.

Debía marcharse de Nueva Orleans. Si se quedaba, lo encontrarían. Y no podría soportar acabar en un reformatorio, o con otra familia de «alquiler». No soportaría otro colegio, otro barrio, más rostros nuevos y desconocidos. Tenía dieciséis años y era casi un hombre. Había llegado el momento de que decidiera por su cuenta y riesgo.

Había planeado su fuga con cuidado, ahorrando todo el dinero que podía hasta conseguir la suma de cincuenta y dos dólares. Después de estudiar un mapa de Luisiana había decidido marcharse a Baton Rouge, una ciudad bastante grande, con universidad, mucha gente joven y no demasiado lejos de Nueva Orleans. Apenas a doscientos kilómetros.

No había olvidado la promesa de encontrar al asesino de su madre. En cuanto fuera mayor de edad, regresaría para cumplirla.

Abrió un cajón y sacó un pequeño joyero del que extrajo unos pendientes de cristal coloreado. De forma reverencial, los colocó sobre la palma de su mano. Eran simples baratijas, pero a su madre le gustaban mucho, y tan largos que casi llegaban a sus hombros. Podía imaginarla con aquellos pendientes, que brillaban como diamantes cuando se movía.

El recuerdo de su madre resultaba doloroso y dulce a la vez. Volvió a guardar los pendientes en el joyero y lo metió en la bolsa con el resto de sus cosas, exceptuados los libros del colegio, que no necesitaría. Pero cambió de opinión y prefirió guardar la pequeña cajita en el bolsillo de sus vaqueros. Allí estarían más a salvo.

Lucía no le había dejado nada de valor, pero aquellos pendientes significaban más para Víctor que mil diamantes de verdad. No habría soportado perderlos.

Cerró la bolsa, miró a su alrededor y pensó que no se arrepentía de abandonar a aquella familia sin siquiera despedirse, ni de huir en mitad de la noche, ni de haber tomado veinte dólares como préstamo. No sentirían su ausencia, y en cuanto al dinero, lo devolvería en cuanto pudiera.

Caminó hacia la ventana y la abrió con sumo cuidado. Miró hacia el exterior, sacó la bolsa, y se alejó en la oscuridad.

Media hora más tarde, Santos se sentaba en el asiento delantero de un coche casi nuevo.

—Gracias —dijo al hombre que lo había recogido mientras hacía autoestop—. Pensé que iba a congelarme.

—Me alegra poder ayudar —sonrió—. Me llamo Rick, ¿y tú?

Santos estrechó su mano, algo incómodo con la situación.

—Víctor.

—Me alegro de conocerte. ¿Adónde te diriges, Víctor?

—A Baton Rouge. Mi abuela está en el hospital —mintió—. Se encuentra bastante mal.

—Vaya, lo siento. Pero tienes suerte —sonrió—. Precisamente voy a la universidad.

Santos sonrió.

—Magnífico. No me gustaría tener que volver a la carretera con el frío que hace.

—En la parte de atrás llevo un termo con café caliente.

—No, gracias —dijo, mientras observaba el flamante interior del vehículo—. ¿Cuánto tiempo llevas en la universidad?

—Este año termino la carrera de psicología.

Santos pensó que su madre siempre había insistido en que siguiera estudiando y se sintió muy culpable. No había podido mantener su promesa.

—¿Y que se supone que hace un licenciado en psicología?

—Ayudar a la gente con problemas, ya sabes. Estudiamos todo tipo de problemas mentales. Y te aseguro que algunos son absolutamente increíbles. No puedes ni imaginarlos.

Víctor recordó el rostro de su madre y se dijo que podía imaginarlo perfectamente. La había asesinado un maldito psicópata.

—Estoy un poco cansado —dijo el chico—. ¿Te importa si no hablamos durante un rato?

—No, claro que no —sonrió—. Pareces cansado. Si quieres echar una cabezadita, hazlo. Te aseguro que no me dormiré al volante.

Santos lo miró. Había algo inquietante en aquel individuo. Algo como arañar una pizarra.

—Gracias, pero estoy bien.

Rick se encogió de hombros.

—Como quieras. Aún nos quedan dos horas de viaje.

Rick encendió la radio y cambió de emisora hasta que encontró una canción que le gustaba. Era *Satisfaction*, de los Rolling Stones.

Santos se recostó en su asiento y miró por la ventanilla del coche, observando el tráfico. Poco a poco fue relajándose. Por primera vez en mucho tiempo se encontraba cómodo. Respiró profundamente y casi dormido se dijo que esta vez no lo encontrarían. Cuando fuera mayor, cuando ya no pudieran capturarlo, regresaría para encontrar al asesino de su madre.

Poco después despertó sobresaltado. Como sucedía a menudo, había soñado con Lucía, y con Tina. Se pasó una mano por la frente y la encontró cubierta de sudor. En la pesadilla, las dos mujeres gritaban pidiendo su ayuda, pero no conseguía llegar a tiempo.

En aquel momento el coche pasó por encima de un bache. Santos miró a su alrededor, confuso y desorientado.

—Al parecer ya te has despertado...

Santos sonrió, avergonzado.

—Lo siento, no tenía intención —bostezó—. ¿Cuánto tiempo he estado dormido?

—No mucho. Media hora.

Santos tenía la impresión de que había pasado mucho más tiempo. Le dolía todo el cuerpo.

Una simple mirada por la ventanilla bastó para que comprobara que se encontraban en una carretera secundaria, completamente desierta. Frunció el ceño, inquieto. Algo andaba mal.

–¿Dónde estamos?
–En River Road, cerca de Vacherie.
–River Road –repitió.

Santos recordaba muy bien el mapa de Luisiana y sabía que no había que desviarse en ningún momento para llegar a Baton Rouge. Pero Rick pareció leer sus pensamientos, porque dijo:

–Un camión sufrió un accidente en la autopista y han cortado el tráfico. De modo que decidí dar un rodeo para llegar antes.

Santos intentó recordar aquel nombre, River Road, pero no lo consiguió.

–¿Has visitado alguna vez las viejas mansiones de las plantaciones, Víctor? –preguntó Rick–. Todas están por esta zona, y son muy interesantes. En aquella época necesitaban el río para todo. Para comerciar, para viajar, para conseguir los suministros...

Santos se pasó una mano por la frente. No entendía que se hubiera quedado dormido, que hubiera actuado de forma tan ingenua y estúpida.

–¿No tardaremos demasiado por esta carretera?
–No más que atascados en la autopista.
–Tal vez tengas razón –murmuró Santos.

Intentó convencerse de que Rick era una buena persona y de que había tomado una decisión razonable. Sin embargo, tenía un mal presentimiento.

–¿Te encuentras bien? Estás algo pálido.
–No, estoy bien –respondió Víctor–. Sólo cansado.

Rick empezó a hablar sobre la universidad y sobre su carrera, y de vez en cuando hacía alguna pregunta acerca de la familia de Santos. El joven se las arreglaba siempre para desviar la conversación de tal manera que siguiera hablando sobre sí mismo.

A pesar de todo, no consiguió sentirse menos inquieto. Algo le decía que haría bien alejándose de aquel individuo.

—Puedes ser sincero conmigo, Víctor. Tu abuela no está enferma, ¿verdad? No te está esperando nadie. Nadie en absoluto.

Santos lo miró y se estremeció. Rick sonrió abiertamente, como si fueran amigos de toda la vida, con calidez. Por desgracia, ya había aprendido que las apariencias engañaban con demasiada frecuencia. Así que se las arregló para fingir indignación ante su comentario.

—Por supuesto que tengo una abuela. Y está enferma, muy enferma. ¿Por qué has dicho algo así?

—Mira, no creo que un chico como tú, y de tu edad, estuviera solo a estas horas de la noche si no fuera porque no tiene a nadie en el mundo. Puedo ayudarte. Puedo conseguirte un sitio para que te quedes una temporada si quieres.

—¿Por qué? Soy un completo desconocido para ti.

—Porque una vez me encontré en tu situación. Sé lo que se siente. Y créeme, es más duro de lo que puedas imaginar.

Parecía tan sincero que estuvo a punto de capitular. No obstante, Santos había aprendido muchas cosas sobre las personas y sobre los intereses que las movían, y sospechaba que había gato encerrado. Era algún tipo de trampa. La gente no ayudaba casi nunca a nadie sin una buena razón.

—Supongo que debe ser duro, sí —dijo—. Pero no lo sé, porque no me encuentro en la situación que dices. Mi abuela me está esperando en Baton Rouge.

—Como quieras —se encogió de hombros.

Sonrió con tal frialdad que Santos se estremeció. Pero se cuidó mucho de mostrar inquietud.

—Muchas gracias, de todas formas.

Miró por la ventanilla del coche, y segundos después oyó que Rick se había quitado el cinturón de seguridad. De inmediato supo que tenía que salir de aquel coche.

En el preciso momento en que intentaba abrir la puerta, Rick frenó en seco. Santos consiguió entreabrir y oyó que algo caía al suelo. Se dio la vuelta con rapidez y golpeó al individuo en la mandíbula, sorprendiéndolo por completo. Fue entonces cuando vio que en el suelo, entre los dos asientos, había una cuerda de nailon y un cuchillo.

La visión de aquellos objetos le trajo a la memoria el cuerpo horriblemente mutilado de su madre. Durante un segundo lo dominó el pánico. Rick aprovechó la ocasión para inclinarse a recoger la cuerda. Santos gritó, asustado, y consiguió abrir del todo la puerta. La humedad y el olor del río asaltaron sus sentidos.

Casi había conseguido escapar.

Rick consiguió agarrarlo por el pie y apretó la cuerda sobre su muslo.

Santos miró a su atacante, presa de la histeria. No podía pensar. Su corazón latía a toda velocidad y apenas podía respirar. Los pensamientos se sucedían en su mente con gran velocidad. Veía el rostro de su madre, su hermosa cara convertida en un rictus de horror.

Como si comprendiera el miedo de Santos, Nick sonrió. Parecía divertirse mucho con todo aquello.

—Puedo facilitarte las cosas, Víctor. O puedo complicártelas más aún. Sé un buen chico y coopera con el tío Rick.

En aquel instante, Santos recobró la calma suficiente para decidir que no acabaría como su madre. Con un grito de furia le pegó una patada en la cara y salió al exterior. A un lado se encontraba el río, y al otro una propiedad rodeada por una alta valla.

Rick salió del coche y Santos empezó a correr por la carretera.

Al llegar a una curva se encontró de repente con un coche que avanzaba a toda velocidad en sentido contrario. No tuvo tiempo de reaccionar. Vio la luz de los faros, oyó el sonido del claxon y finalmente el chirriar de una frenada en seco.

Sintió un intenso dolor y una luz brillante llenó su cabeza. Acto seguido se sintió dominado por una extraña sensación de levedad, como si estuviera flotando.

Segundos más tarde, perdía el conocimiento.

15

Pensó que lo había matado.

Con el corazón en un puño, Lily Pierron se arrodilló junto al cuerpo del joven. Tocó su frente y se sintió mucho más aliviada al comprobar que estaba caliente, y algo sudorosa. Apartó de sus ojos el oscuro cabello y oyó que gemía.

Aliviada, comprendió que estaba vivo. No sabía qué hacer. Dudaba que a esas horas de la noche pasara algún coche por allí. Salvo su casa, no había ninguna otra mansión cercana. Una vez más tocó su frente y dudó entre dejarlo para ir a buscar ayuda o meterlo en el coche.

Sabía que podía agravar su estado si intentaba moverlo, dependiendo de cuáles fueran sus heridas, pero no podía dejarlo abandonado en la carretera.

Lily pensó en el conductor del vehículo que acababa de ver. Se había alejado a toda velocidad al comprobar que se acercaba para pedir ayuda. Su extraño comportamiento, y la manera en que había aparecido el chico, de repente, le hacía pensar que estaba huyendo de algo.

De repente, pensó en otra posibilidad y se estremeció. Tal vez aquel hombre se encontrara observando la escena a una distancia prudencial, esperando para ver si dejaba solo al chico.

Por primera vez sintió el frío de la noche. Pensó que los delincuentes no tenían por costumbre permanecer en la escena del crimen para ver lo que pasaba. Generalmente ponían tierra de por medio. Con todo, la idea de dejar solo al chico la asustaba.

En aquel momento el joven gimió de nuevo y abrió los ojos.

—¿Te encuentras bien? —preguntó, con voz temblorosa—. No te vi. Al dar la curva me encontré de repente contigo. Intenté parar, de verdad. Lo siento tanto... ¿Dónde te duele? Maldita sea, ¿dónde están los médicos cuando se los necesita? No te preocupes, iré a buscar ayuda.

Lily intentó alejarse, pero el chico agarró su mano con una fuerza sorprendente. La mujer lo miró, sorprendida. Víctor miró hacia la carretera y ella comprendió lo que quería decir.

—Se ha marchado. Cuando me detuve, salió disparado a toda velocidad. Si es amigo tuyo creo que deberías elegir mejor...

—No era amigo mío —dijo con dificultad.

—Mira, necesitas ayuda. Tengo que dejarte aquí, pero vivo justo al otro lado de la carretera. Llamaré a una ambulancia y...

—No, no, estoy bien...

Observó horrorizada al chico, que hizo un esfuerzo sobrehumano para sentarse a pesar del evidente dolor que sentía.

—No es cierto, no estás bien. Puede que estés gravemente herido, hijo.

—No soy su hijo —susurró.

Lucy notó la amargura de su voz, una amargura que le dijo más sobre aquel joven de lo que Víctor habría querido. Pero con un chico así no podía mostrar debilidad.

—Estás herido —dijo con firmeza—. Y no sé hasta qué punto. Si me ayudas a subirte al coche, te llevaré a un hospital. Si no, llamaré a la policía para que envíe una ambulancia.

—No llame a nadie —rogó con debilidad—. Estoy bien, de verdad.

Como para probar lo que decía, intentó levantarse. Pero sólo consiguió quedarse de rodillas, doblado hacia delante.

Lily sintió pánico.

—Puedes ser todo lo obstinado que quieras, pero no puedo dejarte aquí. No lo haré. Al atropellarte te has convertido en mi responsabilidad.

—No, por favor, olvídelo. Estoy bien, pero... no llame a nadie.

Resultaba evidente que el chico estaba huyendo de algo o de alguien. Tal vez de la ley, aunque no lo creía. No tenía aspecto de delincuente. Aunque bien pensado, pocos delincuentes lo tenían.

Por si fuera poco, estaba herido. Podía tener heridas internas, o una conmoción. Apenas podía hablar, y no conseguía ponerse en pie.

Entonces, tomó una decisión. Tenía cierta amiga que no haría ninguna pregunta. Pero no pensaba decírselo todavía.

—No debes temer de mí. No llamaré a nadie si vienes conmigo. Comprende que no puedo dejarte aquí. Elige. O vienes conmigo o llamo a la policía. Y no creo que tengas fuerzas para huir de ellos. Si crees que me equivoco, inténtalo.

Lily tomó su silencio por un acuerdo tácito.

—Como acabo de decir, vivo al otro lado de la carretera. Me aseguraré de que estás bien. Estarás a salvo conmigo hasta que puedas continuar tu camino.

Santos dudó, como si considerara la posibilidad de resistirse, pero no lo hizo. Se dirigieron hacia el coche, aunque apenas podía caminar y necesitaba apoyarse en ella todo el tiempo.

Tardaron varios minutos en llegar al vehículo, pero al final lo consiguieron. Lily lo ayudó a subir a la parte delantera y arrancó. Doscientos o trescientos metros más adelante, tomó el caminó que llevaba a la mansión. Sólo entonces miró al joven que la acompañaba. Miraba fijamente hacia delante, y estaba tenso como si en cualquier momento, si observaba algo peligroso, fuera capaz de saltar del coche.

Sintió una terrible lástima por él. Sabía lo que significaba ser un marginado, no pertenecer a ninguna parte, estar solo.

No en vano, había pasado sola toda la vida.

Apretó las manos sobre el volante, dominada por un intenso dolor que no la había abandonado ni un sólo día de su existencia. No podía olvidar a Hope, ni a su amada Glory. Deseaba estar con ellas y compartir sus vidas.

A veces subía al coche y esperaba ante el hotel Saint Charles sólo para poder verlas durante un segundo. La última vez, había conseguido su objetivo. Hope y Glory salieron del hotel, y durante un segundo el sol iluminó sus rostros. El simple hecho de verlas la llenó de alegría. Pero no era suficiente. Las necesitaba, y su querencia rota la carcomía día y noche.

Cerró los dedos. Sólo había deseado una cosa: que su hija tuviera una buena vida, una vida alejada de la que ella había llevado. Y lo había conseguido. Hasta comprendía que su hija no quisiera saber nada sobre ella. Quería mantener las distancias, y entendía su actitud aunque le hubiera negado a Glory la posibilidad de conocer a su abuela, aunque se avergonzara de ella.

No en vano, Lily también se avergonzaba de sí misma. Aunque la prostitución fuera, en el fondo, un trabajo como otro cualquiera. Un trabajo que, como todos, generalmente no se le elegía.

Sin embargo, su capacidad de comprensión no aliviaba el dolor que sentía. Sabía que hasta el día de su muerte estaría condenada a sufrir de nostalgia, a llorar lo que había perdido, a vivir sola.

Al llegar al final del camino, detuvo el vehículo.

—Ya hemos llegado. Espera. Te ayudaré a salir.

—Puedo hacerlo solo.

—Muy bien.

Lily salió del vehículo y Víctor la miró, pero no dijo nada.

Era un chico muy obstinado. No obstante, la mujer sintió una profunda admiración por su actitud. Aun herido y asustado se mantenía en sus trece.

Había conocido a otras personas como él, a las que también había ayudado. Chicos solos, hombres solos. Y comprendía su comportamiento.

Entraron en la casa por la puerta de atrás. Lily encendió la luz de la cocina. Entonces vio que tenía una gran mancha de sangre en el muslo izquierdo.

—Siéntate aquí —dijo, asustada—. Voy a buscar unas vendas.
—Me prometió que no llamaría a nadie...
—Lo sé. No te preocupes —lo miró—. Vuelvo enseguida.

Minutos más tarde regresó con un poco de alcohol, vendas y una toalla de baño. Llenó un bol con agua templada y mojó la toalla.

—Tendrás que quitarte los pantalones. No podré curarte la herida si no lo haces.

El chico se ruborizó.

—Señora, no pienso quitarme los pantalones.

Lily hizo un esfuerzo por no sonreír. Su rubor no encajaba en la imagen de chico duro que pretendía dar.

—Te aseguro que he visto a muchos hombres sin pantalones. No tienes nada que temer de una vieja como yo. Toma la toalla. Puedes taparte con ella si te sientes mejor.

Santos la tomó y Lily se dio la vuelta, sonriendo.

—Ya está.

El chico había regresado a la silla, y se había cubierto con la toalla.

—Voy a meter tus vaqueros en la lavadora. No te vayas.

Minutos más tarde, regresó a la cocina.

—No me mires así. Te prometo que te devolveré los pantalones.

Se arrodilló ante él y empezó a lavar su herida. Por suerte, no era demasiado profunda.

—Puede que esto te duela un poco.

—Desde luego que duele...

—Tengo un amigo que es médico, aunque se ha retirado, y...

—No.

—Vive cerca de aquí. Aceptará curarte si digo que eres mi sobrino. Compartimos muchos secretos. De hecho, le confiaría mi vida.

—Pero no será su vida la que confíe.

—Puede que tengas heridas internas. Podrías haber sufrido una conmoción, y es posible que necesites unos puntos.

—No necesito que me cosan la herida. Además, prometió que no llamaría a nadie.

—Lo sé, y siento haberlo dicho. Pero preferiría romper mi promesa a dejar que murieras —declaró—. Eres demasiado joven para morir.

—¿Qué está diciendo? —preguntó, asustado.

—Tutéame. Me llamo Lily Pierron. Pero durante los próximos minutos, llámame tía Lily.

—No me quedaré lo suficiente como para que pueda llamar a alguien.

Víctor intentó levantarse, pero la pierna le dolía tanto que tuvo que sentarse de nuevo. Poco tiempo después, sonó el timbre de la puerta. Había llegado el médico.

—No abras, por favor... Lily.

—Lo siento. No puedo hacer otra cosa. Pero te aseguro que después lo agradecerás.

—Ya. Ambos sabemos lo que valen tus promesas.

Lily hizo caso omiso de su ironía.

—Tengo que saber cómo te llamas.

—Vete al infierno.

—Debes decírmelo. Si queremos que el médico crea que eres mi sobrino tendré que llamarte por tu nombre. Y sinceramente, «Vete al infierno» no me parece un nombre muy bonito.

—Todd —mintió, sin mirarla a los ojos—. Todd Smith.

—Muy bien —asintió—. Vuelvo enseguida, Todd Smith. Y espero que seas tan inteligente como para seguir aquí.

16

En cuanto salió de la cocina, Santos se levantó. Pero de inmediato supo que no podría huir a ninguna parte. No sólo estaba herido, sino que no llevaba pantalones.

—Maldita sea —dijo.

No tenía otro remedio que confiar en ella o marcharse corriendo con una toalla de baño a la cintura. Intentó tranquilizarse un poco y volvió a sentarse de nuevo, pero su corazón latía a toda velocidad. Cerró los ojos. Estaba seguro de que en cualquier momento aparecería la policía para devolverlo a Nueva Orleans.

Y sin embargo, a pesar de todos sus temores, supo que Lily no iba a denunciarlo. Había algo en ella que lo empujaba a confiar. Algo en sus cálidos ojos.

En cualquier caso, estaba atrapado.

Un segundo más tarde apareció su «tía» Lily, acompañada por un hombre de cierta edad. No había mentido. El hombre no llevaba más arma que un maletín de médico.

Siguió el juego y se hizo pasar por su sobrino, aunque de todas formas el médico no hizo pregunta alguna que no fuera profesional.

Veinte minutos más tarde, supo que viviría.

—Tienes unos cuantos arañazos y por la mañana te dolerá todo el cuerpo, pero has tenido suerte.

Recomendó a Lily que lo vigilara durante seis horas, que lo despertara cada dos si se dormía y que lo llamara de inmediato si surgía alguna complicación. Acto seguido se marchó. Lily lo acompañó a la puerta. Obviamente debía ser cierto que aquel hombre compartía muchos secretos con su benefactora.

Poco después, Lily regresó a la cocina, con expresión seria.

—¿Prefieres dormir en el sofá o en una de las habitaciones de arriba?

—En el sofá.

—Muy bien. Si necesitas que te ayude a caminar, o a...

—No, puedo hacerlo yo solo.

—Claro.

Sin más palabras, se alejó de él. Al cabo de un rato Víctor la siguió. La encontró en la biblioteca, esperando.

—Si esperas que me disculpe, pierdes el tiempo —frunció el ceño.

—¿He pedido alguna disculpa? —preguntó ella—. A fin de cuentas, soy yo quien te las debo. En fin, espero que el sofá sea cómodo.

—Si ya habías decidido que dormiría aquí, ¿por qué lo has preguntado?

—No había planeado tal cosa. Simplemente sabía que preferirías el sofá. De todas formas, te di la oportunidad de elegir.

—¿De verdad? —preguntó—. ¿Y cómo podías saberlo?

—Porque está más cerca de la salida, claro está.

Había acertado de lleno, y eso lo irritó.

—¿Qué hay con respecto al anciano? ¿Es tu novio o algo así?

Lily hizo caso omiso de sus preguntas.

—Smith... Un apellido bastante común, ¿no es cierto?

—¿Es que no me crees?

—Yo no he dicho eso.

—No es necesario que lo digas —observó, mientras contemplaba la habitación—. Es un poco barroca, ¿no?

—Sirve para el propósito que quería. Si tienes frío puedo darte otra manta. Vendré a verte cada dos horas, de modo que no te asustes si entro.

Santos decidió aplicar una estrategia que había aprendido viviendo con tantas familias de «alquiler». Quiso irritarla para que lo dejara en paz.

—¿Vives sola, Lily? —preguntó con sarcasmo.

—Sí, Todd, vivo sola.

Aquello lo confundió. Esperaba que mintiera. Esperaba ver miedo en sus ojos, o desconfianza. Pero no fue así. Había contestado con sinceridad, y su actitud hizo que se sintiera culpable.

—¿Por qué quieres saberlo? ¿Es que vas a asesinarme mientras duermo? ¿O a robarme?

—Eso no lo podrás saber.

Lily rió, entre divertida y desesperada.

—No me importa el dinero, Todd, así que no me molestaría que me robaras. Y en cuanto a asesinarme... bueno, de todas formas no tengo ninguna razón para vivir.

Acto seguido se dio la vuelta y caminó hacia la puerta. Antes de cerrar, añadió:

—Hagamos un trato, Todd. No espero nada de ti, de modo que no esperes nada de mí. No hagas preguntas y yo no las haré. Y si Todd Smith no es tu verdadero nombre, tampoco me importa.

El olor de la panceta lo despertó. De inmediato recordó todo lo sucedido la noche anterior y sintió miedo al pensar lo que podía haber sucedido si no hubiera conseguido escapar de su agresor, si Lily no se hubiera detenido a auxiliarlo, si el coche hubiera ido más deprisa o si su benefactora hubiera llamado a la policía. Intentó olvidarlo. Tenía que seguir adelante. No podía permitirse el lujo de vivir en el pasado. Debía concentrarse en el futuro; al menos por el momento estaba a salvo.

Se sentó y gimió. Tal y como había dicho el médico, le dolía todo el cuerpo. Se sentía como si lo hubiera atropellado un camión, en lugar de un Mercedes.

Cuando quiso levantarse vio que Lily había lavado y planchado los vaqueros. Junto a ellos descansaba una camisa limpia, y justo encima había una cajita blanca y un par de billetes.

Al verlo, recordó que había dejado su bolsa en el coche del individuo que intentó atacarlo.

No había pensado en ello hasta entonces, y se sintió derrotado. Casi toda su ropa y todo su dinero se encontraba en aquella bolsa. Ahora no tenía nada salvo seis míseros dólares.

Pero por fortuna no había perdido los pendientes de su madre.

Se levantó y se vistió tan deprisa como pudo. El olor de la comida lo llevó a la cocina. La boca se le hacía agua. No en vano había pasado mucho tiempo desde la última vez que había probado bocado.

Lily estaba friendo la panceta. Al verlo, sonrió.

—Ya veo que sigues aquí.

Los acontecimientos de la noche anterior habían impedido que Santos la observara con detenimiento. Pero ahora, a la luz del día, se sorprendió. A pesar de su edad era de una belleza impresionante.

—Cierto. Además, sigues viva y tu vajilla de plata continúa donde la tengas guardada.

Lily rió.

—Sabía que no me matarías.

—¿Y cómo lo sabías?

—Supongo que por experiencia. Soy bastante perceptiva con la gente. Toma un plato. El desayuno está preparado. Supuse que tendrías hambre, así que también he preparado unas pastas.

—No es necesario que me alimentes.

—¿No? Bien al contrario, yo creo que es lo mínimo que puedo hacer por ti. A fin de cuentas te atropellé.

Santos estaba cansado de que todo el mundo sintiera lástima de él, de que todos actuaran como si le debieran algo. Y no quería deber favores a nadie. De manera que fue sincero y se lo dijo.

—Muy bien. Si quieres, puedes pagar por la comida —dijo ella.

—¿Pagar? ¿Por la comida?

—Por supuesto. No esperaba que lo hicieras, pero si es tu deseo...

—¿Cuánto es? —preguntó, irritado.

—No lo sé, unos dólares. ¿Cuánto cuesta un desayuno en un bar?

Santos se encogió de hombros.

—Si lo prefieres, puedes trabajar para ganarte la comida. Hay que hacer algunos arreglos en el garaje y otras cosas sin importancia en la casa —declaró, mientras servía la comida en su plato—. Tú verás. Ah, y si decides quedarte unos días para recobrar fuerzas, te pagaré algo extra si me arreglas el techo del salón.

Santos miró el plato de comida, hambriento. Debía quedarse. Odiaba la idea, pero no tenía más remedio. Sin dinero, sin ropa, y sin ningún lugar al que ir, no podía rechazar el ofrecimiento de Lily. Lily Pierron era un verdadero ángel. Y eso lo sacaba de quicio.

—Bueno, me quedaré un par de días —declaró, orgulloso—. Pero después me marcharé.

17

Santos se quedó. Los días se convirtieron en semanas, y las semanas, en meses. Ahora, tres meses después de que Lily lo atropellara, estaba sentado en la escalera del porche, preguntándose cómo había podido pasar. No había planeado quedarse tanto tiempo. Sólo tenía intención de permanecer en la casa unos días para recobrar fuerzas y ahorrar dinero.

Se inclinó y recogió un trocito de suela que obviamente se habría desprendido de algún zapato. No comprendía qué ganaba Lily con todo aquello. No creía que no pudiera encontrar a otra persona que le arreglara la casa, y ni siquiera creía que pudiera importarle.

Debía tener alguna razón distinta. La experiencia le decía que todo el mundo actuaba por interés. Sin embargo, no había descubierto, aún, lo que quería de él.

Frunció el ceño. A juzgar por la mansión y por el coche debía ser una mujer rica, y también sabía que los ricos no se preocupaban nunca por los pobres, salvo para hacerlos criados o para limpiar sus conciencias. No obstante, lo había tratado con todo respeto. No esperaba que trabajara por obligación. Bien al contrario, pagaba muy bien. Le daba todo tipo de libertades, no lo presionaba con preguntas y no lo angustiaba con un falso sentimiento de comprensión y solidaridad.

Resultaba evidente que Lily necesitaba compañía. Se sentía muy sola, y a pesar de las distancias que había entre ellos sospechaba que lo comprendía. Aquella mujer le agradaba, aunque se empeñara en negarlo y en repetirse una y otra vez que era como todos los demás. De hecho, se odiaba por haber aceptado su ayuda durante tanto tiempo.

Había llegado el momento de que se marchara.

Lily apareció en aquel instante. Siempre caminaba en silencio. Santos se había acostumbrado a que apareciera de repente, como salida de la nada. Era toda una dama. No podía decirse que estuviera en paz consigo, pero tampoco lo contrario. Parecía resignada a su existencia.

En todo caso, pensó que la vida de Lily no era asunto suyo.

—Hace una noche preciosa —dijo ella—. Siempre me ha gustado esta hora.

Santos apretó los puños. Quería que lo dejara solo, porque su presencia despertaba en él emociones que no podía permitirse. Estaba deseando que se sentara a su lado.

—De pequeña hacía exactamente lo mismo que tú.

—¿A qué te refieres? —preguntó con irritación.

Lily le recordaba a su madre, y eso lo ponía nervioso.

—Miraba el río y pensaba en los lugares que deseaba conocer —sonrió, mientras se sentaba su lado—. Es curioso. Algunas cosas cambian muy deprisa y otras no cambian nunca.

Víctor no comprendía cómo era posible que lo conociera tan bien. Tenía la impresión de que en tres meses había aprendido a leer sus pensamientos.

—¿Por qué eres tan buena conmigo?

—¿Crees que no debería serlo?

—¡No! —se levantó—. No. No tienes razón alguna para serlo, a menos que quieras algo de mí. Dímelo, Lily. Dime qué quieres.

—Nada, Todd.

—Tonterías —protestó, frustrado—. Me estás utilizando, aunque no sepa para qué.

—Entonces, ¿por qué no te marchas?

Santos no quería admitirlo, pero se sentía a salvo en aquel lugar. Por desgracia, temía que en cualquier momento le clavarían un puñal por la espalda.

—¿Por qué no tienes amigos, Lily? Nadie te llama, ni viene a visitarte. Y no sales nunca, salvo a pasear.

—Una buena pregunta, Todd —contestó ella, visiblemente nerviosa.

—¿Por qué te tratan como si fueras una leprosa? ¿Por qué murmuran los niños cuando te ven? ¿Por qué se cambian de acera sus madres cuando se cruzan contigo? Dímelo, Lily.

Lily no se movió. Sentía un profundo dolor, pero a pesar de todo no intentó negarlo.

Fuera como fuese, Santos se adelantó a su respuesta.

—No, no es necesario que expliques nada. Esta casa era un prostíbulo, y tú la «madame». No me extraña que quieras que esté contigo. Nadie más querría hacerlo.

El joven se arrepintió inmediatamente de lo que había dicho, pero ya no podía arreglar lo que había hecho.

Durante unos segundos, Lily se limitó a mirarlo. Sus ojos estaban llenos de dolor, pero no se debía al comentario del chico, sino a las heridas que le habían infligido otras muchas personas.

—¿Eso es todo, Todd?

—No, no lo es. ¿Dónde está tu hija? Sé que tienes una porque he visto las fotografías. ¿Es que también piensa que eres una leprosa?

—Eres muy perceptivo. Has acertado con todo —dijo, con ojos llenos de lágrimas—. Soy todo lo que has dicho. Una prostituta solitaria. Y es cierto, mi hija me ha abandonado. Pero te ruego que me perdones ahora. Será mejor que entre en la casa.

Sin más palabras, Lily se levantó y entró en la mansión con la cabeza bien alta.

Santos la miró con un nudo en la garganta. La había herido a propósito porque la quería mucho y porque no deseaba sufrir más tarde.

Se había comportado como un canalla. Aquella mujer había sido muy amable con él. Le había permitido vivir en su casa, le había dado un trabajo y lo había alimentado sin esperar nada a cambio. Y ni siquiera había sido capaz de decir su verdadero nombre.

Sin quererlo, había actuado tan mal como las personas de las que huía.

No lo pensó dos veces. Se levantó y entró en la casa. El

enorme vestíbulo estaba vacío. La llamó, pero ella no contestó, así que empezó a buscarla.

Minutos después la encontró en la biblioteca, con la mirada perdida. Tardó unos segundos en atreverse a hablar.

—¿Lily?

—Por favor, Todd, márchate. Prefiero estar sola.

—Lily... Lo siento.

—¿Qué es lo que sientes? ¿La verdad?

—Me he comportado de forma inexcusable.

—Sólo has dicho la verdad. Tienes derecho a despreciarme. Hasta mi propia hija me desprecia.

—Te equivocas. Yo no te desprecio. Yo... Lo siento.

—Márchate, Todd. No pasa nada. Estoy bien.

—No, no es cierto. No mereces que te traten así —dijo, con las manos en los bolsillos de los vaqueros—. Y desde luego, no mereces mis mentiras.

Lily se dio la vuelta entonces. Y Santos pudo observar que había estado llorando. Se sintió terriblemente avergonzado.

—No me llamo Todd Smith, sino Víctor Santos. Todo el mundo me llama Santos, excepto mi madre. Pero está muerta. Yo... quería herirte para alejarme de ti. Me gusta estar aquí, me gustas tú y no podía...

Lily caminó hacia él, pero el chico no fue capaz de mantener su mirada. Dulcemente, acarició su mejilla.

—No te preocupes, Víctor, lo comprendo.

Cuando Santos levantó la cabeza supo que Lily había sufrido muchísimo y se reconoció en ella. Maldijo a su hija por haberla abandonado.

Lily pareció leer sus pensamientos.

—Mi hija quería una nueva vida. Una vida limpia, sin arrastrar el pasado de mi familia. Y obviamente no tenía más remedio que olvidarse de mí.

—¡Excusas! —exclamó, muy enfadado por Lily—. ¡Es indignante!

No podía creer que su hija la hubiera tratado de aquel modo. No lo merecía. Él nunca lo habría hecho.

—Lo entiendo, Víctor, entiendo su actitud porque sé muy bien lo que soy.

Santos se odió por las cosas que había dicho. Lily actuaba como si mereciera un castigo por lo que había hecho, como si mereciera que su propia hija la abandonara como a un perro.

—No te preocupes —continuó ella—. No quiero nada de ti, pero no voy a traicionarte. Me gusta tu compañía. Tal vez sea una egoísta, pero he estado tan sola...

Santos tomó su mano. Por primera vez desde la muerte de su madre sentía que no estaba solo. Había alguien que se preocupaba por él, alguien en quien podía confiar.

Entonces le contó la verdad. Toda la verdad sobre su madre y sobre su padre. Toda la verdad sobre su asesinato y sobre su promesa de vengarla. Compartió con ella sus experiencias y sus sueños, y Lily escuchó con atención y lo animó.

Aquella noche hablaron hasta muy tarde. Al final, Santos se sintió mucho mejor; como si al compartir tantas tragedias se hubiera liberado, en parte, del pasado. Y después, cuando se dieron las buenas noches, ambos supieron que Víctor se quedaría en la casa por propia voluntad.

Libro 5
Amantes

Nueva Orleans, Luisiana
1984

A los dieciséis años, Glory se había hecho a la idea de que su madre no la amaría nunca. No sabía qué pecado había cometido para merecerlo, pero ya no le importaba. Su ausencia de cariño ya no podía herirla.

Además, su resignación al respecto había crecido tanto como su ira.

El tiempo transcurrido desde que tenía ocho años la había cambiado más de lo normal. Glory era una joven muy inteligente, agresiva y en ocasiones muy irónica. Su energía y su entusiasmo infantiles se habían convertido en abierto desafío.

Por supuesto, sabía que se exponía a los castigos de su madre. Pero prefería los castigos, por severos que fueran, a ceder ante ella.

Romper las ridículas normas de Hope se había convertido en un juego, en una especie de peligrosa batalla de voluntades. Había aprendido cuáles eran los puntos débiles de su madre: cualquier cosa que tuviera que ver con los hombres, con el cuerpo y con el sexo, y disfrutaba engañando a su madre haciéndolo bajo sus propias narices.

Cuando la descubría sufría todo tipo de castigos, aunque la severidad dependía de lo que hubiera hecho. En cierta ocasión su madre la encerró en su dormitorio hasta que se aprendió de memoria buena parte del antiguo testamento. Otra vez la obligó a limpiar todos los suelos de la casa con un cepillo. Y un día, cuando la descubrió besándose con un chico, la azotó duramente con una vara; su frialdad llegaba hasta el punto de hacerlo de tal manera que no le hiciera ninguna herida. Pero a pesar de todo tuvo cardenales en la espalda durante una semana.

Sin embargo, sus castigos no habían servido para que se rindiera. Bien al contrario, ya ni siquiera corría a buscar la ayuda de su padre. Aceptaba el castigo y se juraba que la siguiente vez no la descubriría.

En cierta manera le gustaba que la descubriera. Pero no precisamente porque le gustaran los castigos, sino porque había descubierto que su madre disfrutaba castigándola; parecía sentir una gran satisfacción, por morbosa que fuera, al saber que su hija rompía sus normas insanas. De hecho tenía la impresión de que sólo sentía algo por ella cuando la castigaba.

Con todo, el mayor de los cambios que se había producido en Glory no era con respecto a su madre, sino en relación a su padre. Había vertido sobre él la comprensible furia que había acumulado tras años y años de sufrir malos tratos. Ahora lo evitaba, como evitaba las visitas al Saint Charles. Y no se cansaba de repetir, una y otra vez, que el hotel no le importaba lo más mínimo. Lo hacía para herir a su padre, y lo conseguía. Por desgracia, cuando rompía el corazón de Philip también rompía el suyo.

En el fondo, amaba a su padre y al hotel tanto como de pequeña. Las cosas habían cambiado, aunque no sabía por qué, y le dolía muchísimo.

Glory asistía entonces a la academia de la Inmaculada Concepción, un colegio sólo para chicas que se encontraba en la avenida Saint Charles. Las hijas de las mejores familias de Nueva Orleans estudiaban en aquella institución desde 1888. Terminar los estudios en ella era todo un triunfo en una ciudad tan rica, tan vieja y tan conservadora en ciertos aspectos como Nueva Orleans.

Glory se miró en el espejo e inspeccionó el pintalabios que acababa de aplicarse. Sonrió y guardó el carmín en el bolso. En el exterior se oían risas de jóvenes, y sabía que en cuanto sonara el timbre el cuarto de baño se llenaría inmediatamente de chicas, todas ellas deseosas de mirarse al espejo antes de que empezara la siguiente clase.

Tal y como había previsto, un grupo de chicas entró poco después.

—Glory —dijo una de ellas—, acabamos de enterarnos de lo que te pasó con la hermana Marguerite. ¿Es verdad que te ha prohibido asistir a la ceremonia de entrega de diplomas?

—Sí, es cierto —contestó con indiferencia—. Algunas personas carecen de sentido del humor.

—Me habría gustado ver la cara de la hermana cuando te descubrió en la capilla leyendo aquella novela rosa mientras te comías las hostias sagradas —rió una chica llamada Missy.

—Sí, pero confiscó el libro. Precisamente cuando estaba llegando a la parte más interesante.

—Uno de estos días irás demasiado lejos. Mira que comerte las hostias... ¿No se supone que eso es un pecado, o algo así?

—Oh, venga. Ni siquiera estaban bendecidas.

Otro grupo de chicas, más pequeño que el anterior, entró en el cuarto de baño.

—¿Habéis visto la ropa que lleva hoy la pobretona? —preguntó una de las recién llegadas—. Se ha puesto una camisa que parece tener más de diez años. Y aunque fuera nueva, yo diría que es de poliéster.

Glory se apartó de ella, molesta. La mayor parte de las chicas que asistían a la academia eran niñas ricas, muy clasistas, pero de vez en cuando la dirección concedía alguna beca a estudiantes menos afortunados económicamente. Glory había oído que aquella chica era brillante.

—Es patética —dijo Bebe Charbonnet—. No puedo creer que admitan a gente así en la academia. Mis padres pagan mucho por mis estudios, y todo el mundo debería hacerlo.

—Oh, claro, tenemos que mantener el nivel de la academia —intervino Glory, con ironía—. El simple hecho de que sea una magnífica alumna no significa que pertenezca a una institución tan digna como la academia de la Inmaculada Concepción.

Bebe Charbonnet no notó el sarcasmo del comentario.

—Exacto. No pertenece a este sitio. Y desde luego, yo no le daré la bienvenida.

En aquel instante se abrió la puerta y apareció la chica de la que habían estado hablando. Todas dejaron de hablar, y Glory sintió lástima por la recién llegada. Parecía muy infeliz en aquella situación, aunque caminaba con la cabeza bien alta.

El grupo de niñas bien se interpuso en su camino para que no pudiera pasar.

—Oh, lo sentimos mucho —dijo Bebe, mirándola con exagerada inocencia—. ¿Es que quieres ir al servicio?

—Sí —respondió, ruborizada—. Por favor.

Bebe se apartó y la recién llegada pasó. Después, el grupo volvió a cerrarse a sus espaldas. Glory sospechaba lo que pretendían hacer, y acertó. Cuando la joven salió del servicio, las chicas impidieron que se acercara a los lavabos.

—Oh, cuánto lo sentimos —dijo de nuevo Bebe—. ¿Quieres pasar?

Glory no pudo soportarlo por más tiempo. Despreciaba la actitud cruel y cobarde de sus compañeras de academia. No soportaba la cobardía, especialmente porque no había sido capaz de perdonarse a sí misma por haber culpado a Danny por el incidente de la biblioteca. Se había prometido que no volvería a actuar con tanta debilidad, que no volvería a permitir que otra persona pagara por sus acciones.

—Sí, Bebe, creo que quiere pasar —murmuró Glory—. A diferencia tuya, se lava las manos después de ir al servicio.

Bebe se ruborizó, pero se apartó de todos modos. Glory se acercó a la recién llegada y sonrió.

—Perdónala —dijo—. Bebe cree que el simple hecho de tener dinero proporciona automáticamente elegancia y distinción. Pero se equivoca, por supuesto.

Varias chicas se miraron con inquietud. Todas sabían que Glory acababa de atacar a Bebe con lo que más le dolía. Su familia, a diferencia de la de Glory, era una familia de nuevos ricos, recién llegados a Nueva Orleans. No obstante, Bebe era la chica más popular y poderosa del curso. Pero Glory sabía que su posición se debía a que también era la más arrogante y despreciable de toda la clase. Y no le importaba tenerla por enemiga.

—Te arrepentirás de esto, Glory —la amenazó, furiosa—. Te aseguro que te arrepentirás.

—Oh, qué miedo tengo —se burló.

Segundos más tarde el cuarto de baño se había quedado vacío. Sólo permanecieron en él la recién llegada y Glory.

—No era necesario que me defendieras —dijo la joven.

—Lo sé, pero lo hice de todas formas —declaró Glory, mientras se encendía un cigarrillo.

—Gracias.

—De nada. De todas formas esas brujas no son mis amigas.

—Pero... olvídalo.

—¿Qué ibas a decir?

—Nada. No es asunto mío.

—No tengo secretos para nadie.

—Muy bien, como quieras. Si no son tus amigas, ¿por qué estás siempre con ellas?

Era una buena pregunta, y Glory no estaba segura de poder contestar.

—Por desgracia, todas las chicas de la academia son como Bebe.

—Yo prefiero estar sola —declaró la chica, con amargura.

—Sé lo que quieres decir, pero no dejes que te depriman. Sólo son un grupito de brujas mimadas.

—¿Y tú no lo eres?

Glory rió. Le gustaba que fuera tan directa.

—No. No lo creo. Sólo soy una mala chica.

La recién llegada rió a su vez. Se cruzó de brazos y dijo:

—Entonces, será mejor que nos presentemos. Me llamo Liz Sweeney.

—Me alegro de conocerte —dijo, cigarrillo en mano—. Yo me llamo Glory. Glory Saint Germaine.

—Sé quién eres —se ruborizó—. Todo el mundo te conoce.

—Eso es lo peor de ser mala —sonrió—. Personalmente, creo que la gente necesita unos cuantos escándalos de vez en cuando para sentirse viva. Sin ellos, la existencia sería algo aburrida. ¿No te parece?

—No lo había pensado, pero puede que tengas razón.
—Claro que la tengo.

Glory se apoyó en el espejo y la miró. No era una chica demasiado atractiva, pero tampoco era fea. De rostro agradable y normal, parecía sincera y sana.

—Estás estudiando con una beca, ¿verdad?
—Sí.
—¿Y por qué te avergüenzas?
—Porque sé que se ríen de mí por ser pobre.
—Oh, venga. ¿Estás aquí por ser pobre? ¿O más bien porque eres pobre y brillante?

Liz la miró.

—Las dos cosas.
—Yo diría que no tienes razón para avergonzarte —declaró, mientras daba una calada al cigarrillo—. Yo estoy aquí gracias al dinero de mi familia. Pero a diferencia de Bebe no me siento orgullosa de ello. Tal y como lo veo, la riqueza de mi familia es un hecho que no tiene que ver conmigo.

En aquel instante sonó el timbre que daba por finalizado el cuarto de hora de descanso.

—¡Oh, no! —exclamó Liz—. Debo marcharme, o llegaré tarde.

La joven recogió la bolsa donde llevaba los libros y se dirigió hacia la puerta, pero al llegar se dio la vuelta y preguntó:

—¿Tú no vienes?
—No tengo prisa —sonrió—. Todo el mundo espera que llegue tarde, como siempre, y no pienso defraudarlos.
—No, supongo que no —le devolvió la sonrisa—. Ah, Glory...
—¿Qué quieres?
—Gracias de nuevo por haberme ayudado. Algún día te devolveré el favor.
—Olvídalo. Al fin y al cabo, ¿para qué están las amigas?

Liz no lo olvidó. No olvidó aquel acto, como tampoco olvidó los que se sucedieron en las semanas siguientes. Cada vez que tenía algún problema con chicas como Bebe o Missy, Glory aparecía de repente para ayudarla.

Obviamente había decidido tomarla a su cuidado, aunque no entendía por qué. Era una recién llegada y una pobretona, mientras que Glory poseía belleza, elegancia y mucho dinero. Tenía fama de ser fría y de no perder la compostura nunca, ni siquiera ante la dura mirada de la hermana Marguerite. Muchas chicas murmuraban cosas horribles a sus espaldas, pero todas ellas la envidiaban, incluida Liz.

Pero también envidiaba su atractivo. Era la chica más bella de toda la academia; de hecho, la más guapa que hubiera visto en su vida. Resultaba muy femenina y extremadamente atrayente. A veces, cuando la veía, se preguntaba qué se sentiría al ser atractiva, rica, valiente, y por si fuera poco también inteligente.

Liz se apoyó en el mostrador de la secretaría, haciendo caso omiso al ruido que la rodeaba. Una de las condiciones de su beca era que debía trabajar cinco horas a la semana en la secretaría de la academia. En general, la secretaria le encargaba que hiciera fotocopias o trabajos menores, pero aquel día estaba enferma y no tenía nada que hacer.

Liz suspiró al pensar en su propia familia y compararla con la de Glory. Su padre era un simple obrero que bebía demasiado; por desgracia, el abuso del alcohol embrutecía al normalmente afable Mike Sweeney. En cuanto a su madre, era una fanática religiosa que creía que el uso de métodos anticonceptivos era un pecado; trabajaba limpiando casas y se pasaba la vida embarazada.

Liz era la mayor de los siete hermanos, y gran parte de las cargas familiares habían caído sobre sus hombros. Tal vez por ello decidió a una edad muy temprana que no viviría como sus padres. En cuanto tuviera la oportunidad, escaparía de aquella situación.

Desde el principio había comprendido que su única opción era conseguir una beca para alejarse de allí, y cuando la academia se la ofreció no lo pensó dos veces. Era una gran oportunidad.

Su padre se había opuesto de inmediato. La academia Inmaculada Concepción era un colegio de niñas ricas, y Mike Sweeney sabía muy bien cómo eran los ricos. No dejaba de repetir que los dominaba el egoísmo y que carecían de honestidad alguna. Liz pensaba entonces que su padre exageraba, pero de todas formas le prometió que tendría mucho cuidado.

Un mes después de empezar los estudios comprendió que su padre estaba en lo cierto. Pero por suerte había conocido a Glory, toda una excepción.

—¿Liz?

Liz levantó la mirada. La señora Reece, una de las profesoras, se encontraba al otro lado del mostrador. Automáticamente se ruborizó. No le agradaba que la descubrieran perdida en sus ensoñaciones.

—Hola, señora Reece. ¿En qué puedo servirla?

La mujer sonrió.

—Parecías estar a kilómetros de aquí...

—Lo siento. No volverá a suceder.

—No te preocupes, no diré nada. ¿Podrías hacerme unas fotocopias?

—Por supuesto.

Liz tomó la carpeta que llevaba la profesora y se dirigió a la fotocopiadora. Estaba a punto de terminar el trabajo cuando la máquina se quedó sin papel. Se inclinó para sacar un paquete del armario que había bajo el mostrador, y en aquel instante oyó la voz de Bebe.

—Se lo advertí —estaba diciendo—. Le prometí que me vengaría. Y ahora ha llegado el momento.

Obviamente, se refería a Glory.

—No lo sé —dijo Missy—. ¿Qué pasaría si descubre que has sido tú?

—¿A quién le importa? ¿Qué podría hacer? No tengo nada que ocultar, a diferencia suya —rió—. Además, todas la hemos visto escapándose de clase. ¿Cómo va a saber quién podría denunciarla?

Las chicas entraron en el despacho de la hermana Marguerite, la directora del colegio. Resultaba evidente que iban a denunciar a Glory por escaparse de clase.

Liz se levantó y se dirigió a la biblioteca. Era uno de los lugares menos frecuentados de la academia, pero sin duda alguna el favorito de Glory. Esperaba que se encontrara allí, y acertó.

—Glory, tienes que salir de aquí ahora mismo... Tienes que volver a clase.

Glory sonrió, pero no se movió del sitio.

—¿Qué sucede?

—Acabo de oír una conversación de Bebe y de Missy. Bebe va a denunciarte por escaparte de clase. Ahora mismo está en el despacho de la directora.

—¿Y qué?

—¿Es que no te importa? Puede aparecer en cualquier momento. ¡Podrían echarte! Y por favor, apaga ese cigarrillo. Si la hermana Marguerite te descubre fumando...

—No me expulsarán. Mi familia es demasiado rica y demasiado importante. Anda, ven conmigo. Voy a lavarme las manos.

De todas formas, Glory apagó el cigarrillo y se levantó. Liz la siguió, algo sorprendida por su actitud.

—¿Pero qué hay de tus padres? ¿No te importa que puedan preocuparse?

—Tendrías que conocerlos.

—¿Qué quieres decir? ¿Que no se preocupan por ti?

—Al contrario —rió con amargura—. Mi madre no me quita la vista de encima, y todo lo que hago le parece mal. Siempre ha sido así. De hecho, está convencida de que soy el diablo en persona.

—No puedo creerlo.

—Créelo. Pero no me importa.

Glory sacó una barra de labios del bolso y se pintó los labios. Liz la observó. Su amiga pretendía hacerse la dura, pero esta vez no la engañaba.

—Desde luego, eres la persona más encantadora y valiente que he conocido en toda mi vida.

—¿Yo? ¿Encantadora y valiente? —rió Glory—. Mi madre no opinaría lo mismo.

—Pues es cierto. Me has ayudado mucho, y no tenías por qué hacerlo. Maldita sea, ni siquiera me conocías... eres la única chica de todo el colegio que me trata con respeto, aunque eso te cree enemigas.

—¿A quién le importa?

—¿Lo ves? No te preocupa lo que piensen los demás.

—No, claro que no. Entre otras cosas no me gusta su comportamiento, y no son amigas mías.

—¿Y dónde están tus amigas? —preguntó, aunque se arrepintió de inmediato—. Lo que quiero decir es que... Lo siento, no pretendía...

—Olvídalo —dijo con dureza—. Tienes razón, no tengo amigas. Siempre ha sido así, y tampoco me importa.

—¿De verdad?

—Sí. ¿Te molesta?

—No, claro que no, es que... En fin, tengo que regresar a la secretaría.

Glory tocó su brazo y dijo:

—Espera, no quería ser tan insoportable contigo. ¿Qué ibas a decir?

Liz se ruborizó.

—No pretendía criticarte. Sólo quería ser tu amiga. Me gustas, Glory.

Glory la miró en silencio durante unos segundos. Después, se aclaró la garganta y apartó la mirada.

Liz bajó la cabeza, avergonzada por lo que acababa de decir. Pensaba que Glory se reiría de ella. A punto de llorar, decidió marcharse antes de humillarse más aún. Pero cuando estaba a punto de llegar a la puerta, su amiga la detuvo.

–Espera, Liz. ¿Quieres saber la verdad? Tú eres la valiente, no yo. Nunca he tenido que soportar los insultos de las otras chicas. Siempre he contado con el apoyo de mi familia y de su dinero, y no tengo ni la mitad de arrestos que tú.

Liz se dio la vuelta. Cuando lo hizo, vio a una joven muy diferente a la que conocía. Glory era la viva imagen de la vulnerabilidad, de la soledad.

–Tenías razón –continuó–. No tengo amigas. No dejo que nadie se acerque a mí.

–¿Por qué?

–Porque todo el mundo cree que soy muy valiente, que no tengo miedo de nada. Y si dejara que se acercaran descubrirían la verdad.

–Eres más valiente de lo que piensas.

–¿De verdad? Bueno, tú también.

En aquel momento oyeron que alguien se acercaba al cuarto de baño. Y no era una persona cualquiera, sino la hermana Marguerite, acompañada por su ayudante, la hermana Josephine. Glory guiñó un ojo a Liz y se llevó un dedo a los labios para que no hiciera ruido. Liz asintió. Glory entró en el último de los servicios, cerró la puerta y se subió al retrete para que no pudieran verla. Un segundo más tarde, entraban las dos monjas.

–Hola, hermanas –sonrió Liz.

–Hola, querida Liz –dijo la directora–. Estamos buscando a Glory Saint Germaine. ¿La has visto?

–Sí, acaba de marcharse.

–¿De verdad? –preguntó, mirando hacia los servicios–. No la hemos visto en el pasillo.

–Es extraño. Ha salido hace un par de minutos. Estaba enferma. La encontré sentada en el suelo. Le dolía terriblemente el estómago.

–El estómago... Pobrecilla –dijo la hermana Josephine.

–Le dije que llamara a su madre desde la secretaría, pero dijo que no podía hacerlo porque tenía que regresar a clase.

—Ya veo. Gracias, Liz —dijo la directora—. En tal caso, iremos a buscarla a su clase. Por cierto, ¿no se supone que tendrías que estar trabajando?

—Sí, hermana —respondió en un murmullo—. Iba a lavarme las manos.

—Bueno, te veré dentro de un rato.

—Adiós, hermana.

En cuanto se marcharon, Glory salió del servicio.

—Eres genial. Te han creído a pies juntillas.

—Estaba muy asustada. Creía que iban a descubrirlo.

Glory la abrazó.

—Eres magnífica. La mejor de todas.

—En tal caso, ¿por qué tengo la impresión de que voy a desmayarme?

—Quédate conmigo y dentro de poco aprenderás a disfrutar con el peligro y a librarte siempre de todo.

—Oh, no, yo no quiero... Dios mío, ¿qué hora es? Tengo que marcharme.

Glory la siguió y la tomó del brazo.

—Espera, Liz. Quiero darte las gracias por haberme ayudado. Nadie lo había hecho hasta ahora. Nunca. Significa mucho para mí.

—Olvídalo. Aún te debo muchos favores —sonrió, mientras avanzaba hacia la puerta.

—¿Liz?

—¿Sí?

—Me gustaría mucho que fuéramos amigas.

Cuando salió del lavabo, Liz estaba llena de alegría.

20

Desde aquel momento las dos jóvenes fueron inseparables. Comían juntas, se veían entre las clases y por la noche hablaban por teléfono. Hasta hacían a pie el camino a la academia para poder estar más tiempo juntas.

Glory compartió con Liz todos sus secretos, sus esperanzas y temores; y Liz hacía lo mismo con ella. Su pasado y sus familias no podían ser más diferentes, pero a pesar de todo se entendían a la perfección.

Tener una amiga era una experiencia nueva para Glory, una experiencia que le encantaba. No había imaginado que pudiera ser tan maravilloso, ni tan divertido. Hasta que conoció a Liz siempre había estado sola, aunque no se diera cuenta.

Sin embargo, la dominaba el temor de que su madre pudiera enterarse e intentar destruir su amistad o hacer algo para volver a su amiga contra ella. La idea de perder a Liz la atormentaba. Ya no soportaba estar sola.

En cualquier caso, sus preocupaciones carecían de fundamento. Hope sabía perfectamente que se había hecho muy amiga de Liz. En la academia no ocurría nada que ella no supiera. Había averiguado que Liz era una chica educada, aplicada en los estudios, tímida y no demasiado agraciada; desde luego, no era el tipo de chica que se dedicaba a perder el tiempo coqueteando con chicos.

En resumen, no tenía nada en contra de la joven. Bien al

contrario, la amistad de las dos chicas podía resultar muy satisfactoria: Liz se encontraba en la academia gracias a una beca de estudios, y la dirección del colegio podía retirársela en cuanto Hope quisiera. No en vano, era una de las mayores benefactoras de la institución.

De todas formas esperaba no tener que llegar tan lejos. Había decidido que Liz Sweeney era una buena influencia para su hija. Desde que estaban juntas sus notas habían mejorado, al igual que su comportamiento, de manera que hizo saber a Glory que podía invitarla a ir a su casa cuando quisiera.

Cuando quisiera.

21

Philip Saint Germaine estaba sentado tras su enorme escritorio. La mesa, que tenía ochenta años y era de madera de ciprés, había pertenecido a cuatro generaciones de su familia. En la época en que la hicieron sólo se consideraban maderas nobles el nogal, el roble y la caoba, pero su abuelo había insistido en usar madera de ciprés, más común en la zona. Siempre decía que había que rodearse de cosas familiares, porque el corazón de un hombre, y su fuerza, estaba donde estuviera su hogar.

Philip pasó una mano por encima del escritorio, pensando en las palabras de su abuelo. Sobre la mesa había unas cuantas fotografías enmarcadas. Entre ellas se detuvo a contemplar una de Hope, de los primeros años de su matrimonio. Al hacerlo lo dominó una profunda amargura. No comprendía qué había sucedido con la mujer amable y cariñosa que había conocido, con la joven de la que se había enamorado.

Por desgracia había perdido toda ilusión con respecto a su esposa. Suponía que todo había empezado cuando rechazó a su hija recién nacida, aunque durante un tiempo fue capaz de convencerse de que su perfecta y feliz existencia no había comenzado a derrumbarse ante sus ojos.

Apartó la vista de la fotografía, dolido, y dio la vuelta a la silla para mirar por la ventana, hacia el jardín.

Ya no la amaba. Hacía mucho tiempo que no la amaba. Pero a pesar de ello, Hope tenía mucho poder sobre él. Un poder del que no había podido escapar, y que no tenía nada que ver ni con el amor, ni con la familia, ni con el respeto mutuo. No, era algo mucho más básico. Era de carácter sexual. No había podido liberarse del deseo casi adolescente que sentía por ella, por mucho que lo hubiera intentado.

Había intentado mantener aventuras con otras mujeres. Y no precisamente porque le aburriera la vida sexual con su esposa, sino para librarse de aquella especie de esclavitud. Desafortunadamente, ninguna otra mujer lo saciaba. Ni siquiera los abusos constantes a los que sometía a su hija habían conseguido romper el deseo que sentía hacia Hope. Aunque había destruido todo lo demás, incluida su autoestima.

En lo relativo a su esposa era un hombre débil e impotente. Y con su actitud sólo había logrado que al final su propia hija se distanciara de él.

Amaba a Glory con todo su corazón, y echaba de menos su cariño. Ahora, apenas lo miraba. Y cuando lo hacía sólo veía furia en sus ojos. Rabia y piedad.

Se levantó y caminó hacia la puerta. Acto seguido, se dio la vuelta y regresó al escritorio. Al menos tenía el hotel, el único motivo del que podía enorgullecerse.

Pero estaba a punto de perderlo.

Se pasó las manos por el pelo, temblando. Se sentía culpable de la situación en la que se encontraba. No podía responsabilizar a su esposa, ni a ninguna otra persona. Había olvidado las enseñanzas de su padre, que siempre le aconsejaba invertir con cautela y no implicar, por ningún motivo, la fortuna familiar.

Nueva Orleans había sufrido un fuerte crecimiento económico en la época en que decidió renovar el hotel, y el prometido aumento de turistas, unido al aumento del precio del petróleo, parecían augurar buenos tiempos.

Todo el mundo había ganado mucho dinero. Muchísimo dinero. Philip, como muchos otros hombres de negocios, se dedicaba a viajar en limusina. Era la época de los excesos. Una época en la que no había considerado un riesgo gastar medio millón de dólares en la renovación del hotel. En aquel momento le pareció una necesidad ante la creciente competencia hotelera, y se había confiado al pensar que podría afrontar los gastos con el crecimiento de la ocupación.

Por desgracia, no tenía dinero para pagar los préstamos. El precio del petróleo se había derrumbado, y el mercado con él. Por si fuera poco, el cacareado crecimiento económico de Nueva Orleans había demostrado ser otra mentira, otro sueño especulativo de los grandes intereses financieros. Todos los días quebraba alguna empresa y los turistas ya no viajaban a la ciudad. La ocupación del hotel había caído al treinta por ciento, y los bancos ya no le concedían más tiempo para pagar los créditos. Exigían un dinero del que no disponía.

—¿Philip?

Hope se encontraba en el umbral del despacho. Llevaba una bata de seda, morada. Se había soltado el pelo, que le caía sobre los hombros como un halo. Estaba muy atractiva.

—Llevas horas encerrado...

—¿De verdad?

—Sí —respondió, mientras caminaba hacia él—. ¿Qué sucede?

—Tenemos problemas. Financieros.

Hope palideció.

—¿Qué quieres decir?

—Los bancos exigen que pague los créditos, y no tengo dinero.

—¿Cuánto debemos? —preguntó, horrorizada.

—Quinientos mil dólares.

—No es mucho dinero. Estoy segura de que lo conseguiremos. Alguien puede prestárnoslo, no sé...

—No lo conseguiremos.

—¿No? Tiene que haber algo que podamos vender. Acciones, o bonos, o algo así.

—Sólo tenemos la casa, tus joyas, las obras de arte y varias propiedades en la ciudad. Invertí mucho dinero en inmobiliarias, pero ha resultado un fracaso.

—Véndelas. Vende las propiedades, Philip, antes de que sea demasiado tarde.

—¿Crees que no he pensado en ello? No valen lo que pagué por ellas. Una multinacional me ha ofrecido hacerse cargo de las deudas a cambio de quedarse con la mitad del hotel.

—Oh, Dios mío... Seremos el hazmerreír de toda la ciudad...

—De todas formas, no acepté la proposición.

—¿La rechazaste? ¿Y qué vamos a hacer?

—El hotel es todo para mí, Hope. No podemos perderlo —la miró fijamente—. Ni siquiera en parte.

Philip caminó hacia ella y se detuvo a escasos centímetros antes de continuar hablando.

—Tenemos tus joyas, las obras de arte y el Rolls Royce. Tenemos la mansión y la casa de verano.

—¿Qué intentas decirme?

—Que debemos vender todo lo que podamos.

—Dios mío. ¿Cómo podré mirar a la cara a mis amigas? ¿Qué les diré?

—¡Me importa un bledo lo que piensen tus amigas! —exclamó, irritado con su actitud.

—No me hables en ese tono, Philip. Yo no soy la culpable de este desastre.

—No, claro que no, tú no eres culpable de nada —espetó con ironía.

—Dijiste que cuidarías de mí. ¿Cómo te atreves a pedirme que venda la casa y mis joyas? ¿Dónde viviremos? ¿Y qué hay de Glory? ¿Qué hay de su futuro?

Sus injustas palabras lo hirieron tanto que se apartó de ella y permaneció en silencio un buen rato antes de contestar.

—Te he cuidado toda la vida. En cuanto a Glory, siempre he cuidado de su bienestar y seguiré haciéndolo.

—¿Cómo? ¿Vendiendo la casa?

—No tenía intención de venderla, sino de alquilarla o algo así. De todas formas no acabaríamos debajo de un puente, te lo aseguro.

—¿Y cuánto tiempo estaríamos fuera? ¿Dos semanas? ¿Dos años? ¿Diez?

—Ya basta, Hope.

—¿Cómo has podido permitir que sucediera algo así? Eres un hombre estúpido. ¿Cómo has podido ser tan idiota?

Philip agarró las manos de su esposa y entrecerró los ojos.

—¿Has olvidado ya tus votos nupciales? ¿No decían algo así como que tenías que apoyarme en los buenos tiempos y en los malos? Será mejor que corras a confesarte. Tu alma eterna corre el peligro de arder en el infierno.

—Sigue, no te detengas. Sigue blasfemando. De todas formas rezaré por ti.

—Venderemos la casa de verano y alquilaremos la mansión o la hipotecaremos. También nos libraremos del Rolls, y si es necesario, de las obras de arte y de tus joyas. No tenemos otra opción.

—¿Y qué hay de la oferta de la multinacional? ¿No podríamos...?

—No. Buenas noches, Hope.

—¿Philip? —preguntó en un murmullo—. Mírame.

Philip reconoció de inmediato aquel tono de voz. Sólo lo llamaba de aquel modo cuando deseaba algo. La miró, incapaz de detenerse.

Hope dejó caer la bata al suelo. El camisón transparente que llevaba debajo no dejaba demasiado a la imaginación. Podía contemplar, perfectamente, sus oscuros pezones, sus caderas, su cintura y su pubis.

—Ven aquí...

Philip obedeció. Hope acarició sus hombros con suavidad y su esposo se excitó de inmediato. La atrajo hacia sí con fuerza. Hope gimió, como siempre hacía; era un sonido que lo perseguía en sus sueños, y en sus pesadillas.

—Tenemos otra opción —declaró su esposa con sensualidad calculada, sin dejar de besarlo—. Acepta la oferta de la multinacional. Aún tendrías el control del cincuenta por ciento. No sería tan malo... ¿Qué puedo hacer para convencerte?

Philip sabía que lo estaba manipulando de la forma más burda, pero necesitaba poseerla allí mismo, sobre el escritorio.

Hope le bajó la cremallera de los pantalones e introdujo su mano. Philip se estremeció. Sabía que si accedía a sus deseos podría tenerla durante una temporada, hasta que decidiera que ya no estaba en deuda con él, y la odiaba tanto como la deseaba.

Pero el mayor de los odios lo reservaba para él mismo.

—Podríamos decir que estabas cansado del trabajo. Que no tienes ningún hijo que pudiera hacerse cargo de hotel y que decidiste delegar parte de la responsabilidad —continuó ella—. Sería una solución perfecta, ¿no lo comprendes? Podríamos estar así... todo el tiempo.

—Sí —murmuró él, desesperado.

—Dilo otra vez, cariño. Di lo que quiero oír y seremos felices.

Philip notó su tono triunfante. Abrió los ojos y la miró. Entonces vio con claridad su alma, y la imagen no pudo ser más aterradora. En Hope no había ni un atisbo de bondad, ni de decencia.

—Philip, cariño, ¿qué sucede?

Philip le dio la espalda. Se sentía enfermo por su propia debilidad, por lo que había estado a punto de hacer.

—¿Philip? ¿Qué he hecho?

Su esposo se estremeció de dolor al pensar en la joven de la que se había enamorado, en la cálida mujer a la que había amado con todo su corazón.

Una vez, mucho tiempo atrás, habría hecho cualquier cosa por ella.

—Philip, por favor, mírame.

Philip no la miró. No podía hacerlo. Se subió la cremallera del pantalón y caminó hacia la salida. Cuando llegó al umbral se detuvo, pero no se dio la vuelta.

—El hotel Saint Charles ha sido propiedad de la familia Saint Germaine desde hace cien años. No me importa lo que tenga que hacer, pero no lo venderé. Así que no vuelvas a pedírmelo.

22

Hope caminaba de un lado a otro de la habitación, con las manos húmedas. La oscuridad la perseguía de nuevo. Se reía de ella y de su arrogancia. No obstante, era invulnerable a sus tentaciones.

Por eso se había vuelto hacia Philip. Para capturarla a través de su esposo. No comprendía cómo era posible que no se hubiera dado cuenta. Philip era débil y manipulable. Un objetivo perfecto para la «oscuridad».

Había hecho unas cuantas averiguaciones y había llegado a la conclusión de que su marido no había mentido. Su estado económico era desastroso.

Se había comportado como un estúpido. Una y otra vez se repetía que ella había actuado correctamente todo el tiempo. No había interferido en los negocios de su esposo hasta aquel día en el despacho, cuando intentó enseñarle el camino correcto. Pero ya era demasiado tarde.

Philip se había apartado de ella, y Hope creía oír al propio diablo, que se burlaba entre risas.

Se llevó las manos a la cara, muy alterada. No podía perder la calma en aquel momento. Debía ser fuerte. Debía encontrar una solución. Había trabajado demasiado duro para obtener lo que tenía y no quería perder su estatus social.

Cuando se supiera lo que estaba ocurriendo dejarían de invitarla a las fiestas de la alta sociedad. Todo serían puertas cerradas y desprecio. Volvería a ser una marginada.

Al pensar en ello, dejó escapar un grito. No quería volver a encontrarse en una situación parecida a la de su juventud.

Hope salió al pequeño balcón que daba al jardín y a la piscina.

El frío viento de octubre la golpeó. La tormenta se adivinaba. El cielo se oscurecía poco a poco, y las nubes sólo dejaban ver la luna de cuando en cuando.

Se apoyó en la barandilla y dejó que la fuerte brisa meciera su cabello y aplastara la bata contra su cuerpo. En aquel momento sintió que las fuerzas la abandonaban. La oscuridad la dominó por completo, y entonces vio a su madre. Vio su imagen entre las nubes, que se apartaron momentáneamente dejando ver la luna con un extraño brillo dorado.

Hope contempló la escena con horror. Sabía que si intentaba saltar podría agarrar aquel brillo dorado. Pero también podría sumirse en la oscuridad.

De repente, regresó a la realidad. Estaba aterrorizada, aferrada a la barandilla del balcón. Tenía tanto frío que apenas podía sentir brazos y piernas. Había estado a punto de matarse.

Retrocedió, asustada, y entró en su dormitorio. Cerró las puertas del balcón y se dejó caer en el suelo. Acto seguido apretó la cabeza contra sus piernas, temblando.

Los minutos pasaron, y poco a poco consiguió tranquilizarse y entrar en calor. Entonces recordó aquella imagen dorada y todo su miedo desapareció, reemplazado por una absoluta calma, por una absoluta claridad. Ahora sabía lo que tenía que hacer. Había encontrado la solución.

Su madre le daría el dinero que necesitaba. Aunque viviera en el pecado, su dinero le pertenecía. Era su legado, su herencia. Se tragaría su orgullo y se lo pediría.

Se levantó y caminó hacia el teléfono. A lo largo de los años se las había arreglado para seguir la pista de su madre. Sabía que se había mudado a la ciudad cinco años atrás, acompañada por un joven. Vivían en una casa del barrio francés.

Sin pensárselo dos veces, marcó el número de teléfono. Su madre contestó casi de inmediato. Hope se las arregló para engañarla con un tono de falsa desesperación. Hizo todo tipo de promesas vagas. Dijo que se verían de nuevo cuando hubiera resuelto aquel asunto y hasta prometió que le devolvería el dinero.

Tal y como esperaba, su madre accedió. Aunque dijo que tardaría cierto tiempo en poder conseguir los quinientos mil dólares. Tendría que venderlo todo salvo la casa de River Road, y aun así apenas le quedaría dinero para poder sobrevivir.

Hope sonrió y colgó el teléfono. El martes, el joven que vivía con su madre llevaría parte del dinero al hotel. Lily le había prometido que mantendría el asunto en secreto. El hotel se salvaría y también su posición social. Philip le estaría eternamente agradecido, y por si fuera poco le debería un favor.

Hope echó hacia atrás la cabeza y rió. Una vez más, había vencido a la oscuridad.

23

Santos entró en el vestíbulo del hotel Saint Charles. Miró a su alrededor, convencido de encontrarse en uno de los lugares más bellos que había contemplado en toda su vida. Su belleza poco tenía que ver con la belleza de la mansión de Lily, ni con la belleza algo destartalada del barrio francés. El hotel poseía una elegancia muy digna. La madera brillaba, los objetos de metal brillaban, y los empleados hablaban en un tono casi reverencial. Se respiraba el dinero, y la distinción.

Avanzó por el vestíbulo sin dejar de mirar a las personas que se movían a su alrededor. Los clientes y empleados brillaban casi tanto como las ventanas y las puertas, y vestían de forma inmaculada. De inmediato pensó que él no pertenecía a aquel lugar. Sólo era un joven de ascendencia hispana, el hijo de una prostituta del barrio francés que sólo había conseguido terminar los estudios secundarios, y por si fuera poco en un instituto público. El portero se había dirigido a él en la entrada con una desconfianza bastante evidente. Se preguntó si la gente lo respetaría más cuando fuera policía y supuso que la contestación sería negativa. Pero, de todas formas, poco le importaba aquel mundo formal, irreal, de gentes demasiado elegantes, llenas de prejuicios y miedos.

Cuando llegó a los ascensores, llamó a uno sin dejar de pensar en Lily. Ella pertenecía más a aquel lugar que él. Aunque por las cosas que había contado, el tipo de hombres que visitaba aquel hotel era el tipo de hombres que había visitado su casa en el pasado.

Se preguntó qué relación mantendría con la señora Saint Germaine. Frunció el ceño y se llevó la mano al bolsillo donde guardaba el paquete que tenía que entregarle, en mano. Según Lily, ninguna de las «chicas» que había trabajado para ella había llegado demasiado lejos. Alguna había conseguido una posición social más o menos cómoda, pero nada más.

La curiosidad lo carcomía. Se había atrevido a preguntar a Lily por la misteriosa mujer a la que tenía que entregar el sobre, pero se había limitado a responder que se trataba de cierta correspondencia personal para cierta amiga del pasado.

Sin embargo, la había notado muy nerviosa. No dejaba de frotarse las manos, entre agitada y alegre. Cuando le comentó que la encontraba muy extraña, se limitó a decir que eran imaginaciones suyas. Pero Santos sabía que ocurría algo.

En cuanto llegó el ascensor, se dispuso a entrar. Pulsó el botón del tercer piso y las puertas empezaron a cerrarse.

—¡Espera! ¡No dejes que se cierren!

Santos impidió que las puertas se cerraran. Un segundo más tarde entró una chica de pelo oscuro, que sonrió al verlo.

—Gracias. Los ascensores son tan viejos que habría tardado años en conseguir otro.

Santos le devolvió la sonrisa. Era la chica más bonita que había visto nunca. Y a juzgar por su uniforme de colegio, demasiado joven para él.

—¿A qué piso vas?

—Al sexto —contestó, observándolo con interés—. Odio esperar, ¿y tú?

—Eso depende.

—¿De qué?

—De lo que esté esperando.

—Ah, así que eres uno de esos.

Santos arqueó una ceja.

—¿A qué te refieres?

—Una de esas personas que piensa que las mejores cosas de la vida merecen la espera.

—¿Y tú no lo crees así?

—No. ¿Quién quiere esperar? Cuando veo algo que quiero, lo tomo.

Santos rió. Ahora sabía qué clase de chica era. Mimada y muy creída, como las chicas que había visto en el instituto Vacherie. De todas formas, lo intrigaba.

—Una forma muy «inmediata» de vivir.

—Y te parece mal...

—No he dicho eso.

—No es necesario que lo digas. ¿Cómo te llamas?

—Santos —contestó.

—Santos... Un nombre original.

—Para alguien original.

La joven abrió la boca para decir algo, pero las puertas del ascensor se abrieron en aquel instante.

—Éste es mi piso —dijo él.

Víctor salió, y se alejaba cuando la chica volvió a hablar.

—Me llamo Glory.

—Glory —repitió—. Un nombre bastante original.

—Sí, bueno, eso es porque soy una chica original —sonrió—. Ya nos veremos, Santos.

Cuando las puertas se cerraron, Santos sonrió para sus adentros. Fuera quien fuese, era bastante coqueta. Seguramente llevaba de cabeza a sus padres, y seguramente se divertía con ello. Las chicas como Glory siempre buscaban lo mismo en él. Una aventura. Una manera como otra cualquiera de desafiar sus estrictas normas sociales. Lo utilizaban y él las utilizaba a su vez. Todo el mundo era feliz.

En cualquier caso, en su mundo no había sitio para chicas como ella.

Sacó el sobre que llevaba en el bolsillo y miró el número de la habitación. Cuando la encontró, entró sin llamar. Una secretaria se encontraba trabajando junto a la puerta, escribiendo a máquina.

—¿Puedo ayudarlo? —preguntó la mujer con frialdad.

—Vengo a ver a Hope Saint Germaine.

—¿Está citado?
—Sí. Tengo que entregarle un sobre.
—Veré si puedo dárselo.
—Lo siento, pero debo entregarlo en mano. Si no está, esperaré.
—¿Cómo se llama? —preguntó, irritada.
—Víctor Santos.
—Espere un momento.

La mujer desapareció por una de las dos puertas que daban a la oficina y reapareció unos minutos más tarde.
—Puede entrar.

Santos asintió y la siguió a la habitación en la que había entrado. Era una sala enorme y muy bien decorada, con un balcón que daba a la avenida Saint Charles. Una mujer se encontraba de pie, de espaldas a él. Cuando la secretaria salió, la mujer se dio la vuelta.

La primera reacción de Santos fue de abierto desagrado. No le gustó nada que lo mirara como si acabara de salir de algún agujero inmundo. Cuando avanzó hacia él, pensó que aun siendo una mujer atractiva había algo extremadamente frío en ella. Era tan altiva que casi daba en el techo.

—¿Hope Saint Germaine?— preguntó.
—En efecto. Y creo que tiene algo para mí.

Santos le dio el sobre, que la mujer recogió con asco, como si creyera que podía contaminarla.

—Tengo entendido que usted también tiene algo que darme a mí —dijo él, ofendido por su actitud.

Hope no le hizo ningún caso. Regresó a su escritorio y abrió el sobre para examinar su contenido. Satisfecha, lo guardó en un cajón y sacó otro sobre. Después miró a Santos, sin moverse del sitio, esperando que fuera él mismo a recogerlo, como si fuera un perro.

El joven apretó los dientes y se cruzó de brazos. No estaba dispuesto a que una bruja de la alta sociedad lo humillara.

Pasaron varios segundos, al cabo de los cuales la mujer cedió y se acercó a él.

Santos sonrió. No recordaba haber visto a nadie tan despreciable en toda su vida.

—Tómelo y márchese —dijo la mujer, alzando el sobre.

Víctor mantuvo su mirada. Resultaba evidente que aquella bruja se creía mucho más importante que él. Y probablemente lo fuera. Pero no permitiría nunca que nadie lo tratara como a un esclavo. Ni siquiera Lily.

—Tómelo —dijo de nuevo, esta vez con clara irritación—. O márchese sin él.

Santos lo tomó, pero sin ninguna prisa.

—Muchas gracias —dijo—. Siento decepcionarla, pero tengo que marcharme.

La mujer enrojeció de ira.

Sin esperar otra respuesta, Santos se dio la vuelta y se marchó de la habitación. No le pasó desapercibida la hostil mirada de la secretaria. En cuanto se encontró en el pasillo se dirigió a los ascensores, pero prefirió bajar por la escalera. Bajó los escalones de dos en dos, ansioso por escapar de aquel aséptico lugar.

Abrió las enormes puertas de cristal del hotel y salió al exterior. El sol brillaba. Era bastante cálido para ser una tarde de octubre. Respiró profundamente, dejando que la belleza del día eliminara de algún modo el desagrado de la experiencia por la que acababa de pasar. Su encuentro con Hope Saint Germaine le había dejado un amargo sabor de boca. Su actitud, su visión del mundo y su propia existencia era como un símbolo de todo lo que no funcionaba en el sistema. La misma actitud que había evitado que se resolviera el asesinato de su madre.

Cruzó la calle, en dirección a la parada de autobús, sin dejar de preguntarse dónde habría conocido Lily a aquella arrogante mujer. Y sobre todo, qué asuntos tendría con ella.

Entrecerró los ojos, pensativo. Había algo muy familiar en Hope Saint Germaine, algo que recordaba vagamente. Pero estaba seguro de que más tarde o más temprano lo recordaría.

—¡Santos!

Santos se volvió. En la esquina había un Fiat descapotable, de color rojo. Y en su interior, la chica que había conocido en el ascensor.

Tal vez fuera demasiado joven y mimada para él, pero de todas formas no le hacía ascos a un dulce, de modo que se dirigió hacia ella.

—Bonito coche. ¿Estás segura de que sabes conducirlo?

—¿Por qué no lo descubres por ti mismo? Sube.

Santos dio la vuelta al vehículo y se sentó en el asiento del copiloto.

—Muy bien. ¿Pero qué hay de los guardaespaldas? —preguntó, mirando hacia el lugar donde se encontraban el portero y el aparcacoches del hotel.

—Oh, se exceden protegiéndome. Ya sabes cómo son esas cosas.

—Sí, claro —se colocó el cinturón de seguridad—. Lo sé muy bien. ¿Adónde vamos?

—No lo sé —rió—. Quería sorprenderte.

La joven arrancó de golpe, ganándose unos cuantos bocinazos. Santos movió la cabeza en gesto negativo, pensando que se había buscado un problema innecesario.

Permanecieron en silencio unos minutos, hasta que la joven decidió salir a la autopista. Debía reconocer que no conducía nada mal.

—¿Un regalo de cumpleaños? —preguntó él.

—¿Qué? —preguntó la chica, que apenas podía oírlo con el rugido del motor.

—Me refería al coche. Supongo que es un regalo por tu dieciséis cumpleaños.

—Haces que parezca un delito.

—¿De verdad?

—¿A qué has ido al hotel? No te había visto antes.

—Tenía que entregar algo a un amigo.

—El hotel es mío. O lo será algún día.

—¿Es tuyo? —preguntó con incredulidad—. ¿Y sólo te han comprado un Fiat? Por lo menos mereces un Porsche.

—No somos tan ricos —rió.

—Oh, claro. Sólo tenéis sangre azul y sois miembros con pedigrí del club del «esperma afortunado».

—¿El club del «esperma afortunado»? —repitió entre risas—. Eres muy gracioso.

—Por supuesto. Un barriobajero muy gracioso.

La joven no notó su sarcasmo.

—De todas formas no somos tan ricos, de verdad. Hay muchas chicas en mi instituto más ricas que yo —declaró, mirándolo.

—Creo que sería mejor que miraras a la carretera.

—¿Por qué? Prefiero mirarte a ti.

Santos sonrió. No cabía duda que estaba ante una niña mimada, y extremadamente ingenua en casi todos los aspectos. Pero no podía negar que también era muy atractiva, sensual, y algo salvaje. Le divertía su juego y su sinceridad, aunque su coqueteo apenas pasara de la simple rebelión contra las normas.

—Vas demasiado deprisa, muñeca. Y me gustaría llegar vivo a donde vayamos.

—¿De verdad? —rió de nuevo—. ¿Y a qué te refieres con eso de que voy demasiado deprisa?

—A que intentas demostrarme lo interesante y dura que eres. Intentas asustarme, pero no me impresiono con facilidad, así que puedes descansar un rato.

—Vaya, vaya. Me encantan los retos.

Santos rió y se recostó en el asiento. Cerró los ojos y se dejó llevar por la sensación del viento y del sonido del motor. Unos segundos más tarde volvió a abrirlos y la observó. Tenía una sonrisa en los labios, y a pesar de sus gafas de sol podía adivinar sus maravillosos ojos azules, que brillaban con alegría.

Acto seguido bajó la vista y se fijó en la falda tableteada y en la camisa blanca con el escudo del colegio donde estudiaba. La camisa le quedaba algo apretada, como si acabara de desarrollarse, y marcaba mucho sus senos. Sólo tenía dieciséis años, pero ya tenía el cuerpo de una mujer de veinte.

Sin embargo, no estaba dispuesto a cometer ningún error con ella.

—Estabas mirándome —dijo ella.

—Sí.

—¿Por qué? ¿En qué estabas pensando?

—Me preguntaba si tus padres podrían dormir por las noches.

La joven permaneció en silencio unos segundos. Santos llegó a pensar que la había incomodado.

—Supongo que sí —declaró al fin, mientras aparcaba—. ¿Qué razón podría impedírselo?

—Si fueras hija mía, yo no podría.

—Haces que parezca una niña, y no lo soy.

—¿Te crees tan mayor con sólo dieciséis años?

—Sí —se ruborizó un poco—. ¿Es que tú no lo creías a mi edad?

Santos pensó en el asesinato de su madre, en las familias de «alquiler» con las que había vivido, en su fuga. A los dieciséis años ya había experimentado todo tipo de cosas. En cambio, aquella jovencita seguramente no se había enfrentado en toda su vida a nada desagradable.

—Olvídalo.

—No te caigo muy bien, ¿verdad?

—No te conozco, Glory.

—No, no me conoces.

Glory apartó la mirada, pero no antes de que Santos pudiera notar algo extraordinario en una chica de su clase. Algo que no encajaba en absoluto, algo vulnerable y asustado. Tal vez no fuera tan simple como creía.

—¿Qué te parece si damos una vuelta? —preguntó, incómodo.

La joven asintió. Salieron del vehículo y caminaron en silencio por el paseo marítimo. Lake Pontchartrain estaba lleno de yates, y docenas de gaviotas surcaban el cielo.

Mientras caminaban, sus manos se rozaban de vez en cuando. Ocasionalmente, ella lo tocaba para hacer algún comentario. Al cabo de unos minutos Santos estaba más excitado de lo que quería reconocer.

Intentó recordar que estaba controlando la situación y que pondría fin a todo aquello en cuanto quisiera. Sólo era una niña bien, una niña coqueta, pero nada más.

—Siempre me ha encantado este lugar —susurró ella—. Parece un mundo aparte que nada tenga que ver con la ciudad. Recuerdo la primera vez que vine, con mi padre. Pensé que estábamos de vacaciones —continuó, mientras se pasaba una mano por el pelo–. Era domingo, y mi madre tenía jaqueca, como de costumbre. Ella quería que fuéramos a misa, pero acabamos aquí. Y cuando lo supo, se puso furiosa.

–¿Por no haber ido a la iglesia?

–Se toma esas cosas demasiado en serio.

–Al parecer, tu madre no te agrada demasiado –opinó, estudiando su perfil.

–¿Mi madre? Soy yo quien no le gusta a ella. Hope Saint Germaine es una mujer muy difícil de complacer.

Santos se sorprendió al escuchar aquel nombre. No podía creer que aquella bruja fuera su madre. Pero en cierto modo resultaba lógico.

Estaban bastante cerca de Pontchartrain Beach, un parque de atracciones que habían levantado entre Lakeshore Drive y la orilla.

–¿Has estado alguna vez en el parque de atracciones? –preguntó ella.

–Una vez, con mi madre. Creo que entonces tenía diez años. Fue el día más feliz de mi vida –sonrió, emocionado, antes de recobrar el control–. Será mejor que regresemos.

Santos se dio la vuelta para marcharse, pero ella lo detuvo.

–¿Puedo hacerte una pregunta?

El joven la miró, más tranquilo. No le agradaba entrar en el terreno de lo personal. No quería saber nada sobre ella que no fuera trivial o superficial, ni deseaba abrirse en modo alguno. Prefería mantener las cosas como un simple juego. De esa manera todo el mundo era feliz y nadie terminaba herido.

–Como quieras.

–Cuando ves algo que quieres, ¿qué haces?

Santos sonrió. Sabía muy bien adónde quería llegar. La miró y se inclinó sobre ella hasta que sus rostros estuvieron a escasos milímetros de distancia.

–Valoro las consecuencias que pueda tener –susurró–. Eso es lo que hacen las personas mayores, Glory.

–Yo soy una persona mayor.

–No lo creo.

–Podría demostrarlo.

Automáticamente, Santos se excitó. Pero intentó controlarse.
—¿Qué quieres de mí, Glory?
—¿Tú qué crees?
—Creo que soy demasiado mayor para ti —respondió, en tono deliberadamente sensual—. Creo que deberías correr a casa, a esconderte bajo las faldas de tu madre.
—¿De verdad? ¿Tan mayor te crees?
—Sí. Tú juegas en una liga distinta, pequeña.
—Ponme a prueba —espetó, colocando las manos en su pecho—. Adelante. Te reto a que me beses.

Santos dudó, pero sólo un instante. Descendió sobre ella y la besó con apasionamiento, sin inhibiciones, demostrando lo que un hombre deseaba de una mujer.

Fue un beso largo y lleno de pasión; Glory reaccionó primero con dudas y finalmente con entrega absoluta. Santos la atrajo hacía sí para que pudiera notar su erección, para que fuera consciente de lo excitado que estaba, de lo que había conseguido con su infantil coquetería.

Acto seguido se apartó de ella. Glory lo miró con asombro. No la habían besado nunca de aquel modo, y él lo sabía.
—¿Lo ves, pequeña? —rió con suavidad—. Te dije que era demasiado mayor para ti.
—Te equivocas. Ya te dije que te equivocabas.

Glory se puso de puntillas y lo besó, para sorpresa de Santos, con tanto apasionamiento como él.

El joven no pudo evitar reaccionar de inmediato. Quería controlar la situación, pero no podía hacerlo. Lo excitaba demasiado, algo que no había conseguido ninguna chica hasta entonces. Había algo en ella que lo volvía loco.

De repente tuvo la impresión de que no era él quien controlaba la situación, sino ella. Supo que lo estaba probando, y no le agradó nada.
—Basta —se apartó—. Ha sido divertido, pequeña, pero es hora de volver a casa.
—¿Te veré de nuevo? —preguntó.
—No.

Una vez más, Santos se dio la vuelta para marcharse. Y una vez más, Glory lo detuvo.

—Tienes miedo —declaró la joven—. Huyes de mí.

—Eres demasiado joven, Glory Saint Germaine —declaró, mientras acariciaba su mejilla con tanta condescendencia como pudo—. Ha sido divertido, pero es hora de que vuelvas con tus papás.

—Estás aterrorizado.

—Escucha, no estoy huyendo de nada, y no...

—Estás huyendo. Un hombre tan crecido como tú no debería huir de una niña como yo —dijo con ironía.

Santos apretó los dientes. Estaba furioso. Furioso con ella por insistir; y furioso consigo por no saber resistirse.

—Mira, sólo eres una niña de dieciséis años que busca problemas. De modo que si estás buscando a alguien mayor que tú para echar un polvo te equivocas conmigo. ¿Está suficientemente claro?

Santos supo que la había herido, pero también supo que tenía muchos más arrestos de los que pensaba. Mantuvo su mirada y declaró:

—Eres un cerdo. ¿Te sientes mejor ahora? ¿Te sientes mejor sabiendo que controlas la situación? Qué gran hombre.

Glory no le dio la oportunidad de reaccionar. Se dio la vuelta en redondo y se alejó hacia el coche. Santos dudó un momento, pero la siguió.

La llamó varias veces, pero Glory no se detuvo. Al final no tuvo más remedio que detenerla.

—Por favor, déjame en paz —dijo ella.

Santos notó que había estado llorando, y en aquel momento sintió algo cálido y extraño que creía olvidado. Se maldijo por haber sido tan grosero.

—Lo siento. No debí ser tan...

—¿Tan canalla?

—Sí, entre otras cosas peores.

Santos la miró fijamente, pero Glory no apartó la mirada. Una vez más, sintió cierto respeto por ella.

—Me presionaste demasiado —continuó él—. No me dejaste más opción. No deberías jugar con personas como yo, Glory. Debiste marcharte de inmediato.

—Yo no huyo nunca. Quiero volver a verte.
—Eres valiente, lo admito, pero estos asuntos son cosa de dos. Y soy demasiado mayor para ti.
—¿Cuántos años tienes? —preguntó con exagerada inocencia—. ¿Cuarenta?
—Muy astuta. Sólo diecinueve.
—Oh, qué mayor —se burló.
Santos rió. De inmediato, siguieron paseando.
—De acuerdo, no soy tan mayor. Pero sí lo suficiente, y tú no. Además, entre tú y yo hay diferencias que exceden lo temporal.
Pero deja que te haga una pregunta...
—Adelante.
—¿Por qué quieres verme de nuevo?
—¿Por qué? —preguntó a su vez, sorprendida—. Porque sí.
—Eso no es contestación.
Glory frunció el ceño, incómoda.
—Bueno... eres muy atractivo, y además besas muy bien.
—Vaya, me abrumas —rió, más encantado de lo que le habría gustado.
Caminaron hacia el coche. Al cabo de un rato, Santos volvió a hablar.
—¿En qué colegio estudias?
—En la academia de la Inmaculada Concepción.
—Estás bromeando.
—No.
—¿Todas las chicas de tu colegio son como tú?
—No. Me enorgullezco de ser la chica más salvaje de aquel lugar. Al menos, en mi curso. Y estoy segura de que la hermana Marguerite estaría de acuerdo conmigo.
—¿Te refieres a la directora?
—Sí, y creo que me odia.
Cuando llegaron al coche, Glory preguntó:
—¿Quieres conducir?
—Por qué no. ¿Adónde vamos? ¿Al hotel?
—Si no te viene mal...
Permanecieron en silencio durante casi todo el trayecto. Santos la miraba de vez en cuando, y cada vez que lo hacía se

arrepentía por ello. Cuando tuvieron el hotel a la vista, Glory preguntó de nuevo:

—¿Te volveré a ver?

—No.

—¿No puedo hacer nada para que cambies de opinión?

Santos pensó que podía hacerlo. Y eso lo asustó aún más.

—Lo siento.

—Me lo temía —suspiró—. En fin, déjame aquí mismo.

Santos sonrió y la miró.

—Ha sido divertido, Glory.

La joven parecía tan decepcionada que no pudo evitar una carcajada.

—Oh, venga, no me digas que soy el primero que se resiste a tus encantos.

—El primero que se resiste y que me interesara de veras.

—Si te sirve de consuelo, tú también besas muy bien.

—¿De verdad?

—De verdad.

—Entonces, ¿por qué no me besas de nuevo?

Santos miró hacia el hotel. El portero y el aparcacoches se encontraban en la entrada.

—¿Aquí? ¿Delante de tus guardaespaldas?

—¿Por qué no? Así tendrán algo de lo que hablar.

—Desde luego, eres todo un caso.

Santos la besó con apasionamiento y ella gimió, sensual. Segundos después se apartó, sobresaltado. El breve contacto lo había emocionado aún más que el largo beso anterior. Aquella mujer era puro fuego, y si no andaba con cuidado se consumiría en él.

Acarició su nariz con el índice y dijo:

—Gracias por el paseo.

El joven salió del coche y se dirigió hacia la parada de autobús.

—¡Santos!

Víctor se detuvo y la miró.

—Nos veremos —sonrió Glory.

Él la observó durante unos segundos. Estaba preciosa en el coche, con su oscuro cabello cayendo sobre sus hombros.

Estuvo a punto de ceder al momento de debilidad, pero al final se despidió con la mano.

−Adiós, Glory.

Entonces se dio la vuelta y se alejó. Esperaba no volver a verla en toda su vida.

Pasó todo un día antes de que Glory se diera cuenta de que no sabía nada sobre Santos, salvo su nombre. Pero no le extrañó demasiado. Había estado tan ocupada soñando con sus besos que no había tenido tiempo para nada más.

Hasta entonces no había conocido a nadie como él. Los otros chicos a los que había conocido, y besado, parecían niños inmaduros en comparación con él.

Sin duda alguna, le había robado el corazón. Y si no podía verlo de nuevo, se moriría. Tendría que encontrar un modo.

Cuando se aproximó el autobús en el que Liz llegaba todas las mañanas se animó mucho. No había podido llamarla la noche anterior. Al llegar a casa descubrió que sus padres se encontraban de un humor extraño. Su madre le preguntó por el lugar donde había estado, y ella contestó que había estado estudiando en la biblioteca, con Liz; respuesta que pareció satisfacerla.

Incluso eso resultó extraño. No conseguía satisfacer nunca a su madre, y sin embargo lo había logrado la noche anterior, por suerte. Sabía que si la hubiera presionado de algún modo habría descubierto que sucedía algo.

Glory decidió que debía tratarse del destino. Estaban destinados a estar juntos.

Por si fueran pocas cosas extrañas, su madre insistió en que fueran a cenar al hotel, y no dejó de hablar durante la comida.

Glory había notado que el comportamiento de su padre no era menos insólito. Bebió mucho menos de lo que en él era habitual y no dejaba de mirar a su esposa con algo parecido al afecto.

No sabía qué ocurriría entre sus padres. Se habían pasado toda una semana sin dirigirse la palabra. Algo que no debía sorprenderle demasiado, teniendo en cuenta que sus discusiones se habían incrementado con el paso de los años. No obstante, siempre había existido algo profundo entre ellos.

Pero la última semana había resultado muy diferente. Cuando los miraba, se decía que su matrimonio estaba definitivamente acabado. Y ella se alegraba. Liz le había dicho que a su edad podría elegir con qué padre quedarse.

Por desgracia para ella, la noche anterior había dado al traste con todos sus sueños. Sus padres parecían más felices que en mucho tiempo.

En parte se enfadó con su padre. No comprendía qué veía en la bruja de su madre, ni de qué manera lo ataba a ella. Pero también sintió cierto alivio; estaban tan ocupados el uno con el otro que ella pudo dejarse llevar por sus ensoñaciones con Santos.

El autobús se detuvo en la parada. Un segundo más tarde, bajaba Liz.

—Hola, Glory, ¿qué tal estás? Anoche no me llamaste.

—Tengo que hablar contigo a solas. Es importante.

—¿De qué se trata? —preguntó en voz baja—. ¿De tus padres?

—No vas a creerlo, Liz. He conocido a un chico increíble. Creo que estoy enamorada.

Liz se detuvo y miró a su amiga con asombro.

—¿Enamorada? —repitió en un susurro—. ¿Quién es? ¿Dónde lo has conocido? ¡Tienes que contármelo todo!

Glory lo hizo. Le dio todo tipo de detalles acerca del encuentro en el hotel, de sus besos, e incluso de su aspecto físico.

—Te aseguro que he besado a muchos chicos, pero éste es diferente. Es especial —sentenció.

—¿Cómo puedes estar segura de que estás enamorada? No sabes nada sobre él.

—Lo sé, pero no había sentido nada parecido con anterioridad —confesó, mientras cruzaban la avenida Saint Charles—. Apenas pasamos una hora juntos, lo sé, pero había algo en él, algo que...

Glory no encontraba palabras para definir lo que sentía. Pero necesitaba la aprobación de Liz. Era su mejor amiga, y tenía en alta estima su opinión.

—Mientras estuve a su lado lo olvidé todo. Olvidé dónde estaba y quién era. Fue como si él fuera el centro del universo, como si de algún modo hubiera estado toda la vida esperándolo. Sé que suena como un ridículo cuento de hadas para niños, pero es cierto... Puede que me creas una tonta, pero estoy segura de que es él.

—¿Él? ¿A qué te refieres?

—Al hombre de mi vida. Al hombre al que estoy destinada.

—¿Como si fuerais almas gemelas, o algo así?

En aquel momento pasaron bajo el arco que daba entrada a la academia. Glory asintió y respiró profundamente.

—Habría hecho cualquier cosa por él.

—Suena tan romántico... Pero me asusta, Glory.

—A mí no —rió—. Me siento como si pudiera volar.

—Pues ten cuidado ahí arriba, porque la hermana Marguerite te está mirando ahora mismo.

Era cierto. La directora del colegio se encontraba en la entrada de la academia, con los ojos clavados en Glory. Pero a la joven no le importó. Siguió hablando en voz baja.

—Tengo que verlo de nuevo, Liz. Tengo que hacerlo.

Liz apretó los libros contra su pecho.

—¿Cómo? ¿Cómo vas a encontrarlo?

—Supongo que podría preguntar en el hotel. Alguien debe saber qué hacía allí. Llevó algo al tercer piso, donde están los despachos de la dirección. Es posible que llevara algo a papá. Hablaré con su secretaria.

El timbre que llamaba a clase sonó en aquel momento. De inmediato una multitud de chicas corrió hacia la entrada del colegio. Glory intentó alejarse, pero Liz la detuvo.

—Ten cuidado, Glory. Santos no parece el tipo de chico que aprobaría tu madre. Si llega a enterarse...

Glory se estremeció.

—No lo sabrá. Tendré mucho cuidado.

—¿Lo prometes? Tengo un mal presentimiento.

—Lo prometo —respondió, con una sonrisa forzada—. Te preocupas demasiado, Liz. Todo saldrá bien.

Tras tres días de continua decepción, Glory empezó a perder la esperanza de verlo de nuevo. Había preguntado a todo el mundo en el hotel sin ningún resultado. De hecho, la secretaria de su padre la miró como si estuviera loca.

Glory se apoyó en el armarito contiguo al que compartía con Liz y suspiró.

—Ya no se me ocurre nada, Liz. He hablado con todo el mundo

—No te rindas. Lo encontrarás —dijo, mientras cerraba la puerta del armario—. Si es tu alma gemela tendréis que encontraros.

Las clases ya habían terminado, y las dos chicas se dirigieron hacia la salida.

—¿Sí? ¿Por qué?

—Porque el destino no te daría una sola oportunidad. Sería demasiado cruel.

—¿Eso crees?

—Claro.

Glory rió, más animada.

—¿Pero qué ocurriría si yo no soy su destino?

—No creo que funcione de ese modo —rió Liz a su vez.

Salieron del edificio a la soleada y fría tarde. Glory parpadeó un segundo, deslumbrada por el sol. Y cuando se aclaró su visión vio a Santos. Estaba junto al arco de entrada, mirando de un lado a otro como si estuviera buscando a alguien. Entonces supo que había ido a buscarla.

Estuvo a punto de quedarse sin respiración.

—Es él, Liz, es Santos...

—¿Dónde está?

—Allí, ¿no lo ves? A la derecha del arco de entrada. El chico de la camiseta negra y las gafas de sol.

—¿Estás segura? No puedo ver su rostro.
—Es él. Lo reconocería en cualquier parte. Oh, Dios mío, ¿qué hago ahora? —preguntó, aferrada al brazo de su amiga—. Ni siquiera puedo respirar. Creo que voy a desmayarme.
—Tranquilízate. No querrás que nadie te oiga, ¿verdad? Si no te encuentras bien, no te acerques. Si tienes miedo...
—No es eso, es que... Si está aquí, es posible que sienta lo mismo que yo. Como dijiste, el destino me ha dado otra oportunidad.
—En tal caso, ve con él.
—Ven a conocerlo —rió de alegría—. Quiero que lo conozcas.
—No creo que sea buena idea. Los chicos me asustan, a diferencia de ti. No sé qué decir, y odio sentirme tan patosa y tan fea.
—No eres fea, eres...
—Venga, ve con él. No querrás que se vaya, ¿verdad?
—Gracias, Liz. Eres la mejor.
Glory sonrió a su amiga y corrió a encontrarse con su destino.
Pero fue demasiado tarde.
Santos se había marchado.

25

Esta vez, Santos no se fijó en el hotel Saint Charles. No le impresionó su aspecto, ni la gente, ni se preguntó acerca de la relación que mantendría Lily con la señora Saint Germaine, ni sintió curiosidad por el contenido de un sobre.

Esta vez sólo podía pensar en una apasionada chica que había despertado algo distinto en su interior con sólo un beso y un reto.

Había intentado olvidarla. Se había repetido una y otra vez todo tipo de cosas razonables, y hasta había intentado salir con otras chicas. Pero no podía dejar de pensar en ella. Ocupaba sus pensamientos de forma constante.

Habían pasado tres semanas desde su encuentro, y estaba muy disgustado consigo mismo. Hiciera lo que hiciese, no podía olvidarla.

El peor momento había llegado cuatro días después de que la conociera. Había conducido hasta su academia con la esperanza de verla, empujado por un impulso tal vez infantil, como un niño enamorado. Al pensar en ello sintió vergüenza. Estuvo un buen rato en la puerta, buscándola con la mirada. Y las chicas que pasaban no dejaban de mirarlo abiertamente.

Pero había conseguido recobrar la cordura antes de que apareciera, antes de que pudiera verlo.

Subió las escaleras hasta el tercer piso. Entró en el despacho de la señora Saint Germaine, le dio el sobre de Lily, recibió uno a cambio y se marchó, sin intercambiar una sola palabra con ella.

La madre de Glory le desagradaba cada vez más. Era la mujer más fría y detestable que había conocido nunca. No entendía que pudiera tener una hija tan maravillosa.

Al igual que la primera vez, bajó por las escaleras. Y al llegar al vestíbulo no apartó la mirada de la salida. No quería verla. Pero a pesar de todo, no pudo evitar echar un vistazo a su alrededor. Algo que consideraba ridículo. Estaba obsesionado con una niña mimada que seguramente se había olvidado de él.

Cuando salió a la calle respiró aliviado. Había conseguido hacer la entrega sin encontrarse con Glory.

Sonrió al portero, aunque en realidad estaba decepcionado, y se dirigió hacia el coche. Lo había aparcado a unas manzanas de allí, en una calle secundaria. Y cuando llegó al vehículo encontró algo sorprendente.

Glory estaba apoyada en su automóvil, tomando el sol. Llevaba unos vaqueros, un jersey blanco y una chaqueta de cuero, negra.

Estaba increíblemente hermosa.

Su corazón empezó a latir más deprisa. Estaba tan asombrado que ni siquiera pudo hablar. Tomó aire y se dirigió hacia ella. No sabía cómo se las había arreglado para encontrarlo.

—Hola, Glory.

La joven sonrió, sin apartar la cara del sol.

—Hola, Santos.

—Es un lugar un tanto extraño para tomar el sol —declaró, mientras sacaba las llaves del vehículo.

Esta vez, Glory lo miró.

—¿Tú crees?

—Mmmm. Y también es una extraña época del año. Estamos a finales de noviembre.

—Me dirigía al hotel cuando vi que aparcabas.

—Así que me seguiste.

—Podría decirse así. Quería verte otra vez.

Santos jugueteó con las llaves. Aquella chica lo intrigaba y lo excitaba a la vez. Deseaba cubrirla de besos allí mismo. Nunca había sido un hombre autodestructivo, y sospechaba que mantener una relación con ella no sería demasiado saludable para él.

—¿Hoy no tienes clase? —preguntó, mirando su ropa.
—No, es fiesta.
—Mejor para ti. En fin, me ha alegrado verte, pero tengo que marcharme.

Glory se acercó a él y lo tomó del brazo.
—He estado pensando en ti. En nosotros.
—¿En nosotros? —preguntó con incredulidad—. No sabía que hubiera un «nosotros». Recuerdo que nos besamos un par de veces y que dimos un paseo. Pero no significa que mantengamos ninguna relación. Lo siento, pequeña.
—Podríamos mantenerla.

Glory era tan obstinada como bella. Santos se sentía halagado e incluso impresionado por su carácter. Pero no estaba dispuesto a ceder.

Apartó su mano y dijo:
—Sé muy bien lo que estás haciendo, Glory Saint Germaine, y no quiero jugar.
—¿Qué quieres decir?

Santos pensó en su madre, en su forma de mirarlo, e imaginó cuál sería su reacción si mantenía una relación con su hija. En realidad, no le extrañaba en absoluto el comportamiento de Glory.

—Estás rebelándote contra tus padres. Contra las limitaciones de tu privilegiada vida. Quieres demostrar algo, a ellos o a ti misma. Quieres vivir una aventura, y qué mejor aventura que encontrar a un simple barriobajero como yo.
—Eso no es cierto.
—Mira, ya me conozco el cuento, pequeña. He conocido a muchas chicas como tú. A muchas.
—Te equivocas. Entre nosotros hay algo. Lo siento, y sé que tú también lo sientes. Además, no soy como las otras chicas que has conocido.
—Lo eres, cariño, y lo siento.

Santos quiso apartarse, pero ella lo impidió.

—Eres tú el que está jugando, no yo. ¿Por qué lo haces? ¿A qué viene tanto disimulo?

—Yo no...

—Te vi —lo interrumpió—. Te vi en el colegio. En mí colegio. Si no hay nada entre nosotros, ¿qué estabas haciendo allí?

Santos entrecerró los ojos, furioso con ella y consigo. Se había buscado un buen problema, y por si fuera poco la deseaba a pesar de todo.

—Puede que estuviera esperando a otra chica como tú.

Durante un momento tuvo la impresión de que Glory se había creído la respuesta. Pero no fue así.

—No es cierto. Estabas esperándome. Y saliste corriendo.

—¿Que yo salí corriendo? —preguntó, arqueando las cejas—. Tú estás soñando. Comprendí que había cometido un error al ir y me marché.

—No fue un error —apretó los dedos sobre su brazo—. Creo que lo nuestro podría ser muy bonito.

—¿Tú crees? —rió sin humor—. Eres demasiado joven, y yo tengo demasiada experiencia. No ha cambiado nada desde el otro día.

Sin embargo, Santos tuvo que aceptar que no parecía tan joven, al menos cuando la miraba a los ojos. Cuando lo hacía, veía a alguien que había conocido el sufrimiento. Se veía a sí mismo, por extraño que fuera.

Tan extraño como que se sintiera tan bien en su presencia.

Se apartó de la joven, inquieto por sus pensamientos y por el hecho de que, en cierto modo, estaba realmente asustado. Por mucho que lo negara imaginaba e incluso deseaba una relación con ella. Y si permitía que tal cosa sucediera, también permitiría que le hicieran daño.

—¿Quieres que te diga la verdad, Glory? No creo que saliera bien. Lo de la edad sólo es un problema añadido —gruñó, frustrado—. No soy tu tipo.

—Mi tipo —repitió ella—. Te refieres a que no eres un niño rico y mimado.

—En efecto. Rico y mimado. No sabes nada de la vida. No sabes lo que significa el sufrimiento. Siempre has vivido entre algodones y no te preocupa jugar con los sentimientos de los demás porque no te importa nada salvo tú misma.

—¿Cómo lo sabes? —preguntó, herida—. ¿Cómo sabes lo que yo siento, o lo que pienso? No sabes nada sobre mí.

—Mírate en un espejo. Vas a ese colegio para ricos. Estoy seguro de que el dinero que te dan tus padres es más de lo que gana cualquier persona decente en todo un año. Y apuesto que vives en Garden District, en una mansión que estará incluida en el patrimonio histórico de Nueva Orleans. Seguro que tu familia tiene dos o tres criados y un Rolls Royce. Y tu madre nadará entre joyas y abrigos de pieles.

Esta vez, Glory no supo qué decir. Tenía razón. Se dio la vuelta, pero Santos la obligó a mirarlo.

—Para ti es algo normal. El otro día dijiste, con total naturalidad, que algún día el hotel Saint Charles sería tuyo. Y no tienes ni idea de lo que eso significa. No eres consciente de tu suerte. En definitiva, princesa, tú y yo no tenemos nada en común.

Glory estaba a punto de llorar, pero no lo hizo. Santos casi deseó que lo hiciera, porque en cierta forma habría significado que encajaba en la descripción que había hecho de ella.

—Es cierto —declaró ella, al fin—. Pero no deberías juzgar a la gente por lo que tiene o por lo que no tiene. No puedo estar más lejos de la persona que describes. No me importa la riqueza, no me importa nada de lo que mi familia posee. No significa nada para mí. No tienen nada que ver conmigo.

Santos tomó su mano, aún más irritado que antes. Sabía que tenía razón, pero Glory se estaba ganando un lugar en su corazón y de un modo racional deseaba estar equivocado. Si conseguía que comprendiera, lo dejaría en paz.

Tenía que comprenderlo.

Abrió la puerta del coche y dijo:

—Tengo que enseñarte algo. Sube.

—¿Que quieres enseñarme?

—Lo sabrás enseguida.

—No iré contigo a menos que digas adónde.

—Ya veo que no eres tan confiada como dices. ¿Es que quieres volver corriendo con tu madre? ¿Lo ves? Deberías tener cuidado conmigo. Corre, huye a tu casita. Vete antes de hagas algo realmente estúpido.

Sin más palabras, Santos subió al vehículo y arrancó con la intención de marcharse. Pero Glory abrió la puerta, subió y dijo:

—Muy bien, enséñamelo.

Víctor no dijo nada hasta pasado un buen rato, cuando estaban llegando al barrio francés.

—Pasé los primeros siete años de mi vida en una caravana que apestaba a sudor y a alcohol. Mi padre era un borracho que pegaba a mi madre, y a mí. Siempre deseaba que bebiera aún más, porque de esa forma estaba tan ebrio que casi no tenía fuerza. No podía hacer nada salvo romperme la nariz y ponerme morado un ojo. Era todo un hombre.

Santos se detuvo un instante antes de continuar.

—No tenía amigos porque sólo era un chico de la calle. Y la gente de Texas no es muy amable con los hispanos, sobre todo si tienen ascendente indio. Mi padre era un perfecto WASP, un blanco, anglosajón y protestante lleno de prejuicios raciales que no dejaba de insultarnos a mi madre y a mí. Mi propio padre, ¿no te parece divertido?

—No, desde luego que no.

—Alguien nos hizo un favor matándolo —se encogió de hombros—. Estoy seguro de que el individuo que le rebanó el cuello no era consciente de lo aliviados que estarían sus seres queridos.

El vehículo avanzaba por Canal Street. Acto seguido, se dirigió hacia el barrio francés y empezó a callejear para acercarse lo más posible a Bourbon Street. En cuanto vio un sitio libre, aparcó.

Santos abrió la puerta y Glory lo siguió. Había elegido de forma premeditada la parte más peligrosa y pobre del barrio, la zona más alejada de Garden District, en todos los aspectos.

—Bonito sitio, ¿verdad? —la tomó de la mano.

Empezaron a andar. Santos caminaba con tanta rapidez que Glory tenía serios problemas para seguirlo.

—Nuestra saga familiar continúa aquí, en el corazón del barrio francés. Cuando mataron a mi padre nos vinimos a vivir a esta zona. Mi madre tenía un primo que vivía cerca, un primo que no dejaba de repetir lo fácil que era encontrar trabajo en la ciudad. Pero su primo desapareció en cuanto llegamos, y la realidad resultó algo distinta —declaró, en el preciso momento en que llegaban a Bourbon Street—. Aquí estamos. La calle que nunca duerme. La calle donde se encuentra el Club 69.

Se detuvieron delante del local. El portero se dedicaba a empujar de vez en cuando la puerta, que se abría y cerraba dejando ver a los dos jóvenes, y a cualquiera que pasara por la calle, el espectáculo que se desarrollaba en el interior. Una mujer bailaba, casi desnuda, para un auditorio de hombres borrachos.

Santos había evitado aquella zona, intentando olvidar. Pero el olvido era algo que le estaba negado.

—Aquí trabajaba mi madre. Eso era lo que hacía para alimentarnos a los dos.

—No sigas, Santos. Por favor, no es necesario. Yo...

—Claro que es necesario —espetó.

La obligó a mirar hacia la puerta. El portero la devoró con la mirada, y Santos notó el estremecimiento de la joven.

—¿Puedes imaginarlo, Glory? Ni siquiera son las dos de la tarde y ya está lleno de gente. Pero mi madre trabajaba por las noches, porque las propinas eran mejores.

Santos apoyó la cabeza en el oscuro cabello de su acompañante. Respiró profundamente y notó el dulce aroma del champú que usaba Glory, un aroma bien distinto al de las calles de la zona.

—¿Puedes olerlo, Glory? Así olía mi madre cuando regresaba del trabajo. Olía a hombres sucios. Recuerdo que amaba los domingos porque entonces olía a flores.

Glory gimió, en parte por asco y en parte por lástima. Santos lo notó y se irritó aún más. Imaginó lo que habría pensado de su madre de haberla conocido.

—Vamos.

La obligó a darse la vuelta y la llevó, de nuevo, hacia el coche.

—Suéltame —protestó ella—. Me haces daño.

Santos la soltó.

—¿Quieres que continuemos, princesa? ¿O prefieres regresar a la zona «guapa» de la ciudad?

—¿Por qué haces todo esto?

—Para que comprendas.

Subieron al coche y Santos la llevó a otra zona del barrio. Con el corazón en un puño, torció en Ursuline Street. Otro lugar y otra calle que había evitado durante mucho tiempo.

Sin quererlo empezó a sudar. Lo asaltó tal horror que durante un instante no pudo respirar.

—¿Santos? ¿Te encuentras bien? —preguntó ella.

Santos no respondió. No podía.

Al final llegaron al edificio que buscaba. Aparcó el vehículo en una calle estrecha y salieron al exterior. Santos miró la fachada y recordó lo sucedido aquella noche. Recordó la multitud, la ambulancia, los coches patrulla, las luces rojas y azules.

Cerró los ojos y pudo sentir la humedad del aire, el pánico, el olor a sudor y a su propio miedo, combinados en una especie de pesadilla surrealista. Por desgracia, no había sido una pesadilla.

Miró a Glory, aunque en realidad no la veía. Estaba reviviendo los sucesos de aquella trágica noche. Con tal intensidad que vio a los enfermeros bajando la camilla con el cuerpo de su madre.

—Dios mío —dijo ella—. ¿Vivíais aquí?

—Sí. Vivíamos aquí.

Caminaron hacia la entrada. Santos apenas podía respirar.

—Aquí fue donde murió, asesinada. La mató un loco, o eso dijo la policía. Fueron dieciséis puñaladas. Aquí fue donde la vi aquella noche, cuando llegué por la noche y vi... su rostro.

Recordaba muy bien el cuerpo de su madre. Estaba muy pálida, y cubierta de sangre. Santos tuvo que hacer un esfuerzo para no empezar a llorar.

—Era tan bonita, y su muerte fue tan horrible... No merecía morir de aquella manera. No es justo —la miró, emocionado—. Voy a encontrar al canalla que lo hizo. Voy a encontrarlo y haré que pague por sus crímenes.

Glory tomó su mano y la llevó a su boca, para besarla. Las lágrimas de la joven humedecieron sus dedos.

En aquel momento escucharon un claxon y una exclamación malsonante. Santos había aparcado el coche en mitad de la estrecha calle y estaba bloqueando el camino. Pero hizo caso omiso de las protestas.

—¿Ves lo mucho que tenemos en común, princesa? —ironizó—. ¿Lo comprendes ahora?

Sin embargo, Glory no reaccionó como esperaba. En lugar de mirarlo con horror o lástima, lo abrazó con fuerza.

—Lo siento —declaró con suavidad, entre lágrimas—. Lo siento tanto...

Santos permaneció firme como una roca durante unos segundos. Quería alejarse de ella, negar lo que sentía. Pero al cabo cerró los brazos a su alrededor y hundió la cara en su cabello.

—La quería mucho —dijo.

—Lo sé.

Así permanecieron un buen rato, abrazados, entre el sonido de las bocinas.

El paseo por el barrio francés cambió completamente la relación entre los dos jóvenes. Habían dejado de ser unos desconocidos. Ahora los unían frágiles pero poderosos lazos.

Glory lo aceptó con facilidad, pero Santos no. No dejaba de repetirse que lo que sentía era irracional y peligroso, que no tenía nada en común con ella. Pero era algo real, y mucho más hermoso que ninguna otra cosa que hubiera conocido.

Al principio se contentaban con verse dos o tres veces a la semana, y nunca más de una o dos horas. Se veían en el colegio, en la biblioteca o en el mercado e iban a comer juntos, contentándose con unos simples besos y abrazos.

Cuanto más tiempo pasaban juntos, cuanto más se tocaban, más difícil resultaba la separación. Y Glory empezó a arriesgarse. Sabía que más tarde o más temprano su madre lo sabría, y también sabía que si llegaba a descubrirlo encontraría una forma de separarlos.

Pero la idea de no estar con él las veinticuatro horas del día le parecía inconcebible. Era como si no pudiera vivir sin él.

De manera que llamó a Liz para que le sirviera de coartada durante sus citas con Santos.

Tal y como había hecho aquella noche.

Santos la había recogido en el cine donde se suponía que iba a estar con su amiga, para llevarla después a la remota zona de Lafreniere Park. Una vez allí, apagaron las luces y Santos la cubrió de besos. El deseo era recíproco.

Glory empezó a acariciarlo, le sacó la camisa de los pantalones y ascendió hacia su pecho. Tocar su piel era como tocar el cielo.

—Te he echado tanto de menos —susurró ella.

—Yo también a ti.

Se besaron un buen rato, borrachos de deseo. Glory empezó a desabrochar su camisa y él hizo lo propio.

—Eres tan bonita —murmuró Santos.

Acarició sus senos, sólo cubiertos por el sostén de algodón, y se abrazaron. Nunca llegaban más lejos. Pero aquel día Glory estaba decidida a hacerlo.

—No sabes lo que dices.

—Claro que lo sé —dijo ella, mientras se quitaba el sujetador.

Durante un instante Santos no pudo hacer nada salvo mirarla.

—Glory, cariño, no creo que sea buena idea.

—Por supuesto que lo es —susurró, llevando las manos de Santos a sus senos—. Tócame, Santos.

Santos lo hizo y ella se arqueó entre sus brazos, estremecida. Cuando sintió el calor de su boca dejó escapar un gemido.

No había imaginado que el contacto de su piel pudiera ser tan perfecto y maravilloso. Por fin comprendía el poder que Hope tenía sobre su padre, el poder que Eva había tenido sobre Adán, el poder de algo que podía ser maravilloso o terrible. Con Santos resultaba liberador, como ir montada en las alas de un ángel.

Santos era su destino. Si había tenido alguna duda, en algún momento, ahora estaba completamente segura.

Se tumbó sobre él y sintió su sexo, exquisitamente duro.

En el interior del coche hacía frío, pero Santos estaba sudando.

—No te detengas —dijo ella—. No quiero que te detengas.

—Tenemos que hacerlo.

—¿Por qué? Te amo. No volveremos a vernos hasta dentro de tres largas semanas. Y te deseo tanto...

El recuerdo de las fiestas y cenas a las que debía asistir, obligada por su familia, la irritó durante un instante.

—Yo también.
—Entonces, no te detengas. Por favor.
—Estás jugando con fuego —declaró, lleno de deseo.
—Y me gusta.
—Glory, será mejor que...
—¿Qué? ¿Qué ibas a decir?
Glory sonrió y se las arregló para empezar a acariciar su pubis.
Santos se movió tan deprisa que no se dio cuenta. De repente se vio sentada en su regazo, con las piernas a cada lado de su cintura. Le quitó la falda y la dejó desnuda, sin más prenda que sus braguitas blancas.
—Mi princesa —murmuró—. ¿Qué haría yo sin ti?
Glory gimió al sentir el contacto de su mano entre las piernas, y Santos la apartó.
—No, no, tócame —dijo ella, una vez recobrada de la sorpresa.
No la habían tocado nunca de aquel modo, y ahora se alegraba de que Santos fuera el primero. Se arqueó y se frotó contra él, dominada por un deseo que ni siquiera comprendía. Santos le quitó las braguitas y empezó a acariciarla.
—No te detengas... No te detengas... —repitió entre gemidos.
Entonces la penetró con los dedos y empezó a moverlos, lentamente al principio, luego con más rapidez. Era una sensación maravillosa para Glory. Una sensación que desafiaba cualquier descripción exacta. Era dura pero agradable, agresiva pero familiar. Como si se hubieran fundido el uno en el otro.
Su respiración se aceleró. Se sentía asustada y fuera de control al tiempo, pero no tenía miedo y sabía muy bien lo que estaba haciendo.
Las acometidas se hicieron más rápidas, y en determinado momento sintió que todas las estrellas estallaban en su interior. Glory gritó su nombre y se derrumbó sobre él, besándolo una y otra vez. Estaba sudando, y su corazón latía tan deprisa como si hubiera estado corriendo varios kilómetros. Se sentía gloriosamente viva.

Los segundos se hicieron minutos, pero poco a poco volvió a la normalidad. Sólo entonces notó que Santos estaba temblando.

—Oh, Santos, lo siento...

De repente comprendió lo que había sucedido.

Santos limpió sus lágrimas. Unas lágrimas que Glory ni siquiera había notado.

—¿Por qué? ¿Por hacerme el hombre más feliz del mundo?

—¿Cómo es posible que seas feliz? —preguntó, ruborizada—. No te has...

—Me has hecho feliz entregándote a mí. ¿Te parece poco?

—Te lo daría todo, Santos, todo.

—No, no estaría bien.

—¿Por qué?

—Por esto —miró a su alrededor—. Por dónde estamos. Porque tenemos que escondernos. Es como si todo fuera una especie de gran mentira.

—No es así. Te amo. ¿Cómo podría ser una mentira?

—Dímelo tú.

—Te amo más que a nada en el mundo. ¿Es que crees que estoy mintiendo?

Santos la miró unos segundos, sin decir nada.

—Di que me crees —continuó ella—. Di que crees que te amo.

—No puedo. Lo siento, pero no pudo.

Glory se apartó de él. No podía creer lo que estaba escuchando. No creía en ella.

Rápidamente, recobró las braguitas y la falda y se las puso. De repente se sentía muy vulnerable. Sus ojos se llenaron de lágrimas mientras intentaba cerrar el sujetador.

—No quería hacerte daño, Glory.

—Claro. Sólo estabas diciendo la verdad, intentando ser sincero. A fin de cuentas aún piensas que soy... Bah, olvídalo.

—Tal vez no quiera olvidarlo. Al menos, es cierto que soy sincero.

—Eres un canalla. No has sido sincero. Aún crees que estoy jugando contigo, que sólo soy una niña mimada despreocupada por todo salvo por sí misma.

—Dame una razón para que cambie de opinión.

Glory se apartó, pero Santos la tomó de la mano.

—Crece un poco, Glory. Yo ya no soy un niño.

—Ni sabes tanto como crees.

—Entonces, ábreme los ojos.

La joven lo miró con intensidad. Deseaba que se disculpara, pero sobre todo deseaba que la amara tanto como ella lo amaba a él.

—Si me amas tanto como dices, deberías decírselo a tus padres.

—Sabes muy bien que no puedo. Te conté lo de mi madre. Te dije... Pídeme cualquier otra cosa y lo haré.

—Cualquier otra cosa menos eso —puntualizó—. Por desgracia es lo único que deseo. Así que, ¿qué piensas hacer?

—Ella nos destruirá. Encontrará un modo de hacerlo.

—¿Y crees que esto no nos destruirá?

Glory empezó a llorar. Santos la atrajo hacia sí y la abrazó. La joven se dejó llevar, deseando que los diez últimos minutos no hubieran existido.

—No me gusta que tengamos que vernos de esta forma —declaró él, con suavidad—. No me agrada esconderme, no me gusta mentir, y no me gusta lo que significa.

—No significa nada, Santos.

—Significa que crees que no soy lo suficientemente bueno para ti.

—Eso no es cierto. ¿Es que no lo comprendes? ¡Es por mi madre! Y por mi padre. Ellos son los que...

—Los que pensarían que no soy suficientemente bueno.

Glory sintió su irritación, y la abierta acusación que se volvía hacia ella. Como si tuviera la culpa de las creencias de sus padres.

—Si mi tono de piel fuera rosado sería bueno para ellos. Si fuera rico, si tuviera una carrera o si viviera en un barrio aristocrático sería bueno para ellos. Entonces me aplaudirían.

—Mi padre no es así. Es dulce y comprensivo. Pero hace todo lo que ella le dice.

—Estoy cansado de mentir. Lo que estamos haciendo no está bien, no de esta forma. Nos queremos, y no deberíamos avergonzarnos por ello. No deberíamos ocultarnos.

—No me hagas esto, Santos. Dame un poco de tiempo.
—Quiero que conozcas a Lily. Mañana.
Santos le había hablado sobre ella. Lo había hecho para asustarla con su pasado. Pero Glory no se había asustado por eso. No podía hacerlo. Lily lo quería tanto como ella, aunque de una forma muy distinta. No obstante, la perspectiva de conocerla la intimidaba de un modo extraño.
—Si llegó a conocerla será... Sé que no lo comprenderás, pero tengo el presentimiento de que cuando alguien sepa lo nuestro todo se acabará. Encontrarán un medio para separarnos.
—¡Eso es una tontería! —exclamó, irritado.
Se apartó de ella y pasó al asiento delantero del coche. Ella lo siguió, estremecida.
—No pienso seguir como hasta ahora —continuó él—. Si me amas, hablarás con tus padres.
—No me avergüenzo de ti. Tienes que creerme. Me gustaría decirle a todo el mundo que te amo. Me gustaría que todo el mundo supiera que eres mío.
—Entonces, demuéstralo.
Santos la miró de tal forma que Glory supo que lo estaba perdiendo. Su madre estaba ganando la partida sin saberlo, y no podía permitir que sucediera.
—Muy bien, hablaré con mi padre. Pero necesito decirte algo. Algo sobre mi madre. Necesito que comprendas por qué la temo tanto. ¿Me escucharás?
Santos asintió y ella empezó a hablar. Le contó lo sucedido en el despacho con Danny, le contó todo lo relativo a sus palizas, a sus terribles castigos, a su extraña actitud. Mientras lo hacía podía sentir los azotes, ver su rostro horrible, escuchar sus amenazadoras palabras. Hasta veía su propia sangre flotando en el agua de una bañera. No había podido olvidarlo, y tal vez no podría en toda su vida.
Empezó a temblar sin poder evitarlo. Sólo entonces comprendió que estaba llorando, sollozando desconsoladamente como una niña. Santos la abrazó y la llevó al asiento de atrás. Durante un buen rato no hizo nada salvo mecerla con suavidad, susurrando palabras de ánimo.

Glory lloró hasta que no tuvo más lágrimas que derramar, hasta que el horror de aquel día en la bañera se convirtió en un poso amargo y profundo en su ser, hundido en un agujero sin luz ni calidez alguna.

—No se lo había contado a nadie —susurró ella al fin, exhausta—. Ni siquiera a Liz. Ojalá que pudiera olvidarlo.

—Lo siento, cariño. Siento que lo hayas recordado por mi culpa.

—No lo sientas —declaró, mirándolo—. Me alegro de habértelo dicho. Quería que lo supieras.

Glory apoyó la mejilla en su pecho, mucho más tranquila al escuchar los latidos de su corazón.

—Ella me roba todo lo que amo, destruye todo lo que me hace feliz. Siempre ha sido así, y cuando sepa lo nuestro nos destruirá.

—No lo permitiré —murmuró—. Te prometo que no se interpondrá entre nosotros. Ocurra lo que ocurra.

A pesar de sus palabras, Glory se dijo que no conseguiría detenerla. Pero no dijo nada. En cualquier caso, lo descubriría pronto. De momento prefería contentarse con vivir el presente; prefería actuar como si el futuro no existiera.

Entonces, lo besó.

27

La oscuridad la llamaba, claramente. No podía oír nada, salvo sus gritos. Hope colgó el teléfono y se tapó las orejas con las manos. No estaba dispuesta a escuchar su llamada. No podía sucumbir.

Cayó de rodillas y apretó el rostro entre las piernas. Había hecho un trato con la oscuridad y ahora tenía que pagarlo. Tenía que pagarlo definitivamente.

No dejaba de rezar. Rezaba todo lo que sabía, en una mezcla inconexa, obsesionada con alejar lo que ella consideraba el mal.

—No —murmuró.

Apretó los puños y se clavó las uñas en las palmas. Debía luchar contra la llamada del maligno. Y poco a poco fue consiguiendo que su voz se diluyera, que el rumor del caos se convirtiera en un simple murmullo.

Hasta que al final, sólo hubo silencio.

Permaneció de rodillas varios minutos, cansada por el esfuerzo de la batalla. Su corazón empezó a latir más despacio y la dominó una profunda sensación de triunfo. Creía haber vencido a la bestia de nuevo, cuando apenas había logrado detener un evidente síntoma de esquizofrenia.

Se levantó a duras penas. Caminó hacia la cómoda y se sentó frente al espejo. Buscó en su reflejo un signo de la oscuridad, pero no vio nada. Sonrió, se quitó las horquillas del pelo y empezó a cepillarlo. Doscientas veces, tal y como hacía de pequeña.

Entonces recordó lo sucedido antes de la llamada de la oscuridad. Su madre había llamado porque tenía problemas para conseguir el resto del dinero, y quería saber si necesitaba medio millón de dólares o si podía arreglárselas con algo menos. Al parecer, su contable le había aconsejado que no vendiera todas sus propiedades.

Hope entrecerró los ojos. En su locura creía haber pasado toda la vida pagando unos supuestos pecados de su madre. Y en su locura encontraba indignante que ahora dudara en hacerle un favor. No podía creer que fuera tan estúpida como para pensar que se habría rebajado a pedirle dinero de no haber sido porque no tenía más remedio.

No, necesitaba la suma completa. Y así se lo había expresado, con un falso tono de desesperación que a ella misma la asqueaba.

Pensó en su marido y en la historia que le había contado. Philip estaba convencido de que el dinero se lo había prestado un primo suyo. Agradecido con la posibilidad de salvar al hotel, no había hecho preguntas. Aunque sentía curiosidad. Hope lo notaba en sus ojos.

Sonrió a su reflejo. Philip era un completo idiota.

Mientras se miraba en el espejo vio que Glory se dirigía a su dormitorio caminando de puntillas.

—Glory Alexandra, ¿eres tú?

Hope sonrió al oír cómo suspiraba. Su hija andaba en algo raro, aunque no supiera en qué. Pero lo descubriría. Resultaba tan fácil de manipular como su marido.

—Sí, madre.

—Ven aquí, por favor.

Glory se quedó en el umbral, sin entrar, con los brazos cruzados.

—¿Qué quieres?

—¿Qué tal estuvo *La máscara*? —preguntó, para confusión de la joven—. Me refiero a la película.

—Oh, bien. A Liz le gustó más que a mí.

—¿De verdad? —arqueó una ceja—. ¿Y eso?

—No sé, pero le gustó más. ¿Dónde está papá?

—En el hotel —contestó—. Ocupado en una de sus pequeñas emergencias.

—¡Mamá! ¡Tienes sangre en la muñeca!

Hope bajó la mirada y vio que del cepillo resbalaba un hilo de sangre, hacia su muñeca. Su bata blanca se había manchado. Aquello la confundió momentáneamente.

—¿Te encuentras bien? —preguntó la chica.

—No es nada —murmuró—. Sólo un pequeño corte.

Hope tomó un pañuelo y se limpió.

—No habrás olvidado los eventos sociales de la próxima semana, ¿verdad? —preguntó, mirándola a los ojos—. Empezando con el banquete de los Krewe.

—No, madre, no lo he olvidado.

—Me temo que no podrás ver a cierta persona durante varias semanas.

Glory palideció.

—¿A quién te refieres?

—A Liz, por supuesto. ¿A quién si no?

—No, a nadie. Pero tu manera de decirlo parece un tanto extraña.

Hope la observó con intensidad durante unos segundos, antes de decir:

—Glory, si llego a saber que has estado mintiéndome te castigaré. Pero si descubro que has pecado contra Dios, te aseguro que lo pagarás con creces.

—No estoy haciendo nada malo, madre.

—Podría enviarte lejos de aquí, a donde no pudieras verte rodeada por tentaciones constantes, a lugares donde saben cómo controlar a chicas difíciles.

—¿Me enviarías lejos de aquí? —preguntó, asustada.

—No me gustaría tener que hacerlo. Sé que echarías de menos a tus amigas, y tu casa. Pero lo haré en su caso. ¿Entendido?

—Sí.

—Muy bien —sonrió—. Pareces cansada. Mañana tenemos que ir a misa, muy temprano. Vete a la cama.

—Dale las buenas noches a papá, de mi parte. Y dile que tengo que... Olvídalo.

Hope apartó la mirada de su hija y volvió a mirarse al espejo.

—Cierra la puerta cuando salgas.

Cuando se marchó, Hope fue a dejar el cepillo sobre la cómoda y tiró varios frasquitos de perfume. Después, abrió las manos y vio que sus palmas estaban llenas de sangre.

Pensó que eran la sangre de un sacrificio, como la sangre de cristo en la cruz. Pensó que la oscuridad estaba decidida a conseguir su cordero.

Se llevó las manos a la cara. El olor de la sangre se mezcló con el olor del perfume. Casi de inmediato sintió una punzada en el estómago y tuvo que salir corriendo al cuarto de baño para vomitar.

28

Liz cada vez estaba más inquieta. Miró su reloj y frunció el ceño. Glory había quedado en encontrarse con ella a las nueve y cuarto en el servicio del hotel Fairmont. Pero ya habían pasado diez minutos y no llegaba.

Empezó a caminar de un lado a otro, nerviosa. Había cometido un error al prestarse a aquel juego. Era una locura. Pretender pasarse por Glory ante cuatrocientas personas era una auténtica locura.

Caminó hacia uno de los espejos y se miró. Estaba pálida. Al principio, cuando su amiga le propuso la absurda treta, le pareció divertida. No se había parado a pensar que pudiera ser tan peligrosa. Las dos chicas eran más o menos de la misma altura y poseían más o menos la misma figura. Hasta usaban el mismo número de zapatos. Todo estaría lleno de gente, y mal iluminado. Su madre no se preocupaba nunca por ella, y su padre se pasaba las fiestas en el bar. Si no hacía nada que llamara la atención, el plan funcionaría sin problemas.

En su momento lo había encontrado muy gracioso. Siempre había soñado con ir a un baile de máscaras como los que salían en las novelas. Además, sentía curiosidad por saber cómo vivían los ricos. Se había engañado a sí misma pensando que era la Cenicienta y que encontraría al príncipe azul.

Caminó hacia la puerta del cuarto de baño, la abrió y

miró a ambos lados del pasillo; pero Glory no aparecía por ninguna parte. Volvió a cerrar, suspiró y pasó a la salita donde las damas se empolvaban la nariz.

No le sorprendía que Glory llegara tarde. Lo hacía muy a menudo desde que se prestaba a servirle de coartada para poder ver a Santos. Era su mejor amiga y habría hecho cualquier cosa por ella, pero empezaba a estar cansada y a sentir cierto resentimiento.

Antes de que conociera a Santos siempre iban juntas a todas partes. Iban al cine, o a la biblioteca, o a dar un paseo por Audubon Park. Pero ya no se veían nunca. Algo a todas luces normal cuando la mejor amiga de una persona se enamoraba.

Tenía miedo de que las descubrieran al final, y la despreocupación de Glory sólo servía para incrementar su pánico. No había imaginado que pudiera ser tan descuidada con su madre. Más tarde o más temprano, aquella bruja notaría el cambio que se había producido en su hija.

Si no lo había hecho ya.

Al pensarlo, se estremeció. Hope Saint Germaine la asustaba, aunque siempre había sido cordial con ella.

Liz no era tan tonta como para creer que su supuesta simpatía fuera sincera. Sólo había decidido que su amistad con Glory era conveniente para su hija y actuaba en consecuencia. Pero su opinión podía cambiar, y entonces intentaría destruir su relación. Hope Saint Germaine era una mujer muy poderosa y fría. Cuando pensaba en la posibilidad de que utilizara todo aquel poder en su contra, se estremecía.

Por otra parte, era consciente de que su posición en el colegio resultaba muy vulnerable. Como alumna becada en una institución para niñas ricas debía mantener un comportamiento intachable en todo momento si no quería arriesgarse a que la echaran.

En aquel momento entró una madre con sus dos hijos, con aspecto de estar cansados. Liz los miró sin dejar de pensar en todo aquel asunto. Glory había insistido en que nadie los descubriría. Había repetido hasta la saciedad que en el caso de que se equivocara a ella no le sucedería nada malo. Y poco tiempo atrás, le había confesado que pensaba hablar con su padre acerca de la relación que mantenía con el joven. Sabía que su amiga estaba asustada, pero no lo suficiente como para no arriesgarse.

Empero, comprendía muy bien sus sentimientos. Más de lo que Glory imaginaba. Había pasado buenos ratos con la joven pareja, y pensaba que Santos era el chico más interesante que había conocido en toda su vida. Era inteligente, divertido, y atractivo en extremo. La hacía reír, pensar, y conseguía que se sintiera más bella. Y por si fuera poco no consideraba detestables a las chicas inteligentes. Bien al contrario, la admiraba por su inteligencia. Se llevaban muy bien, y se comprendían. En cierto modo, Glory nunca llegaría a comprenderlo como ella. Liz y Santos procedían de la misma clase social, y ambos se habían visto obligados a luchar duro por conseguir lo que tenían.

En realidad, estaba enamorada de él.

Se mordió el labio. No le agradaba sentirse de aquel modo. Se despreciaba a sí misma por desear que Glory y Santos se separaran. Era algo desleal, deshonesto. Pero de todas formas, su amistad hacia Glory era mucho más importante para ella que sus sentimientos. No la traicionaría nunca. Nunca.

En cualquier caso, estaba convencida de que Santos no se fijaría nunca en ella. Estaba lejos de su alcance. Era demasiado atractivo e interesante.

Frunció el ceño y pensó en el futuro, en su futuro. Algún día llegaría a ser una mujer rica y respetada. Encontraría una cura contra el cáncer o inventaría algo que cambiara el mundo. Entonces carecería de importancia que no fuera particularmente bella.

Aquel colegio sólo era el principio. Cuando terminara los estudios en la academia podría obtener una beca en la institución que deseara. Tendría todo lo que siempre había soñado.

La madre y los niños que habían entrado salieron del servicio. Liz sonrió a modo de saludo. Segundos después de que se marcharan, apareció Glory.

Al verla, contuvo la respiración. Llevaba un precioso vestido. No sólo parecía una princesa. Parecía la princesa que Liz habría querido ser.

—Llegas tarde.

—Estaba esperando el momento adecuado para marcharme.

—¿Y tú madre?

—Está jugando a las cartas con unas amigas. Ni siquiera me ha mirado en toda la noche —respiró profundamente—. Esto va a ser muy divertido. Toda una aventura.

—Estoy muy asustada...

Glory rió. Las dos jóvenes entraron en uno de los servicios y se cambiaron la ropa. Glory había solucionado el problema de sus distintos cabellos por el sencillo procedimiento de hacerse un moño, de manera que tuvo que hacerle otro a su amiga. Cuando terminó, la ayudó a ponerse la máscara.

—Estás fantástica —dijo Glory.

—¿De verdad? —preguntó, sintiéndose de nuevo como la Cenicienta—. Es el vestido más bonito que he visto nunca. Ha debido costar una fortuna.

—Puedes quedártelo. Yo sólo quiero una cosa: a Santos. Esta noche se harán realidad todos mis sueños.

Liz miró a su amiga con intensidad. A juzgar por su aspecto resultaba evidente que estaba a punto de suceder algo importante.

—Suéltalo de una vez. ¿Qué secreto escondes?

Glory abrió la boca como si estuviera dispuesta a confesarlo, pero no lo hizo. Llevó a su amiga frente a un espejo y la obligó a mirarse. Liz no podía creer lo que veían sus ojos.

—¿Soy yo de verdad?

—Claro que sí. Y estás preciosa.

—Pero no me parezco nada a ti, ni siquiera con la máscara.

—Te pareces lo suficiente. Sin embargo, debes mantenerte alejada de mis padres.

—No te preocupes. No pensaba acercarme. Sobre todo, a ella.

Glory le dio su bolso, que iba a juego con el vestido.

—Toma. El carmín está dentro, y también un cepillo. Si alguien se acerca demasiado a ti, tose y corre al servicio.

—No puedo creer que esté a punto de hacer algo así.

—Todo saldrá bien. No temas.

—Ten cuidado, Glory. Asegúrate de que nadie te ve al salir.

—No me verá nadie —declaró, mientras apretaba la mano de su amiga—. Recuerda, no te acerques a mi madre. Limítate a dejarte ver de lejos de vez en cuando para que esté tranquila.

—¿Y qué hay de tu padre?

—Ya te he dicho que estará en el bar toda la noche. Basta con que no aparezcas por allí.

—Estoy tan asustada... Pero debo admitir que también emocionada.

—Lo sé. Siento lo mismo que tú —la abrazó—. Te quiero, Liz. Eres la mejor amiga del mundo. Ya sabes, te veré aquí mismo a las once y media.

—No llegues tarde, por favor.

—No lo haré.

Caminaron hacia la puerta. Una vez allí, Liz se asomó al pasillo para asegurarse de que no había nadie. Pero Glory la tomó de la mano y tiró de ella.

—¿Qué sucede?

Glory estaba a punto de llorar.

—¿Crees que Santos me ama? —preguntó—. Tengo que saber si estoy haciendo lo correcto.

La inocente pregunta de su amiga fue como un puñetazo en el estómago para Liz. Pero a pesar de todo consiguió controlarse.

—Por supuesto que sí. Cuando te mira, yo...

Liz se detuvo un instante. Cuando Santos la miraba sentía un profundo dolor. Deseaba que la amara alguien como él. Y temía que nadie lo hiciera, nunca. No sería nunca una princesa, ni conocería jamás a un príncipe azul.

—Cuando te mira, noto lo mucho que te quiere —continuó—. Está locamente enamorado de ti.

—Entonces, ¿por qué no me lo ha dicho? —preguntó, casi entre lágrimas—. Si supiera que me ama podría enfrentarme a todo. Incluso a mi madre.

Liz no supo darle una respuesta. Glory se marchó a su cita con Santos y ella se dirigió al salón de baile. Sólo entonces se preguntó qué habría querido decir al confesar que no estaba segura de estar haciendo lo correcto. Sólo entonces se preguntó por lo que pensaba hacer su amiga.

29

Hope salió del salón de baile. Su corazón latía con rapidez. Bajo el vestido que se había puesto, el corsé apretaba tanto que apenas podía respirar. Pero agradecía el dolor.

Merecía ser castigada. Era débil, y mala. Merecía el castigo, de modo que empezó a rezar. Pero la voz de la oscuridad seguía hablando, exigiendo un pago, una satisfacción, exigiendo que la alimentara.

Tomó el ascensor y bajó en el quinto piso. Avanzó por el pasillo sin temor a que la descubrieran. Si alguien la veía, siempre podría explicar que había pagado una habitación para descansar un rato. Todo el mundo sabía que no se encontraba muy bien desde hacía una semana.

Se acercó a la habitación. Le parecía que el corsé apretaba más a medida que avanzaba. Cuando llegó a la número 513, se detuvo y respiró profundamente. Su contacto, un hombre tan inteligente como rudo, se habría encargado de todo. Ya lo había hecho muchas veces.

En la puerta había una tarjetita que indicaba que no se molestara por ningún motivo. En cualquier caso llamó. La esperaban.

Del interior llegó un sonido que no parecía humano. La puerta se abrió y Hope entró al interior de la oscura habitación, que sin embargo no se encontraba vacía.

Cerró y echó la cadena. Acto seguido, se quitó el vestido, lo dobló con cuidado y caminó hacia la cama.

Mientras se aproximaba, distinguió la silueta en el lecho. El hombre estaba desnudo y atado a los barrotes con cintas de terciopelo.

Con un gemido gutural, se abalanzó sobre él.

Santos estaba en la entrada de la casa, observando la piscina de Glory. A la luz de la luna la encontraba muy atractiva. Una suave bruma se alzaba desde la superficie del agua, creando un aire íntimo y mágico en la zona.

Había dudado sobre la conveniencia de ir a la casa de los padres de Glory, pero ella había insistido en que se encontraban en la fiesta de disfraces y en que los criados tenían la noche libre, y ahora se alegraba. Estar con ella tranquilamente, sin preocupaciones de ninguna clase, había sido maravilloso.

Respiró profundamente. Aún podía oler el aroma de su amada, pegado en su piel.

La amaba. Y ni siquiera sabía cómo había sucedido.

Miró hacia atrás. La puerta del baño seguía cerrada. Podía oir el ruido del agua de la ducha. Llevaba allí más tiempo del que en su opinión habría necesitado para arreglarse el pelo y maquillarse otra vez.

—Maldita sea —murmuró.

Sabía que la había herido. Glory estaba esperando una declaración de amor, desde hacía bastante tiempo. Y ahora, después de haber hecho el amor, lo desearía aún más.

Se metió las manos en los bolsillos del pantalón. No sabía cómo había permitido que las cosas llegaran tan lejos. Pero ella se había mostrado tan entregada, tan dulce y apasionada que no había podido contenerse. Había perdido su virginidad con él, y Santos ya no estaba dispuesto a perderla.

En aquel instante la puerta del baño se abrió. La luz iluminó el pabellón de la piscina.

Un segundo más tarde, Glory apareció ante él.

—Hace una noche muy bonita.

—Desde luego. Si viviera aquí, creo que me pasaría la vida en este sitio.

Glory murmuró algo que no pudo entender antes de inclinarse sobre él. Santos notó que estaba temblando y la abrazó.

—¿Tienes frío?

—No.

Acarició su cabello. Habría sido capaz de hacer cualquier cosa por ella, de enfrentarse a cualquier demonio, de hacer todo tipo de concesiones.

La amaba tanto que estaba asustado.

No obstante, aún no confiaba en ella. Era demasiado joven, demasiado privilegiada. Procedían de dos mundos demasiado diferentes.

Por si fuera poco, Glory aún no había hablado con sus padres. Si lo hubiera hecho no habría temido entregarle su corazón, no habría dudado. Y hasta que lo hiciera no podría confesarle su amor.

—Estás muy silenciosa esta noche —dijo él.

—Supongo que sí.

—¿Es que te arrepientes?

—No. ¿Y tú?

—¿Cómo podría? No había vivido nada tan maravilloso en toda mi vida.

—¿Has estado con muchas chicas?

—Con algunas —respondió, eligiendo las palabras con cuidado.

—¿Y te gustaban? ¿Había alguna que te gustara especialmente? —preguntó, insegura.

—No, en absoluto. No eran como tú.

Glory lo miró durante unos segundos. Acto seguido, declaró:

—No lo siento en absoluto. No lo siento.

Santos respiró profundamente, emocionado, mientras intentaba contemplar su relación con cierta perspectiva. Por desgracia ya era demasiado tarde.

—Me alegro —murmuró.

Santos no había imaginado que pudiera establecerse un lazo tan profundo y maravilloso entre un hombre y una mujer. No había conocido a ninguna pareja tan unida como ellos. Sólo lamentaba que Glory no fuera mayor. De ese modo podrían casarse y marcharse lejos.

—¿En qué estás pensando?

—¿Por qué lo preguntas?

—Porque has suspirado —contestó ella.

—¿De verdad? Bueno, pensaba en quimeras.

—No te comprendo.

Santos sonrió.

—Una de mis asistentes sociales repetía todo el tiempo que debía dejar de soñar con imposibles y asumir la realidad. No era precisamente una mujer muy dulce.

—Creo que yo la habría odiado.

—Yo la odiaba. Pero ahora ya no importa.

—¿Y en qué tipo de quimeras estabas pensando?

—Pensé que lo sabías.

—Lo sé —dijo, con tristeza.

—Glory, no pasa nada.

—¿De verdad?

—Las cosas son como son. ¿A qué hora tienes que volver?

—A las once y media. Le prometí a Liz que nos veríamos en el servicio.

—Casi es la hora.

—Entonces será mejor que nos vayamos —suspiró—. Debe estar a punto de sufrir un infarto.

Santos acarició su cabello y la besó de forma apasionada.

—Ojalá que no tuviéramos que despedirnos esta noche.

—Si pudiéramos...

—Feliz Navidad, Glory.

—Feliz Navidad, Santos.

Los dos jóvenes empezaron a caminar hacia el coche.

—¿Estás segura de que no te vio nadie? ¿Estás segura de que tu madre no sospecha nada?

—No me vio nadie, y no, mi madre no sospecha. Ni siquiera se fijó en mí, gracias a Dios.

—Glory, tenemos que hablar con tus padres.

—Esta noche no, por favor. Esta noche es demasiado especial. Es nuestra noche, y no quiero arruinarla.

Santos asintió, casi sin aliento. Le habría gustado poner punto final a sus dudas, ser capaz de confiar totalmente en ella. Pero no podía. La vida le había enseñado a desconfiar.

—De acuerdo —murmuró él—. Ya hablaremos sobre ello otro día.

Glory asintió.

Cuando llegaron al vehículo, el joven abrió la puerta para que pudiera entrar. Glory lo miró. Santos notó que estaba preocupada, y besó sus manos.

—Nadie puede hacernos ningún daño, Glory, si creemos realmente el uno en el otro. Mientras lo hagamos estaremos a salvo. Te lo aseguro.

31

Señora Saint Germaine, hay una chica que quiere verla. Se llama Bebe Charbonnet. Es una de las amigas de Glory, de la academia.

Hope reconoció el nombre de inmediato. Frunció el ceño y miró su reloj.

—¿A esta hora? Qué extraño. Hazla entrar.

Sospechaba que algo raro estaba sucediendo. En los dos días transcurridos desde el baile de máscaras Glory se había comportado de manera extraña. Parecía nerviosa y tenía la impresión de que ocultaba algo. Y ahora se presentaba una compañera de colegio.

La señora Hillcrest indicó a la quinceañera que entrara. Hope la observó. Llevaba el uniforme del colegio, y parecía estar disfrutando. Hope sonrió y se levantó.

—Hola, Bebe. Pasa, por favor.
—Hola, señora Saint Germaine.
—¿Qué tal está tu madre?
—Muy bien, gracias.
—Salúdala de mi parte.
—Lo haré.

Hope se sentó, pero no la invitó a acomodarse. Tomó un poco de té, se limpió la boca con una servilleta y preguntó:

—¿Qué puedo hacer por ti?
—Bueno, yo... No sé cómo decírselo. Quiero dejar claro que no estaría aquí si no me preocupara por Glory. Odio ver cómo arruina su vida con un chico como ése.

Hope se puso tensa. Ahora lo comprendía. Era una Pierron, a fin de cuentas, y llevaba la oscuridad en su interior.

—Sigue.

—Fue durante el baile del sábado. Vi cómo se marchaba del hotel a eso de las nueve, con un chico. Se marcharon en un coche.

—¿A las nueve? Eso no es posible. La vi a las nueve y cuarto. Y más tarde.

—No era ella. Creo que era Liz Sweeney. Liz estaba en el hotel, y no tenía por qué estar allí. Todo lo que sé es que Glory salió, vestida con unos pantalones vaqueros, y que yo misma creí verla más tarde. Aunque en realidad, sólo vi su vestido.

Hope supo de inmediato que su hija le había tendido una trampa con la ayuda de su amiga. Semejante engaño no podía quedar sin castigo.

—Ya veo que te fijaste en muchas cosas el sábado, querida Bebe.

La joven se ruborizó.

—Como he dicho, no estaría aquí si no me preocupara tanto por Glory.

—Por supuesto —murmuró.

No le agradaba nada aquella joven estirada y pomposa. Pero ya encontraría un modo de vérselas con ella más tarde.

—No conozco a ese chico. Parece mayor que ella. De hecho, no parece un chico de nuestra clase. Es diferente.

—Ya veo. ¿Puedes describirlo?

—Es alto, moreno y muy atractivo. Y tiene un aire algo salvaje.

Hope recordó algo que había comentado la secretaria de Philip varias semanas atrás. Al parecer, Glory había estado preguntando por el chico que Lily había enviado al hotel. Un tal Vincent, o Víctor. La secretaria no le había dicho nada, pero de todas formas Glory podía haberlo encontrado.

Entrecerró los ojos. Fuera quien fuese aquel chico, encontraría una forma de controlar a su hija de inmediato. Obviamente, había sido demasiado descuidada con ella.

—Creo que será mejor que vuelvas al colegio, querida Bebe. Gracias por la información. Me ha sido de gran ayuda.

–Me alegra haberla ayudado –declaró con satisfacción, frotándose las manos–. Espero que Glory y Liz no tengan muchos problemas. No me gustaría pensar que soy responsable de...

–No lo pienses más –se levantó, para acompañarla a la puerta–. Yo me ocuparé de todo. Y de todas.

32

Dos días más tarde, la peor de las pesadillas de Liz se hizo realidad. Estaba en clase de literatura cuando la directora la llamó a su despacho. Cuando llegó, vio que Hope Saint Germaine la estaba esperando.

Las habían descubierto.

Liz observó a la mujer con horror antes de mirar a la hermana Marguerite.

—¿Quería verme?

La directora dio un paso hacia delante, con expresión indulgente.

—Entra, Liz, y cierra la puerta.

Liz obedeció, aunque estaba tan asustada que apenas podía respirar. La presencia de Hope Saint Germaine sólo podía obedecer a una razón.

Nerviosa, volvió a mirarlas. No sabía qué iban a hacer con ella.

—Siéntate, querida —dijo la directora.

Liz se sentó frente al escritorio y cruzó las manos sobre el regazo.

—¿Tienes idea de por qué te he llamado a mi despacho, Liz?

—No.

—La señora Saint Germaine ha presentado cargos bastante serios contra ti.

—¿Contra mí? —preguntó asustada.

—Exacto. ¿No sabes por qué?

—No, hermana.

Hope Saint Germaine se aclaró la garganta y dio un paso adelante.

—¿Me permite, hermana?

La directora dudó antes de asentir.

—De acuerdo.

—Ha llegado el momento de que nos dejemos de juegos, jovencita —declaró—. Lo sé todo. Sé que has estado ayudando a mi hija para engañarme. Sé que has estado mintiendo por ella, sirviéndole de coartada.

Había sucedido. Y Liz sabía que tanto ella como su amiga tendrían que enfrentarse a serios problemas. Miró a la directora, impotente.

—Has estado facilitando una aventura entre mi hija y un chico totalmente inadecuado para ella. ¿No es cierto? —preguntó Glory, en tono acusatorio—. Y es posible que fueras tú quien la animara. Es posible que todo esto haya sido idea tuya.

—¡No! —protestó—. No es cierto. No fue así. Lo prometo.

—Entonces, ¿por qué no nos dices la verdad? —sonrió Hope, sin calidez alguna—. No queremos acusarte de forma injusta.

Liz respiró profundamente. Se sentía enferma. Deseó no haber ayudado nunca a Glory. Deseó no saber lo que había sucedido la noche del baile, poder mentir sobre todo aquel asunto. Pero tenía la impresión de que Hope Saint Germaine lo sabía todo. Si mentía de nuevo y la descubrían su posición sería mucho peor.

—¿Y bien? ¿Ayudaste a mi hija?

—Sí, señora —murmuró.

—El sábado pasado, ¿te pusiste el vestido de mi hija para que ella pudiera marcharse de la fiesta sin que yo lo notara?

—Sí, señora.

La hermana Marguerite suspiró, decepcionada.

—Hiciste una promesa, Elizabeth —intervino—. Creíamos en ti. ¿Cómo has podido traicionar nuestra confianza?

—Lo siento, hermana, no fue mi intención.

—Las condiciones de tu beca están bien claras. No podemos permitir un comportamiento inmoral.

Liz se levantó, muerta de miedo.

—¡No lo sabía! No quería hacer nada que fuera...

—Tranquilízate, Liz —dijo la madre de Glory—. Si nos dices toda la verdad tal vez sea posible convencer a la directora para que sea indulgente contigo.

Liz asintió y se sentó de nuevo.

—De acuerdo. ¿Qué quiere saber?

—Empieza por el principio. Empieza cuando Glory conoció a ese chico.

Liz asintió de nuevo y empezó a hablar. Cuando terminó, Hope se llevó una mano al pecho, pálida.

—¿Estás diciendo que mi hija y ese chico...?

La hermana Marguerite la interrumpió.

—Elizabeth Sweeney, ¿insinúas que han mantenido relaciones? ¿Es eso lo que estás insinuando?

—Sí —contestó en un susurro.

La monja se santiguó. Hope permaneció en silencio.

—No lo sabía —dijo Liz entre lágrimas—. Sólo lo supe más tarde. Si me hubiera dicho lo que planeaba, me habría negado a ayudarla. Tienen que creerme.

—¿Cómo vamos a creerte? —preguntó Hope—. Has demostrado ser una mentirosa. Y ahora mi hija y ese canalla...

—Santos no es un canalla. No lo es, señora Saint Germaine. Es un chico inteligente, y una buena persona. Estudia en la universidad de Nueva Orleans, y en cuanto cumpla los veintiún años se hará policía.

—Basta, Elizabeth —intervino la monja—. Creo que será mejor que...

—¡Deben creerme! Santos ama a Glory. Quería que Glory se lo contara a usted, señora Saint Germaine, y a su marido. No creía que fuera correcto que...

—Pero lo hizo de todas formas.

—Sólo porque Glory se lo rogó. Hasta se pelearon por ello —declaró, mientras se limpiaba la nariz—. Yo misma intenté convencerla para que se lo contara.

—Pero no quiso escuchar, ¿verdad? Qué apropiado.

—Tenía miedo. Dijo que usted no lo aprobaría, que haría cualquier cosa para romper su relación.

—¿Y qué otra cosa podría haber hecho? Ese Santos es despreciable. Un chico que se dedica a seducir a jovencitas inocentes.

—Él no es así. Si lo conociera, si hablara con él...

—Ya lo he hecho y sé qué clase de persona es —dijo, mientras se ponía sus guantes de cuero—. ¿Pensaste alguna vez en contárnoslo a la directora y a mí? ¿Pensaste alguna vez que Glory no se estaba comportando de forma correcta, que necesitaba la ayuda de sus supuestas amigas?

—Soy su amiga. Y tenía que ayudarla. Ella ama a Santos.

—No permitiré que Glory arruine su vida como tantas otras chicas —declaró Hope, con mucha beligerancia—. Ella es diferente. Sucumbe fácilmente a la tentación. Me aseguraré de que no vuelva a ocurrir. No importa lo que tenga que hacer.

Liz se estremeció y se apretó contra su asiento, aterrorizada. Sintió lástima por su amiga. Vivir con aquella mujer debía ser un verdadero infierno.

Hope miró entonces a la monja.

—No creo necesario expresar lo molesta que estoy con esta situación. Glory asiste a su academia para librarse de las malas influencias. Philip y yo donamos una suma más que generosa a la institución, y espero que arregle la situación de inmediato. ¿Está claro?

—Tendremos que considerar todas las posibles soluciones. No me gustaría actuar de forma apresurada.

—¿Apresurada? Si lo prefiere, seré yo quien actúe de forma apresurada.

—Me encargaré de todo, señora Saint Germaine.

Liz contuvo la respiración, casi histérica. La madre de Glory había prometido que haría lo posible para que la directora fuera indulgente con ella. Pero en lugar de eso, estaba haciendo todo lo posible para que la expulsaran. Era una mentirosa y una bruja que se las había arreglado para que traicionara a su mejor amiga.

Se levantó, con el corazón en un puño, y miró a la madre de Glory.

—Por favor, señora, no lo haga. Glory es mi mejor amiga. Sólo intentaba ayudarla. Nunca haría nada que pudiera dañarla.

—Ahora ya es demasiado tarde para disculpas. Ya le has hecho demasiado daño. Has arruinado su vida.

—Necesito mi beca —rogó, a punto de llorar, desesperada—. Por favor. Se lo ruego, no haga que me expulsen.

—Deberías haberlo pensado antes.

Hope se despidió de la monja y se marchó del despacho. Acto seguido, Liz se dirigió a la directora.

—Por favor, hermana, necesito la beca. Le prometo que no volveré a meterme en problemas. Trabajaré más horas en la secretaría, y el resto del tiempo lo pasaré concentrada en mis estudios.

—Basta, Elizabeth. Lo siento. No puedo hacer nada.

—¡Tiene que hacer algo, hermana! Usted es la directora. Estoy segura de que se da cuenta de que...

—Las condiciones de tu beca eran bastante claras.

—Pero...

—Lo siento. Ya no eres bienvenida aquí. Llamaré a tus padres.

Liz se cubrió la cara con las manos. Lo había perdido todo. Había perdido su beca, y con ella la posibilidad de estudiar en las mejores universidades. Había perdido su futuro.

—Lo siento, Liz. Eres una chica inteligente, y sabes que tienes un futuro brillante de todas formas. Espero que hayas aprendido algo de todo esto.

—¿Y qué hay de Glory?

—Eso no es asunto tuyo.

—¿Pero qué le pasará? ¿También la expulsarán?

La hermana tardó unos segundos en contestar. Y cuando lo hizo, su voz sonó en un murmullo.

—Su madre se encargará de castigar su comportamiento.

Liz miró a la monja, asombrada. No podía creerlo. La expulsaban por ayudar a una amiga, pero no pensaban tomar ninguna medida contra Glory.

Si su familia hubiera sido tan poderosa como la familia Saint Germaine, no le habría sucedido nada. Pero no era así.

La querían lejos de aquel lugar porque vivían de su dinero. La actitud de la directora resultaba, a todas luces, repugnante. Especialmente viniendo de alguien que se declaraba cristiana, de alguien que se pasaba la vida intentando dar lecciones de moralidad. Miró a la monja de forma acusadora, y la mujer se revolvió en su asiento.

—Lo siento, Elizabeth, pero tienes que comprenderlo. Debo dirigir este colegio. Tengo que hacer lo necesario para asegurar el bienestar de la institución.

—Oh, ya veo. Poderoso caballero es don dinero, ¿verdad?

—Veré lo que puedo hacer para que este asunto no manche tu expediente.

Liz apretó los puños, haciendo un esfuerzo para no llorar. Acababa de aprender una dura lección. Una lección que su padre, aun siendo un simple trabajador sin estudios, conocía desde muy pequeño.

La igualdad de oportunidades era un fraude. Una mentira. El dinero podía comprarlo todo. Hasta las buenas intenciones de una monja.

Santos esperó a que llegara el ascensor del hotel Saint Charles. Deseaba abrir el sobre que le había dado Lily. Apenas podía resistirse al impulso; tenía que saber qué había entre Lily y Hope Saint Germaine, qué se traían entre manos.

Sólo entonces, podría actuar.

Cuando llegó el ascensor, entró. Pulsó el botón del tercer piso y guardó el sobre en el bolsillo. Aquella mañana había interrogado a Lily, pero se había negado a hablar. Se limitó a decir que sería la última vez que tendría que ir a ver a Hope Saint Germaine.

Había algo en todo aquello que lo inquietaba. Algo extraño que estaba dispuesto a averiguar de inmediato.

Le había prometido a Glory que no hablaría con sus padres hasta pasado cierto tiempo. Pero después de lo que había sucedido entre ellos dos noches atrás pensaba que debía hacerlo. Para bien o para mal, eran sus padres. Y Santos amaba a su hija.

El ascensor se detuvo al llegar al piso. Salió y se dijo que era un egoísta. En el fondo, sólo quería hablar con ellos para disipar las dudas hacia Glory.

Su corazón empezó a latir más deprisa. Reconoció el síntoma sin ningún problema. Tenía miedo. Pero no de Hope, sino del poder que tenía sobre su hija. No quería perderla. La amaba demasiado.

Avanzó por el pasillo, en dirección a su despacho. Sentía

un terrible vacío en el estómago, pero intentó hacer caso omiso. Se había enfrentado a personas peores que aquella bruja, y podía derrotarla sin demasiado esfuerzo.

Como siempre, la mujer lo esperaba. Pero algo había cambiado. Lo miraba con expresión triunfante. Al parecer, no contaría con el elemento sorpresa.

—¿Tienes el sobre?

—Lo tengo.

Santos sacó el sobre del bolsillo y se lo dio. La tocó accidentalmente y entrecerró los ojos, asqueado.

Como de costumbre, la mujer comprobó el contenido antes de darle un sobre similar para Lily.

Santos lo miró, indeciso. No sabía si romper la promesa que le había hecho a Glory. Pensó en lo que le había contado sobre su madre, en los abusos a los que había sido sometida a lo largo de los años. Y comprendía su miedo.

De momento, no diría nada.

—¿Tienes algo que decirme? —preguntó la mujer, sonriendo con malicia—. No, supongo que no.

Santos la miró, guardó el sobre en el bolsillo y se dirigió a la puerta.

—Lo sé todo.

Víctor se quedó helado.

—Lo sé todo —repitió ella, riendo.

Santos se dio la vuelta, sin saber muy bien si la había comprendido.

—¿Cómo dice?

—Estoy informada sobre la relación que mantienes con mi hija. Y no me divierte lo más mínimo. Tengo pruebas, de modo que no intentes negarlo.

—No lo negaría. Me alegra que lo sepa.

—¿De verdad? ¿Por qué? Pobrecillo... Ha hecho un gran trabajo contigo, ¿no es cierto? No me sorprende en absoluto.

El joven apretó los puños. No quería interesarse por lo que había querido decir, por mucho que lo deseara. Sabía que, de hacerlo, estaría en sus manos.

—¿Cómo lo ha descubierto?

—Por Glory, claro está. Siempre me lo cuenta todo. No

puede evitarlo. Suele hacer este tipo de cosas sólo para molestarme, pero al final siempre se arrepiente.

Santos tuvo la impresión de que lo había golpeado en el estómago. Pero hizo un esfuerzo para no demostrar sus sentimientos.

—No la creo. Glory y yo...

—¿Os queréis?

—Sí. De hecho, sí.

—No significas nada para mi hija —sonrió—. ¡Nada en absoluto! Sólo se estaba divirtiendo un poco. Y has caído en su trampa. Aunque lo sabes muy bien.

Santos dio un paso hacia delante, furioso. Si no podía estar con Glory, no tenía nada que perder.

—Eso le gustaría creer, ¿verdad? Le gustaría creer que no nos amamos. Pues lo siento, pero se equivoca. Y vamos a estar juntos, para siempre. Le guste o no.

La mujer entrecerró los ojos, irritada.

—¿De verdad? Pobre idiota. No eres nada para ella. Sólo eres un instrumento para molestarnos a mi esposo y a mí. ¿Y todo por qué? Porque la hemos mimado demasiado, porque lo tiene todo. Así que ha corrido a los brazos de un chico totalmente inadecuado para ella, sólo porque sabe que nunca permitiremos esa relación. Es una malcriada, una mentirosa que utiliza a sus amigas como coartada. Siempre ha sido así. Una completa egoísta. No le importa herir a nadie con tal de salirse con la suya.

Las palabras de la mujer lo hirieron. No en vano, eran las mismas palabras que él mismo había dicho a Glory varios meses atrás. Pero no era ningún cretino. Confiaba en Glory.

—Es usted la que hiere a todo el mundo, no ella. Se queda ahí, de pie, creyendo que es mejor que todos los demás, creyendo que es perfecta. Glory me lo ha contado todo sobre usted. Me ha contado todo lo que le ha hecho. Cuando pienso en ello me pongo enfermo. Está loca.

Hope no dijo nada durante unos segundos. Estaba muy sorprendida, y Santos sabía que su reacción no se debía a lo que había dicho Glory, sino al hecho de que se lo había contado a él.

—¿Eso te dijo? —preguntó, una vez repuesta—. Y supongo que tú lo creíste. Por desgracia para ti, sólo es otro de sus juegos. Una manera como otra cualquiera de conseguir que no hicieras preguntas, de lograr que no hablaras con nosotros. Seguro que hasta se puso a llorar para que creyeras que soy una especie de monstruo.

—Glory dijo la verdad. Creo en ella.

Hope entrecerró los ojos y dio un paso hacia él.

—¿De verdad crees que mi hija se enamoraría de alguien como tú? No digas tonterías. Es una Saint Germaine. ¿Y tú, quién eres? Nadie.

En el fondo, Santos empezaba a dudar de Glory. Pero mantuvo la compostura de todas formas. No estaba dispuesto a permitir que aquella bruja arrogante lo supiera.

—Nos amamos —declaró con suavidad—, y estaremos siempre juntos. Espere y verá.

Santos se dio la vuelta para marcharse.

—Si vuelves a verla de nuevo, me encargaré de que te arresten.

El joven la miró.

—Te acusaré de haberla violado.

—Resultaría algo difícil, teniendo en cuenta que nunca...

—Tengo pruebas de que lo habéis hecho. Y te aseguro que me servirán tu cabeza en una bandeja de plata.

—Atrévase.

—¿Crees que entonces podrías entrar en la academia de policía? ¿Crees que permitirían el acceso a un acusado por violación? Además, no dudes que acabarías en la cárcel. Somos una familia muy poderosa.

Santos no dudaba del poder de los Saint Germaine.

—Diga lo que quiera decir. Glory no...

—Glory hará lo que yo quiera que haga, lo que diga su padre. A pesar de todo, es digna hija nuestra. No lo olvides.

—No tengo nada más que hablar con usted.

—¿Ni siquiera vas a despedirte? ¿No vas a mandarme al infierno?

Santos no dijo nada. Se dirigió directamente a la salida.

—Corre a esconderte bajo las faldas de la sucia prostituta

con la que vives. Y pregúntale sobre mí. Pregúntale si eres suficientemente bueno para Glory.

—¿Cómo ha dicho? Repítalo.

—¿Qué parte? —preguntó, entre risas—. ¿Quieres que repita que Lily es una prostituta? ¿O quieres que repita que no eres suficientemente bueno para mi hija? Pues bien, no lo eres. Eres tan sucio como la prostituta con la que vives.

Santos apretó los puños, furioso. Podría haberla matado en aquel instante. Ahora comprendía hasta dónde se podía llegar si uno se dejaba llevar por determinadas emociones.

Caminó hacia la mujer y se detuvo a escasos milímetros de ella, mirándola con intensidad.

—Diga lo que quiera sobre mí —espetó, con firmeza de acero—. Pero no vuelva a hablar así de Lily. Si lo hace, le aseguro que se arrepentirá. Yo me encargaré de que se arrepienta.

34

Glory esperó junto al armarito que compartía con Liz. Por tercera vez, comprobó la hora y frunció el ceño. Eran las doce y veinte y su amiga no había llegado. Ya había pasado tres veces por allí, con la esperanza de encontrarla. Sabía que se pasaba la vida haciendo encargos para las profesoras, pero no era propio de ella que se perdiera la comida.

Liz siempre había sido muy puntual. En general, era Glory la que llegaba tarde.

En aquel momento reconoció a una chica que estaba en una de las clases de Liz y se apresuró a detenerla.

—Pam, ¡espera!

—Hola, Glory, ¿qué tal estás?

—¿Has visto a Liz?

—¿A Liz Sweeney? No ha venido a clase.

Glory le dio las gracias y se alejó. Estaba segura de que había sucedido algo. Pensó que su madre las habría descubierto, pero acto seguido desechó la idea. En su inocencia, creía que en tal caso ella habría sido la primera en saberlo. No Liz.

Seguramente estaría enferma. O alguno de sus hermanos y hermanas lo estaba y se había quedado en casa para ayudar a su madre.

Se dirigió a la secretaría. Preguntaría por ella. De ese modo, si estaba enferma, podría llamar por teléfono para interesarse por su salud.

La secretaria estaba detrás del escritorio, dando buena cuenta de un yogur.

—Hola, señora Anderson.

—Hola, Glory. ¿Qué puedo hacer por ti?

—Estoy buscando a Liz Sweeney. ¿La ha visto?

La mujer se ruborizó.

—No, desde esta mañana.

—¿Es que ha enfermado, o algo así?

—Bueno, yo no creo que...

En aquel instante, se abrió la puerta del despacho de la directora.

—Joyce, ¿podrías traerme...? Ah, hola, Glory —dijo la monja—. ¿Qué podemos hacer por ti?

—Hola, hermana —la saludó, apretando los libros contra su pecho—. Estoy buscando a Liz Sweeney. ¿Está enferma?

—¿No se supone que tendrías que estar comiendo?

—Sí, pero...

—Te sugiero que vayas a comer. Esto no es asunto tuyo.

—¿Qué quiere decir? ¿Dónde está Liz? ¿Se encuentra bien? ¿Por qué no está en clase?

—En fin, supongo que lo sabrás todo más tarde o más temprano. Elizabeth Sweeney no volverá a la academia. Ahora, sugiero que...

—¿Qué quiere decir con eso? ¿Por qué no? No lo comprendo.

—Como acabo de decir, no es asunto tuyo. Y ahora, si no vuelves a la cafetería no tendré más remedio que llamar a tu madre.

La habían expulsado, y Glory no sabía por qué. No había hecho nada malo, salvo ayudarla.

Con el corazón en un puño se dio la vuelta y salió de la secretaría. Pero en lugar de dirigirse a la cafetería corrió a la salida. La hermana Marguerite la llamó, pero Glory no dudó. Tenía que ver a Liz. Tenía que asegurarse de que su amiga estaba bien. Tenía que averiguar lo sucedido.

Sólo podía ser una cosa. Su madre.

Abrió la portezuela del coche, entró y arrancó. Miró hacia atrás, esperando que todo un ejército de monjas la siguiera, pero el aparcamiento estaba vacío.

Sabía muy bien lo que aquella beca significaba para su amiga. Liz debía estar destrozada.

Apretó los dedos sobre el volante, casi histérica, perdida, sola. Sin respetar el límite de velocidad, se plantó ante la casa de su amiga en un tiempo récord. Sólo había estado en el interior del edificio dos veces. Generalmente la recogía en la esquina. No le caía demasiado bien al padre de Liz, y no se molestaba en ocultarlo. Pero el desagrado era recíproco, de modo que a Glory no le importaba demasiado.

Bajó del coche, corrió hacia la casa y entró. La familia de Liz vivía en la cuarta planta. Mientras se aproximaba a la puerta, pudo escuchar una fuerte discusión. Eran las voces de los padres de su amiga. Oyó que alguien lloraba, oyó su nombre, y el de Liz. Sin pensarlo, llamó a la puerta.

La discusión se detuvo y Liz abrió la puerta.

—Soy yo —susurró Glory.

Las dos jóvenes se abrazaron. Cuando se apartaron, Glory escudriñó la deprimida expresión de Liz. Había estado llorando, y su mejilla izquierda estaba enrojecida. Su padre le había dado una buena bofetada.

—Al ver que no aparecías me dirigí a la secretaría, y la directora dijo que te habían expulsado. No pude creerlo. ¿Qué ha sucedido?

—Fue horrible —declaró Liz, que empezó a llorar de nuevo—. ¿Qué voy a hacer? No había visto a mi padre tan enfadado en toda mi vida. Y mi madre está al borde de un ataque de nervios. No quiero regresar al colegio en el que estudiaba antes, Glory.

—¿Cómo han podido echarte? —preguntó, también entre lágrimas—. Tienes las mejores notas del curso.

—¿No lo imaginas?

—No. La directora dijo que no era asunto mío.

—¿Que no era asunto tuyo? —rió con amargura—. Ha sido tu madre. Tu madre. Me llamaron en mitad de una clase para que fuera al despacho de la directora. Y se encontraba allí.

—¿Mi madre?

—Fue horrible, horrible. Lo sabía todo.

Glory miró a su amiga con sorpresa. Sintió que el mundo se le venía encima.

—Lo sabe todo. Todo sobre Santos, sobre el baile, sobre mí. Y no sólo sobre aquella noche, sino sobre otras muchas. Por eso me expulsaron. La hermana Marguerite quiso darme otra oportunidad, pero tu madre no se lo permitió. ¿Me has oído? Ha sido culpa de tu madre. Ella me ha expulsado.

—¿Qué dijo? ¿Qué dijo sobre Santos? —preguntó, desesperada.

—¿Sobre Santos? —preguntó, en un tono extraño.

—Sí. ¿Dijo algo sobre él? ¿Dijo lo que pensaba hacer con nosotros? ¿Cómo sabía su nombre?

—No lo sé. Yo intenté defenderlo. Le dije que os amabais, pero no hizo caso. Lo insultó, y también me insultó a mí. Me llamó mentirosa y...

—Tengo tanto miedo, Liz... Va a destrozarnos. Hará lo que pueda para que no volvamos a vernos. Me dijo que si me descubría me enviaría lejos.

—¿De qué estás hablando? Dijiste que no haría nada contra mí. Pero lo ha hecho. Dijiste que no me haría daño. Intenté advertírtelo, pero no hiciste caso.

Glory parpadeó, intentando comprender lo que su amiga decía.

—¿Qué?

—Dijiste que yo no pagaría los platos rotos, pero no ha sido así, Glory. Hasta me culpó de que te acostaras con él. Intenté convencerla de que yo no lo sabía, pero no me escuchó.

—Oh, Dios mío... ¿También sabe eso? ¿También lo sabe? —preguntó, incapaz de pensar.

—Supuse que lo sabía por lo que estaba diciendo. Pensé que lo sabía.

—¿Es que se lo contaste? ¿Cómo has podido?

—¿Que cómo he podido? —preguntó, irritada—. Tu no estabas allí. ¡Tu no sabes cómo fue! Ni siquiera puedes imaginar lo que me hicieron.

—Lo único que sé es que yo nunca te habría traicionado. Nunca.

—¡Oh, muchas gracias! Tú no sabes nada de nada. Me han expulsado, ¿comprendes? He perdido la beca. ¡Y tú sólo te preocupas por tu precioso novio!

—¡Eso no es cierto! Me preocupo por ti, Liz. Eres mi mejor amiga. Pero no conoces a mi madre, y no sabes de lo que es capaz. No sabes lo que podría llegar a hacer.

—¿Ah, no? Ha conseguido que me expulsen por el pecado de ser tu amiga. Fuiste tú quien se portó mal, pero fue a mí a quien llamaron al despacho de la directora. Y no sólo no te han castigado, sino que se limitaron a decirte que no era asunto tuyo. Mi padre tenía razón con relación a los ricos. ¡Te odio!

Liz quiso echarla, pero Glory la agarró del brazo con la intención de detenerla.

—No digas eso, Liz, por favor. Tienes que comprenderlo.

—Lo comprendo muy bien. No fuiste nunca mi amiga. Me utilizaste.

—No, no es cierto. ¿Es que no te das cuenta? Fue ella. Lo ha hecho otra vez. Destruye todo lo que me importa. Te destruye a ti e intentará destruir a Santos. Por eso me negaba a decírselo. Por eso temía que...

—¡No puedo creerlo! ¡Sigues hablando sobre ti, sólo sobre ti! —exclamó Liz, apretando los puños—. Eres como Bebe, como Missy, como todas las demás. Una niña mimada, una bruja egoísta que sólo se preocupa por sí misma. No te importa nada, ni nadie. Fui una estúpida al pensar que eras mi amiga.

Glory se abrazó a sí misma, angustiada.

—Soy tu amiga, Liz. Debes creerme.

—Tú no conoces el significado de la palabra amistad. Me utilizaste. Resultaba muy conveniente. Fui tan estúpida como para...

Liz no terminó la frase. Llevó a Glory a la salida y una vez allí dijo:

—Lo he perdido todo. He perdido la oportunidad de estudiar en una universidad importante, la oportunidad de salir de este mundo. ¿Tienes idea de cómo son los institutos públicos de este país? Oh, no, claro que no. ¿Cómo podrías, maldita niña rica?

—Por favor, Liz —rogó Glory, entre lágrimas—. No me hagas esto. Eres mi mejor amiga.

—Y tú fuiste la mía. Adiós, Glory.

35

Tal y como había sugerido Hope Saint Germaine, Santos fue directamente a ver a Lily. Le contó todo lo sucedido, todo sobre el amor que sentía por Glory, todo sobre su repugnante madre y sobre los insultos que había vertido sobre ella. Compartió su furia y finalmente no tuvo más remedio que hacer ciertas preguntas.

Lily se dejó caer en un sillón, pálida.

Santos se sentó a su lado y preguntó con suavidad, tomándola de la mano:

—¿Quién es esa mujer?

Lily tardó unos segundos en contestar. Sus ojos brillaban con una profunda angustia.

—Hope es... mi hija.

Santos entrecerró los ojos y la observó con intensidad. Sólo ahora, después de conocer la verdad, advertía el parecido. Un parecido oscurecido no sólo por la edad, sino por algo mucho más profundo que el aspecto físico. Eran tan distintas como la crueldad en relación con la bondad, como la oscuridad comparada con la luz.

Al pensarlo, se estremeció. Pensó lo que Lily le había contado sobre su ingrata hija, que la había abandonado sin escrúpulo alguno. Algo que podía imaginar, perfectamente, en la madre de Glory.

Por increíble que pudiera parecer, se había enamorado de la nieta de Lily. No le extrañó haberse enamorado tan deprisa de Glory. Tenía muchas cosas en común con su abuela.

—¿Por qué no me lo dijiste? ¿Por qué no confiaste en mí?

—Daría mi vida por ti, Víctor, pero no podía decírtelo. Lo prometí. Ella no quería que nadie lo supiera.

—No quería que nadie supiera que eres su madre —repitió Santos, con repugnancia—. ¿Es que no ves nada malo en eso? ¿Es que no te enerva?

—No lo comprendes. Tú... Ha conseguido una nueva vida. Una vida limpia, lejos del legado de las Pierron. Se ha liberado de nuestro estigma.

—Glory lo sabe todo sobre ti, sobre mi benefactora —acarició su mano con una sonrisa—. Es tu oportunidad. Ahora podrás conocer a tu nieta. Siempre quisiste formar parte de su vida, y ahora lo conseguirás.

Lily empezó a temblar.

—Piensa que eres maravillosa, aunque aún no sabe que eres su abuela —continuó—. Y cuando lo sepa, te querrá tanto como yo.

—No, no quiero conocerla. No la veré.

—¿Por qué? Es cálida, encantadora... Es como tú.

—No digas eso —dijo, pálida—. No vuelvas a decir eso.

Santos no podía creer lo que estaba oyendo. Se sintió profundamente frustrado. No se había dado cuenta de lo avergonzada que se sentía Lily. En cierta forma, Hope odiaba a su hija porque era tan buena como su madre.

—Todo esto es una locura, Lily. Tienes que conocerla. Debes estar a su lado.

—No, no quiero que llegue a saber lo que era su abuela. No quiero que sepa de dónde procede. Nunca.

—No tienes por qué sentirte avergonzada, Lily. Además, todo eso ha pasado. Dejaste aquel trabajo, y tu corazón es bueno —declaró, mientras se arrodillaba ante ella—. Lily, soy bastante perceptivo con las personas. Y tú eres una gran persona. Me cuidaste, me diste una casa y todo tu amor sin conocerme siquiera. Tu hija no sabe lo que hace. Debes conocer a tu nieta. Tienes que ayudarla.

Lily comenzó a llorar. Cuando por fin habló, su voz apenas era un susurro.

—No podría soportar que también me rechazara. No podría soportar que me mirara de ese modo, como Hope. No quiero conocerla. Debes prometerme que no lo permitirás.

—No pienso hacer tal cosa, Lily. No haré una promesa que no puedo mantener.

—Lucha por tu amor, Santos. Pero debes dejarme atrás. Tal vez no sea hoy, ni mañana, pero no puedes formar parte de la vida de Glory y de la mía. Más tarde o más temprano, tendrás que elegir.

36

Glory estuvo un buen rato sentada en la escalera del edificio donde vivía Liz, inmovilizada por la desesperación. No sabía qué hacer. No podía pensar.

Oyó un trueno, procedente del exterior, y se llevó las manos a la cabeza. Su madre lo sabía todo, todo. Había cometido un terrible error al no escuchar a Santos, ni a Liz. Había perdido a su mejor amiga y estaba a punto de perderlo a él, algo que no podría soportar. No quería volver a la soledad anterior. No podía hacerlo. Debía existir alguna persona que pudiera ayudarla. Alguien que pudiera comprenderla.

Pero sólo pudo pensar en una persona. En su padre.

Su padre la ayudaría.

Pero tenía que hablar con él antes de que lo hiciera su madre.

Sin pensárselo dos veces, se levantó y corrió al coche. Arrancó de inmediato. Nubes oscuras cubrían el cielo de la tarde. El viento soplaba con fuerza, meciendo las copas de los viejos robles que se alineaban a ambos lados de las calles.

Se dirigió directamente al hotel. Encontraría un modo de convencerlo y después llamaría a Santos. Sólo sentía no haber hablado antes con Philip.

Estaba segura de que su padre los ayudaría y de que conseguiría que volvieran a aceptar a Liz en el colegio.

El aparcacoches estaba ocupado, de manera que detuvo el vehículo al otro lado de la calle. Abrió la portezuela en el preciso momento en que empezaba a llover y corrió a la entrada. Ni siquiera contestó al saludo del portero.

Subió las escaleras a toda velocidad, esperando que su padre se encontrara en el tercer piso. Una vez allí, pasó ante la secretaria y entró en el despacho.

Por desgracia, su madre se le había adelantado. A juzgar por su expresión se lo había contado todo, a su manera. Philip parecía haber envejecido diez años. En cambio, Hope estaba radiante.

—Glory Alexandra —dijo la mujer—, precisamente estábamos hablando sobre ti.

—Papá, tienes que ayudarme —rogó Glory.

—¿Ayudarte a qué? —preguntó su madre—. ¿A seguir engañándonos? ¿A traicionarnos? Tu padre lo sabe todo. Sabe que nos has avergonzado.

—Por favor, papá, no la escuches. No es cierto.

—No esperábamos esto de ti —continuó Hope—. Te has comportado como una simple prostituta.

—¡Eso no es cierto! Bien al contrario, es lo que siempre has esperado de mí. De hecho te alegras, ¿no es cierto? Estás loca.

—¿Has oído en qué tono nos habla, Philip? Dios mío, ¿en qué se ha convertido nuestra hija?

—No hagas caso, papá. Me odia, siempre me ha odiado. Quiere hacerme daño y se dedica a destruir todo lo que amo. Papá, por favor, escúchame.

Por un momento, Glory pensó que su padre la apoyaría. Pero no fue así.

—Glory, ¿cómo has podido hacernos esto? ¿Cómo has podido mentirnos de este modo? Somos tus padres, y sólo queremos lo mejor para ti.

Glory empezó a llorar. No podía creer que su propio padre se comportara de aquel modo.

—Sólo lo he hecho con Santos, papá. Y lo amo. Lo amo tanto que...

—Olvídalo, Glory. Sólo es un barriobajero. La clase de chicos que usan a las jóvenes inocentes para...

—¿Cómo puedes decir algo así? Ni siquiera lo conoces.

Pero te fías de lo que esa bruja ha dicho. Es un buen chico, papá. Ha sido muy bueno contigo. Es honrado, e inteligente. Y lo amo.

Hope intervino de nuevo.

—Ese chico sólo quería una cosa de ti. Y lo ha conseguido.

—¡Eso no es cierto! Lo amo, lo amo con todo mi corazón.

Su madre la tomó por los hombros y la sacudió con fuerza.

—Despierta, Glory. Es un canalla. Tú sólo eres una más en su lista de conquistas.

—¡No es cierto! —exclamó, sollozando como una niña.

—¡Claro que es cierto! ¡Se acuesta con muchas chicas! Ya me he encargado de averiguarlo. Si lo hubiéramos sabido antes de que te acostaras con él...

—No te creo.

Su padre se acercó a ella y le pasó un brazo por encima de los hombros, para intentar animarla.

—Estoy seguro de que eres sincera cuando dices que estás enamorada de él. Pero sólo crees estarlo. Es un chico mayor que tú, con más experiencia. No le habrá resultado muy difícil convencerte —declaró—. Es culpa mía. Debí hablarte hace tiempo sobre los chicos. Algunos serían capaces de hacer cualquier cosa por acostarse con alguien. Lo siento mucho, mi preciosa muñeca. Sé que todo esto debe dolerte mucho, y sé que...

—¡No me llames así! Perdiste el derecho a llamarme de ese modo hace mucho tiempo. Perdiste el derecho cuando dejaste de creer en mí.

Philip dio un paso atrás, atónito.

—Glory, yo...

—No sabes nada sobre Santos. Es bueno, amable, y me ama. Sé que me ama. Pienso marcharme con él, y no me importa lo que digáis.

—Le advertí que si volvía a acercarse a ti lo acusaría por violador —dijo Hope.

Glory se llevó una mano a la boca. Hope había amenazado a Santos.

—Es cierto, Glory Alexandra. Eres una menor, y él es un adulto. Se aprovechó de ti. Y hay leyes que...

—Papá, por favor, ¿es que no te das cuenta de lo que está haciendo? Intenta controlar mi vida.

Philip suspiró.

—Tú madre y yo hemos discutido alguna vez en el pasado sobre tu educación, pero en este caso estoy de acuerdo con ella. Sólo quiere lo mejor para ti. Y ese chico no es lo mejor para ti. Algún día nos darás las gracias. Algún día comprenderás que teníamos razón.

Glory se apartó de su padre, histérica.

—¡Te odio! Siempre has estado con ella, hiciera lo que hiciera. No me has apoyado en toda tu vida. ¡Te odio!

Durante un momento se arrepintió por lo que había dicho. Pero tenía razón, y quería hacer que sufriera tanto como ella. Quería que pagara por haber permitido que su madre la torturara, literalmente, durante años.

—Si me hubieras querido, si no hubieras sido un simple calzonazos, te habrías enfrentado a ella. Me das lástima. Desearía que no fueras mi padre.

Hope la agarró con fuerza y le clavó las uñas en el brazo.

—¡No volverás a ver a ese chico! ¡No volverás a hacerlo!

—¡Hope! —exclamó Philip, intentando que se apartara de su hija—. ¡Por Dios! Tal vez deberíamos escucharla. Hasta ahora, nunca nos había mentido. Tal vez tenga razón cuando dice que ese chico...

—¡No sabes nada, Philip! Eres ciego en todo lo relativo a Glory. Yo me ocuparé de esto. La enviaré lejos, a una institución donde no toleren esa clase de comportamiento.

—¡No iré! ¡No puedes obligarme! —gritó Glory.

Debía escapar de allí. Rápidamente, golpeó a su madre en el cuello. Hope gritó de dolor y Glory aprovechó su desconcierto para salir corriendo del despacho. Bajó las escaleras a toda velocidad, sin detenerse ante los gritos de su padre. Oyó que la secretaria llamaba a seguridad.

Una vez en el vestíbulo, dudó un momento antes de salir del hotel. Ya se había hecho de noche, y llovía tanto que al cruzar la calle ya estaba empapada de pies a cabeza. Entonces, miró hacia atrás y vio a su padre. Estaba a punto de alcanzarla.

—¡Glory, espera! Te escucharé. Encontraremos alguna forma de solucionarlo. Lo prometo.

Glory dudó de nuevo, llorando. Pero sabía que las promesas de su padre no valían nada. Hope se aseguraría de que la encerraran y de que no volviera a ver a Santos.

Entonces sucedió lo inesperado. En aquel instante oyó el sonido de un claxon, seguido por un frenazo seco. Se dio la vuelta de inmediato y vio que un vehículo había atropellado a su padre, lanzándolo por los aires.

Pudo oír sus propios gritos, los gritos del portero del hotel y los del conductor que lo había atropellado. Corrió hacia Philip y se arrodilló junto a él. Había sangre por todas partes, pero tenía los ojos abiertos. Gritó de nuevo horrorizada.

—Papá... ¿te encuentras bien? No lo decía en serio. No lo decía en serio, papá. Te quiero.

Las primeras sirenas se oyeron a lo lejos. Glory se abrazó al cuerpo inerte de Philip, sollozando.

—Por favor, papá, ponte bien. Te quiero tanto... No me dejes, papá, por favor. No te mueras.

Su madre llegó a su altura y la miró con frialdad. Todo aquello no la afectaba en lo más mínimo.

—¿Estás contenta ahora, Glory Alexandra? ¿Te das cuenta de lo que has hecho? Es culpa tuya.

—No, mamá, no...

—Sí. No habría salido corriendo en tu búsqueda si no te hubieras escapado. No vio el coche por tu culpa.

—No, mamá, por favor, no...

Su madre se arrodilló a su lado. La tomó por los brazos y la apartó de su padre. Después, la obligó a mirar la sangre. Glory se dobló hacia delante, enferma.

—Sí. Has matado a tu padre.

37

A pesar de la intensa lluvia, toda una multitud había asistido al entierro del padre de Glory. Amigos, familiares, empleados del hotel y antiguos clientes, todos dispuestos a presentar sus condolencias. Philip Saint Germaine había sido un hombre amado y respetado.

Glory saludó a todos los presentes, aunque se sentía muy lejos de todo. De todo, salvo de sus propios sentimientos y del sentimiento de culpa que la devoraba por dentro.

Lo había querido con todo su corazón. Había sido la única persona que la había amado incondicionalmente. Y por desgracia, había muerto pensando que lo odiaba, recordando las horribles palabras que había dicho.

Glory respiró profundamente. Quería que su padre volviera a vivir. Le habría gustado poder retirar aquellas palabras, volver al pasado para comportarse de otro modo. Le habría gustado dar marcha atrás al reloj para regresar a su octavo cumpleaños, el momento en que todo empezó a cambiar.

Y de haber podido, se habría cambiado por él. Habría preferido que el coche la atropellara a ella, aunque en cierto modo ya estaba muerta.

Miró el ataúd cerrado. Su madre había conseguido convencerla de que era culpable de la muerte de Philip. Hope siempre decía que algún día haría mucho daño a los demás con su actitud. Su padre había muerto, y Liz había dejado de ser su amiga.

Pensó en Santos y empezó a llorar de nuevo. Llevaba dos días llorando, pero a pesar de todo aún tenía lágrimas.

Cerró los ojos. Estaba tan traumatizada y se sentía tan débil que en tales circunstancias no resultaba extraño que prestara oídos a las insidias de su madre. Creía que aquella tragedia no habría sucedido nunca si no se hubiera enamorado de Santos.

En aquel momento oyó que algo caía en el vestíbulo. Tal vez un jarrón.

Glory se dio la vuelta, y lo que vio la sorprendió. Santos intentaba entrar en la casa, pero dos hombres intentaban impedírselo.

—¡Glory! —exclamó él.

Glory empezó a temblar. Abrió la boca para decir algo, pero no lo hizo.

Santos no tuvo más remedio que golpear a uno de los hombres para que lo soltara. Una mujer gritó, y el encargado de la ceremonia amenazó con llamar a la policía. Pero Santos hizo caso omiso de ellos y se dirigió hacia su amada.

Entre tantos trajes oscuros y vestidos de seda estaba completamente fuera de lugar. No se había afeitado, y estaba empapado de los pies a la cabeza.

Todo el mundo miró a la joven, murmurando. Todos lo sabían, y todos parecían culparla de la muerte de Philip.

Apenas pudo contener el deseo de gritar. Necesitaba esconderse en alguna parte, pero no podía hacerlo. Su corazón latía desenfrenado.

Su madre apareció de repente. Pasó un brazo por encima de los hombros de Glory y la ingenua niña se apoyó en ella, buscando un poco de calor.

Santos se detuvo ante ellas. Glory estaba a punto de demostrar que sólo era una niña rica, una niña mimada. En parte deseó arrojarse en los brazos del chico al que supuestamente amaba, pero no lo hizo. Cuando lo miró, recordó la muerte de su padre. Una muerte que, en opinión de su madre, era consecuencia de su irresponsable actitud y de su amor por Santos.

—¿Pensaste que no vendría? —preguntó él, con suavidad—.

¿Es que no sabías que haría cualquier cosa por estar contigo? Lo siento mucho, amor. Sé cuánto lo amabas.

—Márchate de aquí —intervino Hope, abrazando con más fuerza a su hija—. ¿No me has oído? Glory quiere que te marches.

Santos no hizo ningún caso. Siguió mirando a la joven.

—Cariño, díselo. Dile lo que sientes. Dile lo que sentimos el uno por el otro.

—¡Maldito canalla! —exclamó su madre, casi histérica—. ¡Es culpa tuya! Glory se comportó así por tu culpa. ¡Eres el culpable de la muerte de su padre!

Glory empezó a sollozar. Santos dio un paso hacia ella.

—No hagas caso, Glory. Sabes muy bien que tu madre es una manipuladora. Nosotros no lo matamos. Fue un accidente —declaró con suavidad—. Toma mi mano. Ahora, aquí mismo. Demuéstrales a todos lo que sentimos el uno por el otro. Después me marcharé, pero al menos todos lo sabrán.

Santos alargó una mano. Glory la miró y nuevamente pensó en su madre, en las terribles palabras que le había dicho poco antes de que muriera.

—Si me amas, toma mi mano —susurró—. Cree en mí, Glory. Sólo tienes que tomar mi mano.

Glory no sabía qué hacer. De repente recordó la voz de Philip. Una voz suave y paciente, llena de amor. En cierta ocasión había insistido en que prometiera que no olvidaría nunca que la familia lo era todo, todo lo que era y todo lo que llegaría a ser.

Glory pensó que había cometido el error de olvidarlo, y estaba decidida a no hacerlo otra vez. Debía permanecer allí, con su madre, con su familia.

La joven movió la cabeza en gesto negativo, sin dejar de llorar. Después se apartó de Santos, volvió con su madre y apoyó la cara en su hombro.

Un segundo más tarde, Santos se marchó.

Libro 6
Fruta Prohibida

*Nueva Orleans
1995*

El asesino de Blancanieves había vuelto a actuar. Santos lo supo a las tres de la madrugada. Veintiséis minutos más tarde aparcaba su coche frente a la catedral de San Luis. Los primeros agentes de policía ya habían acordonado la zona. La médico forense había llegado, al igual que el grupo de investigación de criminología, una furgoneta del Canal de televisión y varios periodistas.

Santos esperó a que se apartaran los periodistas antes de bajar del coche. Miró a su alrededor. La catedral estaba iluminada como un árbol de navidad. Una pequeña multitud se había reunido en el lugar, compuesta por residentes, noctámbulos y personas que trabajaban en la zona. Al menos había media docena de policías controlando la situación.

Respiró profundamente. En diez años en el cuerpo había visto multitud de situaciones semejantes. No le afectaban demasiado, pero aquello era distinto. Era su caso. Era un asunto personal.

Quería detener a aquel canalla y hacer que pagara por todos sus crímenes. Pero no había llegado a ninguna parte. Era un individuo muy inteligente y organizado. Todo un depredador.

Cruzó la línea de seguridad. Dos turistas le sacaron una fotografía, cegándolo con el flash.

—Cómo son estos turistas —comentó a un compañero—. Sacan fotografías de cualquier cosa.

El agente se encogió de hombros.

—Tal y como están las cosas en este país, visitar una ciudad sin sacar una fotografía de un crimen es como no haber estado.

—Sí, supongo que tienes razón.

—¿Detective Santos?

Santos se dio la vuelta. Otro agente uniformado se dirigió a él.

—Hola, Grady, ¿qué tenemos aquí?

—Otro asesinato. Aún no hay confirmación, pero parece evidente que se trata del mismo tipo. Actúa cada cuatro meses.

—Lo sé. Sigue.

—Una pareja de turistas borrachos la encontraron. Se tropezaron con el cuerpo.

—Otra vez esos turistas... Al alcalde no va a gustarle nada.

—He oído que está de camino.

—¿Dónde están esos turistas? Quiero hablar con ellos.

El agente indicó a una pareja que se encontraba sentada en un banco de la catedral, tapada con una manta.

—Allí los tienes.

—¿Y el cadáver?

—La dejaron en la misma puerta de la catedral. ¿Puedes creerlo? Ya no respetan nada.

Santos asintió y se dirigió al pórtico. Tal y como había dicho el agente, el cuerpo se encontraba ante la puerta. A diferencia de otros asesinos, que dejaban a sus víctimas en posiciones degradantes, o que sencillamente los mutilaban, aquél se tomaba muchas molestias estéticas. Todos los cuerpos aparecían con las manos cruzadas sobre el pecho, las piernas juntas y los ojos cerrados. Como Blancanieves en su ataúd de cristal. Parecían dormidas, o rezando.

Pero estaban muertas.

Santos se inclinó sobre el cuerpo. La médico forense, una mujer de mediana edad con pelo canoso, pecas y rostro agradable, lo miró.

—Hola, detective. Parece que nuestro amigo ha estado ocupado.

—Ya lo veo. ¿Qué tenemos?

—Una mujer blanca, de pelo oscuro, joven, y yo diría que de dieciocho a veinte años.

—¿Prostituta?

—Lo supongo, si tratamos con el mismo tipo. ¿La conoces?

Santos negó con la cabeza. Había estado tres años en la brigada antivicio del barrio francés, antes de trasladarse a homicidios, pero las prostitutas no duraban demasiado en la calle, sobre todo las jóvenes. Por otra parte, el asesino de Blancanieves tenía la extraña costumbre de bañar a las víctimas después de matarlas; les arreglaba el pelo, les quitaba las joyas y el maquillaje y las vestía con virginales camisones blancos. Al final, resultaba difícil reconocerlas.

Santos miró a Grady y dijo:

—Hay unas cuantas chicas entre la multitud. Ve a ver si alguna puede reconocerla.

Grady asintió y se alejó.

—¿Causa de la muerte?

—Imagino que la ahogó. No hay señales de pelea, ni una simple herida.

—Parece que ha muerto hace poco tiempo.

—Sí. El asesino actuó con rapidez.

—Creo que intenta burlarse de nosotros —opinó Santos—. ¿Y la manzana?

—Ya la hemos encontrado. Como siempre, tiene dos bocados. Pero a diferencia de las otras víctimas, no he encontrado residuos en sus dientes. Fíjate en esto.

El forense destapó el cadáver y señaló sus manos. Empezaban a mostrar los rasgos del rigor mortis, pero Santos pudo ver con claridad que en sus palmas había dos cruces, grabadas a fuego. Lo mismo de siempre. Por suerte, habían mantenido en secreto aquel detalle. La prensa no lo sabía.

—¿Es posible que se trate de un asesino distinto?

—No, pero ya veremos qué dicen las pruebas.

—Bueno, te llamaré mañana —se despidió Santos.

—De acuerdo, pero llama tarde —dijo la mujer—. Tengo otros cadáveres.

Santos no dijo nada. Ya estaba pensando en los turistas y en las preguntas que haría.

Horas más tarde, Santos se detuvo frente a un restaurante de aspecto elegante. Se quitó la chaqueta y se aflojó la corbata. El sol de la tarde, bastante cálido para ser marzo, golpeaba con fuerza el barrio francés. Estaba cansado, tenía calor y se sentía frustrado. Había pasado cuatro horas trabajando en la calle, visitando establecimientos de todo tipo, enseñando fotografías de la última víctima en la espera de que alguien pudiera reconocerla.

Pero no había conseguido nada.

Y ahora se veía obligado a entrar en El jardín de las delicias terrenales. Su compañero se la había vuelto a jugar.

Santos entró en el restaurante, un típico lugar para ejecutivas con dinero. Miró a su alrededor buscando a su compañero y amigo. No resultó muy difícil. Además del encargado, era el único hombre. Por si fuera poco se trataba de un hombre bastante alto, calvo y tan negro como el carbón. Santos se sentó en su mesa y dijo:

—Odio este lugar.

Jackson rió.

—Es nuevo. He oído que es bastante bueno.

—Tal vez lo sea para Helga la horrible.

—Cuida tus palabras, compañero —entrecerró los ojos—. Estás hablando de mi esposa.

—Es una buena mujer. Pero con un gusto horrible en lo relativo a los restaurantes.

—Piérdete.

Santos rió y tomó el menú.

—Espero que tengan algo que no sea comida para conejos.

Santos y Andrew Jackson no se parecían en nada. Jackson era un hombre casado y con hijos, todo un hombre de familia. En su trabajo actuaba de forma práctica y fría, cuidando todos los detalles. Era un policía excelente, que olvidaba sus casos por completo cuando terminaba su turno.

En cambio, Santos era un adicto al trabajo, un solitario. No tenía más familia que Lily. Era un apasionado de su profesión, y no resultaba extraño que se obsesionara con algún caso. Perfectamente capaz de trabajar veinticuatro horas al día, su celo le había causado más de un problema con sus superiores. Decían que era peligroso, irresponsable y demasiado obstinado. En el fondo los molestaba que fuera uno de los agentes más condecorados del departamento.

Pero a pesar de sus diferencias, Jackson y Santos formaban un gran equipo. Llevaban juntos seis años, y se habían salvado la vida el uno al otro más veces de las que podían recordar. Jackson y Lily eran las únicas personas en las que Santos confiaba.

Pero detestaba su gusto culinario.

—¿Estás seguro de que esta vez te tocaba a ti elegir el restaurante? —preguntó Santos.

—Sí —sonrió su amigo—. La última vez fuiste tú. Ya estaba harto de tanta grasa.

—Más que un tipo duro pareces un niño bonito.

Jackson rió y se cruzó de brazos.

—Puede ser, pero este niño bonito tiene intención de vivir muchos años.

La camarera llegó, tomó nota y se alejó. Santos se dirigió después a su compañero.

—¿Tuviste suerte esta mañana?

—Un par de prostitutas identificaron el cadáver. Se llamaba Kathi. Llevaba demasiado tiempo en la calle. No tenía chulo, ni era drogadicta.

—Este tipo está empezando a irritarme —frunció el ceño—. Estoy seguro de que hemos pasado algo por alto.

—Hasta ahora tenemos cuatro víctimas. Todas mujeres. Todas jóvenes, morenas y caucásicas. Todas, del barrio francés. Asesinadas del mismo modo, sin variación alguna. Siempre aparece una manzana mordida por dos extremos. Y en todos los casos se demuestra que uno de los mordiscos lo realizó la víctima, de manera que suponemos que el otro lo hizo el asesino.

—Ya, ya lo sé, y luego está lo de las cruces en las palmas

—continuó Santos—. Pero tiene que haber algo más. Algo en lo que no nos hemos fijado.

La camarera apareció con dos tés helados. Sonrió a Santos, que le devolvió la sonrisa aunque sin prestar demasiada atención. Su pensamiento estaba muy lejos, en el pasado, a mucha distancia de la atractiva rubia. Estaba recordando otro asesinato, recordando a un chico de quince años que lo había perdido todo.

—Lo encontraremos —dijo Jackson—. Uno de estos días cometerá un error y lo detendremos.

—¿Y cuántas chicas tienen que morir mientras tanto?

En la televisión que había sobre la barra apareció en aquel instante un avance informativo. El locutor anunció que el asesino de Blancanieves había actuado de nuevo, y acto seguido informaron sobre la conferencia de prensa del alcalde, que criticó al departamento de policía y prometió limpiar la ciudad.

Santos lo miró, disgustado.

—Maldito cretino.

—Es increíble —dijo Jackson—. En esta ciudad mueren quinientas personas asesinadas al año, a pesar de lo cual no nos asignan los medios necesarios para combatir la delincuencia. No tenemos presupuesto, ni plantilla. Y sin embargo quieren que encontremos a ese tipo. Todo esto apesta.

—Lo que más me molesta es que, hasta ahora, no habían prestado ninguna atención al caso. No tenía prioridad —observó, tomando un poco de té—. Y ahora todo el mundo se indigna porque afecta al turismo.

Santos lo dijo con profunda amargura, porque a diferencia de otras personas se preocupaba realmente por las pobres víctimas. Lo sentía por ellas y por sus familias. Sabía lo que significaba perder a alguien querido sin que a nadie pareciera importarle.

Jackson permaneció en silencio unos segundos, antes de hablar.

—Esas chicas no tienen nada que ver con tu madre, Santos. El asesino no es el mismo tipo.

—¿Cómo lo sabes?

—Actúa de modo distinto. Las ahoga, no las acuchilla. Hace el amor con ellas cuando ya han muerto, no antes. Además, han pasado veinte años.

—Diecisiete. Pero olvidas la manzana. También encontraron una junto a la cama de mi madre.

—Una simple coincidencia. Tendría hambre.

—Tal vez, pero... Tengo un presentimiento, Jackson. ¿Te acuerdas del presentimiento que tuve en el caso Ledet? Fue poco antes de que cazáramos a aquel canalla.

Jackson asintió mientras empezaba a comer su ensalada.

—Lo recuerdo.

Santos probó su lasaña de verduras. No estaba mala.

—Pues es algo parecido. Y te aseguro que se trata de un presentimiento muy fuerte.

—Tus ansias por capturarlo te confunden.

—Puede ser... No, no es así.

—Santos...

—Escúchame. Los dos sabemos que un asesino en serie no suele actuar tantas veces seguidas en tan poco tiempo. Mata poco a poco y a medida que lo hace mejora su estilo. También sabemos que suelen tener la costumbre de viajar por el país, matando y cambiando de domicilio. A veces lo hacen durante años.

—Pero diecisiete años me parecen demasiados.

—Henry Lee Lucas actuó durante trece años. John Wayne Gacy, durante diez. Hay montones de precedentes.

—Creo que no estás siendo objetivo.

—¿Eso crees?

—Sí.

—Piérdete.

—Y tú también.

Los dos hombres se miraron y rompieron a reír.

Durante el resto de la cena charlaron sobre los casos, sobre la familia de Jackson y sobre la salud de Lily. Santos no volvió a sacar el tema del asesino de Blancanieves, aunque no dejó de pensar en ello.

Cuando terminaron de comer, se levantaron. Jackson hizo un gesto hacia el pasillo y dijo:

—Voy al servicio.

—Te espero en la salida.

Santos caminaba hacia la puerta cuando oyó que alguien lo llamaba.

Se dio la vuelta. Tras él se encontraba una mujer medianamente atractiva, delgada y de pelo castaño, claro. Trabajaba en el restaurante. Recordó haberla visto al entrar, pero no la había reconocido.

—¿Santos? ¿Eres tú?

—Sí, soy yo —le devolvió la sonrisa—. Siento mucho no reconocerte...

—Soy Liz. Liz Sweeney.

Santos tardó un segundo en recordar. Y cuando lo hizo movió la cabeza como si no pudiera creer lo que veían sus ojos.

—¿Liz Sweeney? ¡Cuánto has crecido! —rió.

—Tú también. Me alegro de verte.

Santos sonrió de nuevo y estrechó su mano. De inmediato le gustó la mujer en la que se había convertido.

—¿Qué tal estás?

—Bien. Trabajo aquí. Es mi restaurante.

—¿De verdad? Es impresionante. Me alegro por ti —dijo, sin soltar su mano.

Liz se aclaró la garganta.

—Ver a hombres en el local ha resultado toda una experiencia. Me temo que mi clientela suele estar reducida al ámbito de las mujeres. Espero que te haya gustado la comida.

—Oh, sí, desde luego.

Jackson apareció en aquel momento e intervino en la conversación.

—Tendrías que incluir carne en el menú para este tipo —dijo, extendiendo una mano para estrechársela—. Soy Andrew Jackson, un viejo amigo de Víctor.

—No le hagas caso —protestó Santos—. Le gusta decir que es un viejo amigo, pero sólo es mi compañero, el detective Andrew Jackson. Jackson, te presento a Liz Sweeney. Una vieja amiga.

—¿De verdad? ¿Una vieja amiga? Vaya, encantado de conocerte.

—Lo mismo digo.
—¿Desde cuándo os conocéis?
Santos miró a Liz antes de contestar.
—Estuve saliendo con una antigua amiga suya. Por cierto, ¿qué tal está Glory?
La expresión de Liz se endureció.
—No lo sé. No la he visto en muchos años.
Santos observó la animosidad de su gesto. Una beligerancia similar a la que él mismo sentía y que hizo que se sintiera extraño.
Liz se aclaró la garganta, incómoda.
—Así que sois compañeros... Ya veo que lo conseguiste, Santos. Siempre quisiste ser policía. Tu sueño se ha hecho realidad.
—Vaya sueño, amigo —bromeó Jackson—. Mucho trabajo, poco dinero y ningún respeto. Eso es pegarse la buena vida.
Santos hizo caso omiso.
—Sí, lo conseguí. Aquí tienes al superpolicía Víctor Santos, detective de la brigada de homicidios a tu servicio.
Hablaron durante unos minutos más antes de que Jackson los interrumpiera.
—Tengo que volver a casa —sonrió a Liz—. Me alegro de conocerte. Espero que volvamos a vernos en algún momento. Y lo mismo te digo a ti, detective.
Santos tosió, comprendiendo el mensaje.
—Mmm, supongo que será mejor que me vaya. Me ha encantado verte. Ya veo que te van bien las cosas.
Liz se despidió, se dio la vuelta y se dirigió a la cocina. Santos se unió a Jackson en la salida, pero una vez allí se detuvo y volvió la mirada hacia atrás. Liz había hecho lo mismo, y sus miradas se encontraron.
—Espera un momento, Jackson. Vuelvo enseguida.
Santos avanzó hacia Liz, sin quitarle la vista de encima.
—¿Te gustaría salir a cenar alguna noche? —preguntó.
—¿Contigo?
—Sí, claro. Por desgracia, Jackson ya tiene pareja.
Liz rió.
—Por supuesto que me gustaría. Cuando quieras.

Santos sonrió, encantado con su respuesta y con su evidente confianza en sí misma.
—¿Qué te parece esta noche?
—Perfecto, pero tendrá que ser tarde. Hoy salgo a las nueve.
—Muy bien, en tal caso te veré a las nueve, Liz.

39

Aquella noche, después de la cita, Santos regresó a la casa que compartía con Lily. Sonrió para sus adentros pensando en Liz y en su beso de buenas noches. Y su sonrisa se hizo aún mayor cuando recordó con cuánta pasión se había entregado a su abrazo. De haberlo pretendido, habrían hecho el amor.

Cerró la puerta. A medida que avanzaba por la casa iba apagando las luces. Liz le gustaba. Se sentía cómodo con ella; le gustaba su conversación y sus besos eran nuevos y excitantes. La deseaba, pero había decidido esperar por culpa del pasado, por culpa de Glory. Aquella noche había pensado en ella todo el tiempo, y no le agradaba. Era como un desagradable fantasma del pasado que se interponía en sus relaciones. Sabía que si hubiera intentado hacer el amor con Liz no habría funcionado. Y no quería estropear su relación; al menos, tan pronto.

Sabía que más tarde o más temprano se convertirían en amantes. Pero no antes de que fuera capaz de mirarla sin recordar a Glory.

La luz del dormitorio de Lily estaba encendida, aunque dudó que se encontrara despierta a tan altas horas de la madrugada. En cualquier caso, se detuvo al llegar a su puerta y echó un vistazo al interior de la habitación. Se había quedado dormida mientras leía, algo que no le sorprendió demasiado. No era la primera vez que sucedía.

Mientras la observaba lo dominó una profunda tristeza. Los últimos años se habían portado bastante mal con Lily. Su salud había empeorado, y no tenía demasiada energía ni demasiados motivos para vivir.

Sabía que su arrepentimiento y su sentimiento de culpa la estaban destrozando. Echaba de menos a su hija y a su nieta. No hacía otra cosa que buscar en las revistas del corazón en busca de algún artículo sobre ellas, costumbre que irritaba a Santos. Cuando encontraba alguna referencia, la recortaba y la guardaba en una carpeta. Víctor odiaba sacarla a comer o a cenar para que se divirtiera un poco, porque cada vez que veía a una familia de apariencia más o menos feliz se le caía el mundo al suelo.

De repente, su tristeza se transformó en odio. Odiaba a Hope por lo que le había hecho. La odiaba por su crueldad, por su estupidez, por sus prejuicios. Como odiaba a Glory por lo que le había hecho a él. Ni la madre ni la hija llegaban a la suela de sus zapatos. Y desde luego, mucho menos a las suelas de Lily.

Entró en la habitación, retiró de sus manos el libro e intentó colocar un almohadón detrás de su cabeza. Pero la mujer despertó y abrió los ojos.

—¿Santos?

—Sí, Lily, soy yo.

—Ya veo que he vuelto a quedarme dormida.

—A este paso no conseguirás terminar el libro.

—Hacerse vieja es algo terrible. ¿Qué hora es?

—Más de la una.

—¿Qué tal en tu cita?

—Bien. Muy bien.

Lily dio un golpecito en la superficie de la cama para que se sentara en el borde.

—Cuéntamelo todo.

Santos sonrió y se sentó, dispuesto a soportar otro de sus interrogatorios.

—Es una chica encantadora e inteligente. Tiene un pequeño restaurante en el barrio francés.

—¿Es atractiva?

—Mucho. De hecho, se trata de alguien que conozco desde hace mucho tiempo.

—Me alegro. ¿Volverás a verla?

—Sí, definitivamente.

—Bien. Trabajas demasiado, y necesitas a alguien.

—Te tengo a ti.

—Estoy vieja y enferma —negó con la cabeza—. Necesitas una compañera.

—Ya tengo un compañero —sonrió—. Jackson.

—Me refería a una joven, y lo sabes —protestó—. Quiero que seas feliz, no deseo que estés solo. Estar solo no es natural.

—No te preocupes por mí, Lily. Soy feliz.

Santos se inclinó sobre ella y la besó en la frente.

—¿Seguro, Santos? ¿Eres feliz?

Santos comprendió muy bien la pregunta. Lily no había olvidado que una vez, mucho tiempo atrás, había creído descubrir a la mujer de su vida. Víctor sabía que su benefactora se sentía culpable indirecta de su desgracia.

—Sí, soy muy feliz —declaró, mientras la tapaba con la manta—. Ahora, duérmete. De lo contrario, mañana no te despertarás a tiempo de salir a dar tu paseo matinal.

—¿Santos?

—¿Sí?

—He oído que ese hombre ha matado a otra chica. Lo siento.

—Yo también. Pero lo detendremos. Es una simple cuestión de tiempo.

—Sé que lo harás —murmuró, ya medio dormida—. Confío plenamente en ti.

Lily cerró los ojos y Santos permaneció unos segundos en el umbral de la puerta, observándola con afecto. Seguía viviendo con ella porque sabía que lo necesitaba y porque se sentía mejor a su lado.

Pero sabía que más tarde o más temprano la perdería, por muchas atenciones que le proporcionara. Ya no era joven, y estaba enferma. Debía prepararse para lo peor, pero no sabía cómo hacerlo. No podía imaginar la existencia sin Lily. No podía imaginarse, de nuevo, solo.

La emoción lo embargó. Sabía que no conseguiría dormir, que sería ridículo intentarlo. Decidió pasar un rato por la comisaría para ver si se había averiguado algo nuevo sobre la última víctima. Obviamente, había pasado algún detalle por alto.

40

El sonido del teléfono despertó a Glory de su profundo y oscuro sueño. Se sentó en la cama, respirando con pesadez. Se echó el pelo hacia atrás y contestó.

—¿Dígame?

Era el ayudante de dirección del hotel, un hombre que se ahogaba en un vaso de agua. Empezó a hablar tan deprisa, y de forma tan inconexa, que apenas podía comprender sus palabras.

—Tranquilízate, Vincent. No te entiendo...

Sin embargo, segundos más tarde comprendió lo que decía. El asesino de Blancanieves había actuado de nuevo.

—Tranquilízate, Vincent —insistió—. Y por Dios, no hables con la prensa. Bajaré de inmediato y llamaré al abogado del hotel.

Colgó el teléfono y buscó su agenda en la mesita de noche, sin dejar de pensar en las estrategias a seguir. El hotel no podía permitirse otro escándalo relacionado con un delito. La semana anterior habían atracado a dos clientes a la puerta del Saint Charles; dos meses atrás habían disparado a un hombre a una manzana de allí, y la desafortunada víctima se había presentado en el vestíbulo del hotel, donde cayó muerto. La histeria se había apoderado de la ciudad, y sabía que en este caso la noticia daría la vuelta a todo el país aunque sólo fuera porque el hotel estaba involucrado de forma indirecta.

Debía hacer algo para evitarlo. De lo contrario, el porcentaje de ocupación bajaría aún más.

Cuando encontró los números de teléfono se puso en contacto con el relaciones públicas y con el abogado. Acto seguido, corrió a la ducha.

Media hora más tarde salió para el hotel, arreglada y completamente serena. Daba la imagen de una mujer profesional, elegante e inalterable. A simple vista nadie habría imaginado que se había levantado y vestido a toda prisa; nadie habría sospechado la angustia que la devoraba por dentro.

Respiró profundamente. Sabía que no iba a ser fácil. Necesitaría actuar con sumo cuidado.

Santos. Su nombre y su imagen asaltaron su pensamiento y su corazón. Gracias al periódico, sabía que Santos era el detective asignado al caso. En los dos meses transcurridos desde el asesinato de la catedral había sido el centro de los ataques del alcalde y de los medios de comunicación. Lo había visto en televisión un par de veces y se había odiado a sí misma por la manera en que lo había observado, recordando, memorizando cada centímetro de su piel.

Se había convertido en un hombre muy atractivo, muy masculino, de aspecto duro. Pero Glory ya no creía ser el tipo de mujer que se sentía atraída por alguien como él. Había aprendido la lección. Se enorgullecía de poder controlar sus emociones y sus deseos. Pero cada vez que lo veía sentía un profundo estremecimiento. En realidad resultaba imposible olvidar el pasado. En realidad, resultaba imposible controlar las emociones más allá de cierto punto.

El aparcacoches abrió la portezuela del vehículo. Su inquietud era evidente.

—Señorita Saint Germaine, ¿ya lo sabe? Pete la encontró, y la policía...

—Sí, ya lo sé, Jim —sonrió débilmente—. Pero todo saldrá bien. Haz tu trabajo, y si alguien hace preguntas envíamelo a mí. ¿De acuerdo?

El joven le devolvió la sonrisa.

—La policía ya me ha preguntado todo tipo de cosas. Lo

hicieron de tal modo que cualquiera habría pensado que yo era el sospechoso.

—¿De verdad? ¿Qué preguntaron?

—Quién entró y salió del hotel anoche, si vi algo inusual... Ya sabe, ese tipo de cosas. Después insistieron en saber lo que había hecho. No creerán que soy el culpable, ¿verdad, señorita Saint Germaine?

—No, no —le dio una palmadita en el hombro—. Son preguntas de rutina. No te preocupes. Yo me ocuparé de todo. ¿Dónde está Pete?

—Con la policía. Por lo que he oído, lo están sometiendo a un interrogatorio.

—¿Han llegado los periodistas?

—Aún no.

—Menos mal. Cuando lleguen avísame de inmediato. Si estoy haciendo algo, interrúmpeme. No quiero que entren en el hotel, ¿está claro?

—Desde luego, señorita. La avisaré en cuanto lleguen.

—Has hecho un buen trabajo, Jim. Aprecio mucho que hayas sido capaz de actuar con tanta frialdad en un momento como éste.

Glory entró en el hotel. Tal y como esperaba, reinaba el caos. No tardó mucho en descubrir que la policía también había interrogado a varios trabajadores más, incluido el botones, y a dos clientes que habían regresado la noche anterior poco antes de que encontraran los cadáveres.

Vincent corrió hacia ella, casi histérico.

—La policía quiere interrogar a todos los clientes, puerta por puerta. Insisten, y no sé qué hacer.

—No te preocupes. Yo me ocuparé de todo. De momento, no permitas que molesten a los clientes. Vuelvo en seguida. Por el ruido que se oye la prensa ha debido llegar.

Glory volvió a salir. Las furgonetas de las cadenas de televisión bloqueaban la entrada al vado. En cuanto la vieron, empezaron a bombardearla con todo tipo de preguntas.

—Por favor, pregunten de uno en uno —sonrió—. Intentaré contestar a todas las preguntas. Hoda, puedes empezar tú.

—¿Es cierto que el asesino de Blancanieves ha actuado de

nuevo y que depositó el cuerpo en el hotel Saint Charles? ¿Qué piensa al respecto?

—En primer lugar que preferiría que lo hubiera dejado en algún hotel de la competencia, en Le Meridian o en Windsor Court —contestó, despertando varias carcajadas—. Pero sí, es cierto. No obstante, aún no he hablado con la policía. No sé más que ustedes.

—¿Dónde encontraron el cuerpo? —preguntó otro periodista—. ¿Cree que el asesino podría ser alguien del hotel?

—En absoluto. Nuestro hotel es absolutamente seguro. Como sabe, el asesino tiene la costumbre de elegir cualquier sitio para abandonar a sus víctimas. Por desgracia, esta vez escogió el garaje del hotel. Pero este desgraciado accidente no tiene nada que ver con el hotel —sonrió—. La última víctima fue encontrada en la catedral, lugar que visité al día siguiente y donde me sentí perfectamente a salvo, por cierto. El autor parece demostrar buen gusto en lo relativo a los edificios que elige. Aunque debo decir que el hotel dispone de un servicio de seguridad mejor que la catedral.

En aquel momento vio que se acercaba el relaciones públicas. Sonrió a los reporteros y dijo:

—Ahora tendrán que disculparme. Tengo que atender varios asuntos urgentes, pero Gordon McKenzie, nuestro relaciones públicas, contestará todas sus preguntas.

Glory charló unos segundos con Gordon antes de regresar al hotel para salvar a Vincent. Llegó justo a tiempo, porque lo encontró acorralado por dos policías que parecían haber elegido una estrategia algo más contundente para convencerlo. Estaba a punto de derrumbarse.

—¿Puedo ayudarlos, agentes? —preguntó, con una sonrisa—. Soy Glory Saint Germaine, la dueña del hotel. Me temo que su pretensión de interrogar a los clientes llamando puerta por puerta no será posible. Tendrán que encontrar otro modo.

Los agentes se miraron entre sí.

—Tenemos órdenes, señora.

—Bueno, he hablado con mi abogado y dice que no tienen derecho a hacer tal cosa sin mi permiso —sonrió con dulzura exagerada—. ¿Quién está a cargo de todo el operativo?

—El detective Santos —respondió el más joven.

Glory se estremeció.

—¿Y dónde puedo encontrarlo?

—En el aparcamiento, con la médico forense. Me temo que tendrá que esperarlo aquí.

—Es mi hotel, agente. Iré donde me plazca.

Glory no esperó más. Se dio la vuelta y se dirigió hacia uno de los ascensores.

Una vez en el aparcamiento, observó que habían acordonado todo el piso. Se respiraba cierta tranquilidad en el lugar, en comparación con el ambiente del vestíbulo. Al fondo pudo distinguir a un grupo de personas que observaban algo que se encontraba en el suelo.

Pero pronto descubrió que no se trataba de algo, sino de alguien. Glory se estremeció de nuevo al pensar en la pobre víctima.

—¡No puede estar aquí! —exclamó uno de los policías.

—Quiero ver al detective Santos.

Se dirigió hacia el agente.

—Lo siento, señorita —dijo el hombre, tomándola del brazo sin demasiada delicadeza—. El detective Santos está ocupado. Tendrá que esperar en el hotel.

Glory se apartó de él.

—Me llamo Glory Saint Germaine. Éste es mi hotel, y exijo ver al detective Santos ahora mismo.

—Muy bien, como quiera.

El agente caminó hacia el grupo de policías. Un segundo más tarde, uno de los hombres se dirigió hacia ella. Pero no era un hombre cualquiera. Era Santos.

El corazón de Santos empezó a latir más deprisa. Intentó recordar que era la dueña del hotel, que estaba allí para proteger sus intereses y que debía olvidar sus sentimientos personales.

Santos se detuvo ante ella. Glory escudriñó sus oscuros ojos. Era la primera vez que los veía en diez años, y durante una fracción de segundo sintió que tenía, otra vez, dieciséis años.

—Vaya, ya veo que te has acostumbrado a dar órdenes a

diestro y siniestro. ¿Qué puedo hacer por ti? Sea lo que sea, tengo prisa.

Glory prefirió ir directamente al grano.

—No quiero que molestes ni a mis empleados ni a los clientes. Si necesitas algo pídemelo o habla con el abogado del hotel. Nos encargaremos de facilitaros el trabajo.

—¿De verdad? ¿Estás dispuesta a ponerte a mi servicio?— preguntó, observándola con insolencia.

—No me presiones. Si te atreves a dirigirte a un empleado o a un cliente sin consultarlo antes conmigo, haré que te quiten la placa. ¿Comprendido?

—¿La placa? ¿De verdad? —preguntó, divertido—. ¿Qué harías? ¿Hablar con el alcalde?

Glory se cruzó de brazos, ruborizada.

—De hecho, nos conocemos bastante bien. Y el gobernador es un viejo amigo de la familia.

—Vaya, vaya. Muy bien, puedes lograr que me echen del cuerpo. Pero hasta entonces haré lo que sea necesario para realizar mi trabajo. Quiero una lista con los nombres de los empleados y de los clientes del hotel, para interrogarlos. Por cierto, si no cooperas conmigo te acusaré por el cargo de obstrucción a la justicia. ¿Comprendido?

—Inténtalo.

—No me tientes —entrecerró los ojos.

Santos se dio la vuelta e hizo ademán de alejarse. Pero lo pensó mejor y la miró de nuevo.

—Glory, te has convertido en la mujer que quería tu madre. Debe estar muy orgullosa de ti.

Sus palabras fueron como un puñetazo en el estómago para Glory. Tuvo que hacer un esfuerzo para mantener la compostura. Y cuando estaba a punto de abrir la boca para defenderse, Santos se alejó sin darle ninguna opción.

41

A las nueve de la mañana Glory ya había hablado con todos los periodistas de los antiguos Estados Confederados. O al menos tenía esa impresión. Por si fuera poco se había visto obligada a charlar con dos operadores turísticos para que no anularan las reservas en el hotel Saint Charles. Había convencido al primero y logrado que el segundo prometiera reconsiderar su decisión. Por desgracia no había tenido más remedio que ofrecer descuentos adicionales; descuentos que las castigadas arcas del hotel no podían permitirse.

Respiro profundamente. Estaba cansada, pero aliviada porque lo peor había pasado. Pero no se hacía ilusiones. El hotel tenía serios problemas, y se había limitado a poner parches a una situación catastrófica.

Se sentó en la butaca de su despacho, frente al escritorio que había sido de su padre; apoyó la cabeza sobre la mesa y cerró los ojos. Tendría que tomar decisiones drásticas e inmediatas con respecto al negocio familiar. Decisiones que no habrían gustado a su padre y que sin duda alguna despertarían la animosidad de su madre.

No obstante, debía hacer algo. Si no actuaba con celeridad para conseguir que se recuperaran la ocupación y los beneficios del hotel no tendría más remedio que reducir los servicios y ajustar la plantilla. En poco tiempo empeoraría el estado del establecimiento y el efecto dominó haría el resto.

No podía permitirlo.

Gimió, frustrada, y se levantó. Se acercó a la ventana y contempló la avenida. Los coches de la policía ya se habían marchado, al igual que las furgonetas de los medios de comunicación y los curiosos. Todo estaba como siempre.

Como siempre. Tocó la superficie del frío cristal. Sin embargo, aquél no era un día cualquiera. Era un día muy distinto a los demás. Se sentía de otro modo por culpa de Santos.

Verlo la había inquietado más que ninguna otra cosa en mucho tiempo. Habían pasado diez años desde la última vez y sabía que debía estar preparada. No en vano era una adulta, una profesional que debía cuidar de un establecimiento con ciento veinticinco habitaciones. Pero el evidente desprecio de su mirada había derribado el muro protector que había levantado a su alrededor; había destrozado todas sus defensas y la había herido. En su opinión, se había convertido en la hija soñada por su madre.

Se miró las manos y observó que temblaban. Rápidamente apretó los puños y se dijo que tenía razón, aunque sólo fuera en parte.

De todas formas, prefirió esconderse tras sus defensas. Le irritó que se hubiera dirigido a ella con tal ironía, a una mujer tan importante en la comunidad, a una famosa mujer de negocios. No sabía muy bien qué había de malo en ello. Ya no dejaba que las emociones la dominaran. Cuando salía con un hombre, elegía a un individuo apropiado a su estatus. Nada de aventureros, nada de pasiones, nada de rebeldía.

Una y otra vez se repitió que no se había equivocado, que era una persona adulta y responsable, a diferencia de Santos, que se pasaba el día jugando a superpolicía callejero. Había oído que era un obstinado cuya actitud le había ganado la enemistad de sus superiores.

No podía negar que Santos se había mantenido fiel a sus sueños, algo que ella no podía decir, pero lo achacó a un comportamiento infantil. Aunque fuera uno de los agentes más condecorados del departamento de policía.

Estaba mejor sin él.

Se apartó de la ventana y regresó al escritorio. No obstante, no lo había olvidado. Como no había olvidado sus abrazos ni la sensación de ser completamente feliz. Una sensación que no había experimentado desde entonces.

Creía que la renuncia a la felicidad era una de las características de la madurez y se aferraba a una supuesta lección que había aprendido pagando un terrible precio: la muerte de su padre. Una lección que no olvidaría nunca y un precio que no podría perdonarse.

Echaba de menos a Philip. Tenía la impresión de que en su interior sólo había un inmenso agujero que nada ni nadie podía llenar, que no podían llenar ni las risas, ni las lágrimas, ni el trabajo. Lo había intentado una y otra vez, sin éxito.

Se pasó una mano por la cara, agotada física e intelectualmente. Pensó que se sentiría mejor si dormía un rato, o si comía. Miró el reloj y recordó que no había comido nada en todo el día. En cambio, se había tomado seis tazas de café.

—Glory Alexandra, ¿por qué no me avisaste?

La voz de su madre le pareció tan desagradable como el sonido de unas uñas arañando una pizarra. Se dio la vuelta y la miró. Hope se encontraba en el umbral, vestida como una típica señora de la alta sociedad. Tras ella, la secretaria de Glory movió las manos en gesto de disculpa. Su madre siempre se negaba a que la anunciaran antes de entrar.

—Hola, madre. Pasa.

—¿Por qué no me llamaste?

—¿Te refieres a...?

—Al desafortunado incidente policial, claro está —dijo, mientras se sentaba—. Es imperdonable que dejara a esa prostituta en el aparcamiento.

Los prejuicios sociales de su madre se habían incrementado con el tiempo. Glory volvió a sentarse en la butaca.

—Esa mujer era un ser humano como tú o como yo. Y lo siento terriblemente tanto por ella como por su familia.

Su madre permaneció en silencio unos segundos antes de decir:

—Por supuesto. No merecía morir. Pero dejarla aquí... Es horrible, horrible.

Glory sabía que no sacaba nada discutiendo con su madre.

Nunca estaban de acuerdo, de manera que decidió regresar al tema original.

—No encontré razón alguna para llamarte, madre. No había nada que pudieras hacer.

Su madre se inclinó hacia delante, entrecerrando los ojos.

—Debo recordarte que soy la dueña de la mitad de este hotel, y que fue mi herencia familiar la que salvó a Philip, y al establecimiento, de la ruina. Habríamos perdido el Saint Charles, pero no lo hicimos gracias a mí. Debiste llamarme.

Cinco años atrás, cuando se hizo cargo del hotel, Glory había descubierto en los libros de contabilidad que todas las deudas se habían pagado como por arte de magia. Pero desde entonces su madre no dejaba de echárselo en cara, y estaba cansada.

—Y yo te recuerdo que soy la directora, madre. Si quieres mi puesto podemos hablar sobre ello. Hasta entonces tendrás que aceptar mis decisiones. No había razón para llamarte. Todo está arreglado.

En aquel momento sonó el intercomunicador. La secretaria la informó de que tenía una llamada de un periodista del *Times Picayune*. Aceptó la llamada; su madre se levantó y tomó una de las fotografías que decoraban su escritorio. Era una fotografía de su padre, que le habían tomado por motivos publicitarios poco antes de su muerte. De inmediato sintió un nudo en la garganta.

Tras la muerte de Philip, Hope había recibido docenas de proposiciones, pero las había rechazado todas. Más de una vez había comentado que nadie podía sustituir a su difunto esposo. Sin embargo, Glory lamentaba su decisión porque incrementaba su injustificado sentimiento de culpabilidad.

Al final había aceptado que su madre no volvería a casarse nunca.

—Sí, en efecto —continuó hablando con el periodista—. Cuente conmigo. Si necesita más información no dude en llamar.

Poco después colgó el teléfono.

De inmediato, Hope dejó la fotografía en su emplazamiento original y la miró.

—Supongo que anoche lo viste.
—Si te refieres a Santos, sí. Lo vi. Está llevando el caso.
—Eso he oído. He oído que se ha convertido en un policía —sonrió con desprecio.

Glory decidió salir en su defensa, indignada por su actitud.

—Es un buen detective, uno de los mejores del departamento. Me alegra que esté de nuestro lado. Si no quieres nada más, estoy muy ocupada.

—Por supuesto. Siempre estás ocupada. Ah, quería hablarte de otra cosa. El sábado por la noche doy una pequeña fiesta en el hotel, a las ocho en punto. Podías traer a ese encantador cirujano con el que salías. ¿Cómo se llamaba?

—William. ¿Qué entiendes por una «pequeña fiesta»?

—Una cena para veinte personas, pero no te preocupes. Ya lo he organizado todo con el chef y con el jefe de camareros. No tienes que hacer nada.

—Ya hemos hablado antes del tema —dijo Glory, que sabía que el hotel tendría que cargar con los gastos—. No puedes seguir con ese ritmo. El hotel no puede permitírselo.

—Haré lo que me apetezca —espetó—. Es mi hotel.

—No lo comprendes. Si sigues...

—Lo comprendo muy bien. Sin embargo, ¿para qué tenemos el hotel si no es para disfrutarlo?

—Es nuestro negocio, nuestra forma de vida. Pero además es algo más. Es...

—¿Qué es? ¿Tu herencia? ¿Parte de la familia? Si no fuera por los beneficios sólo sería una carga.

—¿Una carga? Si es eso lo que piensas, ¿por qué lo salvaste? ¿Por qué utilizaste tu fortuna para evitar su ruina?

—Porque tu padre quería vender nuestras propiedades para salvarlo. Iba a vender la mansión, la casa de verano, el Rolls Royce y mis joyas. No podía aceptarlo. La gente habría empezado a hablar. Habríamos sido el hazmerreír de toda Nueva Orleans.

Glory intentó asumir lo que acababa de escuchar. El hotel había sido uno de los mayores amores de su padre. En cambio, Hope parecía detestarlo.

—¿Y qué pasaría ahora, madre? ¿Qué pasaría si tuvieras que enfrentarte a las habladurías de la gente?

Hope la miró. Había tal frialdad y determinación en sus ojos que Glory se estremeció.

—Haría lo necesario para impedirlo, por supuesto.

Su madre se levantó y salió del despacho. Glory la observó sin dejar de pensar en sus últimas palabras.

42

Liz estaba tumbada en la cama, mirando el techo, intentando poner orden en sus confusos pensamientos. Santos se había marchado horas atrás, antes del alba. Sin embargo, no había podido dormir desde entonces.

En aquel mismo instante podía estar hablando con Glory, mirando sus ojos, recordando, empezando a desearla de nuevo.

Pensó en la pasión que compartían, en lo enamorados que habían estado en el pasado, y un sentimiento insano la empujó a imaginarlos juntos en aquel instante, como los adultos que eran, como adultos que sabían lo que querían.

Gimió y se cubrió el rostro maldiciéndose por ser tan insegura. Se repitió que Santos ya no la deseaba. Había confesado que la odiaba tanto como ella misma.

Respiró profundamente. Las sábanas aún olían a Santos, e intentó aspirar todo su aroma.

Lo amaba con locura, pero aquel amor no era recíproco.

Se sentó y se abrazó a la almohada. Santos había dicho que le gustaba mucho, que le agradaba su compañía y que le encantaba hacer el amor con ella. Pero no había en él ningún deseo por establecer una relación, ni intención alguna de involucrarse. No obstante, no renunciaba a la posibilidad de que se enamorara de ella.

Había sido sincero con ella. Liz podía notar la distancia que había establecido entre ellos; podía sentir sus muros defensivos.

Más de un aspecto de su personalidad permanecía oculto a su vista. Santos no quería compartir ni sus sueños, ni sus esperanzas, ni sus emociones, y la culpa de todo la tenía Glory. No sólo había destrozado su futuro, sino que también había matado la confianza y el amor de Santos. Le había partido el corazón.

Hacía dos meses que eran amantes, desde su tercera cita. Liz había estado enamorada de Santos desde siempre, y no había sido capaz de resistirse al deseo.

Se dijo que Víctor necesitaba tiempo. Poco a poco llegaría a comprender que estaban hechos el uno para el otro.

Si Glory no volvía a interponerse.

Apretó la cara contra sus rodillas e intentó recordar la reacción de Santos cuando supo que tenía que visitar el hotel Saint Charles, dos noches atrás. Intentó recordar cada palabra que intercambiaron, cada uno de sus gestos. Santos había recibido una llamada de la comisaría para informarle del asesinato. El teléfono no la había despertado. Sencillamente había notado que su amante ya no se encontraba en la cama.

Cuando abrió los ojos vio que se estaba abrochando los pantalones. Parecía enfadado.

—¿Santos? ¿Qué ocurre?

—Tengo que marcharme —contestó, mientras se sentaba en la cama para ponerse los zapatos—. Han encontrado otro cuerpo.

—¿Se trata del asesino de Blancanieves?

—El mismo.

Liz acarició uno de sus muslos.

—Lo siento.

—Yo también.

Santos abrió la boca como para decir algo más, pero no lo hizo. Se levantó, y se puso la cartuchera.

—Iré a prepararte un café.

—No tengo tiempo. Sigue durmiendo.

—¿Piensas volver? —preguntó, adormilada, mientras se tumbaba de nuevo.

—Pasaré más tarde por el restaurante.

Liz asintió con un nudo en la garganta. Lo amaba tanto que cuando se marchaba sentía un profundo dolor.

—Espera, Santos. Esta vez... ¿dónde han encontrado el cuerpo?

Su amante dudó durante unos segundos, como si no quisiera decírselo, como si quisiera ocultarle alguna terrible verdad. En aquel momento, Liz supo que aún sentía algo por Glory.

Y ahora, dos días más tarde, se levantó de la cama porque se sentía demasiado inquieta. Si no hacía algo, si permanecía desocupada, se volvería loca.

Decidió ir al restaurante aunque había pensado dejar que Darryl, su ayudante, abriera. Santos pasaría más tarde por allí, y cuando viera sus ojos sabría que todo iba a salir bien.

Estaba segura.

Mucho más tranquila, se dirigió a la ducha.

Casi eran las tres en punto cuando Santos pasó por El jardín de las delicias terrenales. Para entonces Liz estaba bastante deprimida. No había dejado de pensar durante todo el día y su inseguridad la estaba destrozando.

Deseaba que la amara. Pero recordaba muy bien la pasión que lo había unido a Glory.

Santos entró y la abrazó.

—Hola. Eres toda una alegría para los ojos.

Liz se apartó un poco.

—¿De verdad?

—No lo habría dicho si no fuera cierto.

—Claro que no. El señor perfecto no podría faltar nunca a sus elevados valores morales.

Liz estaba tan enfadada que temblaba. Estaba enfadada con él, con Glory y consigo misma por no ser capaz de controlar sus emociones.

—¿Qué sucede? —preguntó él.

—Nada —respondió con fingida indiferencia—. Me alegra que sacaras tiempo de tu apretada agenda para venir a verme.

—Así que es eso —entrecerró los ojos—. Estoy trabajando en un caso, y ya sabes lo que significa.

—Pero este caso es distinto, ¿verdad? —se cruzó de brazos.

Liz se arrepintió de haber insinuado algo así. Estaba celosa, y no podía soportar un comportamiento tan ajeno a ella. Además, Santos no era hombre que aceptara imposiciones de ninguna clase. Necesitaba sentirse libre, tener cierto espacio.

—Mira, Liz, he pasado despierto la mayor parte de la noche. Estoy cansado, enfadado y tengo hambre. De modo que di lo que quieras decir, porque no estoy de humor para insinuaciones indirectas y jueguecitos.

—La viste, ¿no es cierto?

—Sí, vi a la reina del Saint Charles, y puedo asegurarte que no me divertí demasiado.

—¿Estás seguro? —preguntó.

Liz se sentía completamente idiota. Santos avanzó y acarició su cara.

—No sigas, por favor. Olvídate del pasado. Sólo importamos nosotros y el presente.

—Me gustaría hacerlo, pero no puedo. No dejo de recordar la relación que os unía. Y sé cómo es ella. Egoísta y manipuladora. Ni siquiera se lo pensó dos veces cuando... La odio. Me robó mi futuro y ni siquiera le importó. De no haber sido por ella, quién sabe qué habría podido ser.

—Bueno, tienes tu propio negocio. Las cosas no te fueron tan mal. ¿No te gusta lo que haces, Liz?

—Sí, me gusta. Pero tenía tantos sueños... —confesó, entre lágrimas—. Quería hacer algo importante con mi vida, quería convertirme en científico o cirujano. Iba a inventar algo que cambiara las vidas de las personas. Tal vez, hasta del mundo.

—En cierto modo lo has logrado. Consigues que la gente esté sana con el restaurante.

—No se trata de eso. Se trata de que a Glory no le importó destrozar mi existencia. O al menos, no le importó nada comparado con su propio y supuesto sufrimiento. Sólo es capaz de pensar en sí misma. Pensé que era mi amiga. Habría hecho cualquier cosa por ella, y en mi ingenuidad creía que era algo recíproco. Ella misma lo dijo. Pero mintió. ¿Comprendes por qué no confío en ella?

—Lo comprendo. A mí también me traicionó, pero no se

trata de que confíes en ella, sino de que confíes en mí. Ya no me interesa esa mujer. Lo que nos unió ha muerto. Ni siquiera es la misma persona.
—Pero tus recuerdos...
—Son todos malos —la miró con intensidad—. No se interpondrá entre nosotros. No será ella quien impida que te ame.
—Quieres decir que serás tú...
—Lo siento, Liz, no quería decir eso.
—Claro que querías —se apartó de él—. Tengo que volver al trabajo.
—No nos peleemos. No dejes que se interponga entre nosotros. Tenemos algo muy bonito, algo hermoso. No debemos permitir que se pierda.
—Yo no quiero que se pierda. No quiero perderte.
Santos se inclinó sobre ella para besarla.
—Ahora tengo que marcharme.
—Quédate a comer algo —sonrió—. He añadido ternera al menú, sólo por ti.
—Me gustaría, pero no puedo.
—¿Te veré más tarde?
—Lo intentaré.
Liz supo que poco a poco se apartaba de ella porque se sentía atrapado. Lo podía ver en sus ojos, en la mueca de su boca. Se maldijo por su inseguridad y maldijo a Glory por haber destrozado el corazón de Santos años atrás.
—Llámame para decírmelo.
—Lo haré.
Santos la besó de nuevo y se marchó.
Liz lo observó. Tenía la impresión de que lo había perdido. Pero intentó convencerse de que no era cierto y regresó al trabajo.

Santos y Jackson estaban sentados el uno frente al otro en el escritorio de madera, cubierto de documentos, tazas de café y archivos de toda clase. A su alrededor se alzaba el caos habitual de la brigada de homicidios. Llevaban tanto tiempo trabajando juntos que ya no lo notaban.

Santos limpió el centro del escritorio y sacó las fotografías de las seis víctimas del asesino de Blancanieves. Acto seguido, dio la instantánea de la última víctima a su compañero.

—Ya han hecho la autopsia.

Jackson observó la imagen.

—¿Y qué hemos sacado en claro?

Santos le dio dos fotografías más en las que se apreciaban rasguños y hematomas.

—En primer lugar, que se resistió. Debió darse cuenta de lo que iba a suceder.

—¿Y la manzana?

—Las dos últimas chicas no la mordieron voluntariamente. El asesino hizo los mordiscos después de que murieran.

—Encantador.

—Estoy seguro de que a nuestro hombre tampoco le habrá gustado. Como no le habrá gustado que la última víctima se resistiera. Quiere chicas perfectas, angelicales y solteras. Chicas sin compromiso. Pero elige prostitutas.

—Porque cree que así las limpia de un supuesto pecado.

—En efecto. Porque cree que las purifica.

—Así que tenemos a un maníaco religioso —observó Jackson.

—Sí, lo que no impide que sea necrófilo. No lo comprendo. No encaja.

—Puede que se crea Dios. Las marca con la señal de la cruz.

—Y la manzana no es otra cosa que la fruta prohibida del paraíso terrenal —añadió Santos.

—Exacto.

Santos se levantó, frustrado e inquieto. Necesitaba hacer algo o se volvería loco.

—Tiene cierta lógica —dijo—. Aunque sea la lógica de un demente. El muy cerdo está convencido de que matándolas las limpia de pecado y les hace un favor. Y hasta se permite el macabro juego de la metáfora bíblica. Pero hay algo extraño en todo ello. ¿Dónde están los posibles restos de semen? ¿Dónde está la prueba biológica de su necrofilia?

—¿Insinúas que las penetra con algún objeto? —preguntó Jackson.

—Puede ser —entrecerró los ojos—. Hasta cabría la posibilidad de que nuestro hombre fuera... una mujer.

Jackson lo miró sorprendido durante unos segundos.

—No puede ser. No, no puede ser.

—Es una posibilidad.

—Sí, pero ahora mismo cualquier cosa es una posibilidad.

Jackson tenía razón. No tenían nada, salvo cadáveres. Seis, para ser exactos.

Santos se pasó una mano por el pelo.

—Las chicas están muy asustadas. Saben cómo actúa. Y si empieza a tener problemas para conseguir víctimas se marchará a otra parte.

—Y no lo atraparemos.

—Tenemos que apretarlo. Está aquí mismo, bajo nuestras narices. Estoy seguro de que se trata de alguien que visita regularmente el barrio francés, o que vive en él. Alguien a quien las chicas conocen. Alguien en quien confían. De lo contrario habríamos descubierto más pruebas de resistencia física en las anteriores víctimas.

—Vamos a echar otro vistazo a los crucifijos.

Santos abrió uno de los cajones del escritorio y sacó una cajita que estaba llena de crucifijos. Todos del tipo utilizado por el asesino para grabar a fuego la señal. Todos, comprados en el barrio francés.

En una ciudad tan religiosa y reaccionaria como Nueva Orleans no era extraño que la fe y el concepto de pecado ocuparan un ámbito tan importante en la vida de las personas. Todo el mundo tenía crucifijos. Se vendían como recuerdo para los turistas, y no resultaba demasiado difícil encontrarlos impresos incluso en las tazas de los bares.

Santos eligió uno y dijo:

—Lo encontré el otro día en la esquina de Royal y Saint Peter. Este otro es de una tienda del Cabildo, y aquél de una tienda de vudú de la calle Bourbon. Pero no hay testigos, ni pistas.

—¿Y qué hay de aquel chico de la catedral? No estoy seguro de que su coartada me convenciera.

—Se comprobó.

—Sí, pero no le creí de todas formas. Tuvo la oportunidad de hacerlo, y frecuentaba prostitutas. Además, se pasa la vida en el barrio francés.

—Se hundió enseguida cuando lo interrogamos. Nuestro asesino, o nuestra asesina, es una persona mucho más fría. Ese chico habría hecho cualquier cosa por librarse de nosotros, hasta confesarse culpable. Te digo que no es él.

—No lo sé. Aún creo que debimos... Oh, vaya. No mires ahora, compañero. Se acercan problemas. Y creo que llevan grabados tu nombre.

Santos miró hacia atrás. Glory se dirigía hacia él, con evidentes signos de irritación. Sin quererlo, notó cómo la miraban todos los hombres de la comisaría y no le extrañó. Era muy atractiva, aunque escondiera un corazón de hielo. Parecía un diamante entre baratijas, un perro con pedigrí entre docenas de perros callejeros.

Santos sonrió divertido. Obviamente, quería su cabeza.

—¡Cómo te has atrevido! —exclamó al llegar al escritorio—. ¿Cómo has sido capaz de interrogar a mis empleados de ese modo?

—Buenos días —dijo Santos—. ¿A qué debo el placer de tu visita?

—Basta de tonterías. Te prohibí que interrogaras a mis empleados sin consultármelo antes. ¿Quién te dio la autoridad para desafiarme?

—¿Desafiarte?

—Creo que será mejor que me aparte —intervino Jackson—. No me gustaría verme en mitad de un fuego cruzado. La metralla puede llegar a ser muy peligrosa.

Santos lo miró, furioso, antes de volver a concentrarse en Glory.

—En primer lugar, no tienes ningún derecho a darme instrucciones de ninguna clase —declaró el detective—. Como funcionario público que soy haré lo necesario para llegar al fondo de este caso. Y en segundo lugar hablamos con Pete durante su tiempo libre, no durante las horas de trabajo. De modo que lárgate de aquí.

—Que no puedas encontrar al asesino no te autoriza a presionar a un pobre chico inocente. En lugar de molestar a adolescentes te sugiero que salgas a la calle a encontrar a ese maníaco.

En la enorme sala se hizo el silencio. Santos estaba demasiado furioso como para describir lo que sentía. Se levantó y caminó hacia ella. Se detuvo tan cerca que Glory tuvo que alzar la cabeza para mirarlo.

—¿Y cómo sabes que Pete no es el asesino? ¿Qué pasaría si tienes a un criminal en plantilla?

—Eso es ridículo. Es un hombre encantador. Un empleado modelo.

—Claro, y supongo que los clientes confían en él.

—Desde luego.

—Sobre todo las mujeres. Confían en él, y les gusta. ¿No es verdad?

Glory palideció. Era cierto, pero insistió en defenderlo.

—Lo has presionado durante horas, sin abogado alguno que lo defendiera. Habéis hecho todo lo que podíais salvo acusarlo directamente.

—¿Para qué diablos íbamos a leerle sus derechos? No estaba detenido, ni hay cargos contra él. Eran simples preguntas. ¿No es cierto, Jackson?

—Lo es.

—No necesitaba un abogado, Glory. Y desde luego, no pidió ninguno. Si lo hubiera hecho, se lo habríamos concedido de todas formas. Es su derecho. Y es la ley.

—Si yo fuera tú borraría ese gesto arrogante de tu cara. Los dos sabemos que le recomendasteis que no llamara a un abogado, que lo convencisteis de que si lo hacía sería tanto como declararse culpable. Y en realidad sólo es un chico solitario y vulnerable.

—¿Hicimos tal cosa, Jackson? —preguntó Santos.

—No que yo recuerde, compañero. Tal vez esté pensando en otro detective. O tal vez haya visto demasiadas películas.

—No insultéis mi inteligencia. No estoy dispuesta a admitir más presiones, ni más juegos. La próxima vez llevaré el caso a los tribunales.

—No vayas tan deprisa, princesa —espetó Santos, mirándola directamente a los ojos—. ¿Es que tu empleado se siente culpable de algo? ¿Por qué estaba tan nervioso?

—No estaba nervioso. Simplemente estaba inquieto por vuestras acusaciones.

—Perdóneme, señorita —intervino Jackson de nuevo—. No lo acusamos de nada. Nos limitamos a hacer preguntas. Es nuestro trabajo.

—Tal vez no lo hicierais directamente, pero lo hicisteis —dijo ella, mirando a Santos—. Cualquiera se habría asustado.

—Yo diría que sientes debilidad por ese chico —observó Santos—. Suena como si le pagaras por algo más que por aparcar coches.

—¡Cómo te atreves! ¿Cómo te atreves a insinuar que...?

—¿Y qué te hace estar tan segura de su inocencia? ¿Tal vez lo conoces? ¿Tal vez conoces al asesino de Blancanieves?

—Oh, por favor...

Glory se apartó de él, pero Santos la tomó del brazo y la detuvo.

—No tienes idea de con quién estamos tratando. Como mucha gente, crees que los asesinos son personas de aspecto extraño, personas en cuyos ojos se ve claramente un monstruo. Pero no es así en absoluto. Se trata de un monstruo, sí, pero de un monstruo que camina entre nosotros, desapercibido. Una persona fría, brutal y calculadora. Una máquina de matar, sin compasión ni respeto por la vida humana.

Santos notó su miedo y sintió cierta satisfacción. Quería asustarla. Sus acusaciones eran tan arrogantes y tan injustificadas que merecía un castigo, aunque fuera mínimo. Por el presente, y por el pasado.

—Pero no se trata de un monstruo que podamos identificar por su aspecto —continuó—. Es un manipulador nato. Alguien que necesita hacernos creer que es absolutamente inocente. Todo un ejemplo como persona. O un empleado modélico.

Glory estaba tan pálida que Jackson decidió intervenir.

—Santos...

Santos levantó una mano para detenerlo.

—Pete tuvo la oportunidad. Vive en el barrio francés y le gustan las... chicas de la calle. Por otra parte, trabaja durante la noche y puede salir y entrar cuando quiera. Puede utilizar los coches de los clientes cuando le apetezca. Vehículos de los que sabe que no se utilizarán en varias horas.

—¿Estás diciendo que Pete es el asesino?

—No. Sólo estoy diciendo que no tienes derecho a venir aquí a decirnos cómo debemos hacer nuestro trabajo. Nos tomamos muy en serio nuestra profesión, y te aseguro que somos bastante buenos. Así que si no tienes nada más que decir, princesa, yo no tengo tiempo para tonterías. He de encontrar a un asesino.

—No me llames así.

—¿Prefieres que te llame «alteza»?

—Vete al infierno.

Glory se dio la vuelta y se alejó de él. Mientras lo hacía miró sin querer las fotografías que ocupaban el escritorio y se asustó tanto que dio un paso atrás.

Jackson se levantó de la silla y se acercó a sostenerla por si se desmayaba.

—¿Por qué no se sienta un momento?

Glory se recobró enseguida. Santos pudo notar perfectamente sus esfuerzos por recobrar la compostura, por colocarse de nuevo la ridícula armadura con la que se defendía del mundo. Unos segundos atrás la había visto tal y como había sido. Apasionada, llena de vida. Le había recordado a la chica de la que se enamoró.

—Gracias, detective Jackson. Me encuentro bien. Y ahora, si me permite...

Glory se marchó muy estirada. De todas formas, Santos sospechó que aquella noche no conciliaría el sueño. Las imágenes de las chicas muertas la perseguirían. De hecho, a veces también lo perseguían a él.

—Glory —dijo—, en cuanto a tu empleado...

Glory se detuvo un momento y lo miró.

—Está limpio —continuó Santos, sabiendo que había ganado la batalla—. Pensé que te gustaría saberlo.

—Eres un cerdo.

El detective sonrió y se llevó la mano, como saludo, a un ala de sombrero imaginaria.

—Siempre a tu servicio.

44

Lily despertó con los cantos de los pájaros. Suavemente, se desperezó y abrió los ojos. A juzgar por la suave luz acababa de amanecer.

Se levantó de la cama con cierta dificultad y se dirigió al balcón que daba al jardín central del edificio. Sonrió, abrió las puertas y salió para admirar el nuevo día.

Por alguna razón la luz matinal le recordaba su juventud. Recordó muchas mañanas del pasado, muchos detalles: el suave y dulce olor del aire; el rocío; el aroma de un desayuno caliente; la calidez del sol en el rostro.

Los pájaros continuaban cantando. Parecían ángeles.

La ráfaga de frío fue tan repentina que por un momento pensó que era enero en lugar de junio. Acto seguido pensó que debía tratarse de una especie de frío interno, pero no era así. Tenía frío de verdad. Se frotó los brazos y los encontró húmedos, sudorosos como si hubiera estado trabajando en el jardín.

Los pájaros cantaban y ella se estaba muriendo.

Lo sabía, aunque no supiera cómo. Lo intuía con una claridad absoluta.

Miró hacia el patio central intentando ver los pájaros que cantaban, pero no pudo distinguirlos.

Entró de nuevo y salió del dormitorio sin molestarse siquiera en ponerse unas zapatillas y una bata. Podía oler el café y oír el sonido que producía al pasar las páginas de un periódico. Santos no dormía mucho, ni profundamente. Sus demonios personales le habían robado la tranquilidad tiempo atrás.

Avanzó lentamente hacia la cocina. El frío era casi insoportable. Deseó que Santos encontrara a alguien. Una amante, una compañera, una esposa. Deseaba que encontrara a alguien que lo amara tanto como para que no volviera a sentirse solo. La vida era demasiado corta. Había que vivirla de forma intensa, disfrutarla al máximo.

Lo encontró en la cocina. Estaba sentado a la mesa, tomando un café y leyendo la prensa, con la cabeza inclinada. Lo miró y pensó que era muy fuerte y atractivo. Un gran hombre en todos los sentidos. Sintió tal orgullo que durante un momento el frío cedió. Pero no era su madre. No lo había traído al mundo.

Sin embargo, siempre había sido un hijo para ella. Al menos lo amaba como si lo fuera, como si lo hubiera tenido en sus brazos siendo un bebé, como si hubiera mamado de sus propios pechos, como si hubiera nacido de su propio cuerpo.

Si el cielo existía, hablaría con su verdadera madre cuando llegara. Le hablaría de él.

—¿Santos?

—Buenos días —sonrió al mirarla—. Te has levantado muy pronto.

—Hay algo que necesito que hagas por mí. Ciertas cosas que debo decirte.

Santos frunció el ceño y la observó con intensidad como si notara que algo andaba mal.

—Lily, ¿te encuentras bien?

Súbitamente, Lily dejó de sentir su brazo izquierdo. Fue una sensación inquietante y terrible, que sin embargo no le robó su paz interior.

—Debo decírtelo antes de que... antes de que sea demasiado tarde.

Santos se levantó, alarmado. La tocó y apartó la mano de inmediato.

—Voy a llamar a una ambulancia.

—¡Espera! —lo agarró por los hombros—. Santos, quiero que

llames a Hope. Debo verla antes de... Prométeme que la llamarás. Prométeme que la llamarás antes de que...

Santos lo prometió. Acto seguido corrió al teléfono para llamar a una ambulancia. Segundos después tomó a Lily en sus brazos y la llevó escaleras abajo para esperar en la entrada del edificio.

Lily lo miró con cariño. Su apariencia fría no la engañaba. Lo conocía bien, y sabía que en su interior rugía un infierno de emociones y un pozo sin fin lleno de amor.

—A todo el mundo le llega su hora —dijo Lily con suavidad—. Y si ésta es la mía, la recibiré con los brazos abiertos.

—No vas a morir —dijo Santos, desesperado—. No permitiré que mueras.

Lily quiso alargar un brazo para acariciar su mejilla, pero no tenía fuerzas para hacerlo.

—Quiero que sepas... que te quiero, Santos.

—Lo sé, Lily, yo...

—Siempre has sido un hijo para mí. Mi hijo. Sin ti, mi vida habría sido...

Lily tuvo que hacer un esfuerzo para sobreponerse al dolor que sentía. Necesitaba hablar con él.

—Estaba muerta cuando apareciste en mi vida. Apartaste de mí la soledad y me diste algo que pensé que nunca tendría. Me diste amor, Víctor. Eres un buen chico, y quiero que lo sepas antes de que muera.

—Lily, no digas eso —acarició su cabello—. Me estás asustando.

—Mereces tener más suerte. Y no sé si eres consciente de ello. Prométeme que te cuidarás, que serás amable contigo mismo, que no te engañarás con inútiles sentimientos de culpa como hice yo. ¡Víctor!

Lily se llevó una mano al pecho. No sentía nada salvo dolor. Entonces cerró los ojos.

—¡No, Lily! ¡Espera! Tú también me diste todas esas cosas. Me diste un hogar y una familia. Me diste amor... Lily, no te mueras, por favor. No te mueras. No puedes abandonarme. Te necesito.

Lily notó el pánico en su voz, en la forma en que la sostenía, con fuerza. Con un último esfuerzo se aferró a su camiseta y dijo, ya casi sin aliento:

—Tengo que ver a Hope. Tengo que hacer las paces con ella. Yo...

El dolor se hizo tan insoportable que le robó el habla. Aún pudo oír la sirena de la ambulancia que se acercaba, las desesperadas palabras de Santos, el llanto del bebé del vecino. Y oyó los pájaros. Oyó el canto suave y dulce que la llamaba.

Después, sólo el silencio.

45

Las dos horas siguientes fueron angustiosas para Santos. Lily había sufrido un ataque al corazón, aunque aún no se conocía la gravedad de su estado. El médico había hecho todo lo posible para aliviar su dolor.

Santos no había sido nunca un hombre religioso, pero rezó de todas formas porque sabía que Lily lo era. Estaba dispuesto a hacer cualquier cosa con tal de que viviera. Por suerte consiguieron salvarla, aunque el médico no le dio demasiadas esperanzas con respecto a su recuperación. De edad muy avanzada, su salud era débil y su corazón había sufrido demasiado. Las probabilidades de que sufriera otro ataque eran demasiado elevadas.

Sin embargo, había sobrevivido. Santos la miró, agradecido. Por fin se había liberado del dolor y descansaba. El médico había dicho que dormiría durante al menos doce horas y le había recomendado que descansara él también. Los siguientes días iban a ser días muy largos.

Se inclinó sobre ella y tocó su frente. Susurró a su oído que volvería y después salió de la habitación para ir a una cabina. Llamó a la brigada, a Liz, y acto seguido tuvo que tragarse todo su orgullo para avisar a Hope.

Por extraño que pareciera, la hija de Lily no se sorprendió demasiado al reconocerlo.

—¿Qué puedo hacer por usted, detective Santos?

Santos se estremeció sin saber por qué. Aquella mujer era

una serpiente venenosa. Había algo macabro en su tono de voz.

—Me temo que tengo malas noticias para usted.

—Oh. ¿De qué se trata esta vez? ¿De otro asesinato en el hotel?

Resultaba evidente que se divertía con él. Se creía superior a todo el mundo. Y esa actitud lo enfermaba.

—Se trata de su madre —declaró, intentando controlar, sin demasiado éxito, el desagrado que sentía—. Ha sufrido un...

—Lo siento, agente, pero debe estar mal informado —lo interrumpió—. No tengo madre. Murió hace años, durante un viaje.

Santos pensó en Lily, pálida, demacrada, al borde de la muerte. Tuvo que hacer un esfuerzo sobrehumano para sobreponerse a la ira que sentía y acceder a su último deseo. Quería ver a su hija antes de morir, y debía hacer todo lo necesario para lograr que así fuera.

—Déjese de cuentos, señora Saint Germaine. Sé quién es. Personalmente pienso que no merece ser la hija de Lily, pero ella me pidió que la llamara. Por alguna razón piensa que vale la pena hacerlo.

Hope rió.

—¿De verdad? Qué interesante. Siga, detective.

—Ha sufrido un infarto. Y no se encuentra bien —explicó—. Es posible que muera.

Hope permaneció en silencio unos segundos, al cabo de los cuales preguntó, impaciente:

—¿Y qué tiene eso que ver conmigo, detective?

—¿Es que no ha oído lo que he dicho? Su madre se está muriendo.

—Sí, lo he oído. Pero no comprendo por qué me llama.

Santos se sorprendió. Sabía que era una mujer despiadada y fría. Pero no esperaba tal carencia de remordimientos, de sentimientos, incluso de tristeza en su voz. No tenía corazón.

Respiró profundamente para controlar el odio que sentía por ella. Parecía alegrarse por la posible muerte de Lily.

—Quiere verla. Quiere hacer las paces con usted.

—Lo siento, detective, pero eso no es posible.

—¿Está diciendo que...?
—Exacto.
—Está muriéndose, y quiere verla. Es su último deseo.
—Eso no tiene nada que ver conmigo.
—Por favor —rogó—. Se lo ruego. Acceda a verla. Permita que muera feliz.
—No, gracias —dijo con suavidad, como si estuviera hablando con algún vendedor de libros o seguros—. Buenos días.

Entonces colgó. Santos miró el auricular, incrédulo y furioso. Le había colgado el teléfono. Se había negado a ver a su madre en su lecho de muerte.

Estaba decidido a darle una lección, a golpearla en su punto más débil. No permitiría que tratara a Lily de aquel modo. Había intentado que el último deseo de Lily se hiciera realidad a toda costa, pero ya que no era posible se las arreglaría para concederle, al menos, parte del deseo.

Habló con el médico para conocer los últimos detalles sobre su estado, dejó el número de su busca a las enfermeras y salió del hospital en dirección a su coche. Una vez dentro, conectó la sirena y arrancó a toda velocidad. Su condición de policía le permitía ciertos lujos ajenos al resto de los ciudadanos.

Se plantó en la mansión de Glory en menos de quince minutos y detuvo el vehículo con un frenazo en seco. Un vecino, que estaba leyendo el periódico en el jardín, salió corriendo en cuanto lo vio. Santos supo que informaría inmediatamente a su familia de que Glory Saint Germaine tenía algún tipo de problemas.

Divertido, salió del coche. Glory iba a convertirse en centro de las habladurías vecinales.

Su antiguo amor tardó unos segundos en abrir la puerta. Cuando lo hizo pudo ver que llevaba vaqueros y una camiseta. No estaba maquillada, e iba descalza. Al contemplarla de aquel modo, tan natural y hasta cierto punto vulnerable, recordó el pasado y sintió un terrible dolor.

En cualquier caso intentó olvidar sus sentimientos personales. Aquella mujer no era la misma persona. De hecho, la persona de la que se había enamorado no había existido nunca.

—¿Qué quieres? —preguntó ella, nerviosa—. ¿Qué ha ocurrido?

—Tienes que venir conmigo. Es un asunto policial.

—¿Ir contigo? ¿Qué quieres decir? ¿Estoy arrestada?

—No, en absoluto. Pero te necesito en la central. Debo hacerte unas preguntas.

—¿Se trata de otro asesinato? ¿Está involucrado el hotel? ¿Se trata de Pete...?

—Podemos discutirlo por el camino. ¿Puedes venir conmigo?

—De acuerdo —respondió, dejándolo entrar—. Iré a ponerme unos zapatos y a recoger el bolso.

Mientras esperaba, Santos miró a su alrededor. A la izquierda del enorme vestíbulo se encontraba el salón, y a la derecha la biblioteca. Como la mayor parte de las casas de Garden District se trataba de una mansión antigua, de finales del siglo XIX, con grandes ventanas y balcones, suelos de madera y detalles escultóricos.

Esperaba que fuera un lugar algo sobrecargado, más un museo que una casa. Pero debía admitir que no resultaba ostentoso, sino cálido.

—Pareces perplejo —declaró ella al regresar.

—¿De verdad?

—Sí. Tal vez esperabas una casa distinta.

—Siento decepcionarte, pero no esperaba nada.

Glory se ruborizó.

—Para que pudieras decepcionarme tendrían que importarme tus opiniones. Y no es así —se defendió.

—Perfecto. Ahora, si estás preparada...

Juntos entraron en el interior del vehículo, sin hablar. Una vez dentro, Santos la miró.

—Ponte el cinturón de seguridad. Es la ley.

Glory obedeció. Poco después avanzaban por la avenida Saint Charles, como si fueran a Lee Circle. Pero en lugar de eso, Santos se dirigió al oeste.

—Pensé que íbamos a la comisaría..

—Eso dije. Pero mentí.

Glory lo miró, alarmada.

—Deja que baje ahora mismo de este coche. ¿Me has oído, Santos? Exijo que te detengas.

—Lo siento, pero no puedo hacerlo. Hay cierta persona que te necesita. Alguien a quien quiero mucho. Y no pienso fallarle.

—Eso es ridículo. ¡Si no detienes el coche tendré que denunciarte por secuestro!

Santos rió.

—No seas melodramática. No te estoy raptando. Sólo vamos a dar un pequeño paseo.

—Contra mi voluntad. Eso es un rapto.

Glory llevó la mano a la palanca de la portezuela, con la intención de abrirla. Santos se dio cuenta y aceleró.

—Si yo fuera tú no intentaría saltar.

—Eres un canalla. Haré que te retiren la placa.

—Es la segunda vez que me amenazas con lo mismo. Yo diría que padeces de un caso grave de envidia.

—Vete al infierno —lo miró.

—De acuerdo, pero primero deja que te cuente una historia. No tuve más remedio que comportarme de este modo, porque de lo contrario no me habrías escuchado. Pero te aseguro que si después de contártela aún quieres bajarte del coche, podrás hacerlo con mi bendición.

Glory se cruzó de brazos.

—Muy bien. ¿Qué historia es esa?

—Una que trata sobre una madre y una hija —respondió, con la mirada fija en la carretera—. La madre en cuestión amaba a su hija más que a otra cosa en el mundo. Quería que tuviera una vida mejor que la que ella había llevado. La desafortunada mujer había sido prostituta, la «madame» de un burdel, para ser exactos, que había pertenecido a su vez a su madre y a su abuela.

Santos notó que había conseguido su atención, de manera que continuó hablando.

—Pues bien, la madre consiguió arreglar las cosas para que su hija tuviera una identidad nueva, para que se marchara a estudiar a un colegio donde nadie la conociera, lejos de allí. Lejos del lugar del que procedía. Pero la hija tenía sus propios planes. No quería a su madre, y había decidido utilizarla para huir de aquello. Mintió a todos, incluso al hombre con el que se casó más tarde. Rompió el corazón de su madre y se negó a verla de nuevo a pesar de las súplicas de la mujer que la había traído al mundo. Y cuando estaba a punto de morir realizó el último acto de crueldad negándose a verla en su lecho de muerte, negándose a acceder al único deseo de su madre.

Pasaron los segundos sin que nadie abriera la boca. Al cabo de un rato Glory se aclaró la garganta, intrigada. Aquella historia la había emocionado más de lo que estaba dispuesta a admitir.

—¿Y qué tiene que ver todo eso conmigo?
—Deja que continúe. La hija consiguió casarse con un hombre poderoso y tuvo su propia hija. Pero nadie conocía la verdad. Nadie puso en duda la historia que había inventado sobre unos supuestos padres que habían muerto tiempo atrás.
—Por favor, Santos, tengo que estar en el hotel dentro de un par de horas —protestó, mirando su reloj—. ¿Podrías ir directamente al grano? Si tienes algo que decirme, hazlo.
—De acuerdo. Cuando se marchó de la mansión de su madre, la hija empezó a estudiar en un elegante colegio de Menfis y dijo a todo el mundo que sus padres habían muerto durante un viaje en el extranjero.
—¿Qué?
—Lo que has oído.
—No estarás insinuando que...
—Por supuesto que sí.
—Eso es ridículo. Significaría que mi madre...
—Es una mentirosa —la interrumpió, apretando los dedos sobre el volante—. Mi Lily es la madre de la historia que acabo de contarte. Es tu abuela.

Glory se estremeció, atónita.

—Todo esto es absurdo. No te creo.
—Es absurdo, no lo niego. Pero también es cierto.

Glory se llevó una mano a la cabeza, temblorosa.

—Pero si todos estos años Lily supo dónde encontrarme... ¿por qué no se puso en contacto conmigo? Si quería conocerme, ¿por qué no me llamó?

—Porque sentía vergüenza de su profesión. Se avergonzaba de haber sido una prostituta y temía que la rechazaras como había hecho su propia hija. Además, creyó todas las mentiras que dijo Hope. Creyó que arruinaría tu vida. Pero ahora te necesita, Glory. Está muriéndose.

—¿Muriéndose? —preguntó, casi sin aliento.

Santos intentó sobreponerse al dolor que sentía. Y no encontró más medio que concentrarse en el justificado odio que sentía por Hope Saint Germaine.

—Sí. Tu madre se ha negado a verla, aunque se trate de su último deseo. Se ha negado.

Entonces la miró durante un segundo. Parecía evidente que no creía nada de lo que había contado, pero empezaba a dudar. Fuera como fuese, aquella historia la había emocionado.

—Sé que es difícil de creer. Entiendo muy bien lo que todo esto significaría para ti. Pero te aseguro que no tengo ninguna razón para mentirte.

—¿Y por qué razón debería creerlo? Contéstame. Es una historia falsa y ridícula.

—Porque es cierto. Si me lo permites, lo demostraré.

—¿Cuánto tardarás?

—Más tiempo del que tienes. Para demostrarte la veracidad de mi historia tendremos que dar un paseo algo más largo. Pero piénsalo un momento. Si es cierto, como digo, ¿cómo te sentirás al pensar que has permitido que tu abuela muriera sola?

Glory tardó en reaccionar. Al final, suspiró y dijo:

—Eso significaría que todo lo que sé sobre mi madre es falso.

—Lo sé. Pero la verdad es mejor que la mentira, aunque duela.

—¿Has dicho que puedes probarlo?

—Sí.
—Muy bien, Santos. Entonces, demuéstralo.

Santos la llevó a la casa de River Road. Durante el camino Glory no habló demasiado. Estaba perdida en sus propios pensamientos. El detective imaginaba lo que estaría pasando y sabía que todo aquello le dolería.

Pero estaba decidido a hacer cualquier cosa por Lily. Necesitaba a su nieta.

Al llegar a la propiedad detuvo el vehículo frente a las enormes puertas de hierro forjado.

—¿Estás preparada?
—¿Te importa mucho?
—No.
—Entonces, vamos.

Santos arrancó de nuevo y condujo lentamente para que Glory, y él mismo, pudiera contemplar la belleza del lugar. Santos amaba aquel sitio. Le parecía el lugar más hermoso del mundo.

—Es precioso —dijo Glory, como leyendo sus pensamientos.

—Era la casa de Lily. Su casa y su burdel. Y también fue la casa y el burdel de su madre y de su abuela.

—La casa de las Pierron —murmuró Glory—. He leído cosas al respecto.

—La mayor parte de los habitantes de Luisiana la conocen. Las Pierron eran tan conocidas como este lugar. En fin, ya hemos llegado.

Santos no dijo nada más hasta que entraron en la mansión. Sus pasos resonaban en la silenciosa casa. Habían dejado allí la mayor parte de los muebles, cubiertos con sábanas blancas, no sólo porque no tuvieran espacio en la nueva casa, sino porque Lily deseaba huir de aquello.

—Vengo tantas veces como puedo, para comprobar el estado de la casa. Un edificio tan antiguo necesita reparaciones de vez en cuando. Lily no puede permitirse el lujo de contratar a nadie para que lo haga, de manera que me encargo yo mismo.

Santos le enseñó la mansión. Ocasionalmente, Glory se detenía para levantar alguna sábana y admirar los muebles que ocultaban. Su rostro demostraba sorpresa, miedo y dudas.

Poco después, Glory se detuvo frente al retrato que había sobre una chimenea. De pequeña, se parecía lejanamente a sus antepasadas. Ya mujer, era idéntica a ellas. Parecía un retrato de sí misma.

—Dios mío, es igual a...

—Lo sé. Estás ante la abuela de Lily, Camelia Pierron. La primera madame de las Pierron. Camelia tuvo una hija, Rose, y Rose tuvo a su vez a Lily.

—Todas tienen nombres de flores.

—Menos tu madre. Lily quiso romper la cadena en todos los aspectos. Se odiaba a sí misma por lo que era y la llamó Hope, que en inglés significa «esperanza». Pero la realidad resultó mucho más irónica y cruel.

—Ya veo que procedo de una larga e ilustre familia de «chicas».

Santos sonrió.

—Podría decirse que sí. Pero todas eran muy inteligentes. Y terriblemente hermosas.

—Pero estaban atrapadas —susurró ella, casi para sus adentros—. ¿No tuvieron ningún hijo?

—No. Sólo hijas. Una para cada una de las Pierron.

—Todo esto podría ser una simple coincidencia. Muchas personas de Luisiana tienen rasgos latinos. Todos los que descienden de los franceses, y de los españoles, que estuvieron antes que ellos. Yo misma tuve una compañera en el colegio que se parecía mucho a mí, al menos a ojos de los anglosajones.

—Ven conmigo.

Santos le enseñó las fotos para convencerla. Una a una fue mostrándoselas, y una a una las observó Glory, con manos temblorosas.

—¿Lo ves? Eres su viva imagen. Mira, aquí hay una de tu madre.

Esta vez, Glory no dijo nada. Sus ojos se cubrieron de lágrimas cuando comprendió la verdad.

—¿Hay algo más? —preguntó un minuto más tarde.
—Sígueme.

Santos la llevó al ático, a un arcón que había descubierto años atrás sin que Lily lo supiera. Estaba lleno de cartas que había enviado a Hope, cartas que la madre de Glory había devuelto después de leerlas. Eran las epístolas de una mujer desesperada, de una madre con el corazón roto. Santos recordó que cuando las leyó no pudo evitar llorar. Aunque entonces ya tenía dieciocho años y se consideraba un tipo duro.

Glory se sentó en el suelo y tomó una, pero no la abrió. Parecía tener miedo de leerla. Miedo de lo que pudiera descubrir.

Santos lo comprendía. A pesar de todo, Glory no era tan cruel ni despiadada como su madre. No habría hecho nunca una cosa parecida.

—Te dejaré sola un rato. Si me necesitas estaré abajo.
—Gracias —murmuró, sin levantar la mirada.

Quince minutos más tarde regresó al ático. Glory había leído ya un buen puñado de cartas, y permanecía en el sitio con las manos cruzadas sobre el regazo.

Pero estaba llorando.

—¿Glory?
—¿Cómo pudo hacer una cosa así? —preguntó entre sollozos—. ¿Cómo pudo leerlas sin sentir nada? ¿Cómo es posible que tenga tan pocas entrañas, que sea tan fría y tan cruel?
—No lo sé.
—¿Desde cuándo lo sabes?
—Desde la noche en que murió tu padre. Lily me lo dijo.

Glory asintió, temblorosa.

—Según parece no conozco a mi madre. Todos estos años creí que mis abuelos habían muerto. Me mintió. Tenía una abuela y me mintió.

—Una abuela que te necesita —dijo Santos, mientras acariciaba su cara—. Siempre te ha querido, como ha querido a tu madre, aunque no comprenda por qué. La llamé esta mañana, pero se negó a verla. Incluso llegué a rogárselo, Glory. Me tragué mi orgullo y supliqué a tu madre que la viera.

—¿Está muy enferma?

—Ha sufrido un ataque al corazón. Es grave. El médico no le ha dado demasiadas esperanzas. Te necesita, Glory. ¿Vendrás conmigo? ¿Le concederás al menos su último deseo?

Glory tomó su mano y lo miró durante varios segundos, emocionada. Acto seguido, asintió.

—Llévame con mi abuela.

46

Glory miró a la anciana mujer, pálida bajo las sábanas del hospital. Parecía tan frágil, conectada a aquellas máquinas, que parecía que no habría resistido una simple ráfaga de viento.

Aquella mujer, aquella desconocida, era su abuela. La emoción la embargó. Había estado a punto de perderla sin tener, siquiera, la oportunidad de conocerla.

Tomó una silla y se sentó junto a la cama. Después agarró su mano. La piel de Lily era tan blanca y tan transparente que casi podía ver todas sus venas. Pero estaba caliente. Aún vivía.

Se sentía mareada, como si hubiera bebido demasiado, como si le faltara el oxígeno. Aún no había asumido del todo lo que acababa de descubrir gracias a Santos.

En el espacio de unos cortos minutos había descubierto que tenía una familia y una historia que ni siquiera sospechaba. Procedía de una larga saga de mujeres que habían trabajado como prostitutas para ganarse la vida. Respiró profundamente y se recordó a sí misma, en su adolescencia, riendo con varias amigas mientras murmuraban cosas sobre la famosa mansión de las Pierron, sobre las cosas que hacían en el interior de aquella casa.

Y ahora resultaba que aquellas mujeres eran su familia. Formaba parte de aquel lugar.

Temblando, apretó los dedos sobre la mano de Lily. También había descubierto algo que no había querido aceptar hasta entonces: que su madre era una mentirosa, un verdadero fraude en todos los sentidos. Sus ojos se llenaron de lágrimas. Todas las historias que le había contado su madre sobre sus supuestos abuelos eran completamente falsas.

Sintió pánico, y desesperación. Estaba allí, apretando la mano de una mujer moribunda a la que no conocía de nada, rogando que no se muriera.

No podía comprender a su madre. No entendía que hubiera mentido de aquel modo a sus seres queridos, a las personas que se suponía que amaba. A su hija, a su difunto esposo, a todos.

A todos.

Glory pensó en Philip y en las cosas que le había enseñado con respecto al amor que debía profesar hacia la familia. Su propia madre había intentado robársela.

En la desesperación del momento empezó a dudar de sí misma. Se dijo que ni siquiera podía saber quién era en realidad cuando gran parte de su propia vida había sido un fraude.

Entonces pensó en la preciosa casa de River Road, en el viento soplando sobre los inmensos robles, en el crujido del entarimado. Se había sentido cómoda en aquel lugar, como si perteneciera a él, antes incluso de que Santos hablara, antes de que viera las fotografías, antes de que conociera la verdad. Aquél era su hogar.

En aquel momento, Santos entró en la habitación. Glory supo que era él, aunque no podía verlo porque estaba de espaldas a la puerta. Como siempre, notaba su presencia física. Habían pasado diez años desde que se separaran, pero aún la afectaba.

Estuvo a punto de gritar, hundida. Se giró y lo miró, llena de preguntas sin respuesta.

Pero Santos sólo tenía ojos para Lily.

Glory lo olvidó todo de repente y sintió un terrible dolor por Santos. Sus ojos estaban llenos de amor, y de miedo. Ya había perdido a su verdadera madre y ahora estaba a punto de perder a su madre adoptiva.

Sin conocerla, Glory sabía que Lily había sido una gran

mujer. Una mujer muy especial aunque su profesión no despertara precisamente el aprecio de los bienpensantes. Una mujer capaz de llegar al corazón de un chico duro y cínico al que la vida había golpeado de forma injusta. Una persona capaz de cambiar su existencia por el sencillo procedimiento de amarlo y de creer en él.

Herida, Glory miró de nuevo a Lily. Santos no necesitaba su compasión. No le habría gustado. Habría interpretado que era simple piedad, o algo peor. Santos pensaba que ella era como su madre.

Pero no era cierto. Una vez más, se preguntó cómo era posible que Hope hubiera leído aquellas cartas sin sentir nada, sin reaccionar, sin contestar siquiera. No tenía corazón.

Entonces recordó la escena de la bañera, una de las muchas torturas que había sufrido de sus manos. Recordó sus terroríficas palabras, mientras le frotaba todo el cuerpo con aquel cepillo, y se estremeció. Ahora comprendía su locura. Comprendía su obsesión con la religión, su repugnancia hacia todo lo físico, hacia todo lo natural. Y su comportamiento resultaba, no obstante, más condenable.

—Resulta difícil de creer que sean madre e hija —murmuró Santos, que se detuvo junto a Glory—. No se parecen nada. Eso puedo asegurártelo.

Glory no necesitó más explicaciones. Sabía muy bien lo que quería decir.

—¿Qué ha dicho el médico?

—No mucho. Su estado sigue estacionario. Descansa, pero podría despertar en cualquier momento.

—Parece tan frágil. Ojalá pudiera decirte que se pondrá bien.

—No puedes hacerlo. Nadie puede —la miró.

Glory sintió su dolor, su soledad, su miedo. Quiso tocarlo, abrazarlo y animarlo con su propio contacto. Pero estaba segura de que la rechazaría, o de que se reiría de ella. No tenía derecho a tocarlo. Había perdido aquel derecho muchos años atrás.

—No, no puedo decírtelo, pero lo siento. Lo siento sinceramente.

Santos la miró. Entonces supo que le agradecía su presencia. Glory se sintió muy cerca de su antiguo amor, de un modo que no había sentido con nadie salvo con él. De una forma que echaba de menos.

—Santos, yo...

—Tengo que llamar a la comisaría. Si despierta mientras tanto, ¿me avisarás?

—Por supuesto. Te avisaré de inmediato.

Sin embargo, Lily no despertó. Ni entonces, ni durante las seis horas siguientes. Glory no salió de la habitación salvo para llamar al hotel, para ir al servicio y para comprar unas patatas fritas y un refresco. No podía soportar la idea de encontrarse lejos si su abuela despertaba. Temía que muriera sin haber llegado a hablar con ella. Algo que no podía, ni debía, suceder.

Santos tampoco se apartó de su lado. De manera que compartieron el pequeño espacio de la habitación como dos adversarios que estuvieran obligados por las circunstancias, sin hablar, sin animarse, sin intercambiar siquiera miradas de apoyo.

Al final, Lily gimió. Santos se levantó de golpe y corrió a su lado.

—Lily, Lily... —dijo, mientras tomaba su mano—. Soy yo, Santos, estoy aquí.

Lily abrió los ojos y lo miró. Pero no podía hablar.

Glory respiró profundamente. Su corazón latía a toda velocidad. Tenía miedo. Miedo a que la rechazara la mujer que tanto deseaba conocer, miedo a no estar a la altura de sus expectativas, miedo a decir algo inapropiado que pudiera hacerle aún más daño.

—Lily —declaró Santos con suavidad—, hay alguien que quiere verte.

Glory se levantó y caminó al otro lado de la cama. La anciana mujer la observó con intensidad. Y a pesar de su terrible estado, la hija de Hope reconoció la esperanza y el reconocimiento en sus ojos.

—¿Glory?

—Sí, abuela, soy yo. ¿Qué tal estás?

Glory miró a Santos como esperando que la animara de algún modo. Cosa que hizo, sonriendo.

—He esperado tanto tiempo... —acertó a decir Lily.

—Yo también, abuela —la tomó de la mano—. Me alegro mucho de estar a tu lado.

Lily apenas tenía fuerzas. Su mano se cerraba sobre la de Glory como si fuera la mano de un bebé. Intentó decir algo, pero no pudo. Tuvo que hacer un esfuerzo sobrehumano.

—¿Y... tu madre?

Glory no sabía qué decir. No quería herirla con la verdad. Santos se apresuró a intervenir.

—No pudo venir —dijo con rapidez—. Tenía una cita y no podía...

No terminó la frase. Sabía que no había conseguido engañarla. Lily cerró los ojos y empezó a llorar.

A Glory se le rompió el corazón. Maldijo a su madre y apretó la mano de Lily.

—Pero yo he venido, abuela. Yo he querido venir —la miró, sonriendo—. Quiero que lleguemos a conocernos. Quiero que recobremos todo el tiempo perdido.

Lily abrió los ojos de nuevo y la miró con tal agradecimiento que Glory se estremeció.

—Te quiero —susurró su nieta—. Estoy tan contenta de que por fin estemos juntas...

Glory se sentó en la cama y empezó a hablar con suavidad sobre cosas sin demasiada importancia. De vez en cuando Lily preguntaba cosas sobre su vida y la escuchaba con tanto interés como si sus respuestas fueran oro.

Santos no dejó de pasear de un lado a otro mientras tanto, como un depredador acorralado. Glory notaba su presencia de un modo tan intenso que se sentía agotada.

No pasó mucho tiempo antes de que apareciera una enfermera. Lily debía descansar.

Glory y Santos salieron de la habitación y caminaron hacia el ascensor. Santos pulsó el botón y la miró de forma beligerante.

—¿Vendrás a verla de nuevo? —preguntó—. ¿O ya has cumplido tu deber?

Glory se sintió profundamente herida por su desprecio. Hasta entonces había pensado que habían conseguido tender un puente entre ellos, aunque fuera débil. Pero no era así. Tardó un momento en comprenderlo, suficiente, empero, para recobrar la compostura y mirarlo con frialdad.

—¿Cómo puedes preguntar algo así? ¿Crees que esto es un juego para mí? ¿De verdad crees que haría daño a mi propia abuela, que le diría que la quiero para dejarla después abandonada?

—Es una posibilidad.

—Eres un canalla. Pienses lo que pienses, no soy como mi madre. Volveré.

—Me alegro. Significaría mucho para ella. No quiero que vuelvan a romperle el corazón.

Glory se cruzó de brazos y alzo la barbilla, desafiante.

—Para mí también significa mucho. De hecho, antes de que empezaras a insultarme había decidido darte las gracias.

—¿De verdad? ¿Por qué?

Santos arqueó las cejas de forma exagerada. Glory deseó estrangularlo, pero se contuvo.

—Por Lily, por supuesto —apretó los dientes—. Me siento como si me hubieras hecho un gran regalo.

—Conocer a Lily es un regalo para cualquiera —puntualizó Santos, observándola con furia—. Pero no lo he hecho por ti, sino por ella.

Acto seguido, Santos se dio la vuelta y se marchó.

Hope estaba sentada en una silla, con una Biblia abierta en su regazo. Los sonidos de la cálida noche de verano se colaban a través de las persianas de la casa. Oía algún insecto, el croar de una rana, niños jugando, un perro que ladraba en algún lugar del barrio y el zumbido del ventilador de techo que se movía sobre su cabeza, refrescando el ambiente.

Apoyó la cabeza en el respaldo de la silla y cerró los ojos. Creía que, con los años, ese confuso concepto de la «oscuridad» había ido creciendo en su interior, haciéndose más fuerte. Luchaba contra sus fantasmas con más furia, pero se rendía ante ellos con más frecuencia. Y la batalla interior agotaba su energía.

No encontraba ninguna paz, salvo después de sucumbir a los ataques. Y sólo durante un corto periodo de tiempo.

Había pasado una semana completamente tranquila. Sonrió para sus adentros. En aquellas ocasiones se encontraba muy bien. Hasta llegaba a pensar que todo había sido una pesadilla, que había vencido por fin a la bestia que llevaba en su interior.

Pero la calma se rompió pronto. Glory entró, cerró la puerta de golpe y caminó hacia ella.

—¡Me pones enferma, madre! ¿Cómo has podido?

Hope miró a su hija, sorprendida. No la había visto nunca en aquel estado. Sus ojos brillaban con una furia que había contemplado más de una vez en sus pesadillas, y en su propia imagen cuando la dominaba aquella bestia interior.

Fiel a su visión del mundo, pensó que la «oscuridad» se las había arreglado para atacarla ahora a través de su hija.

Las manos de Hope empezaron a temblar, pero las cerró con fuerza sobre su regazo.

–Glory Alexandra –dijo, ocultando su temor–, sabes de sobra que no me gusta que me molesten cuando leo la Biblia.

–¿Cuando lees la Biblia? Qué buena eres. Qué gran cristiana. Eres un ejemplo para todos nosotros, ¿no es cierto? Al menos es lo que siempre has querido que creyéramos.

El corazón de Hope empezó a latir más deprisa. Había sucedido algo terrible. Una de sus pesadillas se había hecho realidad.

Miró el libro abierto, leyó un salmo para tranquilizarse y lo cerró. Después, miró a su hija con suprema frialdad.

–¿Qué quieres decir con eso? ¿Estás molesta por algo?

–¿Molesta? Podría decirse así –contestó, apretando los puños–. Dime una cosa, madre, ¿dice algo la Biblia sobre el perdón? ¿Dice algo sobre el pecado de juzgar a los otros?

Hope sintió un intenso frío.

–Por supuesto que sí, como sabes. Me aseguré de que conocieras a fondo la Biblia.

–Sí, claro, desde luego. Me obligaste a aprendérmela de memoria, te aseguraste de que fuera un pequeño angelito como tú. Y cuando fallaba por alguna razón te las arreglabas para castigarme por mis supuestos pecados.

–Soy tu madre. He hecho lo que he creído mejor para ti.

–¿De verdad? Yo diría que hiciste lo que era mejor para ti. Hoy he conocido a Lily Pierron. Mi abuela. Vi la casa donde creciste. Y sé lo que has hecho. Lo sé.

Hope sintió que todo su mundo se derrumbaba. Siempre había temido la llegada de aquel día, pero a pesar de todo intentó controlar sus emociones.

–No sé de qué estás hablando. Yo tenía una magnífica relación con mi madre. Me rompió el corazón cuando murió a una edad tan temprana.

–¡Basta ya! ¡Deja de mentir! Tu madre sigue viva, pero ha estado a punto de morir hoy mismo. ¿Cómo has podido...? No sé qué decirte. No sé quién eres. Has pasado toda la vida mintiendo, mintiéndome. Ni siquiera sé quién soy yo.

–Eres Glory Saint Germaine. Una más entre los Saint Germaine de Nueva Orleans. Y yo soy tu madre.

–¡Y Lily es la tuya! ¡La abandonaste!

–¡No sabes lo que dices!

–Santos me llevó a la mansión de River Road. Vi fotografías, y leí las cartas que te enviaba. Te rogó que la perdonaras, aunque no sé muy bien por qué tenías que perdonarla. Y te limitaste a leer las cartas sin contestarlas después.

–¡Es una prostituta! ¿No lo comprendes? ¡Una sucia prostituta que vendía su cuerpo!

–¡Basta ya! ¡Es mi abuela! Me da igual lo que hiciera para ganarse la vida. Tenía una profesión, en cualquier caso, no mucho peor ni más indigna que cualquier otra. Es mi abuela y no pienso abandonarla como hiciste tú. ¡No lo haré nunca!

–Qué fácil es para ti. Me acusas de haberla juzgado de forma injusta, pero te atreves a juzgarme a mí. No tienes idea de lo que tuve que sufrir.

–¿Cómo voy a tenerla? Sólo conocía tus mentiras.

Glory hizo un esfuerzo por contenerse.

–Has estado mintiendo todos estos años –continuó–. Nos has mentido a todos. Santos te llamó. Tu madre estaba muriéndose y su último deseo era verte, pero te negaste. Le negaste hasta ese derecho. No sé quién eres, madre. Cuando pienso en todas las mentiras que dijiste sobre tu supuesto padre siento ganas de vomitar. Ni siquiera lo conociste. Y supongo que no puedes soportar, siendo tan religiosa y estricta, que seas de padre desconocido. Eras hija natural, como todas las Pierron. Todas, menos yo.

–Exacto. Menos tú. Y gracias a mí. Gracias a mí eres una Saint Germaine. Las Pierron ya no existen. No existen.

–¡Por supuesto que existen! No comprendes nada. No puedes cambiar la realidad declarando por decreto la inexistencia de una cosa. Y no conseguirás robarme a mi propia familia. Las Pierron son mi pasado, te guste o no.

Hope se levantó y la agarró con fuerza.

—¡Basta ya! ¡Tienes que olvidarlo! ¡Te lo ordeno!

—¡No! —se soltó—. No lo haré.

Hope estaba dispuesta a hacer cualquier cosa para evitar que la «oscuridad» dominara a su hija. Estaba convencida de que debía salvarla de algo.

—No puedes imaginar lo que tuve que vivir —declaró, con lágrimas de cocodrilo—. No puedes imaginar lo que fue vivir en aquella casa, ni las cosas que veía. Tenía que vivir con prostitutas, Glory, con prostitutas.

—Lo sé, pero...

—¡No sabes nada! Todo el mundo se burlaba de mí, y no por lo que era, sino por vivir en aquella casa. No tenía amigos, y nadie se acercaba a mí en el colegio. No me invitaban nunca a ninguna fiesta de cumpleaños, ni a la casa de ningún vecino. Por la noche no podía dormir por los ruidos, por los gemidos casi animales de los clientes. ¿No comprendes que huyera de todo aquello? ¿No entiendes que no quisiera volver? Si me hubiera quedado habría muerto.

—Tu madre te amaba e intentó protegerte lo mejor que pudo. Te sacó de aquel lugar.

—Sí, es cierto, me quería. Y yo a ella. Pero sólo quería escapar. Necesitaba empezar una nueva vida. Y cuando tuve la oportunidad la aproveché. Por favor, intenta comprenderlo. Perdóname. Si me abandonaras no podría soportarlo.

Glory cayó en la trampa y la abrazó.

—No te abandonaré, madre. Comprendo que quisieras huir, pero ¿por qué tuviste que mentir? ¿Por qué mentiste a papá? ¿Por qué abandonaste a tu madre? ¿Por qué tenías que ser tan cruel?

Hope se aferró a Glory y apoyó la cabeza en su hombro.

—Tenía miedo. Por mí y por ti. ¿Crees que tu padre se habría casado conmigo de haberlo sabido? Imagina cómo habría reaccionado su familia. Tenía miedo y aún lo tengo. No quiero que nadie lo sepa. Si llegaran a averiguarlo lo perdería todo. Lo sé.

—Lo comprendo. Si es eso lo que quieres, no es necesario que nadie lo sepa.

—Gracias.

—No se lo diré a nadie, pero no la abandonaré. Me necesita, y yo la necesito a ella. Es mi abuela.

Hope la miró, irritada. Su máscara de sensibilidad desapareció de repente. Apretó sus manos con fuerza y preguntó:

—Con todo lo que sabes sobre ella, con todo lo que sabes sobre su pasado, ¿cómo es posible que...?

—Madre, entiendo lo que hiciste, te perdono por ello e intentaré no juzgarte. Pero todo eso forma del pasado y tampoco tengo intención de juzgarla a ella.

—Sé que fui más estricta contigo que otras madres con sus hijos. Pero tenía miedo por ti. Quería que tuvieras una buena vida. Una vida sin pecado. Tu abuela es peligrosa. Tengo miedo de que caigas bajo su influencia, miedo de que pueda hacerte daño.

—¿Qué es eso del «pecado», madre? Soy una mujer madura, y te aseguro que no tengo ninguna intención de cambiar de profesión para hacerme prostituta. Lily es una anciana, y está enferma. No ha vivido nunca en ningún «pecado», como dices, y desde luego dudo que pueda influirme en la forma que temes.

Hope pensó que la «oscuridad» no envejecía nunca, que la bestia no tenía edad. Pero no podía decírselo a su hija. Aún poseía la cordura suficiente como para comprender que la habría tomado por loca. De manera que dejó que se marchara.

Horas más tarde, Hope despertó en mitad de la noche, sudorosa. La bestia la había despertado. Esta vez no sólo la quería a ella, sino también a su hija.

Apretó los dedos con tanta fuerza que se clavó las uñas en las manos. Para ganar aquella batalla necesitaría toda su fuerza. La oscuridad se cernía sobre Glory, utilizando como instrumento a Santos. Iba a ser una guerra muy difícil, tal vez la más difícil de toda su vida.

Pero estaba segura de que al final vencería. No estaba dispuesta a ceder después de haber pasado toda la vida guiando a su hija por el camino correcto.

Al pensar en Santos sintió un profundo odio. Se las arreglaría para que pagara por todo aquello. Algún día encontraría la forma de destruirlo.

Los días fueron avanzando poco a poco. Lily estaba cada vez más fuerte, y Santos tenía la impresión de que su recuperación se debía a la presencia de Glory. Siempre estaba a su lado en la cama del hospital, de día o de noche, hablando con ella o simplemente observándola mientras dormía.

La mayor parte de las veces Santos se limitaba a observar la escena mientras Glory hablaba sobre su vida. Su opinión sobre la hija de Hope no había cambiado, pero el cariño que demostraba hacia Lily, y su dulzura, habían bastado para que supiera que no se parecía en nada a Hope Saint Germaine. No era fría, ni se dedicaba a juzgar a los demás. No era cruel.

A veces, mientras la miraba, recordaba la relación que habían mantenido años atrás. Entonces debía hacer un esfuerzo para convencerse de que Glory no le gustaba, que no le agradaba aquella mujer, que no los unía nada salvo la existencia de Lily.

De hecho, apenas habían charlado durante los últimos días. Intercambiaban simples frases de cortesía. Ni siquiera habían compartido su preocupación cuando conocieron la opinión de los médicos. Su corazón ya no funcionaba bien, y las posibilidades de que sufriera otro ataque eran demasiado elevadas.

No se tocaban nunca, y sólo raramente se miraban.

Santos frunció el ceño, aparcó en el primer hueco que vio, salió del vehículo y se dirigió a la entrada del hospital.

Un homicidio lo había mantenido ocupado toda la noche anterior y parte de la mañana. Conforme avanzaba el tiempo lo había ido dominando una extraña inquietud. Temía que Lily se encontrara peor. Había llamado dos veces para informarse; pero la primera vez estaba dormida y la segunda no contestó nadie.

Intentó tranquilizarse pensando que Glory estaba a su lado y que lo habría llamado si hubiera ocurrido cualquier cosa. No tenía razón para temer. No se llevaba bien con ella, pero admitía que era una suerte que estuviera en el hospital mientras trabajaba.

Santos subió en el ascensor. Estaba lleno de gente, y se detuvo en todos los pisos hasta llegar al sexto.

Nervioso, avanzó por el pasillo hacia la habitación de Lily. Cuando abrió la puerta temía lo peor. Temía que hubiera sufrido otro infarto, que hubiera muerto. Pero en lugar de eso la descubrió sentada en la cama, riendo una de las historias de Glory.

Se sintió tan aliviado que casi se mareó. No había visto a Lily tan feliz desde hacía mucho tiempo.

Lily sonrió de oreja a oreja al verlo. Santos se emocionó profundamente. Había pasado muchos años culpándose por no haber sido capaz de ayudar a su difunta madre. Pero al menos ahora había conseguido que Lily fuera feliz.

—Víctor, has llegado a tiempo de escuchar la historia sobre el primer recital de piano de Glory.

Santos caminó hacia ella y tomó su mano.

—Estás preciosa —la besó en la mejilla.

—Me siento muy bien. El médico dice que me dará el alta muy pronto. Tal vez mañana.

—¿Mañana? ¿Tan pronto? Vaya, eso es magnífico.

—Soy más dura de lo que creía.

—Desde luego —rió—. Nunca pensé lo contrario.

—Bandido... Te asustaste tanto que estuviste a punto de desmayarte varias veces.

Lily se volvió entonces a Glory y le contó que en cierta ocasión, después de averiguar que Santos se escapaba por la noche para ver a una chica, había cerrado a cal y canto toda la casa. A las tres de la madrugada había tenido que llamar a la puerta para que lo abriera.

—Se sorprendió tanto —rió Lily—. Empezó a dar la vuelta a la casa, buscando una ventana que estuviera abierta. Pero al final no tuvo más remedio que llamar al timbre de la entrada principal.

—No pensé que lo supiera —confesó Santos—. Di la vuelta a toda la maldita casa porque ya no estaba seguro de cuál era la ventana que había dejado abierta.

La anécdota llevó a otra anécdota y al cabo de un rato todos reían alegremente. Pero al cabo de un rato, Lily se durmió.

—Si quieres marcharte —dijo entonces Santos—, yo me quedaré aquí.

—No, me quedaré un rato. El hotel va bien. Si ocurre algo me llamará mi ayudante.

—Ojalá pudiera decir lo mismo del departamento de policía.

Habían pasado nueve semanas desde el último asesinato y Santos temía que el criminal actuara de nuevo. Hasta los medios de comunicación lo sospechaban.

Debía encontrarlo. Debía averiguar si era el mismo canalla que había matado a su madre.

—¿Qué ocurre? —preguntó Glory—. ¿Ha ocurrido algo?

—No. Ése es el problema.

—Si necesitas marcharte le diré a Lily que...

—No, estaré un rato más. Voy a llamar a Jackson y a tomar un café. ¿Quieres algo?

—No, gracias.

—Si se despierta llámame.

—Lo haré.

Al salir al pasillo, Santos se detuvo. Durante unos minutos había olvidado quién era Glory. Había reído con ella y se habían divertido juntos. Pero no podía confiar en una mujer así. Era el enemigo.

—¡Santos!

Santos levantó la mirada, sorprendido. Liz se dirigía hacia él, con un tiesto en las manos.

—Liz, ¿qué estás haciendo aquí?
—He venido a ver a Lily. ¿Es mala hora?
—No, por supuesto que no. Pero está durmiendo.

Santos no le había contado a Glory que mantenía una relación con Liz. No era asunto suyo. Pero por desgracia tampoco le había contado a Liz que Glory pasaba a menudo por el hospital.

—Vaya... Últimamente no te veo demasiado.
—Entre el infarto de Lily y el trabajo he pasado unas semanas horribles.

Santos sabía que sólo era una excusa. Por alguna razón no había deseado verla desde el infarto de Lily.

—Lo comprendo. Recuerdo lo que viví cuando mi padre estuvo en el hospital —dijo ella—. Pero te echaba de menos.
—Cuando se ponga bien todo volverá a la normalidad.
—¿Qué tal está?
—Mejor. Mucho mejor, de hecho. Es posible que le den el alta mañana.
—¿Bromeas? Es maravilloso.
—Es increíble. Pensé que iba a perderla.
—Me alegro por ti. Si quieres, le enviaré algo de comida del restaurante para que no tenga que cocinar. Házmelo saber.
—Lo haré, gracias.
—Si puedo hacer cualquier otra cosa, dímelo. En fin, tengo que volver. El negocio me llama.
—¿Qué tal van las ventas de hamburguesas? —preguntó, bromeando.
—Bien, por desgracia. Temo por la salud de nuestros ciudadanos.

Santos rió encantado.

—Me alegra que hayas venido, Liz. Le diré a Lily que viniste.

Se inclinó sobre ella y la besó durante unos segundos.

En aquel momento sucedió lo inesperado. La puerta de la habitación se abrió. Glory se asomó y dijo:

—Santos, se ha despertado...

Al contemplar la escena, se ruborizó.

—Oh, lo siento, no sabía que estuvieras acompañado.

—¿Se ha despertado? —preguntó Santos, apartándose de Liz.

—Sí, pensé que te gustaría saberlo. ¿Liz? ¿Liz Sweeney? Oh, Dios mío, ¿eres tú? —preguntó al reconocerla.

—Hola, Glory.

—No puedo creer que seas tú. ¿Qué tal te han ido las cosas?

—Bien —respondió, irritada—. Pero no gracias a ti.

Glory palideció. Abrió la boca para decir algo, pero no lo hizo. Santos casi lo sintió por ella, pero de inmediato recordó lo que había sucedido en el pasado. Glory había utilizado a Liz y había destrozado su existencia.

—Yo... le diré a Lily que... perdonadme.

Segundos después, regresaba a la habitación.

—¿Cómo has podido, Santos? Pensé que no aparecías por el estado de salud de Lily. Pero no era por ella, ¿verdad?

—No es lo que crees, Liz.

—Dijiste que no te interesaba.

—Y no me interesa. Ha venido a ver a Lily, nada más.

—Ya. Lástima que no conociera a Lily.

—No la conocía hasta hace una semana. Es la abuela de Glory.

Liz lo miró con incredulidad.

—No puedes estar hablando en serio.

—Completamente. Es la abuela de Glory. Nadie lo sabía, menos yo. Hope Saint Germaine se encargó de que nadie lo supiera.

—No lo comprendo.

Santos le explicó toda la historia. Al final, Liz lo miró y dijo:

—Ya veo. Y desde que sufrió el infarto, ¿has estado aquí con Glory?

—¿Con Glory? No. Digamos que hemos compartido el mismo espacio. Apenas nos hablamos.

—Pero no me lo dijiste. ¿Por qué?

—Porque sabía que reaccionarías así.

—¿Quieres decir que me pondría celosa, que empezaría a sospechar, que me excedería?

—Sí.

—¿Es que puedes culparme por ello? No decir la verdad es igual que mentir. Y mentir es una manera como otra cualquiera de decir que uno se siente culpable por algo. Pero supongo que ya deberías saberlo, siendo policía.

—No es así, Liz.

Sin embargo, Santos sabía que Liz estaba en lo cierto.

—Dime una cosa, Santos. ¿Tengo razón para sentirme celosa?

—No.

—Tus palabras dicen una cosa, pero tus ojos, otra. Te amo, y lo sabes. No quiero perderte. Pero no estoy dispuesta a aceptar ciertas cosas.

—¿Qué estás diciendo?

—Quiero que te comprometas conmigo. Quiero saber que tenemos un futuro —dio un paso hacia él—. Algún día, hasta me gustaría tener hijos, una familia. Y me gustaría que fuera contigo.

A Santos le habría gustado poder tranquilizarla. Se sentía muy cómodo a su lado, pero no estaba enamorado de ella, y no quería hacerle daño.

—Liz, no sé muy bien lo que quiero. No estoy seguro de querer lo mismo que tú.

Los ojos de Liz se llenaron de lágrimas. Pero no derramó ni una sola.

—Tendrás que tomar una decisión. Pero no ahora. Comprendo que no es buen momento para ti. Sin embargo, tendrás que pensarlo. Yo creo que hacemos una buena pareja.

Dio un paso hacia él, puso las manos en su pecho y alzó la cabeza para mirarlo.

—Creo que podríamos ser felices —continuó—. Ni siquiera necesito saber que será algo inmediato. Pero tampoco puedo aceptar una incertidumbre constante. Te amo, Santos. Sé que no sientes lo mismo por mí, pero también sé que podrías llegar a sentirlo. Te prometo que no haría nada que pudiera herirte. Siempre estaré a tu lado. Podríamos tener una familia feliz.

Santos tomó sus manos y dijo:

—Me gustaría poder decirte lo que esperas que diga. Pero no puedo. Al menos, ahora.

—Lo comprendo. No obstante, debes comprender que no puedo seguir así. La pelota está en tu tejado, detective.

—De acuerdo, Liz, lo pensaré.

Liz le dio un beso, se dio la vuelta y se marchó.

Santos la miró mientras se alejaba. Pero no pensaba en ella, sino en Glory, en lo que se sentía al estar enamorado.

Frunció el ceño y regresó a la habitación de Lily. Glory estaba en la ventana, mirando hacia la calle. No podía ver su rostro, pero su inquietud y su palidez eran evidentes.

—¿Cuánto tiempo ha estado despierta?

—Sólo unos minutos. Preguntó por ti. Le dije que regresarías enseguida.

—Gracias.

—Santos, siento mucho lo ocurrido. No quería interferir.

—Lo sé. Olvídalo.

Glory se aclaró la garganta.

—Entonces, ¿sales con Liz?

Santos la observó con curiosidad. Se preguntó si sentiría lo mismo que él. El triángulo que formaban había cambiado sustancialmente con los años.

—Sí.

—Tiene muy buen aspecto. Ha crecido bastante.

—Como todos.

—No quería herirla —confesó, con ojos llenos de lágrimas—. No quise herir... a nadie.

Santos se encontró paralizado entre el rencor y el dolor que le producía su tristeza. Pero pensó que era una simple estratagema. En Glory Saint Germaine no había nada dulce, ni vulnerable.

—Seguro que no. Pero eso no cambia el hecho de que hiciste mucho daño a ciertas personas.

—¿Como a ti?

—Sí, como a mí —respondió, mientras avanzaba hacia ella, furioso—. ¿Es lo que querías oír? ¿Querías oír que me hiciste daño, que me rompiste el corazón? ¿Te sientes mejor ahora, Glory?

—No —acertó a contestar—. Me siento muy mal.
—Me alegro.
Santos quiso alejarse de ella, pero Glory lo tomó del brazo.
—Yo también perdí muchas cosas. Pagué un precio que ni siquiera puedes imaginar.
Santos apartó su mano.
—Todos estos años no te han servido para nada. Aún eres la misma niña rica y mimada que sólo piensa en sí misma. Pobrecilla, has sufrido tanto...
—Eres un cerdo.
—No es la primera vez que me lo dicen.
Santos caminó hacia la puerta y se detuvo un instante para mirarla.
—¿Sabes una cosa, Glory? Puedo imaginar perfectamente el precio que pagaste. Porque yo también lo pagué. Y por tu culpa.

49

Una vez más los pájaros despertaron con sus cantos a Lily. Y una vez más, la llamaron. Lily abrió los ojos y sonrió. Su querida Glory se había quedado dormida en la silla que había junto a la cama. La luz de la lamparita iluminaba su encantador rostro. Las dos semanas pasadas en su compañía habían sido las mejores de su vida. Deseaba que su hija llegara a perdonarla, pero entendía sus motivos.

Miró a su nieta y se dio cuenta de que no temía la muerte. Su vida había sido más completa que las vidas de muchas personas. Gracias a Santos, y al final gracias también a Glory, había conocido el amor.

Era lo suficientemente vieja como para comprender que todo lo demás carecía de importancia.

Esta vez el dolor fue mucho más intenso. Pero no tardó en desaparecer. Se marchó inesperadamente, dejándola con una extraña sensación, liviana y juvenil. Rió con alegría. Recordó haber reído y haberse sentido de aquel modo en algún momento, aunque no recordaba cuándo ni dónde.

Pero el canto de los pájaros no cesaba. Cada vez era más alto, más alto aún que el sonido de sus propios pensamientos. Lily comprendió entonces que estaba a punto de morir.

Ya no sentía arrepentimiento, ni miedo, ni dolor, ni tristeza. Sólo amor. La envolvía una paz que ni siquiera habría creído posible.

Pero no podía marcharse todavía.

Alargó un brazo para tocar la mano de Glory, que sonrió sin despertarse.

La noche terminaba y el día empezaba de nuevo. La luz de la mañana empezaba a entrar por la ventana de la habitación del hospital, y los pájaros cantaban con insistencia.

Pero debía despedirse de Santos.

Soñó que lo veía y que lo abrazaba, aunque no supo cómo. Siempre le habían disgustado las despedidas. Los adioses siempre implicaban dejar algo detrás o ser rechazado de algún modo. Pero esta vez fue una despedida dulce, más dulce que ninguna otra. Una despedida llena de promesas.

En su sueño le dijo que no llorara, que no estuviera triste. Después sonrió, se apartó de Santos y caminó hacia una luz. Esta vez, cuando la llamaron los pájaros, se dejó llevar.

50

Al funeral sólo asistieron Santos, Glory, Liz, Jackson y unos cuantos vecinos de Lily. Glory rogó a su madre que asistiera, pero Hope se había negado. Aceptó su decisión, no sin gran dolor porque le habría gustado que su madre fuera capaz de vencer sus miedos.

Desgraciadamente no era capaz. Pensaba que debía perdonar a su madre por algo, y no lo hacía. Resultaba evidente que había cosas en Hope que no llegaba a comprender. Una especie de carencia injustificable.

Glory no derramó ni una sola lágrima. Entre otras cosas porque ya las había derramado todas. Se sentía tan derrotada que temía no tener fuerzas para seguir viviendo.

Débilmente, se llevó una mano a la frente. Los días y las horas transcurridas desde la muerte de su abuela habían resultado un verdadero infierno. Tanto Santos como ella se dedicaron a arreglarlo todo, aunque en realidad fue él quien lo hizo. No en vano había vivido con ella muchos años. Había gozado de una oportunidad que Glory no había tenido.

Esta vez sus ojos se llenaron de lágrimas. Hizo un esfuerzo por mantener la calma. Había perdido a Lily, a una mujer que había llegado a ser muy importante para ella en el corto periodo de tiempo en que estuvieron juntas. Su marcha había dejado un terrible vacío en su interior.

No podía soportar el sentimiento de pérdida, ni librarse de los recuerdos. Recordó la muerte de su padre, su funeral, las palabras del párroco. En muchos aspectos sentía lo mismo que entonces: soledad y abandono. Tal vez porque Lily, al igual que Philip, la había amado sin reservas.

Suspiró y miró a Santos. Él también había asistido a la ceremonia sin derramar una lágrima, aunque sabía muy bien cómo se sentía, aunque lo comprendía. Los dos habían querido a Lily.

Santos invitó a todo el mundo a la casa tras la ceremonia. Liz se encargó de la comida y de la bebida, y Glory sabía que Santos le estaba muy agradecido por aquel detalle. Su antigua amiga había permanecido a su lado todo el tiempo, agarrada de su brazo. No la miró ni una sola vez, pero notó que estaba al tanto de cada uno de sus movimientos. Podía notar su desagrado, su desconfianza.

Cada vez que la observaba la asaltaba un terrible sentimiento de culpa.

Uno a uno los invitados se fueron marchando. Liz debía regresar al restaurante; Jackson, al trabajo; y los vecinos a sus casas, porque ya era muy tarde.

Glory empezó a recoger los platos y las copas. Lo llevó todo a la cocina para lavarlo.

—Déjalo —dijo Santos a su espalda—. Ya me ocuparé más tarde.

—No me importa hacerlo.

—Pero a mí sí. Déjalo. No necesito tu ayuda.

—No me molesta. Me gustaría ayudar.

—¿Por qué, Glory? —preguntó mientras caminaba hacia ella.

—Porque la quería.

Santos no dijo nada durante unos segundos. Permaneció a escasos centímetros de ella. Al cabo de un rato la miró con animosidad.

—¿Y qué tiene eso que ver con ayudarme a limpiar los cacharros? No vives aquí. Apenas la conocías.

—Pero llegó a ser parte de mi existencia, una parte tan importante que necesitaba...

Glory no terminó la frase. Santos no lo comprendía. Porque no quería comprenderlo, porque no quería interesarse por ella. Le había contado toda la verdad sólo porque pensó que podía ayudar a Lily, no por su bienestar. Y ahora la quería fuera de su vida.

En el fondo comprendía que no podía esperar nada de él. No después de lo que había hecho años atrás. Y se sentía completamente idiota por haber alimentado sueños vanos.

—No has contestado a mi pregunta, Glory. ¿Qué tiene que ver Lily con ayudarme? ¿Es que crees que limpiando los platos estarás más cerca de ella? ¿Es que crees que te ayudará a mitigar tu sentimiento de culpa?

—Muy bien. Si quieres fregar todo tú solo, adelante.

Glory cerró el grifo, se secó las manos y salió de la cocina. Santos la siguió y la agarró del brazo.

—Quiero una respuesta.

—No, no es cierto. Quieres una pelea. Y no pienso deshonrar la memoria de Lily con una pelea. Déjame pasar.

—Ya no puedes hacer nada, Glory. No puedes hacer nada para mitigar el dolor de Lily, para eliminar todos los años que estuvo sola. Es demasiado tarde.

En cierto modo, Santos había leído sus pensamientos. Pero no necesitaba que le dijera que no podía hacer nada.

Se apartó de él.

—No tengo ninguna razón para sentirme culpable. Es culpa de mi madre, no mía. Yo nunca le habría hecho a Lily lo que ella...

—¿Estás segura? ¿Estás segura de que no eres como ella?

—¡Maldito canalla! —estalló al fin—. ¡No sabía que tuviera una abuela! Me mintió, me engañó. ¡Y no puedes imaginar lo que eso duele! ¡No puedes imaginar lo que se siente cuando has perdido...!

Glory no terminó la frase. Sus ojos se llenaron de lágrimas. No podía seguir peleándose con Santos. Si lo hacían terminarían arrepintiéndose de ello. Y a Lily no le habría gustado.

—No podemos seguir así, Santos —continuó—. Sé lo que has sufrido. Sé que la amabas y que la echarás de menos. Yo también la quería. Y tanto que...

—¡No tienes ni idea de lo que siento! No dejas de repetirlo, pero no tienes ni idea. Tienes una madre, una familia. Lily era como mi madre, y ahora ya no tengo a nadie. Así que vuelve con tu mamá y déjame solo.

Santos quería destrozarla. La habría desintegrado en el aire de haber podido, y Glory lo notó. Sin embargo, no estaba dispuesta a permitírselo.

—Lily era mi abuela. Y me quería. No permitiré que lo olvides. Y no permitiré que me digas que pertenecí a...

—No lo hiciste. Era nuestra vida. No puedes comparar diecisiete días, que es el tiempo que ha pasado desde que la viste por primera vez, con diecisiete años.

—Maldito cerdo... No lo entiendes porque no quieres comprenderlo. No quieres creer que la quería porque ni siquiera quieres compartir conmigo el amor por ella.

—¿Tan segura estás, princesa? —la tomó de ambas manos—. Te conozco bien, y sé que eres toda frialdad. Eres una manipuladora y una mentirosa como tu madre. Eres incapaz de amar.

—¡Basta! ¡Eso no es cierto! —gritó histérica.

—Supongo que sólo estás aquí para ver si te caen algunas migajas, pero puedes ahorrarte el tiempo, porque no hay mucho.

Glory lo empujó con fuerza y empezó a golpearlo.

—¡Eso no es cierto! ¡Yo la quería! Pero estás tan enfadado conmigo que no te das cuenta. La quería, maldito canalla.

—Nunca has amado a nadie, salvo a ti misma.

—Eso no es cierto. ¡Yo te amaba!

Santos no la soltó en ningún momento. Glory intentó librarse de nuevo, pero sólo consiguió que los dos acabaran en el suelo. Su antiguo amor se colocó de inmediato sobre ella para inmovilizarla.

—Admítelo. No me amaste nunca. Sólo fui una diversión para ti. Pobre niña rica, siempre tan aburrida, tan incomprendida por todos.

—¿Qué esperabas que hiciera?

Glory lo golpeó entre las piernas y Santos la soltó al sentir el dolor. Pero volvió a apresarla antes de que tuviera tiempo de huir.

—Esperaba que creyeras en mí. Esperaba que permanecieras a mi lado.

Glory empezó a llorar.

—Tenía dieciséis años. Había perdido a mi padre aquella noche. Lo había perdido todo. Y estaba sola. Tan sola...

—Me tenías a mí, pero eso no era suficiente, ¿verdad? No podía serlo para una niña rica.

Glory negó con la cabeza, llorando.

—No te tuve nunca. No confiaste nunca en mí. Nunca me quisiste. Sólo deseaba que me amaras para...

Santos se inclinó sobre ella y la besó con fuerza, frotándose contra su cuerpo mientras tanto, como si quisiera hacer que pagase de alguna forma por el pasado. Por el dolor que le había causado.

Unos segundos más tarde se apartó de ella y la soltó. Pero Glory no salió corriendo, como cabía esperar. Se agarró a su pelo y cerró las piernas alrededor de la cintura de Santos.

Lo deseaba. Y se trataba de un sentimiento que no tenía nada que ver con hacer el amor. Necesitaba sentirlo en su interior. Necesitaba algo mucho más duro, mucho más básico.

—Glory, maldita sea, yo...

Glory lo besó apasionadamente, con hambre acumulada en diez largos años.

Empezó a quitarle la ropa, y él hizo lo mismo con ella. Aunque no fue fácil. Glory se había puesto un vestido y él llevaba un traje. Pero al final lo consiguieron.

Una vez desnudos, Santos la penetró. Glory gritó, pero no de dolor.

Fue algo muy animal. No hubo caricias, ni besos, ni palabras cariñosas, ni sonidos de placer o de afecto. Era como el acto culminante después de diez años de odio, de deseo y de desesperación. Sin palabras estaban diciéndose todas las cosas que siempre habían querido decirse. Y muchas dolían demasiado, tanto que apenas podían soportarlo.

Cuando terminaron, Glory se apartó sin querer mirarlo a la cara. Lo que había comenzado como una expresión de ira había terminado siendo pura pasión. Y se arrepentía amargamente. Se había comportado como un animal en celo, y no sabía cómo iba a ser capaz de mirarlo a los ojos, o de mirarse en un espejo.

—Lo siento —dijo él.

—No lo sientas. No te disculpes.

—¿Por qué no? No me había comportado nunca de este modo.

—Tú intentaste detenerlo, pero yo fui quien empezó. Me siento profundamente avergonzada.

Santos no dijo nada. Pasó un buen rato antes de que volviera a hablar.

—Lo siento, Glory —repitió—. Lo siento de verdad.

—Es igual, olvídalo.

Glory intentó levantarse, pero él se lo impidió.

—No me has entendido. Me he disculpado dos veces. La primera, por lo que acaba de suceder. Pero la segunda era por las cosas que dije.

—Olvídalo.

—No. Antes dijiste que no te comprendía porque no quería comprenderte, porque estaba enfadado contigo. Pues bien, dímelo ahora. Dime por qué amabas a Lily. Quiero saberlo, de verdad.

Glory se emocionó, y tardó en contestar.

—Porque me amaba, porque me necesitaba. Cuando me diste a Lily fue como si me devolvieras parte de mí. Una parte que ni siquiera sabía perdida. Pero pertenecí a ella, y a su casa, en cuanto las vi.

—Tal vez porque querías sentirte de ese modo.

—No lo creo. Fue una sensación muy intensa, e inmediata. Lily consiguió que me sintiera completa, aunque no sepa cómo.

Santos empezó a acariciar uno de sus muslos con un dedo, de forma inconsciente. Glory no dijo nada porque quería que lo hiciera.

—Estuviste con ella hasta el final, y eso la hizo feliz —declaró él.

Glory tocó su mejilla y lo acarició con delicadeza. El recuerdo del pasado era muy fuerte. Recordaba perfectamente su olor, el sonido de su respiración.

Pero era consciente de lo mucho que había cambiado. Era más duro que entonces, mucho más hombre. Le habría gustado poder explorar su cuerpo, le habría gustado explorarlo muchos años atrás y contemplar su transformación con los años.

Al cabo de unos segundos apartó la mano, aunque su deseo fuera otro.

—Tenías razón. Diecisiete años no pueden compararse con diecisiete días. Tú la hiciste feliz durante mucho tiempo.

—No debí decir tal cosa. Estaba enfadado.

—Lo sé.

Santos empezó a acariciarla de forma muy distinta. Glory se humedeció. Lo deseaba con locura. Pero esta vez no era una simple cuestión de sexo, esta vez deseaba calor. Deseaba amor.

Sin embargo, no se dejó llevar. Se sentó e intentó recoger el vestido.

—¿Qué pasa? —preguntó, sorprendido.

—Nada. Me gustaría que... Nada.

—Después de lo que ha pasado entre nosotros no puede preocuparte de verdad lo que pueda pensar.

—¿Puedo preguntarte algo?

—Hazlo, aunque no sé si te contestaré.

—¿Podríamos hacerlo otra vez?

—¿Hacer qué?

—Ya sabes... Bueno, no importa. Es ridículo —declaró, mientras se pasaba las manos por el pelo—. Supongo que será mejor que me marche. El hotel...

Santos la tomó en sus brazos y la atrajo hacia él, divertido.

—Ah, te referías a... esto.

Entonces la besó apasionadamente. Cuando se apartó de ella, Glory tuvo que hacer un esfuerzo para hablar.

—Sí, me refería a esto.

La sonrisa de Víctor se hizo agridulce.

—No podemos volver atrás, Glory, aunque me gustaría. Y en cuanto al futuro... bueno, no creo que tengamos ningún futuro.

—Lo sé, pero no me gustaría dejar las cosas como estaban

antes. Además, necesito que me abraces ahora. No quiero estar sola. Y pensé que, tal vez, tú tampoco querías.

Santos la abrazó con fuerza y la acarició con cariño. Le quitó el vestido que apresuradamente se había puesto otra vez y comenzó a explorar cada centímetro de su cuerpo. Para Glory dejó de existir el resto del mundo. No existía nada salvo él. Se entregó en cuerpo y alma. La excitación se convirtió en pasión, y la pasión en pasión desenfrenada. Una vez más alcanzaron las cotas más altas del placer; pero en esta ocasión Santos no dejó de besarla.

Glory se apartó, respirando aceleradamente. Miró el techo, asombrada. Era demasiado consciente del calor de su cuerpo, de su olor, de su sexo.

Había sido una experiencia maravillosa, capaz de rivalizar con la primera vez.

Por desgracia, ya no había amor entre ellos, ni magia. En comparación con el pasado resultaba vacío y triste.

Abrió los ojos y se preguntó por qué lo había hecho. Había actuado con impetuosidad, con una especie de instinto autodestructivo que creía haber superado la noche de la muerte de su padre.

Los ojos se le llenaron de lágrimas. Había traicionado la memoria de su padre, y no por hacer el amor con Santos, sino por haber permitido que la dominaran sus emociones.

Ni siquiera habían tenido la precaución de usar un preservativo.

Un montón de dolorosos recuerdos la asaltaron. Recuerdos de la primera vez que había hecho el amor con Santos, de la calidez del acto, de sus sentimientos, de sus sueños de futuro.

Lo había amado con todo su corazón. Entonces sólo pensaba en él. Era joven y obstinada, y no tenía miedo.

Pero había pagado un terrible precio.

—¿Tan mal te sientes? —preguntó él.

—¿Cómo?

—Acabas de suspirar.

—Sí, es cierto, pero no me siento mal. Ha sido maravilloso. No te preocupes, tu reputación sigue intacta.

—No estaba preocupado.
—Ya veo —declaró, de forma beligerante.
Santos se apoyó en un codo para mirarla.
—¿Intentas pelearte conmigo? No arrojes sobre mí tu arrepentimiento. Ya tengo que vérmelas con el mío.
—Seguro que sí. En fin, debo marcharme.
—Entonces, vete.
—¿Sabes una cosa, Santos? Creo que te odio.
Santos la miró y dijo:
—Yo también a ti, Glory.

51

Santos permaneció un buen rato en el suelo después de que se marchara Glory, mirando el techo y pensando en lo que tendría que haber hecho o dicho. Pensando en todos sus errores.

Al final se sentó, disgustado consigo mismo. Se pasó una mano por el pelo y se preguntó qué le pasaba. No parecía haber aprendido la lección. Diez años no habían servido de gran cosa.

Ahora no sabía cómo iba a ser capaz de seguir viviendo.

Tal vez la odiara, pero se odiaba más a sí mismo.

Pensó en Liz y se sintió aún peor. No podía decirle que también odiaba a Glory, pero que deseaba hacer el amor con ella. No podía decir que la respetaba y que la quería, pero que prefería acostarse con su antigua amiga.

Era un completo idiota.

Volvió a tumbarse en la moqueta. El persistente aroma del perfume de Glory lo asaltó, irritándolo. Pero aún le molestó más que lo afectara con tanta fuerza como una especie de potente afrodisíaco. Le gustara o no, sabía que Liz y él no tenían futuro juntos. Al menos, no la clase de futuro que ella deseaba. Ni la clase de futuro que le habría gustado a él mismo.

Por terrible que fuera, deseaba el amor que había sentido con Glory.

De no haberla conocido nunca, de no haber sabido hasta qué punto podía amarse a una mujer, podría haber mantenido una relación más seria con Liz. Pero había probado un néctar que no encontraría en Liz.

Ahora no podía cambiar las cosas, y se detestaba a sí mismo porque estaba a punto de hacer mucho daño a una mujer que quería y que se preocupaba por él.

Liz se merecía algo mejor. Se lo merecía todo.

Como él mismo.

En aquel instante sonó el teléfono. Agradecido por la súbita interrupción, se levantó y contestó. Era Jackson.

—Ven inmediatamente. Tenemos otro cadáver.

—¿El asesino de blancanieves?

—El mismo que viste y calza.

—El muy canalla sigue aquí. Estaba seguro de que se habría marchado de la ciudad.

—Espera, amigo, esta vez es mucho mejor. Tenemos un testigo.

Santos batió todas las marcas de velocidad de camino a la comisaría. Entró como una exhalación en la brigada de homicidios, alerta, despierto. Iba a capturar a aquel canalla. Lo presentía. Y al parecer, también sus compañeros. Se respiraba un ambiente distinto, tenso, idéntico al que se respiraba siempre cuando se descubría algo en un caso importante. Sobre todo, tratándose de un caso como aquél.

Varios compañeros lo miraron. No necesitó palabras para comprenderlos. Querían que atrapara a aquel canalla, a aquél malnacido.

Cuando llegó a la mesa de Jackson fue directamente al grano.

—¿Dónde está el testigo?

—En la sala de interrogatorios..

Mientras se dirigían a la sala, Jackson le dio todo tipo de detalles.

—Es una prostituta, que se hace llamar Tina. Apareció en la escena del crimen. Dijo que conocía a la víctima y que la había visto con su cita anoche, hacia las dos de la madrugada. Pudo verlo.

—¿Alguna otra cosa?

—Oh, sí. Cuando regresaba a casa pasó por delante del lugar donde encontramos el cuerpo. Y vio a un tipo de espaldas, que parecía estar arrastrando algo.

—O a alguien.

—Bingo. Nos dio una descripción general. Era de media altura, peso medio y piel blanca.

—¿Y no pensó en denunciarlo anoche?

—Oh, venga, ya sabes cómo son estas cosas.

—¿Estamos seguros de que se trata del asesino de Blancanieves?

—Sin duda.

Jackson le dio una carpeta con toda la información. Santos la abrió sin detenerse. No había nada distinto a los otros asesinatos.

Entraron en la habitación. La mujer se encontraba de pie, mordiéndose las uñas con nerviosismo. Era blanca y aparentaba unos cuarenta años, aunque probablemente fuera más joven. La calle endurecía a las personas. Santos había visto a chicas de dieciséis años que aparentaban treinta.

Y parecía muy asustada.

—¿Tiene un cigarrillo? —preguntó la mujer, intentando ocultar su miedo—. Necesito fumar.

Santos miró a Jackson.

—Ve a buscar un paquete. Y trae un par de refrescos.

Jackson asintió y se marchó. No le molestaba hacer ese tipo de cosas en aquellas situaciones. Santos era magnífico con los interrogatorios, sobre todo cuando se trataba de prostitutas. Se llevaba bien con ellas porque no las juzgaba negativamente a priori, como otros agentes. Santos comprendía muy bien que odiaran a los policías.

—Hola —sonrió, haciendo un gesto hacia las sillas—. Siéntate, por favor.

La mujer no se movió.

—Soy el detective Santos. Y mi compañero, el que se acaba de marchar, el detective Jackson.

—¿Detective Santos?

—En efecto. Víctor Santos.

—Vete al infierno.

Santos arqueó las cejas, algo sorprendido. Aquella mujer parecía tener algo personal contra él.

—¿Hemos empezado con mal pie? ¿O es que he hecho algo que te ofenda?

—Claro que lo has hecho. Estar aquí. Quiero que te marches.

—Me marcharé, pero antes debes contestar a unas preguntas.

—Ya he contestado todo tipo de preguntas. No vi nada.

—¿Ah, no? Aquí dice que viste que tu amiga Billie estaba con alguien a eso de las dos de la mañana. Y también dice que viste al mismo tipo dos horas más tarde.

—No es cierto.

Jackson regresó con el tabaco y los refrescos. Dejó los cigarrillos sobre la mesa. La mujer miró el paquete y se acercó para recogerlo. Le temblaban las manos, pero al final consiguió encender uno.

Santos decidió dejarla tranquila unos segundos antes de continuar.

—¿Y qué razón tendría para mentir el agente que te tomó declaración, Tina?

—¿Cómo puedo saberlo? Sólo soy una prostituta —dijo—. Además, todos los policías mienten.

Resultaba evidente que la chica no solamente odiaba a los policías, sino que también lo odiaba a él. Santos miró a Jackson. Su compañero también lo notaba.

—¿Tomas drogas, Tina?

—Estoy limpia. No puedes encerrarme aquí. No vi nada.

—Estás mintiendo. Por alguna razón. Tal vez tengas miedo.

—Demuéstralo —apagó el cigarrillo en el cenicero—. ¿Puedo marcharme ya?

—Queremos ayudarte —declaró Santos, observándola—. Una chica ha muerto. Una amiga tuya. Y tú puedes ayudarnos a atrapar al canalla que la mató.

—Ya he dicho que no sé nada. Por otra parte sé algo de leyes. Lo suficiente como para saber que no puedes encerrarme.

—¿Es que no lo entiendes? Tú puedes ser la siguiente. Si ese tipo te vio no se detendrá hasta eliminarte. Con nosotros estarás a salvo.

—¿Vais a protegerme? —preguntó—. Qué gracioso. Sólo soy una prostituta. Queréis que hable, pero luego me dejaréis en la calle, tirada. No os importa nada lo que pueda sucederme.

—Eso no es cierto. No quiero que muera otra chica. No quiero que mueras.

—Me arriesgaré.

—Mira, Tina, hablemos un rato sobre cualquier cosa. Conozcámonos un poco mejor. Y luego, si hay algo que desees...

—No me recuerdas, ¿verdad? —preguntó la mujer—. Ni siquiera me recuerdas. De todas formas no esperaba otra cosa. Me olvidaste en el preciso momento en que te marchaste.

—¿Nos conocemos? —preguntó extrañado—. Lo siento, pero no te recuerdo. He conocido a muchas chicas y...

Tina rió con tristeza.

—Entonces no era prostituta. Ni tú eras policía.

Santos la observó con atención, pero no observó nada familiar en su rostro.

—¿Por qué no me refrescas la memoria?

—Me llamo Tina. Piénsalo. ¿No te dice nada mi nombre?

La mujer recogió su bolso, se lo puso al hombro y caminó hacia la puerta, donde se detuvo.

Santos se quedó en silencio. Pero acto seguido lo recordó. Recordó a cierta chica a la que había conocido en el colegio abandonado de Esplanade. No podía creer que aquella mujer fuera la misma niña que había conocido, la misma criatura vulnerable y sola. Recordó sus lágrimas, sus besos, el terror que sentía al encontrarse desamparada, en la calle. Y recordó también la promesa rota. La promesa de que volvería al día siguiente.

Sin embargo las circunstancias habían impedido que fuera fiel a su palabra. Veinte minutos más tarde se derrumbó su mundo y no fue capaz de pensar en nada salvo en lo que había perdido.

Miró a Tina, embargado por una profunda tristeza. Él había sido mucho más afortunado que ella.

—Ya veo que te has acordado —espetó—. No cumpliste tu promesa, maldito cerdo. Y yo te esperé. Esperé tanto tiempo...

No terminó la frase. Abrió la puerta y salió de la habitación.

Jackson se levantó como empujado por un resorte.

—Iré a buscarla.

—No, déjala. Sabemos dónde encontrarla.

—Una chica encantadora —comentó Jackson, irónico.

—Lo fue, no te quepa duda —declaró Santos con amargura—. Hace mucho tiempo fue una chica maravillosa.

52

La agente que se encontraba en el mostrador del vestíbulo acompañó a Liz al tercer piso del edificio, donde se encontraba la brigada de homicidios. Liz sonrió e intercambió unas cuantas palabras con la mujer policía antes de dirigirse al escritorio de Santos, que se encontraba al fondo de una enorme sala. Mientras pasaba ante las mesas varios agentes sonrieron y la saludaron. Liz devolvió los saludos intentando controlar su nerviosismo, con la extraña sensación de que algo iba mal.

No había visto a Santos desde el funeral, aunque lo había llamado por teléfono varias veces. Parecía distante, preocupado. Tenía la impresión de que no quería hablar con ella, impresión acentuada por el hecho de que siempre decía que no tenía tiempo.

No obstante, prefería pensar que seguramente estaría preocupado por el asunto del asesino de Blancanieves. Al menos, era su excusa preferida.

Frunció el ceño. Santos estaba pasando por un mal momento. Lily era su única familia, y al perderla se había quedado solo. No resultaba extraño que quisiera centrarse en su trabajo.

Apretó los dedos sobre la cestita de picnic que llevaba consigo. Santos no comprendía que ella podía llenar el vacío que había dejado Lily al morir. No entendía que podía realizarse de nuevo con una familia. No entendía que la necesitaba.

Lo encontró sentado junto a su escritorio, hablando por teléfono. Jackson se encontraba ante él, con expresión seria.

Automáticamente su corazón empezó a latir más deprisa. Siempre que lo veía ocurría lo mismo. Lo amaba con todo su corazón.

Jackson fue el primero en advertir su presencia. Acto seguido, Santos levantó la mirada. Durante un segundo pareció acorralado, como un animal que contemplara impotente el coche que estuviera a punto de atropellarlo.

—Hola —sonrió de manera forzada—. Pensé que tendríais hambre.

Santos se levantó para saludarla, pero no la besó. Ni siquiera la miró a los ojos.

—Muchas gracias, Liz. Es todo un detalle.

Liz dejó la cesta sobre la mesa y se volvió hacia Jackson, desesperada. Pero a pesar de todo sonrió.

—Sé que no coméis muy bien cuando estáis ocupados con un caso.

—Es por culpa del maníaco con el que trabajo —rió Jackson—. Trabaja veinticuatro horas al día y se alimenta de café.

—Hablando de trabajo —intervino Santos—, siento que no llamaras por teléfono, Liz. No has venido en un buen momento.

Jackson miró a su compañero, sorprendido. Tanto él como Liz habían comprendido perfectamente el sentido de aquellas palabras.

—Tengo que hacer una llamada —se excusó el detective—. Me he alegrado mucho de verte de nuevo, Liz. Gracias por la comida. Ya hablaremos más tarde.

Liz se despidió de Jackson, pero tuvo la sensación de que no volvería a verlo.

—¿Qué sucede?

—Tenemos que hablar. Quería llamarte, pero éste no es ni el lugar ni el momento más adecuado.

Liz lo miró, pálida. Una vez más, Glory se interponía en su camino. No podía tratarse de otra cosa.

—Maldito canalla. Te acostaste con ella, ¿verdad?

Santos la miró con expresión tan culpable que casi parecía cómico. Por desgracia, no había nada gracioso en ello.

—Vamos a algún lugar donde podamos hablar en privado.
—Te acostaste con ella, ¿verdad, Santos? —preguntó, elevando el tono de voz—. Dime que no lo hiciste. Dímelo.
—No puedo, y lo siento. No quería hacerte daño.
—Dios mío... Después de todo lo que nos hizo. ¿Cómo has podido?
—No quería hacerlo, no lo planeé así —bajó la voz—. Pero ocurrió.
—¿Y se supone que debo sentirme mejor por eso? —preguntó entre lágrimas—. ¿Crees que me tranquiliza que no lo hicieras empujado por una irresistible pasión?

Santos intentó tomarla del brazo, pero Liz no lo permitió.
—Lo siento.
—Sí, claro. ¿Cuándo pensabas decírmelo? ¿O es que estabas pensando en acostarte con las dos?

Santos miró a su alrededor, incómodo.
—Éste no es el lugar más adecuado para una discusión. Por favor, vayamos a otro sitio.
—¿Para qué, para que intentes explicarte? ¿Para intentar que me sienta mejor? Olvídalo.
—No quería hacerte daño. Por Dios, es lo último que querría hacer. Como he dicho antes, no sé lo que ocurrió. Pero ocurrió.
—Y supongo que ahora vas a decir que todo fue un error. Supongo que vas a pedirme perdón, que vas a insistir en que las cosas pueden seguir como antes.

Liz no pudo negar la llama de esperanza que aún vivía en su interior. En el fondo estaba dispuesta a perdonarlo por mucho dolor que le hubiera causado.

Pero Santos no dijo nada. Su silencio fue muy clarificador. Liz se sintió completamente ridícula. Se había expuesto de forma innecesaria con aquellas palabras.
—No debí confiar en ti. No debí creerte cuando dijiste que no la querías.
—No la quiero. Pero ahora me doy cuenta de que tú y yo no tenemos ningún futuro. Y no sería justo contigo si te engañara.

El odio que sentía hacia Glory Saint Germaine se incrementó. Le había robado la oportunidad de estudiar y ahora le robaba al hombre que amaba. Si seguía así terminaría arreglándoselas para quitarle también el restaurante y el aire que respiraba.

Santos pareció leer sus pensamientos. La tomó del brazo y la obligó, cariñosamente, a mirarlo.

—No tiene nada que ver con ella. Es algo sobre nosotros, sobre lo que sentimos el uno por el otro.

Liz hizo un esfuerzo para no llorar, para no humillarse aún más.

—Bueno, supongo que no puedes ser más claro de lo que eres.

—Lo siento, Liz. Me gustaría que pudiéramos seguir siendo amigos...

—No digas eso, por favor. Te quiero tanto que querría estar siempre a tu lado y... Duele más de lo que puedo soportar.

—Liz, lo siento tanto...

—Ya te has disculpado, Santos. Pero si realmente lo sintieras no te habrías acostado con ella, en primer lugar. No lo habrías hecho de haber sido cierto todo lo que dijiste sobre Glory y sobre tus sentimientos. Pero eran mentiras, ¿no es verdad? Todo lo que me dijiste era mentira.

—No —negó con la cabeza—. No te he mentido nunca.

—No. Hiciste algo más peligroso. Te mentiste a ti mismo. No quiero volver a hablar contigo. No quiero volver a verte. Y te aseguro que no os perdonaré a ninguno de los dos por lo que habéis hecho. En toda mi vida.

53

En los últimos días de su vida, Lily había cambiado su testamento. Por irónico que fuera había dejado la casa de River Road a Glory y todo lo demás a Santos. Y el anuncio oficial supuso un verdadero golpe para el detective. No pensaba que mereciera la casa, ni le preocupaba en modo alguno lo que valiera. Pero la amaba.

Había sido su hogar.

Santos miró al albacea sin poder creer lo que había oído.

La casa de River Road se había convertido en la mansión de Glory, y ya no podría volver nunca a su hogar.

Hasta entonces no se había dado cuenta de lo importante que era aquella casa en su vida.

Miró a Glory. Al parecer ella también estaba sorprendida. Al sentir su mirada lo observó como disculpándose.

Lo último que necesitaba Santos era la simpatía o la lástima de aquella mujer. Ya se sentía suficientemente mal después de haberle demostrado que la deseaba, después de haber hecho el amor con ella.

Por desgracia, desde el día en que se acostaron juntos la deseaba aún más. El simple hecho de verla se había convertido en una verdadera tortura. Y no podía hacer nada. Glory Saint Germaine era territorio prohibido.

Veinte minutos más tarde salieron del pomposo despacho del albacea y se dirigieron a los ascensores. Santos la miró y dijo:

—Felicidades.

—Gracias. Yo... Lo siento. No tenía idea de que planeara... No lo esperaba.

—Olvídalo —dijo, en el preciso momento en que se abría el ascensor—. No sé qué habría hecho con la mansión si me la hubiera dejado.

—Podrías haberla vendido.

—No, jamás. De todas formas, no podría mantenerla con mi sueldo de policía. Es mejor que la tengas tú.

Glory tocó su brazo con suavidad, pero Santos se apartó.

—Sé que amas esa casa. Sé que la querías.

—¿Ahora te dedicas a leer las mentes de los demás?

—No es necesario. El día que estuvimos en River Road pude ver la expresión de tus ojos. Y he observado tu gesto cuando supiste que Lily me la había dejado en herencia.

—Tú también la quieres —se encogió de hombros—. Qué más da.

Una vez abajo, cruzaron el vestíbulo en dirección a la salida.

—Me preguntaba una cosa —dijo Glory.

—¿Qué?

—Doce años atrás mi madre necesitó un préstamo familiar para pagar las deudas del hotel. Al menos fue lo que dijo entonces. Lo supe cuando me hice cargo del Saint Charles. Era una suma bastante importante. No pregunté nada porque entonces creía que su familia existía, y que era muy rica.

—Lily era su única familia.

—Exacto. Entonces, ¿de dónde sacó el dinero?

—¿Cuánto era, exactamente? —frunció el ceño.

—No lo sé, tendría que revisar la contabilidad. Pero creo que varios cientos de miles de dólares. Cuatrocientos... No, quinientos mil.

—¿Cuándo fue? ¿Lo recuerdas?

—Hace diez años, casi once. El año en que... El año en que murió mi padre.

1984. El año en que se habían conocido. El año en que descubrió que Lily era la madre de Hope. El año en que, repentinamente, Lily empezó a tener problemas económicos.

Él no se había ocupado nunca de los asuntos económicos de Lily, y no había hecho preguntas al respecto. No era asunto suyo, ni le importaba en modo alguno su hipotética riqueza.

Sin embargo, ya entonces le había parecido extraño que empezara a tener problemas cuando siempre había vivido de forma más que desahogada. No se había preocupado nunca por el dinero, y estaba acostumbrada a comprarse todo lo que le apeteciera.

Pero las cosas habían cambiado de forma súbita. Lily empezó a controlar los gastos, dejó de donar fuertes sumas a organizaciones de solidaridad, dejó de permitirse caprichos y hasta dejó de ir al cine.

Las piezas encajaban. Lily habría hecho cualquier cosa por su hija, incluso empeñarse hasta las cejas. Ahora comprendía qué significaban aquellos sobres que entregaba a Hope Saint Germaine. Tras la traición de Glory lo había olvidado por completo. Eran cheques. Pero aún no sabía qué le entregaba Hope a cambio.

—¿Qué sucede, Santos?

Santos parpadeó. Se había olvidado de todo lo demás.

—Oh, estaba pensando —sonrió, ausente—. Estoy cansado. Ha sido una mañana muy larga.

El detective abrió una de las enormes puertas de cristal y la mantuvo así para permitir que Glory saliera. Había empezado a lloviznar, y se subió el cuello de la chaqueta.

—¿Dónde has aparcado el coche?

—Un poco más arriba.

—El mío está aquí mismo. ¿Quieres que te lleve?

Glory dudó, pero negó con la cabeza.

—No, gracias, no está tan lejos.

—Si estás tan segura... tengo que marcharme.

—Estoy segura.

Santos se alejó, pero apenas había dado unos pasos cuando oyó que lo llamaba.

—¿De dónde crees que sacó mi madre ese dinero? —preguntó Glory.

Santos aún no estaba seguro. Lo sospechaba, pero a pesar de todo se encogió de hombros y disimuló. No quería decir nada, al menos de momento.

—No lo sé, Glory. Tal vez deberías preguntárselo a ella.

54

Hope miró a Víctor Santos con disgusto. Lo recorrió lentamente con la mirada y sonrió con frialdad, sin tomarse la molestia de ocultar lo que sentía.

—¿Qué puedo hacer por usted, detective? Tengo entendido que ha venido en calidad de policía.

Santos levantó una ceja, divertido.

—¿Le ha dicho eso el ama de llaves? No sé de dónde habrá sacado tal idea. Lo siento, pero esta visita es estrictamente personal.

Hope reforzó su aire de superioridad divertida y señaló la puerta con un gesto.

—Entonces, le ruego que se marche.

—No creo que quiera que me vaya —entró en el vestíbulo y miró a su alrededor sin disimular la curiosidad—. Es una cabaña muy acogedora.

Seguía hablando con sarcasmo, sin tomársela en serio. Hope cerró fuertemente los puños, furiosa por tener que soportar su compañía por el hecho de que fuera agente de policía. Si no lo fuera, no lo habría recibido.

—No tengo nada que decirle.

—Eso lo veremos —la miró a los ojos—. Tengo algo que creo que puede interesarle.

—Dudo que me interese nada que usted tenga que decir —se cruzó de brazos, sintiendo curiosidad a pesar de sí misma–. Pero si insiste en seguir con este ridículo jueguecito, le concederé un minuto.

–Insisto –sonrió Santos–. ¿Se ha enterado de que su madre ha muerto?

–Por supuesto –dijo con un tono que no dejaba duda de lo poco que le importaba.

Observó en la forma en que Santos apretaba los labios que había conseguido lo que se proponía.

–Ha dejado a Glory la casa. El sitio en que pasó la niñez. ¿También sabe eso?

Lo sabía. Cuando Glory se lo contó sintió deseos de matar a Víctor Santos. Seguía sintiéndolos. Había pasado toda su vida intentando proteger a Glory contra el legado de las Pierron, y ahora, por culpa de aquel hombre, su hija era la dueña de la casa del pecado.

–A mí me ha dejado todo lo demás –prosiguió Santos.

–Ya me he enterado. No me dice nada nuevo, detective, así que si no hay nada más... –miró el reloj, impaciente–. Se le ha acabado el tiempo.

Empezó a caminar hacia la puerta, pero él no la siguió. Abrió de par en par y se volvió para mirarlo.

–Que tenga un buen día, detective –dijo deseosa de arrancarle la sonrisa de la cara.

–¿Tiene quinientos mil dólares a mano, señora Saint Germaine?

Se quedó congelada. El muchacho diabólico rió. La oscuridad podía asumir muchas formas.

–Exactamente –dijo Santos–. Un fantasma de su pasado ha vuelto para acosarla.

Hope se esforzó por conservar la calma.

–No sé de qué me habla –dijo con frialdad.

–¿No? –dijo un paso hacia ella–. ¿Qué hay de tres pagarés en los que promete devolver, cuando se le solicite, la suma de quinientos mil dólares? ¿Le he refrescado suficientemente la memoria?

Dio otro paso hacia ella. Hope dio un paso atrás. Su corazón latía con fuerza. El sol le daba en la espalda.

–Lily la ayudó a salir de un embrollo bastante caro en

1984, ¿no? —prosiguió Santos—. El hotel estaba endeudado. Lily tuvo que gastarse prácticamente todo lo que tenía, pero le dejó ese dinero. Yo hice las tres entregas cada vez que usted me mandaba a ella con uno de esos pagarés —entrecerró los ojos—. Usted sabía que nunca intentaría pedirle que le devolviera el dinero. Sabe que lo único que quería era pasar un poco de tiempo con usted. Me pongo enfermo cuando pienso en lo mucho que la quería y lo mal que usted la trató.

—Exactamente —dijo Hope, levantando una ceja con arrogancia—. Nunca intentó pedirme que le devolviera el dinero. Ahora todo ha terminado, porque ha muerto.

—Lo siento, pero las cosas no funcionan así. Los pagarés son como las acciones, los bonos y otros activos negociables. Se pueden transmitir.

Hope empezó a sudar. El sol le resultaba insoportable en la espalda. La sangre bullía en su cabeza, cerrándola a todos los sonidos con excepción de la voz de Santos.

—Ya pagué mi deuda con ella —le dijo, temblorosa—. Le di el tiempo que quería.

—No le dio nada —cerró los puños—. Se fue a la tumba añorando el perdón y el amor de su hija, pero usted no pudo concederle ni siquiera eso. Ni siquiera le hizo una breve visita al hospital.

—No puede demostrarlo. No puede demostrar que no...

—Pero tengo los pagarés. Los he heredado —se inclinó hacia ella—. Si hubiera pagado su deuda, ella se los habría devuelto.

Hope se llevó una mano a la garganta.

—¿Qué quiere de mí?

Santos levantó las cejas, como si estuviera sorprendido.

—Qué cosas tienes, Hope, cariño. Quiero mi dinero.

Hope dio otro paso atrás, y la luz del sol la golpeó en los ojos.

—¡Bastardo!

Santos rió.

—Parece que últimamente me llaman bastardo muy a menudo. Y siempre lo hace una Saint Germaine.

Hope no soportaba el sol y el calor. Entró en el fresco y

oscuro vestíbulo. Se esforzó por recuperar el aliento, dándose cuenta de lo atemorizada que estaba. No tenía quinientos mil dólares. No los tenía.

Hope se frotó los brazos, repentinamente helada.

—¿Cómo puedo saber que los pagarés no son falsos? ¿Cómo puedo saber que los tienes?

—Te aseguro que no son falsos, y creo que lo sabes tan bien como yo —se metió las manos en los bolsillos—. Los tiene mi abogado —sonrió al ver su expresión—. Sí, claro que he hecho mis deberes. He contratado a un buen abogado. Habrás oído hablar de Hawthorne, Hawthorne y Steele, ¿no? Pues ponte en contacto con el señor Steele. Es el mejor abogado de la ciudad, tal vez de todo el sur de los Estados Unidos.

Hope empezó a temblar. Había oído hablar de Kenneth Steele. En efecto, era el mejor.

—No importa —dijo—. No tengo el dinero.

—Pero puedes conseguirlo. A fin de cuentas, Lily lo consiguió —miró a su alrededor—. Y vivía con menos lujos.

—Pues yo no puedo.

Santos chasqueó la lengua, divirtiéndose visiblemente a su costa. Hope sintió deseos de arrancarle los ojos.

—Estoy seguro de que este sitio vale medio millón de dólares, y probablemente mucho más. Estoy seguro de que el Saint Charles, o por lo menos la mitad que posees, vale más que eso —se volvió a meter las manos en los bolsillos—. Imagínate, la socia del callejero Víctor Santos. O mejor aún, imagíname viviendo en la mansión de los Saint Germaine.

—¡Nunca! —dijo con rabia—. Nunca sería socia de una... criatura como tú. Y quemaría esta casa antes de permitirte poseer un solo ladrillo.

Santos entrecerró los ojos.

—¿No te han enseñado nunca a ser amable con los demás? ¿Dónde estabas cuando enseñaron esa lección en tu colegio —sacudió la cabeza, torciendo la boca—. Aunque tal vez pienses que eres tan rica y poderosa que no tienes por qué preocuparte por esas nimiedades. Tal vez pienses que no debes preocuparte por los premios ni por los castigos. Ni por pagar tus deudas. Evidentemente, no pareces pensar que debas tratar con cierta consideración a la gente. Pues ha llegado el momento de que cambies de actitud. Ha llegado el momento de que empieces a pagar. Estás en deuda con Lily, y vas a pagar tu deuda.

Hope se apartó y cruzó el vestíbulo, huyendo de él. Se detuvo frente a un espejo convexo y contempló su imagen distorsionada, intentando decidir qué hacer con aquella situación. El hotel valía mucho menos que en el pasado. Tenía otras inversiones, que junto con los beneficios del hotel, le permitían mantener su nivel de vida. Otras de sus necesidades habían demostrado hacerse cada vez más caras con el paso de los años.

Como en un castillo de naipes, si quitaba una pieza todas las demás se desmoronarían.

No sabía qué podía hacer.

—Puede haber otra solución —dijo Santos con suavidad.

Se encontró con su mirada en el espejo.

—¿Otra solución?

—La verdad es que el dinero no me importa. No quiero para nada su casa ni su hotel, ni ninguna otra cosa que le pertenezca.

Hope se volvió lentamente para mirarlo. Contempló sus ojos, buscando en ellos el sarcasmo habitual. Pero estaba muy serio.

—¿De verdad?

—De verdad —se colocó delante de ella—. A quien quiero es a Lily.

—Pero está muerta.

La expresión de Santos se endureció.

—Pero su recuerdo no lo está. Lo que siento por ella sigue vivo. He decidido darle lo que más deseó en su vida, aunque se fue a la tumba sin ello.

—¿De qué se trata?

—De su hija.

Hope lo miró confundida.

—No lo entiendo.

—Tendrá que admitir públicamente que Lily era su madre. Dirá a todo el mundo quién es y de dónde viene.

Hope dio un paso atrás. Sus piernas amenazaban con dejar de sujetarla.

—No puede hablar en serio.

—Créame, hablo completamente en serio —la miró con desprecio—. Tal vez debería sentarse.

Hope asintió y se desplomó en un sillón que había junto al espejo.

—Adelante.

—Si quiere que no le reclame el medio millón de dólares que me debe tendrá que hacer una serie de cosas. En primer lugar contratará dos espacios publicitarios de una página, y publicará en ellos su verdadera ascendencia. El primero en el dominical del *Times Picayune,* y el segundo en la revista *New Orleans,* en el interior de la portada —se metió las manos en los bolsillos y paseó—. Como he dicho, en esos anuncios deberá reconocer su verdadera ascendencia, confesará sus años de mentiras y expresará su profunda y eterna aflicción por haber abandonado cruelmente a su amantísima madre.

—¿Qué mas? —preguntó tensa, cerrando los puños.

Santos sonrió.

—Celebrará una enorme fiesta, una gala en honor de Lily. Invitará a todos sus amigos importantes y a todas las autoridades de la ciudad. Al alcalde, al jefe de policía y tal vez hasta al gobernador. Por supuesto, una vez más reconocerá públicamente a Lily.

—Y por supuesto —añadió Hope con amargura—, usted asistirá para asegurarse de que sigo sus instrucciones al pie de la letra.

—No sea ingenua. Esto me cuesta quinientos mil dólares, y quiero que todo salga perfectamente.

—¿Y si sigo las instrucciones?

—Los pagarés serán suyos.

Hope lo miró atónita.

—Eso es una locura. ¿Por qué lo hace en realidad?

La contempló detenidamente, arqueando los labios en un gesto de disgusto.

—Ya sé que no puede entenderlo. No entiende que quisiera tanto a Lily, que piense que se lo debo todo, incluso mi vida. Está por encima de usted el comprender que puedo darle lo que más deseaba en el mundo y no me importa lo que me cueste. Aunque mis motivos no son completamente altruistas. Disfrutaré viendo cómo hace lo que debería hacer, por una vez en su vida, como un ser humano decente.

Hope guardó silencio durante un momento. El odio creció en su interior, retorciéndose en sus entrañas. Lo mataría si pudiera.

Pero había otras formas de hacerle pagar aquello. Encontraría la forma. Aunque fuera lo último que hiciera en su vida, la encontraría.

Lo miró fijamente a los ojos.

—Es muy imprudente por su parte.

Santos levantó una ceja.

—¿Por qué? ¿Es que va a vengarse por esto? ¿Me está amenazando?

Hope se limitó a sonreír.

55

La casa de River Road dio la bienvenida a Glory. La llamaba por su nombre, en voz baja y suave, como lo haría un amante. Estaba al final del largo camino arbolado, mirándola maravillada, pensando que era la mansión más bonita que había visto en su vida. Sacudió la cabeza. Tres semanas después de la lectura del testamento de Lily, seguía sin poder creer que fuera suya.

A lo largo de las semanas anteriores había ido allí tanto como había podido. En algunas ocasiones, como la noche anterior, había dormido allí. Otras veces sacaba un par de horas de su apretada agenda para ir a visitarla.

Se agachó para recoger una brizna de hierba y se la llevó a la nariz. La casa la atraía fuertemente. Allí se sentía feliz, tranquila y relajada. Tenía la impresión de que aquél era su lugar.

Empezó a caminar hacia la casa lentamente. Aquel día no tenía que estar en ningún sitio. Había decidido que el hotel podía seguir funcionando sin ella. Durante las semanas anteriores se había dedicado a repasar cajas de recuerdos y fotografías y a examinar los libros de contabilidad. Sus antepasados habían llevado a cabo allí un negocio muy rentable. No entendía que Lily hubiera muerto con tan pocas pertenencias.

Glory bostezó y se pasó los dedos por el pelo. La noche anterior había encontrado unos cuantos diarios pertenecientes a sus antepasadas. Algunos se remontaban a Camelia, la primera de las Pierron. También estaban los diarios de algunas de las chicas que trabajaban en la casa.

Las narraciones de sus vidas la fascinaban y la descorazonaban a la vez. Pasó gran parte de la noche leyendo, hasta que le dolieron los ojos y la cabeza. Al final, la fatiga la había obligado a guardar los diarios, pero tenía la intención de seguir leyendo durante el día.

Un pájaro se puso a cantar en las ramas del árbol contiguo. Miró hacia arriba, y una suave brisa recorrió su rostro. Oyó el sonido de un coche que avanzaba por el camino.

Se volvió, con el corazón en la garganta.

Era Santos.

Lo contempló con sensación de inevitabilidad. Siempre había pensado que Santos era su media naranja, y siempre lo había usado como medida para juzgar a los demás hombres. Era lógico que estuviera allí, apareciendo de la nada. Tal y como había aparecido en su vida por primera vez.

Detuvo el coche a su lado. El viento que entraba por la ventanilla bajada le revolvía el pelo.

Deseaba tocárselo, acariciárselo, pero se metió las manos en los bolsillos.

—Hola, Santos.

—Tenemos que hablar.

Glory sonrió con calma, aunque su corazón se había desbocado.

—De acuerdo. Vamos a la terraza del primer piso.

Santos asintió y aparcó el coche. Caminaron juntos a las escaleras que conducían a la terraza.

Santos examinó la casa, pensativo.

—Es la primera vez que vengo después de la muerte de Lily.

—Te trae recuerdos, ¿verdad?

—Sí —la miró a los ojos—. Buenos recuerdos.

Glory se metió las manos en los bolsillos de los pantalones.

—A mí también, aunque no tenga sentido, porque mi historia no está aquí.

—Tu historia está aquí, más que la mía, aunque de forma distinta.

Glory pensó en Lily y en los diarios, y se le hizo un nudo de emoción en la garganta.

—¿Quieres un té helado, un refresco, o algo?

Santos negó con la cabeza.

—No, gracias.

No quería nada de ella. Glory apartó la vista y después se volvió para mirarlo de nuevo.

—¿Cómo sabías que estaba aquí?

—Una premonición —sonrió—. Y un soplo de un empleado de tu hotel. Es curioso que una placa de policía abra tantas puertas.

—Y la premonición, ¿a qué se ha debido?

A la cara que pusiste cuando te enteraste de que Lily te había dejado la casa.

La sonrisa de Glory se desvaneció.

—Lo siento. Sé que querías...

—No lo sientas. Yo no lo siento.

—Mentiroso —dijo suavemente pero sin malicia, sorprendiéndose—. Veo la verdad en tus ojos.

Santos inclinó la cabeza, reconociendo que era cierto, y caminó hasta la barandilla para mirar el paisaje.

—No estoy enfadado, Glory.

—Sólo estás triste.

—Algo así —se volvió para mirarla—. Ahora que la casa es tuya, ¿qué te parece?

—Me encanta. Tengo la sensación de que mi sitio está aquí —se colocó a su lado y siguió su mirada—. No entiendo la atracción que este sitio, esta casa, ejerce sobre mí. Pero es innegable. Me confunde, y tal vez me asusta.

Santos la miró a los ojos. Se quedaron en silencio, mirándose. Al cabo de un rato que pareció infinito, él apartó la vista y volvió a mirar al río.

Glory tragó saliva. Echaba de menos la conexión entre ellos. Se sentía dolida, de una forma irracional. Santos también ejercía una fuerte atracción sobre ella. Sobre su vida y sobre su corazón. Desde el primer momento en que lo vio hasta el presente, a lo largo de tantos años. No entendía lo que sentía por él más que lo que sentía por la casa.

Suspiró. Mucho tiempo atrás había dicho a Liz que Santos y ella estaban destinados. Ahora le parecía una tontería, una afirmación ingenua hecha por una adolescente.

Pero en cierto modo era verdad. No parecía capaz de librarse de él. No podía olvidarlo. No podía seguir viviendo sin pensar en él.

Desde que habían estado juntos se sentía atormentada por la añoranza. Lo deseaba. Quería estar con él de nuevo.

Santos se volvió de repente y la miró a los ojos. Glory sabía que podía leer todos sus pensamientos, en su cara y en sus ojos. No intentó ocultarlos; no intentó fingir. Quería que supiera cuánto lo echaba de menos.

Se sentía poderosa, valiente y llena de vida. Una risa incrédula afloró a sus labios, aunque no la dejó escapar. Era posible que la casa la estuviera afectando. Tal vez la lectura de los diarios influyera sobre ella. En cierto modo había cambiado después de leer las vidas de mujeres que tenían valores muy distintos a los que le habían inculcado, que entregaban el cuerpo sin amor y podían encontrarlo repugnante, pero en ningún modo vergonzoso.

O tal vez había conseguido por fin entender sus necesidades.

Llevó una mano al rostro de Santos y lo acarició suavemente, primero en la mejilla y después en la boca.

—Te deseo.

Él tomó su mano con la suya.

—Glory, yo...

—No.

Se llevó sus dedos a los labios y los besó, mordisqueándolos. Se sentía sincera. Más sincera que en toda su vida.

La última vez que había sido sincera con un hombre no lo había entendido. Era muy joven y no tenía experiencia. Ahora sabía todo lo que tenía que saber. Sabía satisfacer a su amante.

—Tú también me deseas —murmuró—. Lo sé.

—Sí —dijo Santos excitado—. Sí. Te deseo, pero...

—No —negó con la cabeza—. Nada de peros. Ven.

Lo condujo al interior de la casa, a una de las grandes camas del piso superior. Las ventanas estaban abiertas, y la brisa del Misisipi agitaba las cortinas de encaje. La luz del sol iluminaba el suelo, las paredes y la cama.

Se dejaron caer juntos, bañados por la luz. Los segundos se transformaron en minutos, y después en horas. El tiempo se detuvo y a la vez se les escapaba entre los dedos mientras se exploraban mutuamente.

Glory pidió a Santos lo que quería, y él le dio todo lo que deseaba. Cuando él pedía, ella daba. Fue un acto exquisito y perfecto, tierno y salvaje, frenético y tranquilo. Al final Glory entendió completamente en qué consistía ser una mujer.

Después estaban entrelazados en la cama, empapados en sudor y sin aliento, pero completamente relajados. Santos no se apartó, y Glory se alegró de ello, aunque no albergaba ninguna ilusión con respecto a lo que había ocurrido entre ellos.

Pasó los dedos por su pecho. Le encantaba sentir su carne firme y musculosa.

—¿Lo sientes? —le preguntó con suavidad.

—No —inclinó la cabeza para mirarla a los ojos—. ¿Y tú?

Glory negó con la cabeza.

—¿Cómo iba a sentirlo? Ha sido maravilloso.

Santos sonrió, complacido, y volvió a mirar el elaborado medallón del techo.

Glory siguió su mirada.

—Es una casa preciosa, ¿verdad?

—Desde luego. ¿Has decidido qué vas a hacer con ella?

—No. Aún no he llegado tan lejos —apretó la mejilla contra su pecho, pensando en el momento y en el futuro—. Es un sitio con mucha historia. Forma parte de Luisiana. Es una casa especial, única y maravillosa. No debo cambiarla —respiró profundamente—. Las mujeres que vivieron aquí merecen ser recordadas.

—Podrías vivir aquí.

Glory negó con la cabeza.

—Me gustaría, pero está demasiado lejos del hotel. Además creo que me sentiría muy sola.

A no ser que Santos estuviera con ella.

Aquella idea saltó por sí sola a su cabeza, y la apartó en silencio. No le serviría para nada empezar a pensar en compartir la vida con Santos. No le serviría para nada empezar a pensar en el amor. No iba a ocurrir, y si se permitía el lujo de albergar esperanzas terminaría saliendo dañada.

Tenían demasiado pasado para que pudiera haber un futuro.

—¿Dónde te deja eso? —preguntó Santos, interrumpiendo sus pensamientos.

—También tengo que tomar varias decisiones con respecto al hotel. Tendré que efectuar varios cambios —suspiró—. Cambios que mi padre no habría aprobado.

—El tiempo cambia las cosas, Glory.

—Ya lo sé —apretó los labios contra su hombro para contener las lágrimas—. Pero me habría gustado gestionar el hotel tan bien que no se hubiera visto afectado por ningún cambio. Me gustaría haber podido mantenerlo como fue siempre. Sé que es una tontería.

—Nada de eso —murmuró acariciándole la espalda—. Es una autocomplacencia derrotista. El tiempo lo cambia todo. No te engañes. Si tu padre siguiera con vida, también él habría tenido que hacer ajustes para enfrentarse a los retos actuales.

—Gracias —dijo mirándolo a los ojos—. Eso me hace sentir mejor. Lo quería mucho.

—Ya lo sé —los dedos de Santos se detuvieron—. Tengo que decirte una cosa.

Glory se enderezó, apoyándose en un codo, y lo miró con el ceño fruncido.

—Eso ha sonado muy serio.

—Lo serio que sea depende de tu perspectiva.

—No lo entiendo.

—Sé de dónde sacó tu madre el dinero para salvar el hotel hace diez años.

—¿De verdad? ¿De dónde?

—Se lo dio Lily.

Santos explicó que el comentario que había hecho el día de la lectura del testamento lo había hecho pensar en la correspondencia que había llevado al hotel tantos años atrás y sobre lo que Hope enviaría a Lily. Tampoco se le había escapado que el nivel de vida de Lily cambió después de aquello. Después le dijo que, buscando entre las pertenencias de Lily, había encontrado tres pagarés, firmados por su madre, en los que se comprometía a devolver la suma de quinientos mil dólares.

—No entiendo —Glory respiró profundamente, sin dar crédito a sus oídos—. ¿Quieres decir que mi madre te debe medio millón de dólares?

—Sí y no. Le he ofrecido un acuerdo.

—Un acuerdo —repitió Glory—. ¿Quieres decir que ya has hablado con ella de esto?

—Sí, después de consultar a un abogado.

—Ya veo —se sentó y se pasó una mano por el pelo, sin sorprenderse al ver que temblaba—. ¿Cuánto hace que encontraste esas notas?

—Dos semanas.

Glory se volvió para mirarlo a los ojos.

—Y me lo dices ahora. Muy amable, Santos. Muchas gracias por el voto de confianza.

—Tenía motivos para no decírtelo antes.

Aquello le hizo daño, porque decía mucho sobre su relación. Mejor dicho, demostraba que no tenían ninguna relación. Simplemente se habían acostado juntos un par de veces.

El sexo no era lo mismo que el amor. No constituía una relación. Y desde luego no era lo que habían compartido tantos años atrás.

Era lo que Glory quería, pero no lo tendría nunca. Se mordió el labio, negándose a llorar. No quería reconocer cuánto le dolía que no confiara en ella, que no la considerase lo suficiente para decirle que su madre le debía quinientos mil dólares.

—¿Y antes de esto? —señaló con un gesto la cama revuelta—. ¿No crees que tenías la obligación moral de decírmelo antes de acostarte conmigo?

Santos la examinó con la mirada.

—¿Eso habría cambiado algo?

Glory alzó la vista al techo. Tal vez no habría cambiado nada antes, pero después, en aquel momento, le parecía que la diferencia era abismal. Si se lo hubiera dicho no le dolería tanto que no podía soportarlo.

Hundió los dedos en la sábanas.

—¿A eso has venido?

Le rogó en silencio que no fuera así, que le dijera que había ido a verla porque pensaba en ella, porque quería verla y estar a su lado.

—Sí.

Glory respiró profundamente y bajó los pies de la cama.

—He sido tan idiota que he pensado que venías por otros motivos.

—No te pongas así.

Se sentó y alargó una mano hacia ella, pero Glory se levantó de la cama, llevándose la sábana. Se envolvió cuidadosamente en ella y se volvió para mirarlo.

—¿Se puede saber qué trato has ofrecido a mi madre? ¿Que te pague un sesenta por ciento? ¿Un cuarenta?

Santos entrecerró los ojos.

—¿Por qué iba a hacer algo así, Glory? Pidió el dinero prestado a Lily, dejándola en la ruina. Le prometió que se lo devolvería y no lo hizo. Lily me legó esos pagarés. Quería que yo los tuviera.

Glory se puso tensa.

—Por supuesto —dijo con frialdad—. Tienes derecho a su herencia —se puso la camiseta y volvió a mirarlo a los ojos—. Tengo cosas que hacer. Será mejor que te vayas.

Santos la miró furioso.

—¿Se puede saber qué te pasa, princesa? ¿Es que crees que debería perdonar la deuda a tu madre porque tienes un buen polvo?

—Vete al infierno.

Se volvió y caminó hacia el cuarto de baño. Santos la siguió, y consiguió detener la puerta cuando ella estaba a punto de cerrarla en sus narices.

—¡Fuera de aquí! —dijo tapándose, a pesar de que un momento atrás estaban los dos desnudos.

—A diferencia tuya y de tu madre, el dinero no significa nada para mi. Le he dicho que le perdonaré la deuda si reconoce públicamente a Lily. Ése es el trato que le he ofrecido.

Glory lo miró con incredulidad, atónita. No podía dar crédito a sus oídos.

—No querrás decir que vas a olvidarte de...

—Eso es exactamente lo que quiero decir —rió con amargura—. No me importan nada el dinero, ni el hotel, ni nada que pudiera sacar de esto. No me gustó la forma en que tu madre trató a Lily. Le hizo mucho daño. Y estoy dispuesto a obligarla a resarcirla por lo que hizo, aunque vaya a costarme medio millón de dólares.

Se volvió y empezó a alejarse. Glory lo miró, con el corazón en un puño. Le tendió la mano.

—Lo siento.

Santos se detuvo, pero no se volvió.

—¿Qué es lo que sientes?

—Te he juzgado mal. Estaba enfadada, y dolida porque no hubieras confiado en mí. Me ha hecho daño que no me dijeras antes lo que habías averiguado.

—¿Debería decírtelo, Glory? —se volvió para mirarla—. ¿Debería confiar en ti?

Ella levantó la cabeza.

—Sí.

—¿Es que tú confías en mí? ¿Crees en mí? —negó con la cabeza cuando ella abrió la boca, probablemente para contestar que sí—. No creo. Ni siquiera tengo la impresión de que hayas creído en mí realmente. Si hubieras creído en mí... —se tragó las palabras—. Olvídalo.

—¿Cómo puedo demostrarte que te equivocas? —dio un paso hacia él—. Quiero demostrártelo.

Santos la miró sin pestañear.

—No creo que puedas, Glory. Probablemente es demasiado tarde para eso.

Se le formó un nudo en la garganta. Hizo un esfuerzo para tragárselo. Ya no era una adolescente de dieciséis años; era una mujer. Y sabía lo que quería. Quería a Santos. Quería ser su amante. Quería mantener una relación con él.

Lo quería todo. Más de lo que nunca tendría con él.

—Me gustaría volver a verte. Me gustaría volver a... estar contigo. Así —se acercó a él y respiró profundamente, más asustada de lo que había estado en mucho tiempo—. ¿Es eso posible, Santos?

—Depende.

—¿De qué?

—De ti. De lo que estés dispuesta a aceptar de mí. De cuánto sea suficiente —inclinó la cabeza y capturó su boca en un breve beso—. Lo que yo siento no va a cambiar. Hasta la próxima, princesa.

56

Hope bajó por el débilmente iluminado pasillo. El rancio olor de la decadencia le revolvía el estómago. Contuvo la respiración, pero el hedor seguía asfixiándola, y se dio cuenta, horrorizada, de que era su propio olor el que corrompía el aire.

Cerró fuertemente los ojos, con la cabeza llena de la imagen de sí misma y el hombre retorciéndose en la cama, enredándose como dos serpientes. Se había entregado al placer profano de sus manos y su boca, y después había blandido el látigo, para castigarlo por sus pecados.

Pero la bestia seguía pidiendo más. Un gemido de terror escapó de sus labios, y se llevó la mano a la boca para contener el siguiente. Últimamente quería siempre más, por mucho que cediera a su poder.

Por culpa de Santos.

En lo alto, la luz se filtraba entre las contraventanas cerradas. Se envolvió fuertemente en el echarpe. Estaba convencida de que triunfaría el bien. No podía ser de otra forma.

Si no era así, estaría perdida.

Se acercó a la luz. Unos pasos más y estaría fuera de aquel lugar abandonado de Dios, y tal vez la bestia se aplacaría. contó los pasos hasta que llegó a la puerta y salió apresuradamente.

El aire fresco le aclaró la cabeza, aunque no podía dejar de temblar. Respiró profundamente y corrió a su coche, con la esperanza de que nadie la viera. No había sido capaz de esperar a que llegara la noche a esconderla. La bestia no quería esperar, ni siquiera una hora más.

Llegó al coche y se metió dentro. Sólo entonces se permitió un momento de calma. Tal y como esperaba, la luz del sol había vencido sobre la oscuridad, y su cabeza había recuperado el silencio. Se aferró fuertemente al volante y apoyó la cabeza en las manos. Cerró los ojos.

Los días y semanas que habían transcurrido desde que Víctor Santos apareciera en su puerta para amenazarla habían sido una pesadilla. Después de hablar con su abogado había hecho lo que le pidió el policía, siguiendo cada una de sus instrucciones al pie de la letra, aunque era algo que la ponía enferma. A ojos de todo el mundo había desempeñado el papel de pobre víctima, de hija amantísima que, para salvar su vida, había huido de una madre a la que adoraba.

De forma sorprendente, sus amigos y conocidos, ya fueran de negocios o personales, habían estado a su lado, aunque sabía las habladurías que se habrían extendido como la pólvora por la alta sociedad de Nueva Orleans. Delante de ella aplaudían su valor. Delante de ella la comprendían, y afirmaban compartir sus sentimientos.

Pero vio las miradas que intercambiaban cuando creía que ella no los veía; vio el horror y la repugnancia en sus ojos. Toda su vida había cambiado. Hasta el padre Rapier la miraba con otros ojos.

Estaba convencida de que todo el mundo la despreciaba por ser descendiente de una casta de rameras, y que la consideraban marcada por el pecado.

El autodominio del que se enorgullecía en el pasado, en el que siempre había confiado, la abandonaba cada vez más a menudo.

Abrió los ojos. La luz del sol la cegó, pero acogió el dolor de buen grado. Se miró la palma de la mano derecha, enrojecida y magullada por el látigo. Deseaba haber oído el dolor de Víctor Santos rompiéndole los tímpanos. Deseaba haberlo castigado a él. El odio que le profesaba no tenía límite. Ardía en su interior con tanta intensidad que le quemaba la piel.

Santos estaba convencido de que había ganado. Creía que la había vencido. Podía oír su diversión, su risa de victoria. Glory y él se veían. Su hija no la había apoyado en la humillación. Glory no entendía, no veía. La bestia debajo de la bella fachada. Como siempre había ocurrido, consideraba su misión enseñarle la verdad, salvarla.

Se estremeció cuando un escalofrío recorrió su columna. Haría pagar a Víctor Santos. Tenía amigos, gente que la ayudaría a cambio de un precio. Gente que siempre la había ayudado.

Haría que Víctor Santos se arrepintiera de haberse atrevido a acorralar a Hope Saint Germaine.

Libro 7
Paraíso

Nueva Orleans, Luisiana
1996

Chop Robichaux era una atracción del barrio francés, aunque los turistas no lo veían nunca; una nota de colorido local, aunque sus conciudadanos desconocían su existencia. Excepto si formaban parte de los bajos fondos de la ciudad. Excepto si sus preferencias sexuales podían considerarse entre extravagantes y enfermizas. En tal caso conocían a Chop, que tenía fama de hombre de negocios que caía siempre de pie y que podía proporcionar cualquier perversión a cambio de un precio.

Tenía información sobre el asesino de Blancanieves.

Santos colgó el auricular del teléfono y apretó los labios. Chop le había dicho que, si le interesaba capturar al asesino, debería acudir inmediatamente a su club de la calle Bourbon.

Santos se frotó un lado de la nariz con los dedos. No confiaba en Chop Robichaux. Lo despreciaba profundamente. Pero si alguien del barrio podía tener información sobre la persona que se dedicaba a asesinar prostitutas, sería él. A fin de cuentas, la prostitución era su valor de cambio.

—¿Quién era?

Se volvió para mirar a Glory, que estaba tumbada desnuda en la cama, a medio cubrir por la sábana. Sonrió y se estiró. Era tan bella que le cortaba la respiración. Y hacer el amor con ella era algo indescriptible. Cualquier palabra palidecería ante lo que le hacía sentir. Habían pasado las dos últimas semanas en medio de una nube de frenesí sexual.

Se obligó a aplacar su excitación creciente y concentrarse en lo que tenía entre manos: Chop y la información que le pudiera proporcionar sobre el asesino.

—¿Te apetece dar una vuelta?
—Vale. ¿Adónde vamos?
—Al barrio francés, a ver a un viejo amigo.

Glory lo miró extrañada, como si se diera cuenta de que algo marchaba mal.

—¿A un viejo amigo? —preguntó sentándose y apartándose de la cara el pelo enredado—. ¿Qué clase de amigo?

Santos se inclinó hacia delante y la besó. Después se apartó con reticencia.

—Ya te lo explicaré en el coche.
—Conozco un sitio en la calle Burgundy que sirve unos margaritas buenísimos.
—¿Helados o con hielo?
—De las dos formas. Ponen todo el rato música de salsa.
—De acuerdo. Pero tenemos que darnos prisa.

Glory asintió y se ducharon y se vistieron rápidamente, sin perder el tiempo en hablar. A Santos le gustaba que Glory aceptara las limitaciones de tiempo, y que no se sintiera obligada a llenar de charla todos los momentos.

Aunque le gustaba aquello en ella, también hacía que se sintiera incómodo. Porque el silencio nunca parecía vacío, nunca parecía tenso. Y debería ser así. Cuando no estuvieran haciendo el amor debía sentirse a disgusto con ella. Pero le gustaba su compañía en todo momento.

En veinte minutos estaban en el coche, adentrándose en el barrio.

—¿Quién es ese amigo al que vamos a ver?
—Un gusano. Se llama Chop Robichaux.
—Chop Robichaux —repitió Glory—. Ese nombre me suena.

Santos rió sin humor.

—No me sorprende. Durante cierto tiempo apareció en todos los titulares, hace seis años. ¿Recuerdas el escándalo de los policías corruptos en el barrio francés?

Glory frunció el ceño, pensativa, e inclinó la cabeza.
—Vagamente.
—Entonces te refrescaré la memoria. Cuatro agentes de la brigada antivicio fueron acusados, y después condenados, por aceptar sobornos a cambio de hacer la vista gorda respecto a las actividades de un club del barrio francés, en el que ejercían la prostitución menores de edad. Se llamaba Chop Shop, en honor al propietario, el hombre que vamos a ver.
—¿Prostitución de menores? Qué desagradable.
—Eso pensó todo el mundo cuando salió la historia a la luz. Por supuesto, peor era que la policía aceptara dinero a cambio de no darse por enterada. Es mi opinión, por lo menos. Por eso lo destapé.
—¿Que lo destapaste? ¿Qué quieres decir?
—En aquella época yo era un simple agente de la brigada antivicio. Me di cuenta de que algunos de mis compañeros estaban en nómina. Hablé con Chop y después lo denuncié todo en Asuntos Internos.
—Supongo que eso no te haría demasiado popular.
—Por decirlo de forma suave. Afortunadamente, poco después me trasladaron a homicidios —torció por la calle Bourbon—. A los de Asuntos Internos les interesaron mucho más los policías corruptos que las actividades de Chop, que proporcionó pruebas a cambio de que no lo procesaran.
—¿Así que no cumplió ninguna condena?
—Así funcionan las cosas. Por supuesto, le cerraron el local. Aunque abrió uno nuevo en la siguiente manzana. Se supone que en el local actual no se transgrede la ley, aunque estoy seguro de que la gente como él se salta las normas siempre que puede. En todo caso, ya no pertenece a mi departamento.
—¿Y eso fue todo? ¿No hay nada más?
—Claro que hay algo más. Uno de los cuatro policías declaró que yo estaba implicado. Dijo que me había enterado de que los de Asuntos Internos estaban sobre la pista y los sacrifiqué para salvarnos. Al parecer, era cierto que habían empezado a sospechar algo raro cuando yo hablé, así que me investigaron, pero no pudieron encontrar nada.

—¿Aceptaron su palabra contra la tuya?

—Es lógico —apagó el contacto—. Cuando empecé a sospechar debí poner en conocimiento de mis superiores lo que ocurría y lavarme las manos. Pero quería pruebas. Y quería saber que Chop me respaldaría.

—Así que como le ofreciste el trato que le permitió salir impune considera que está en deuda contigo.

Santos rió.

—Todo lo contrario. Me odia a muerte. A fin de cuentas, yo fui el que le descabaló todo el negocio.

Se hizo el silencio. Santos miró a Glory.

—¿Qué piensas?

No habló inmediatamente. Sacudió la cabeza durante unos segundos.

—Hay algo que no entiendo. Si el tal Chop te odia, ¿por qué te ha llamado para proporcionarte información?

—Buena pregunta. Eso mismo me pregunto yo. Pero por otro lado, tiene sentido. Yo soy el detective encargado del caso, y me conoce. Es posible que esté implicado en cierto modo y quiera llegar a un acuerdo. Es posible que quiera tantearme para ver qué le puede pasar.

—Tal vez deberías llamar a Jackson, o pedir refuerzos.

—¿Refuerzos? —repitió riendo—. Has visto demasiadas series policíacas por televisión. Hay una gran diferencia entre hablar con un informador y meterse en una situación que suponga una amenaza.

Vio que Glory miraba nerviosa la fachada del club. La calle estaba llena de gente, como solía ocurrir en aquel barrio los sábados por la noche. De vez en cuando, alguien entraba o salía del local, y Glory y él podían ver el interior. Estaba lleno de gente.

—Espera —le dijo Santos—. Entro y salgo en un momento. No te muevas de aquí. Volveré en menos de diez minutos.

—¿Estás seguro?

—Sí —se inclinó para besarla y abrió la puerta—. Después nos iremos a tomar un margarita.

Salió del coche y cruzó la calle para entrar en el local. Tal y como parecía, estaba lleno de gente. En el escenario, una mujer ligera de ropa se ondulaba al ritmo de la ensordecedora música. El aire olía a alcohol, tabaco y sudor. Le evocaba recuerdos desagradables. De su juventud. De la época en que trabajaba en antivicio.

Vio a Chop detrás de la barra y empezó a abrirse paso hacia él entre la multitud.

Un hombre que llevaba una cerveza en la mano chocó contra él, derramándole encima la mitad del líquido.

—¡Ten cuidado! —le dijo.

El hombre sonrió.

—Perdona —dijo con sarcasmo—. No sabes cuánto lo siento.

Santos le enseñó la placa.

—Creo que ya has tenido bastante. Tómate un descanso.

Se apartó, aunque sin dejar de sonreír.

—Lo que usted diga, agente.

Santos sintió que se le erizaba el pelo de la nuca, y frunció el ceño. Se volvió para mirar a la barra, y vio a Chop, que lo observaba. Tenía la sensación de que algo marchaba mal. Chop le indicó con un gesto que se acercara.

Llegó a la barra. Chop fue al otro extremo para servir una bebida a alguien. Santos lo miró con disgusto. Era bajo y gordo, con el escaso pelo teñido de rubio. Siempre tenía la piel grasa, y de joven había sufrido un terrible acné, como demostraban las cicatrices que poblaban su cara. Pero no era el aspecto de Robichaux, por desagradable que resultara, lo que hacía que a Santos se le pusiera la piel de gallina. Era lo que tenía en su interior. Era un verdadero monstruo.

Como si fuera consciente de los pensamientos de Santos, Chop lo miró fijamente a los ojos y sonrió. Un momento después estaba frente a él.

—Hola, cerdo. Cuánto tiempo.

Santos lo recorrió con la mirada, disgustado por tener que jugar a su juego.

—¿Tienes información para mí?

—¿Qué información estás buscando?

—No me hagas perder el tiempo, Robichaux —entrecerró los ojos—. ¿Tienes esa información o no?

Chop volvió a sonreír, curvando sus desagradables labios.

—No. Sólo quería ver tu bonita cara en mi club.
—Debería detenerte ahora mismo.
—Inténtalo —rió Chop—. No tienes motivos. Estoy limpio.
—Cuando el infierno se congele. Tal vez debería inventarme algo. Estoy seguro de que cualquier cosa que se me ocurra será cierta.
—No te atreverías. Siempre has sido un buen chico. Pero ¿sabes una cosa? Hasta los buenos chicos tienen días malos. Ahora, lárgate de aquí.
—Encantado, Robichaux. Este sitio apesta.

Se apartó de la barra, incómodo, pensando en los motivos que podía haber tenido Chop para decirle que tenía información sobre Blancanieves y hacerse el tonto delante de él. Era posible que hubiera decidido en el último momento reservarse la información. Era posible que no pudiera hablar entonces porque lo escuchara alguien. También podía haber decidido, simplemente, gastarle una mala pasada.

Pero ninguna de las explicaciones le parecía convincente. Ninguna de ellas aliviaba su incomodidad. No era lógico que Chop Robichaux llamara a un detective de homicidios a su casa un sábado por la noche para divertirse a su costa.

La situación era muy rara. Chop tramaba algo que tenía que ver con él.

Salió del club sin problemas. Miró inmediatamente al coche y vio que Glory estaba donde la había dejado, mirando hacia él. Sonrió y saludó con la mano.

—¿Detective Santos?

Cuatro hombres, probablemente policías, a juzgar por sus trajes baratos y sus cortes de pelo conservadores, lo rodearon. Santos los miró con desconfianza.

—Sí, ¿qué quieren?

Uno de los hombres le enseñó la placa.

—Teniente Brown, de Asuntos Internos. Éstos son los agentes Patrick, Thompson y White.

Santos miró a los policías uno a uno. Los cuatro lo contemplaban con desprecio y hostilidad. Al parecer le habían tendido una trampa. Pero no entendía quién, ni por qué.

—¿Qué puedo hacer por usted, teniente?

—Creo que ya lo sabe, detective. Contra la pared.

Santos obedeció, y uno de los agentes, probablemente Patrick, lo cacheó, quitándole el arma reglamentaria y la placa.

—¿Qué es esto? —preguntó, sacándole un sobre del bolsillo de la chaqueta y entregándoselo al teniente.

El policía lo abrió y miró a Santos a los ojos.

—Yo diría que son veintiún billetes de cien dólares, detective. Billetes marcados, si no me equivoco. ¿Me puede explicar de dónde ha salido ese dinero?

—Me encantaría, pero no tengo ni idea. Alguien me lo debe haber metido en el bolsillo —pensó rápidamente que muchas personas podían haberlo hecho, pero lo más probable era que se tratara del hombre que le había tirado la cerveza—. Me han tendido una trampa.

—Sorpresa, sorpresa. Creo que he oído esa frase mil veces.

El agente Patrick sujetó a Santos por el brazo derecho, se lo dobló detrás de la espalda y le esposó la muñeca. Después hizo lo mismo con su brazo izquierdo.

—Supongo que sí, pero esta vez es verdad.

—Dígaselo a su abogado —espetó el teniente—. Que alguien le lea sus derechos.

58

Liz sonrió débilmente al camarero.

—Me largo, Darryl. ¿Estás seguro de que te puedes encargar de todo?

Él sonrió, y su rostro agradable aunque anodino adquirió cierta personalidad.

—Desde luego, jefa.

—¿Estás seguro de que sabes cerrar? Si tienes alguna duda, me quedaré una hora más y...

—Piérdete —le dijo señalando la puerta—. Tienes un aspecto horrible.

—Muchas gracias —se echó la bolsa a un hombro—. La verdad es que estoy agotada. Llevo trece horas trabajando.

—Venga, márchate. Yo me encargo de todo. Si pasa algo, sé dónde encontrarte.

Después de echar un vistazo al local y despedirse de los otros camareros, Liz salió del restaurante y empezó a caminar hacia su coche.

Lo había dejado en un aparcamiento que se encontraba en la calle Bourbon, a dos manzanas de distancia. No le importaba ir andando, aunque pocas veces se marchaba antes de las diez y media. Aquella zona del barrio francés estaba muy transitada, y cuando salía a la hora del cierre solía acompañarla alguno de sus fieles empleados.

Fieles. A diferencia de Santos.

Dejó de lado el pensamiento y respiró profundamente,

llenándose los pulmones con el aire de la noche. Entendía que tendría que seguir adelante. Era una superviviente. En realidad no hacía falta que pasara tanto tiempo en el restaurante, pero prefería trabajar hasta agotarse para tener menos tiempo para pensar en Santos. Así tendría menos tiempo para echarlo de menos, para sentir aquel profundo dolor.

A pesar de todo lo que había ocurrido, seguía amándolo.

Dejó escapar el aire de los pulmones, enfadada. No estaba dispuesta a perdonarle lo que le había hecho, la forma que había tenido de traicionarla con Glory. Si tuviera forma de obligarlo a pagar por ello, lo haría.

Llegó a la calle Bourbon y miró a ambos lados para cruzar. Entonces se detuvo, parpadeando sorprendida. Hope Saint Germaine estaba cruzando la calle desde el otro lado.

Liz frunció el ceño, disgustada. La vida nocturna del barrio francés no parecía muy adecuada para aquella mujer, a no ser que hubiera decidido ir a soltar discursos sobre los valores morales. Sí; probablemente había ido a amargar a alguien.

Pero le extrañaba que estuviera sola a las diez de la noche.

Sin detenerse a pensar en ello, giró en dirección contraria a su coche y siguió a Hope con una curiosidad que se vio recompensada y aumentada cuando, unos minutos después, entró en Paris Nights, un local de prostitución que pertenecía a un proxeneta llamado Chop Robichaux. Siempre que se reunía la comunidad de propietarios de comercios del barrio aquel hombre la examinaba con ojo de tratante de ganado, como si intentara calcular su precio en el mercado.

Liz se estremeció. Había oído hablar de sus problemas con la ley, y los dueños de otros establecimientos le habían contado de él cosas que le provocaban pesadillas.

Sacudió la cabeza y se dijo que los motivos que tuviera Hope para estar en Paris Nights no eran asunto suyo, pero siguió a la madre de Glory al interior del club. Se detuvo junto a la puerta, intentando acostumbrarse al oscuro interior. Entonces vio que Hope Saint Germaine estaba en la barra, hablando con Chop. Pero en vez de marcharse, como si le hubiera indicado dónde se encontraba el teléfono público más cercano o le hubiera permitido ir al servicio, Hope se quedó esperando mientras el propietario rodeaba la barra, y los dos entraron juntos en la parte trasera del local.

Liz entrecerró los ojos. No entendía qué podían tener en común una beata de la alta sociedad y el propietario de una cadena de prostíbulos.

Los siguió, aunque con cuidado de mantenerse a cierta distancia. Se habían sentado en una esquina discreta, detrás del escenario. Liz miró entre las bailarinas y vio que Hope le entregaba lo que parecía un sobre.

—Hola, guapa —un hombre que apestaba a whisky la sujetó por los brazos—. ¿Quieres bailar?

—No, gracias —dijo apartándose disgustada—. Disculpe.

Empezó a salir del club, pero el borracho la siguió.

—Venga, preciosa, estoy seguro de que te mueves mejor que las chicas del escenario.

Liz lo miró, esforzándose por adoptar una expresión fiera.

—He dicho que no.

Intentó volver a acercarse a ella y le llevó la mano al pecho. Indignada, Liz le apartó la mano de un golpe y le dio una patada en la entrepierna. El hombre gimió de dolor y cayó al suelo.

Liz se volvió y salió corriendo.

59

Cuarenta y ocho horas después de que lo arrestaran, Glory sacó a Santos en libertad bajo fianza. Se lo llevó directamente al hotel, donde esperaba Jackson.

Santos no perdió el tiempo intercambiando cortesías. Entró corriendo en la habitación y se colocó frente a su compañero.

—¿Se puede saber qué está pasando?

Jackson se cruzó de brazos con calma.

—Parece que Robichaux acudió al fiscal del distrito para decirle que lo estabas arruinando. Dijo que lo amenazabas con atacarlos a él y a su familia si no pagaba.

—¿Qué?

—Tranquilo, socio, que hay más. Chop asegura que hace seis años eras uno de los policías a los que pagaba por hacer la vista gorda.

Santos se dejó caer en un sillón. El pasado volvía para acosarlo. Recordaba las miradas de desconfianza, la hostilidad abierta de sus compañeros de trabajo. Se había sentido profundamente traicionado, primero cuando descubrió lo que estaban haciendo, y después cuando uno de ellos lo acusó de estar implicado.

El hecho de que se cuestionara su honradez había sido lo más insoportable. Y ahora le estaba ocurriendo de nuevo.

Incapaz de estar quieto, se puso en pie y empezó a recorrer la habitación.

—Chop afirma —prosiguió Jackson— que no sólo eras uno de ellos, sino que eras el cabecilla —continuó—. Dice que te enteraste de que Asuntos Internos te seguía la pista y delataste a tus cómplices para librarte. Dice que accedió a cooperar porque amenazaste a su familia. Por supuesto, dice que no tiene nada que perder porque le ofrecieron inmunidad.

—Si pudiera ponerle la mano encima...

—Lo que no entiendo —interrumpió Glory— es por qué los de Asuntos Internos han dado crédito a alguien como él. Por el amor de Dios, todo el mundo sabe a qué se dedica.

Jackson sonrió con tristeza.

—Es ridículo, ¿verdad? Pero no es un buen momento para parecer inocente. Se han dado tantos incidentes y tantos escándalos en el departamento relacionados con la corrupción policial que la gente piensa que todos somos corruptos. Estamos en plena caza de brujas, porque los jefes están obsesionados con limpiar la policía. En la actualidad, cualquier agente es culpable hasta que se demuestre lo contrario. Y no paran de volver al hecho de que aquel policía insistió en que tenías algo que ver.

—Así que Robichaux va al fiscal del distrito con su cuento de hadas, y acuden a Asuntos Internos para llegar a un acuerdo. Robichaux les dice que voy a ir a recibir un pago, le dan los billetes marcados y se encarga de que me los metan en el bolsillo —dejó de pasear y miró a su compañero—. Por supuesto, todo el mundo se ha tragado la historia. No sólo los de Asuntos Internos, sino también los de nuestro departamento. Todos creen a un proxeneta antes que a mí. Estupendo.

—No todo el mundo —dijo Jackson con calma—. Aunque algunos piensan que la cosa tiene mal aspecto, por lo que te ocurrió en el pasado con Robichaux, por la forma que tuviste de hacer las cosas al hablar con él antes de comunicarlo a tus superiores. Y estuviste allí, en su club, aquella noche.

—Robichaux llamó a Santos —dijo Glory rápidamente—. Le dijo que tenía información sobre Blancanieves. Yo estaba con él.

—Pero no oíste la conversación, así que por lo que a Asuntos Internos respeta, es como si no estuvieras –se volvió hacia Santos–. Y tú tenías el sobre lleno de dinero. El dinero marcado.

–Me lo metieron en el bolsillo.

–Ya lo sé. Y tú lo sabes...

–Pero tenemos que convencer a los demás –murmuró Glory–. ¿Cómo?

–Para averiguarlo –dijo Jackson– tendremos que saber por qué. Por qué –repitió con calma–. Vamos a ver. Ya no estás en la brigada antivicio. En esta ciudad hay bastantes asesinatos para mantenerte ocupado en tu propio departamento. ¿Por qué podría querer Robichaux arriesgarse para tenderte una trampa?

–Por dinero. Es lo único que le importa a alguien como él. Alguien le ha pagado por hacerlo –Santos entrecerró los ojos–. Pero ¿quién?

–Eso es lo que tenemos que averiguar.

El encargado del hotel llamó. Glory habló con él y se disculpó.

–El deber me llama –murmuró mientras iba hacia la puerta–. Si necesitáis algo, pedidle a mi secretaria que me localice.

Santos caminó hacia ella y se llevó su mano a los labios.

–Gracias –dijo en voz baja, dándose cuenta de que la necesitaba más de lo que debía–. Por todo.

Glory sonrió y apretó su mano.

–De nada.

Unos segundos después se marchó, cerrando la puerta. Jackson se quedó mirándola, admirado.

–Es una mujer excepcional. No ha dudado de ti en ningún momento, y ha llamado a todo el mundo. ¿Tienes idea de lo que estás haciendo con ella?

Santos frunció el ceño y miró la puerta por la que acababa de salir Glory. Era cierto que se había mantenido a su lado, demostrando públicamente que no creía que los cargos que habían presentado contra él fueran ciertos y haciendo todo lo posible por ayudarlo. Cuando lo detuvieron llamó a Jackson, y después contrató a un buen abogado defensor.

Cuando por fin fijaron una fianza, la pagó y arregló aquella reunión con su compañero.

Sin embargo, a pesar de todo, se preguntaba por qué lo hacía. Se preguntaba cuándo caería el hacha. Y en aquel momento se sentía un canalla por ello.

—¿Que si sé lo que estoy haciendo? —repitió—. En lo que respecta a Glory, no. Nunca lo he sabido.

Jackson asintió.

—Me lo temía. Pues será mejor que lo pienses, o lo echarás todo a perder. Otra vez.

—¿A qué te refieres?

—A Liz.

Santos apartó la vista.

—No estaba enamorado de ella. ¿Qué quieres que le haga?

—¿Y de Glory? ¿Estás enamorado de ella?

Se preguntó qué sentía por Glory. La había amado, pero había transcurrido mucho tiempo. La amó cuando aún creía que el mundo estaba hecho de tonos de gris.

—¿Se puede saber a qué viene tanto interés por mi vida sentimental? ¿Es que no tenemos bastantes preocupaciones para que busques más?

Jackson rió.

—Nuestra esquiva testigo ha ido a la comisaría.

—¿Tina?

—La misma. Dice que la siguen. Cree que el asesino de Blancanieves la ha elegido como siguiente víctima.

Santos miró a su amigo, frunciendo el ceño.

—Pero tú no la crees, ¿verdad?

—No encaja en el perfil. Es demasiado mayor. Su pelo y sus ojos no son del color adecuado —negó con la cabeza—. Pero parecía verdaderamente asustada. Aunque también pienso que tiene la cabeza a pájaros.

—Probablemente la sugestión ha hecho que empiece a ver visiones. De todas formas, ¿has comprobado si sus temores son fundados?

—Claro. También he intentado hacerla hablar, pero es imposible.

—Como de costumbre.

—Hay otro motivo por el que no he dado demasiado crédito a su declaración.

Santos se alarmó ante el tono de su compañero. Tenía la impresión de que sería peor la noticia de un día que ya estaba lleno de malos titulares.

—Suéltalo.

—Hemos encontrado otro cadáver. En Baton Rouge.

—¡Baton Rouge! —se puso en pie de un salto, furioso e impotente—. Se nos está escapando. ¡Ese tipo se marcha de aquí!

—No estamos seguros. Es posible que...

—No me vengas con cuentos, Jackson. Sabes tan bien como yo que está fuera de aquí. Ese tipo no se dedica a vagar sin rumbo. Elige un sitio que le guste, en el que se sienta a salvo, y se queda hasta que las cosas se empiezan a poner feas. Entonces se va a otro sitio.

Su compañero no protestó porque no podía. Al cabo de un momento, se aclaró la garganta.

—Voy para allá para ver qué tienen y para asegurarme de que es el verdadero asesino y no un imitador.

—Las palmas de las manos...

—Marcadas con una cruz.

—¡Es él, Jackson! Voy contigo.

—Sí, para que nos echen a los dos del caso —se puso de pie—. Ni lo sueñes, amigo. Si el capitán se enterase siquiera de que estoy hablando contigo tendría serios problemas.

—Esto es insoportable. ¿Qué se supone que puedo hacer? ¿Quedarme cruzado de brazos para que el asesino se me escape entre los dedos?

—Básicamente, sí.

—Vete al infierno.

Jackson rió y le dio una palmada en el hombro.

—Te sacaremos de esto. De alguna forma, conseguiremos las pruebas que necesitamos para sacarte.

Durante un momento, Santos no dijo nada. Después miró a su amigo a los ojos.

—¿Y si no las encontramos? Olvidemos la cárcel durante un momento. Podría perder la placa, Jackson. ¿Qué haría entonces? Soy policía y no puedo ser otra cosa.

Jackson le apretó el hombro y asintió.

—Ya lo sé. Pero te sacaremos de esto. Sea como sea, averiguaremos quién lo ha hecho y se lo haremos pagar. Por ahora, intenta recordar quién puede tener algo en tu contra y no hagas locuras.

60

Santos no estaba dispuesto a quedarse sentado de brazos para que el asesino se le escapara entre los dedos, o para que otra persona salvara el pellejo. Le apetecía encontrar a Robichaux y sacarle la verdad a puñetazos, pero imaginaba que, por satisfactorio que resultara, no le serviría de gran cosa.

Su otra opción era Tina. Tal vez fuera cierto que el asesino de Blancanieves la acosaba. Era posible que supiera que lo había visto. Tal vez quisiera atar los cabos sueltos antes que nada. Tina estaba cerca de su amiga Billie cuando tuvo la última cita. Había visto claramente al tipo. Era lógico esperar que él también la hubiera visto. Si era el asesino, Tina representaba una amenaza para él.

Esperó al anochecer para dirigirse al barrio francés. Caminó por calles y clubs, buscando los lugares y las prostitutas más frecuentados. No había ni rastro de Tina. Al cabo de un par de horas empezó a preguntarse si estaba tan asustada como para marcharse de la ciudad, o al menos para ponerse fuera de la circulación durante cierto tiempo.

Rechazó la segunda posibilidad. Las chicas trabajadoras tenían que estar en la calle para ganar dinero. Casi todas trabajaban enfermas, cuando sus hijos estaban enfermos, cuando el calor era agobiante y cuando el frío era insoportable.

Si Tina estaba en la ciudad, estaría en la calle. Seguiría buscando.

Al cabo de un par de horas sus esfuerzos se vieron recompensados. La vio saliendo de un club llamado 69. Llevó el coche a la acera, junto a ella, y bajó la ventanilla.

—Tina.

Ella se volvió sonriente, pero su expresión se transformó en una mueca cuando vio que se trataba de él.

—Piérdete.

Empezó a caminar de nuevo, y Santos la siguió con el coche.

—No voy a perderme, así que será mejor que hables conmigo. Eso nos ahorrará a los dos un montón de tiempo y esfuerzo.

Tina maldijo, pero se detuvo.

—¿Qué te pasa, cariño? ¿Necesitas una cita?

—Tenemos que hablar.

—¿De verdad?

Apoyó los antebrazos en la ventanilla abierta y acercó la cabeza, humedeciéndose los labios.

—¿De qué quieres hablar? —prosiguió—. ¿De las condiciones de tu pito?

Santos olió el alcohol en su aliento. No resultaba sorprendente; muchas de ellas eran alcohólicas o drogadictas. En muchas ocasiones sólo podían soportar aquel trabajo si aturdían su cuerpo y su mente.

Desgraciadamente, aquello era lo que mantenía a muchas de ellas en el negocio. Las quemaba y las encadenaba a aquella vida.

No le gustaba verla así. No le gustaba mirarla en la actualidad y recordar cómo había sido. Él no era el culpable del derrotero que había tomado la vida de aquella mujer. No había sido capaz de ayudarla.

Aun así se sentía responsable, en cierto modo.

—No te hagas la interesante, Tina. Quiero hablar contigo del asesino de Blancanieves.

—¿De asuntos policiales? —levantó una ceja—. Cariño, tenía entendido que ya no eras poli.

Santos apretó los dientes, pero no respondió a su pregunta.

—El detective Jackson me ha dicho que te has pasado por la comisaría.

—¿Y qué?

—Que me ha dicho que estabas asustada. Dice que crees que te persigue el asesino.

Tina entrecerró los pintadísimos ojos.

—Es cierto. ¿Y sabes lo que hicieron por mí tus amiguitos? Nada —se enderezó—. Así que, como te he dicho antes, piérdete.

Se volvió y empezó a alejarse. Santos abrió la puerta del coche, salió y corrió tras ella.

—Quiero ayudarte, Tina.

Ella siguió andando, sin hacerle caso.

—Siento no haber vuelto por ti —insistió Santos—. Deja que te ayude ahora.

Tina se detuvo, pero no lo miró.

—No quieres ayudarme —murmuró—. Sólo quieres ayudarte a ti mismo —se aclaró la garganta—. Sólo quieres capturar a ese tipo, pero no por mí ni por ninguna de las otras chicas que están en peligro. Sólo somos putas.

Santos dio otro paso hacia ella.

—Eso no es cierto. Te aseguro que sí que me importa.

Ella volvió la cabeza y lo miró a los ojos. Los suyos brillaban con las lágrimas sin derramar.

—Si te hubiera importado habrías vuelto a buscarme.

—No pude. Pero ahora estoy aquí. Creo que es posible que ese tipo te esté siguiendo. Piensa que eres un cabo suelto, que puedes representar una amenaza para él. Si piensa eso, intentará matarte. A no ser que lo capturemos antes.

La sangre desapareció del rostro de Tina. Santos le rodeó el brazo con la mano. Se quedó mirándolo, con el miedo desnudo en los ojos.

—Ayúdame, Tina —continuó—. Ayúdate.

Durante un breve momento pensó que iba a acceder. Pero el miedo de sus ojos se transformó en cólera. Se apartó de él, retirando el brazo de sus dedos.

—Déjame en paz. No sé nada.

—Tina...

Intentó sujetarla de nuevo, pero ella le dio un golpe en el hombro con el bolso, que se abrió. Su contenido se derramó por la acera. Gimió, frustrada, y se agachó para recoger sus cosas.

Santos se agachó junto a ella, para ayudarla. No llevaba muchas cosas: un paquete de cigarrillos, media docena de cajas de cerillas, unos cuantos billetes arrugados y varios preservativos.

—Lárgate —dijo ella, recogiendo los paquetes—. Déjame en paz.

—No estoy dispuesto a marcharme. Hasta que me digas algo me quedaré pegado a ti como una lapa. No será demasiado fácil para ninguno de los dos, pero...

Tina alargó una mano para recoger otro objeto. La cadena que llevaba al cuello se salió de debajo de su blusa.

El colgante era una cruz. Pequeña, barata, sin adornos. Era igual que una docena de cruces que había visto en el cajón de la mesa de su despacho.

—¿De dónde has sacado eso? —preguntó, cubriéndole la mano.

Tina apartó la mano y se metió el paquete de plástico en el bolso.

—Son condones, agente. Látex cien por ciento. El mejor amigo de la puta, ¿sabes? Los compramos al por mayor en la droguería de la esquina. Si te interesa, está por ahí.

—No me refiero a eso —llevó la mano al colgante—. Hablo de esto.

—¡No me toques!

Se echó hacia atrás, pero Santos siguió aferrando la cruz.

—¿De dónde lo has sacado, Tina?

—Un regalo de graduación —dijo con sarcasmo—. De mi madre, que me adoraba, y mi padrastro, ¿no lo recuerdas? Te he hablado de él. Era un cerdo, igual que tú.

Santos agarró el colgante con obstinación.

—Deja de repetirme las tonterías que cuentas a los clientes para ablandarlos. Quiero que me digas la verdad.

—Me lo ha regalado alguien que quiere salvar mi alma inmortal, ¿de acuerdo? Ahora piérdete de una vez.

Su alma inmortal. Un escalofrío le recorrió la columna. Tina conocía al asesino. Estaba seguro. Se acercó un poco más.

—¿Quién te lo ha regalado?
—Tú eres el detective. Averígualo.

Santos le arrancó el crucifijo de un tirón. Tina perdió el equilibrio y aterrizó sobre la acera.

—¿Es que quieres morir? Podría salvarte la vida. A ver si entiendes esto. No pude volver a buscarte porque mi madre fue asesinada aquella noche. Descuartizada, igual que tu amiga Billie. No volví a buscarte porque ni siquiera yo tengo adónde ir. Porque mi mundo se ha derrumbado. Este tipo puede ser el mismo que la mató a ella. Y tengo que saber si es él. Tengo que atraparlo, Tina. Ahora —se inclinó hacia ella para tenderle la mano—, dime de dónde has sacado este maldito colgante.

61

Tina había comprado el crucifijo a un vendedor de biblias del barrio, que tenía una pequeña tienda de objetos religiosos. Al parecer, era un buen tipo. Se llevaba bien con las prostitutas, y siempre las sermoneaba sobre el bien y el mal, citándoles las escrituras e intentando convencerlas para que cambiaran de vida.

Dijo que era imposible que él fuera el asesino. Absolutamente imposible.

Pero Santos no estaba de acuerdo. Jackson tampoco.

Visiblemente nervioso, Jackson le dijo que esperase, que volvería con él en cuanto pudiera.

Pero la espera resultó insoportable. Santos caminaba de un lado a otro, maldiciendo a Chop Robichaux y a todos los que le habían tendido la trampa. Quería estar con Jackson y los demás. Quería estar en el piso de aquel hombre, esposarlo y detenerlo.

Quería desempeñar su trabajo.

Y quería que aquel tipo fuera el que había asesinado a su madre. Quería saberlo, y quería que pagara por ello.

Jackson lo llamó en cuanto volvió a la comisaría, y le dijo que parecía que era su hombre. Habían encontrado en su casa más cruces como aquéllas, y varios artículos sobre Blancanieves. Incluso tenía fotografías de un par de las chicas asesinadas.

Lo único que no tenían, al parecer, era al hombre. Según

su casera, se había ido de viaje. A veces pasaba fuera una semana, pero nunca más tiempo. No sabía dónde podía estar.

—¿Tiene la edad suficiente? —preguntó, aferrándose al auricular—. ¿Crees que puede ser el que...?

Su garganta se cerró y se esforzó por hablar, dándose cuenta de lo mucho que había esperado que llegara aquel momento. Y lo mucho que lo había temido.

Tenía que saberlo.

—¿Crees —repitió con voz más clara— que puede ser el que asesinó a mi madre?

Durante unos segundos, su compañero guardó silencio. Santos tenía un nudo en el estómago.

—Podría ser —dijo al fin—. Tiene la edad suficiente. Lleva años viviendo en el barrio, y frecuenta a las... prostitutas.

Santos dejó escapar el aliento. Podía ser él.

—Pero no te emociones —dijo Jackson—. Sólo por el hecho de que pueda ser él, no significa que sea él. De hecho, sería bastante raro.

—Ya lo sé, pero por ahora... Por ahora me basta con una posibilidad.

62

Hola, Liz.

Liz levantó la vista de las fichas de los empleados, alineadas frente a ella.

—Jackson —dijo contenta de verlo—. ¿Qué te trae por aquí?

El policía sonrió.

—Me moría por una de tus ensaladas.

—Es lo que más me gusta que me digan los clientes —se levantó del taburete—. Te llevaré a una mesa. ¿Estás solo?

—Sí. Sólo he traído a mi pequeña persona.

Liz rió y se detuvo frente a una mesa, con vistas a la calle.

—Perfecta —ocupó una de las sillas y señaló la otra—. ¿Puedes acompañarme?

Liz miró hacia la barra. Tenía que terminar de repasar las fichas para tener preparadas las nóminas al día siguiente.

—Sólo un momento —se sentó frente a él—. El papeleo no termina nunca. Es lo que más odio de este negocio.

—Así es la vida —murmuró mientras se acercaba la camarera con el menú—. Todo tiene sus cosas buenas y sus cosas malas. Por ejemplo, mírame a mí. Me encanta el trabajo de policía. Lo que no soporto es tener que mirar a la cara a los criminales.

—Supongo que, en comparación, lo mío con los papeles no es tan terrible.

Jackson no miró siquiera la carta. Pidió una ensalada y un vaso de té helado y se volvió hacia Liz.

—¿Qué tal van las cosas?

—Muy bien —dijo rápidamente.

Tal vez con demasiada rapidez. Y con demasiada alegría. Se sonrojó y se aclaró la garganta, cohibida.

—Me he enterado de que tenéis al asesino de Blancanieves.

—Tenemos un sospechoso.

Liz frunció el ceño.

—No pareces muy convencido de que sea él.

—¿No? —se encogió de hombros—. No soy como el cabezota de mi compañero. Siempre concedo el beneficio de la duda hasta que tenemos todas las pruebas necesarias y el culpable es detenido.

Cuando oyó hablar de Santos, Liz sintió que se le formaba un nudo en la garganta.

—¿Qué tal está Santos?

—Si has visto el periódico, lo sabrás.

Liz se mordió el labio inferior, luchando contra la sensación de culpa que se formaba en su interior. Se recordó que lo odiaba. Se recordó que le daba igual qué fuera de él, y que si por ella fuera, podía morirse. Sólo esperaba que Glory también se muriera.

—¿Te pasa algo, Liz?

—Nada —negó con la cabeza—. No.

Jackson entrecerró los ojos para mirarla, y Liz volvió a sonrojarse, pero en aquella ocasión a causa de la culpa. Apartó la mirada.

—¿Es tan mala su situación como parece? Quiero decir, ¿hay alguna posibilidad de que...? Ya sabes.

—¿De que se demuestre su inocencia? Eso espero, desde luego —sus labios se cerraron en una línea—. Alguien le ha tendido una trampa. Alguien más, aparte de Chop Robichaux.

—¿Aparte de Robichaux? —repitió—. ¿Quién?

—Si lo supiéramos podríamos hacer algo, pero tal y como están las cosas, no veo ninguna solución. No tendrás información sobre esto, ¿verdad?

—¿Información? ¿Yo? —negó con la cabeza, acallando los

remordimientos–. ¿Cómo quieres que sepa nada? –se puso en pie con una sonrisa falsa–. Aquí llega tu ensalada. Será mejor que siga con los papeles.

Se volvió y empezó a caminar hacia la barra, pero se detuvo cuando Jackson la llamó por su nombre. Volvió la cabeza para mirarlo a los ojos, con dificultad.

–Santos no quería hacerte daño. Es una buena persona. Y un gran policía.

Las lágrimas se formaron en sus ojos. Sin decir una palabra, siguió andando. Pero una vez en la barra se sentía incapaz de seguir con sus cálculos. No podía dejar de pensar que poco tiempo atrás había visto a Hope Saint Germaine en el barrio francés, hablando con Chop Robichaux.

Y no podía dejar de pensar en Santos.

Como si lo hubiera conjurado con sus pensamientos, entró en el restaurante. El corazón de Liz latió a toda velocidad, y durante un momento pensó que era posible, sólo posible, que hubiera ido a verla.

Pero, por supuesto, no era así. Había ido a ver a Jackson, y parecía enormemente incómodo por estar allí.

Pensó furiosa que debía estarlo. Debía sentirse como el canalla que era.

Lo miró de reojo. Vio que él lanzaba una mirada en su dirección, hacía una mueca y caminaba hacia la puerta. Jackson negó con la cabeza y le indicó con un gesto que se sentara. Con la actitud de un condenado a muerte, Santos obedeció.

Liz tenía un nudo en la garganta que amenazaba con sofocarla. Le dolía mirar a Santos. Le dolía desear tanto algo que nunca podría tener.

No entendía por qué no habían funcionado las cosas entre ellos, por qué no había podido amarla. Aquello habría compensado mil veces todo su pasado, el hecho de haber perdido su brillante futuro. Habría compensado lo de Glory.

Pasó unos minutos más peleándose con las fichas, consciente de que tendría que rehacer todo el trabajo, incapaz de pensar en algo que no fuera Santos. Volvió a mirarlo de reojo y apartó la vista rápidamente.

Se dio cuenta de que tenía mal aspecto. Estaba demacrado y cansado. Algo en su expresión hacía que pareciera un niño perdido. Tal y como debió ser tantos años atrás, después del asesinato de su madre, cuando no tenía a nadie.

Acababa de perder a Lily, y ahora había perdido el trabajo.

Tragó saliva, incómoda. En cierto modo, Santos se encontraba de nuevo en la misma situación. No tenía nada ni a nadie.

Le encantaba el trabajo de policía, y era muy bueno. Uno de los mejores. No podía hacerle daño en algo así, por mucho daño que él le hubiera hecho a ella. Era algo odioso.

Y, a la larga, era probable que a ella le hiciera más daño que a él.

Se puso en pie y se pasó las manos por la falda, nerviosa. El hecho de que Hope Saint Germaine y Chop Robichaux estuvieran hablando podría ser una coincidencia que no tuviera nada que ver con Santos. Probablemente era así. Pero al menos así limpiaría su conciencia.

Respiró profundamente y caminó hacia la mesa. Los dos hombres la miraron. Apretó las manos fuertemente.

—Hola, Santos.

—Hola.

Parecía estar sufriendo. Liz se dio cuenta de que se sentía culpable por haberle hecho daño. No lo había hecho a propósito. El dolor de sus ojos era verdadero.

—Si quieres que me vaya —dijo Santos en voz muy baja—, me iré.

—No, es que... —respiró profundamente—. Tengo que hablar con vosotros —miró a Jackson—. Con los dos. ¿Puedo sentarme?

Los dos asintieron. Liz tomó asiento y, sin más preámbulos, les contó lo que sabía. Unos minutos después, Jackson se echó hacia atrás en la silla y silbó.

—Vaya, vaya.

Santos sacudió la cabeza, anonadado.

—Me convencí de que no podía estar implicada. A pesar de que el instinto me decía lo contrario, a pesar de que todo la apuntaba a ella una y otra vez, a pesar de que recordaba el veneno que había en su voz y en sus ojos la última vez que la vi. Pero pensé que era una tontería. Me dije que no era posible.

—Pero ¿Chop Robichaux? No se puede caer mucho más bajo que él, así que ¿cómo...?

—¿Cómo se pondría en contacto con él? —Santos se echó hacia delante—. No se pueden abrir las páginas amarillas y buscar sacos de estiércol.

—Y Robichaux no lo arriesgaría todo por cualquiera.

—Lo haría por la cantidad de dinero adecuada. Lo conozco bien. Haría cualquier cosa por dinero.

—Pero ¿cuánto podría tener que pagar por hacer algo así? No me parece que le haya salido muy rentable. ¿Qué piensas tú? ¿Adónde nos lleva esto?

—Necesitamos pruebas, algo que demuestre la relación que hay entre ellos. Tenemos que averiguar qué había en ese sobre.

Liz se quedó mirándolos y escuchando. Tenía la impresión de que sobraba, como una niña a la que no hubieran invitado a jugar. Ya no formaba parte del equipo. Ya no la necesitaban ni contaban con ella.

Se esforzó por no llorar. Se aclaró la garganta y se puso en pie.

—Bueno, os dejo que habléis. Sólo quería...

Dejó de hablar, haciendo un esfuerzo para no ponerse en ridículo echándose a llorar.

Santos también se levantó.

—No sé cómo darte las gracias, Liz. No sé qué habría hecho si...

—Olvídalo —se volvió a pasar las manos por la falda—. De verdad.

—No quiero olvidarlo. Estoy en deuda contigo. No sabes el favor que me has hecho.

Liz se cruzó de brazos y negó con la cabeza.

—No, Santos. No te he hecho ningún favor. No lo he hecho porque te haya perdonado. No lo hecho porque te ame —se aclaró la garganta—. Lo he hecho porque era mi deber.

Porque eres un buen policía, y porque no podría haber vivido conmigo misma si te lo hubiera ocultado.

Santos tomó su mano y la apretó con cariño.

—Sean cuales sean tus motivos, muchas gracias. Acabas de salvarme la vida.

Bueno, señor Michaels —dijo Glory, cerrando la puerta de su despacho y dirigiéndose a los sofás—. ¿Qué opina?

El hombre sonrió, caminó hasta un sofá y tomó asiento.

—Tutéeme, por favor.

Glory se sentó delante de él.

—Sólo si tú haces lo mismo.

—De acuerdo —volvió a sonreír—. Es una propiedad preciosa. La tienes muy bien cuidada.

—Gracias —se puso las manos en el regazo—. Me encanta el Saint Charles. Ha pertenecido a mi familia durante mucho tiempo. De hecho, para mí es como un pariente.

Dudó, incómoda por lo que estaba haciendo. En parte tenía la impresión de que el mero hecho de hablar con un inversor como Jonathan Michaels constituía una traición hacia su padre, pero por otro lado sabía que los tiempos cambiaban, y que el Saint Charles y ella tenían que adaptarse a los cambios.

—Estoy segura —continuó, mirándolo de nuevo— que eso es una tontería para un hombre de negocios pragmático como tú.

—Desde luego que no —se apoyó las manos en las rodillas y se inclinó hacia ella—. Cuando mi agente se puso en contacto contigo no pensé que tuviéramos ninguna posibilidad. A fin de cuentas, ya lo habíamos intentado antes. ¿Cómo es que ahora te interesa vender?

—No me interesa vender —corrigió rápidamente—. Pero, como le he explicado a tu empleado, estoy considerando la posibilidad de aceptar un socio.

El hombre inclinó la cabeza con una sonrisa.

—Perdona. No he elegido el término más adecuado. Dijiste que tu participación sería del veinte por ciento, ¿no?

—Exactamente. Eso no es negociable. También me interesa bastante vuestro servicio de gestión. Tenéis muy buena reputación, aunque estoy segura de que ya lo sabes.

El hombre sonrió, indicando que así era.

—¿Puedo preguntarte por qué has decidido tener un socio en este momento?

—Por motivos ajenos a mi voluntad, el hotel es mucho menos rentable que antes.

—La situación.

—Sí, ése es el motivo principal. Otro motivo es la proliferación de hoteles nuevos en la ciudad —respiró profundamente—. Si no puedo conseguir que suba el número de huéspedes acabaré por ser incapaz de mantener el hotel.

—Podrías bajar el precio de las habitaciones.

—Ya lo he hecho. Lo he bajado mucho a lo largo de los años. Pero sigue sin venir mucha gente. Lo primero que se va a resentir es el servicio que ofrecemos, y no quiero que eso ocurra.

—Lo entiendo perfectamente. En mi opinión, sería una tragedia. Quedan muy pocos lugares como éste —observó su expresión, sin pasar por alto un solo detalle—. ¿Son ésos tus únicos motivos?

—No —se puso en pie para mirar por la ventana—. Como sabrás, la gerencia de un hotel es una ocupación que consume mucho tiempo.

—Sí, más que una jornada de trabajo normal.

—Exactamente. Y hay otra cosa a la que me apetece dedicarme. Otra propiedad, mucho más pequeña, con un enorme potencial de crecimiento.

El agente arqueó una ceja.

—A juzgar por tu mirada, esa propiedad es algo especial.

Glory sonrió.

—Mucho. Pero me va a llevar mucho tiempo. Y necesito un capital considerable para sacarla a flote.

—¿Hay alguna posibilidad de que te apetezca tener un socio en esa empresa?

Glory volvió a reír. Le caía bien aquel hombre.

—No te sentirías muy cómodo, créeme. Pero me lo tomo tan en serio como el Saint Charles. También es una propiedad familiar. Por parte de madre —caminó hacia la mesa y se apoyó en ella—. Ya hemos hablado de mí y de los motivos por los que quiero un socio. ¿Qué hay de ti? Sé que has llevado a cabo una investigación. No habrías llegado tan lejos en el negocio si no te informaras bien sobre tus inversiones. Sabiendo lo que sabes de este hotel, ¿cómo es que te interesa adquirir la mayor parte del capital?

—Muy sencillo. Porque el Saint Charles es una joya. Porque es el complemento perfecto para mis demás hoteles. Y porque creo que esta zona de Nueva Orleans se pondrá de moda dentro de unos años. También estoy convencido de que, si pueden elegir, los visitantes más exigentes preferirán un antiguo hotel del centro antes que un hotel moderno de las afueras. Lo más importante es la publicidad. Hay que correr la voz de que este hotel es muy especial. Lo incluiremos en el circuito de los viajes organizados, tanto dentro como fuera de los Estados Unidos. Mi empresa de gestión tiene mucho éxito con los mayoristas europeos. Ya verás como dentro de seis meses lo tienes ocupado al noventa por ciento.

Glory se esforzó por ocultar su alegría. El hotel no había estado nunca tan ocupado, ni siquiera en vida de su padre.

—¿No crees que apuntas demasiado alto?

—Lo he hecho antes.

Era cierto. También ella había estado investigando. Jonathan Michaels tenía una excelente reputación. A nivel financiero era muy estable, y el historial de su éxito se consideraba fuerte y honrado.

Jonathan se levantó y observó la calle desde la ventana.

—También tengo intención de comprar varios comercios en las inmediaciones del hotel.

Glory arqueó las cejas.

—Ésa sería una inversión considerable en una zona que casi todo el mundo considera muerta.
—Tengo el capital suficiente, y me encanta esta ciudad. Creo en ella. ¿Sabes que nací aquí?
Glory asintió.
—Tu padre trabajó en este hotel durante una temporada.
—De portero —rió y sacudió la cabeza—. Recuerdo que venía a verlo aquí, con mi madre. Este edificio me impresionaba.
Glory rió.
—A veces me impresiona a mí también.
—Un día conocí a tu padre. Fue muy amable con nosotros. Más adelante lo conocí por motivos de negocios.
Glory lo examinó detenidamente. Jonathan Michaels parecía estar cerca de los cincuenta años. Si su padre viviera, tendría sesenta y cuatro años.
—¿De verdad?
—Yo estaba empezando en el negocio, y él estaba en la cima. Lo admiraba muchísimo.
—Yo también. Gracias —miró el reloj—. Sé que tienes que tomar un avión, así que no te entretendré más.
Jonathan asintió y caminaron hacia la puerta.
—¿Qué opinas? —le preguntó—. ¿Te interesa?
—Mucho. Tendré que hablar con mis asesores financieros. El abogado y el contable del hotel. Y con mi madre. Como probablemente sabrás, es la propietaria del cincuenta por ciento del hotel.
—¿Crees que querrá vender su parte?
Glory abrió la puerta y se dirigieron a los ascensores.
—No tiene tanto cariño al hotel como yo, pero le gusta el prestigio de ser la propietaria.
—Muchos de esos detalles se pueden arreglar —llegó el ascensor, y se introdujo en él—. Te llamaré.
—Muy bien. Una asociación entre nuestros hoteles resultaría rentable para los dos. Y buena para el Saint Charles.
—Si no lo creyera no me habría reunido contigo. Te llamaré —repitió.
Después de que se marchara Jonathan, Glory volvió a su

despacho. Se quedó en la puerta, mirando el escritorio de su padre, la ventana y el paisaje. Se sentía a la vez triste y esperanzada.

Su padre no habría querido que el hotel fracasara. No habría permitido que fuera arruinándose poco a poco. Y le habría gustado todo en Jonathan Michaels, desde su reputación en la industria hasta el hecho de que fuera de Nueva Orleans.

Pero a su madre no le caería bien. No pensaría que tenía la categoría suficiente para ser su socio. No querría renunciar a su reputación, ni querría hacer nada que temiera que fuera a despertar habladurías.

Su madre nunca accedería a aquel trato, al menos no de buen grado.

Y Glory no sabía muy bien cómo iba a resolver el problema.

64

El club se llamaba Rack. Se encontraba en un extremo del barrio francés, alejado del centro del bullicio turístico. Abría a las doce de la noche y cerraba al amanecer, para acoger a una clientela cuyos apetitos sexuales giraban en torno a dar y recibir dolor.

Y Hope Saint Germaine acababa de entrar.

Santos silbó para sus adentros. Después de seguirla durante cinco días había encontrado algo interesante. Pero aquello era lo último que esperaba. Si no la hubiera visto personalmente, si no la hubiera seguido desde su casa hasta el local, si no la hubiera visto salir de su coche, vestida de negro y con la cara tapada por una bufanda, para entrar en el club, no se lo habría creído.

Casi la tenía.

Se bajó un poco la gorra y salió del coche. Jackson había descubierto recientemente que Hope había retirado de su cuenta veinticinco mil dólares. También había averiguado que no había colocado el dinero en otra de sus cuentas, al menos, en ninguna a la que tuvieran acceso las fuentes de Jackson.

Desgraciadamente, sacar dinero de una cuenta no era ningún delito. Y dado que Jackson y él se habían enterado por vías ilegales, la información no se podía utilizar en un juzgado ni en ningún otro sitio. Necesitaba más. Tenía que conseguir alguna prueba de que le había preparado una encerrona.

Santos entró en el Rack, con la cabeza baja. Alguien podía reconocerlo, aunque hacía muchos años que no iba a aquel sitio en una redada rutinaria. Si no le fallaba la memoria, después de una de las redadas el local estuvo cerrado durante tres días.

La vida seguía su curso. La policía no tenía dinero ni personal para actuar contra todas las infracciones de la ley, y además no estaba seguro de que hubiera algo de malo en una relación consensuada entre adultos, por repugnante que le pareciera.

Todo el mundo tenía algún entretenimiento.

Examinó la estancia. Era muy elegante. No se trataba en absoluto del interior que cabría esperar de un local en el que se reunían los sadomasoquistas. Pero la clientela del Rack era de clase alta. Estaban acostumbrados a lo mejor y no se conformaban con menos, ni siquiera para dar rienda suelta a sus aficiones más inconfesables. Además, si algún cliente deseaba la cámara de los horrores tradicional, podía encontrarla en los reservados de la parte trasera.

Santos avanzó dentro del club, entre una multitud ataviada con una cantidad increíble de cuero negro y cadenas. Se detuvo para ceder el paso a un hombre que llevaba a su amigo con una cadena de perro. En la barra, una mujer con botas de tacón de aguja utilizaba la espalda desnuda de su acompañante como reposapiés. Santos contuvo la respiración cuando vio que se inclinaba hacia delante, hundiendo el tacón en la carne del hombre.

También había muchas personas que tenían un aspecto completamente normal, tan bien vestidos y conservadores como cualquier otro banquero, economista o abogado.

Pero no veía a Hope Saint Germaine.

Debía estar en una fiesta privada, en uno de los reservados. Maldijo y miró de nuevo a su alrededor. No podía entrar en un reservado si no ocurría un milagro, ya que ni siquiera podía enseñar su placa de policía. No sabía qué hacer.

—Hola, guapísimo.

Una mujer alta, de constitución fuerte, que tal vez había sido un hombre en el pasado, entrelazó un brazo con el suyo, pasándole las larguísimas uñas rojas por la piel en ademán seductor.

—Tienes pinta de ser precisamente el hombre que podría hacerme gritar —le dijo.

Santos miró sus ojos cargados de pintura y reconoció a Samantha. Sus caminos se habían cruzado en varias ocasiones. Era un conocido travesti.

Y tal vez pudiera ayudarlo.

—Hola, Sam —dijo sonriendo—. ¿Qué hace una chica como tú en un sitio como éste?

Samantha intentó apartarse al reconocerlo, pero Santos le cubrió la mano con la suya para retenerla en el sitio.

—No irás a montar una escena, ¿verdad? No me gustaría nada.

Samantha negó con la cabeza.

—No voy a hacer nada. Venga, detective, sólo me estaba divirtiendo un poco.

—¿Ya te has divertido? Pues ven conmigo. Tenemos que hablar.

La condujo a una esquina y se colocó de espaldas a la pared, para seguir controlando todo el local.

—Necesito saber qué pasa hoy —le dijo.

Samantha volvió a negar con la cabeza, algo nerviosa.

—Ya te lo he dicho, detective. No pasa nada.

—Las fiestas privadas, Sam. Necesito saber qué fiestas se celebran esta noche.

Samantha se alisó con una mano el vestido negro de satén. Tenía una abertura a un lado, sujeta con cadenas plateadas.

—No sé nada. De verdad.

Santos se dio cuenta de que le temblaba la mano.

—¿Estás nerviosa por algo?

—No, en absoluto.

—Entonces, ¿por qué tiemblas? Parece como si te sintieras culpable, o algo así —se acercó—. Podría arrestarte por varios motivos. Nunca te ha gustado demasiado la cárcel, ¿verdad?

Samantha palideció.

—No me hagas esto, por favor. Si alguien descubre que te he dicho algo...

—Busco a una mujer madura. De la alta sociedad. Tiene un montón de dinero.

Samantha se mordió el labio y miró nerviosa a los lados.

—¿Sabes de quién hablo? —preguntó mirándola a los ojos—. Te debo una, Sam. Esto es muy importante. Es algo personal.

Durante un momento Samantha guardó silencio, pensativa. Después asintió y se acercó un poco.

—Sé de quién hablas —dijo bajando la voz—. Es una verdadera zorra. Dejó malherido a un amigo mío. Se pasó una semana en el hospital.

El corazón de Santos empezó a latir con fuerza. La tenía.

—¿Qué más?

—Le gustan los chicos jóvenes y musculosos. Hay gente que tiene gustos muy raros.

—¿Está aquí ahora?

Samantha se humedeció los labios y asintió.

—Acaba de llegar. Nunca habla con nadie. Nunca mira a nadie. Se considera superior a los demás.

—Así que entra en un reservado —dijo Santos impaciente—. ¿Qué hace entonces?

—Empiezan los juegos, evidentemente. Tengo entendido que se hace llamar Violet.

Se había puesto un nombre de flor. Como las demás mujeres Pierron.

—¿Chop le consigue el material?

La expresión de Samantha se enfrió.

—¿Cómo quieres que lo sepa?

—Claro que lo sabes —le sujetó la mano con fuerza—. Chop consigue el material a casi todo el mundo. ¿Cuánto le cuesta lo que le gusta?

—Nunca he estado con ella, ¿sabes? Pero según tengo entendido, entre unos cientos y unos miles de dólares. Según lo que le apetezca cada noche.

En ningún caso veinticinco mil. Santos asintió, entrecerrando los ojos. Evidentemente, había invertido el dinero en otra cosa. Algo más peligroso, más fuera de lo normal que lo que ocurría arriba.

—Muchas gracias, Samantha —dijo soltándole la mano—. No olvidaré esto. Te debo una.

Cuando se volvió para marcharse, Samantha lo retuvo por el brazo y lo miró detenidamente.

—¿Por qué no saldas tu cuenta ahora? Quédate un rato, podríamos pasarlo bien —se acercó un poco—. Estoy segura de que puedo enseñarte unos cuantos trucos nuevos.

Santos le apartó la mano, pero respondió con tono amable.

—Ya conozco todos los trucos que necesito. Cuídate, Sam.

Santos se alejó, dejando atrás el Rack.

65

Siete horas después, Santos y Jackson se detuvieron frente al club de Chop Robichaux, en Bourbon. Aún no eran las diez de la mañana, y la calle estaba casi desierta. Estaban convencidos de que Chop no tendría demasiada compañía en aquel momento. Justo lo que querían. El juego al que estaban a punto de jugar no se ajustaba demasiado a los reglamentos, y no querían testigos.

Jackson se volvió hacia Santos.

—Bueno, ya sabes. Hay que convencerlo de que Hope Saint Germaine lo ha delatado, y de que eso le va a costar muchos años de cárcel.

—Pan comido —Jackson sonrió incómodo—. Tenemos que apelar a su vertiente criminal y paranoide.

Santos miró la entrada del club, inquieto. Jackson y él habían hecho cosas parecidas anteriormente. Miles de veces. Pero nunca se había jugado tanto como en aquella ocasión. Su vida era lo que estaba en juego. Miró a su amigo.

—Es posible que no funcione. Puede que no muerda el anzuelo.

—Funcionará. Confía en mí, compañero. Cuando lo acorralemos cantará todo lo que sepa. Y si no lo hace, se lo sacaré a golpes.

—Se supone que eso tengo que decirlo yo —murmuró Santos, intentando bromear—. Si sigues así acabarás por pedir un filete.

—Gordo y poco hecho.

Santos rió, aunque la risa le sonó hueca.

—Ya tenemos lo fundamental. Sabemos lo del dinero. Sabemos que se reunió con él y que le entregó un sobre. Conocemos las actividades secretas de Hope. Lo único que tenemos que hacer es rellenar los espacios en blanco. Lo hacemos todo el tiempo.

—Y debo añadir que muy bien.

—Me gustaría que tuviéramos algo más —dijo Santos—. Me gustaría que esta visita fuera reglamentaria. Es curioso, pero no me parece tan divertido el juego de sacar una verdad de una mentira cuando se trata de salvarme a mí.

—En serio —dijo Jackson frustrado—. No van a conseguir acabar contigo. No vamos a permitir que eso ocurra.

—Entonces, hagámoslo.

Se bajaron del coche, caminaron hasta la puerta del bar y entraron. Chop estaba en la barra, comiendo y fumando. Tenía la televisión encendida. En la pantalla, el Coyote perseguía al Correcaminos.

—Está cerrado —dijo con la boca llena, sin girarse—. Vuelvan a las once.

—Me temo que no puede ser —dijo Santos, acercándose—. Tenemos un asunto del que hay que ocuparse ahora.

Chop se dio la vuelta para mirarlos, maldijo y volvió a su desayuno.

—Cerdos. ¿Qué pasa ahora?

—Eso, ¿qué pasa? —dijo Jackson, colocándose a su izquierda y mirando la comida—. Nadie te ha prevenido contra las grasas animales, ¿verdad?

—Vete a la mierda.

Santos rió y se apoyó en la barra, a la derecha de Chop. Miró a Jackson a los ojos.

—Me parece que esta mañana alguien se ha levantado con el pie izquierdo.

Chop miró a Santos con los ojos entrecerrados y se metió otro tenedor en la boca.

—No puedes estar aquí en misión policial. Ya no eres policía.

—¿Ah, no? —sacó la placa, o lo que esperaba que Chop tomara por una placa, y se la puso ante los ojos—. Es curioso cómo pueden cambiar las cosas de la noche a la mañana. Se descubre cierta información, y al amanecer todo ha cambiado.

Chop parecía más divertido que nervioso.

—¿Quién es tu amigo?

—Detective Jackson —le enseñó la placa y se la metió en el bolsillo—. Queremos hablar contigo sobre una interesante charla que hemos mantenido con una amiga tuya.

—¿Una amiga mía? —rió—. No sabía que tuviera amigos.

—Se llama Hope Saint Germaine. A veces se hace llamar Violet. ¿Te suena de algo?

La sonrisa de Chop se desvaneció, y apartó el plato.

—No. Tal vez deberíais refrescarme la memoria.

—Con mucho gusto —Santos levantó el encendedor de Chop y lo examinó con despreocupación—. Pesa mucho. Debe ser de oro —lo abrió, lo encendió, y dejó caer la tapa—. ¿Cuánto cuesta este mechero, Chop? No creo que cueste veinticinco mil dólares. No debe ser tan caro. ¿Qué piensas tú, Jackson?

Lanzó el encendedor a su compañero, que lo atrapó en el aire y lo examinó.

—Estoy seguro de que por veinticinco mil dólares se podrían comprar muchos como éste. Tal vez una maleta llena.

Chop le arrebató el encendedor y se lo metió en el bolsillo de la camisa.

—¿Queréis llegar a algún sitio con eso?

—Sí, claro que queremos llegar a algún sitio —Santos se inclinó hacia él, taladrándolo con la mirada—. Esa amiga tuya dice que le hiciste chantaje. Dice que amenazaste con revelar sus... preferencias sexuales. Asegura que te oyó planear la trampa que me tendiste. También va a testificar. Ya sabes que a las damas de la alta sociedad no les gusta ir a la cárcel —sonrió y le hundió el dedo en el pecho—. Y te tenemos, amigo. Te vamos a arrestar por conspiración y chantaje. ¿Qué te parece?

Chop apartó la mano de Santos de un manotazo y bostezó.

—Una tontería. No tenéis nada.

—Tenemos todo lo que necesitamos.

—Seguro que sí —rió y se puso en pie—. Creo que voy a llamar a mi amigo el fiscal del distrito. Seguro que este incidente le parece muy interesante.

Jackson lo retuvo por el brazo.

—No creo que quieras hacer eso. Sobre todo porque tenemos un testigo. Alguien que vio cómo te entregaba el dinero. El chantaje es un delito muy feo. Sobre todo cuando se chantajea a una mujer con tantas influencias.

Chop tragó saliva y empezó a sudar.

—Mira —Santos se acercó a él—. Creo que está implicada. No me llevo muy bien con ella, pero tampoco me importará demasiado que cargues tú con toda la culpa. Me alegraré de tenerte fuera de la circulación, y en cualquier caso, he recuperado mi placa.

—Fuera de la circulación —repitió Jackson—. Ya era hora de retirar a este tipo de la calle. ¿Cuánto crees que le caerá, Santos?

—Entre quince y treinta años. A fin de cuentas, tenemos dos cargos contra él —sonrió a su compañero, sabiendo que lo tenían en el bote—. ¿Crees que a los presidiarios les gustará? No es demasiado feo, y a algunos les gustan los hombres rellenitos.

—Vete a la mierda —dijo Chop, aunque sin ninguna convicción.

—Incluso si le aplican la condena mínima —continuó Jackson—, cuando salga será demasiado viejo para volver a salir adelante. Claro que no es nuestro problema.

—¿Por qué iba a chantajearla? —preguntó Chop, poniéndose en pie—. Con algo así sólo conseguiría destrozar mi reputación. Os aseguro que tengo clientes mucho más ricos y que tienen mucho más que perder que ella.

—Te creo, desde luego —dijo Santos, divertido, mirando a Jackson—. ¿Tú lo crees?

—Sí, desde luego, claro que lo creo. Pero ¿crees que pensarán lo mismo los miembros del jurado? Me lo imagino. Cuando el fiscal termine de describir todos los detalles de tu trabajo... —sacudió la cabeza—. Francamente, la cadena perpetua les parecería poco.

Chop guardó silencio durante un minuto. Se quedó mirando a uno y a otro, mordiéndose el labio inferior, nervioso.

—No voy a pringar por esa bruja pervertida —dijo al fin—. Me da igual lo que me pagara —miró a Santos—. Ella fue la que recurrió a mí. Quería acabar contigo. Fue ella quien lo planeó todo.

—Seguro —dijo Santos con sarcasmo, ocultando su euforia—. Estamos hablando de una mujer que pertenece a una de las mejores familias de la ciudad. Hablamos de una señora que va a misa todos los días. Una persona que dona cantidades enormes a todas las organizaciones caritativas. ¿Y ella lo ha planeado todo? —hizo un gesto a Jackson—. Espósalo.

—¡Es verdad! —Chop dio un paso atrás—. Y puedo demostrarlo. Puedo demostrarlo todo. Tengo nombres, fechas, fotografías y grabaciones. Nadie, absolutamente nadie, le toma el pelo a Chop Robichaux.

Jackson y Santos descubrieron poco después que, en efecto, podía demostrarlo todo. Era innegable que Chop era un hombre de negocios muy cuidadoso. Al parecer tenía registros de todo y de todos. No faroleaba cuando dijo que tenía clientes con mucho más que perder que Hope Saint Germaine. Ya estaba con el fiscal, intentando llegar a un acuerdo a cambio de su colaboración, pero no iba a salir impune de aquello.

Santos dio una palmada en la carpeta. En su interior había varias fotografías de Hope Saint Germaine. Fotografías de su otra vida, de la vida que había conseguido guardar en secreto durante tanto tiempo. De la vida que ni siquiera su hija sospechaba que llevaba.

Glory. Se le formó un nudo en la garganta. No sabía cómo iba a decírselo a Glory.

—Oye, compañero.

Santos se volvió.

—¿Tienes la orden de detención?

—Se está gestionando. La tendremos en menos de una hora. Cuarenta minutos, si todo va bien.

—Quiero ir.

—Es comprensible. Ya he hablado con el capitán. Ha escuchado la grabación de la confesión de Chop. Dadas las circunstancias, no creo que haya problema.

Santos miró el reloj y frunció el ceño.

—Necesito que sea una hora. Tengo que... —se le hizo un nudo en la garganta—. Tengo que decírselo a Glory. No puedo permitir que se entere por las noticias. Y querrá ver a su madre, estoy seguro. Antes de que lleguemos.

—¿Vas a decírselo a Glory? No podemos arriesgarnos a que su madre se nos escape.

Santos asintió, incómodo ante la perspectiva de lo que tenía que hacer.

—No te preocupes. Si va a ver a su madre, y supongo que lo hará, me quedaré vigilando y te esperaré ahí.

—Muy bien. Me encargaré de tenerlo todo preparado —examinó la expresión de su compañero—. ¿Te encuentras bien?

—Claro que no. ¿Cómo quieres que me encuentre bien? Me alegro de haber recuperado la placa. Otra vez soy policía. Persigo a los malhechores y busco respuestas. Es lo único que sé hacer. Pero ¿cómo puedo mirar a Glory a los ojos y decirle lo que es su madre?

—Tienes razón. Eres un buen policía. Y esto no es culpa tuya. Tú no eres el responsable de esto. Recuérdalo.

—Sí, pero díselo a Glory —respiró profundamente, frustrado—. ¿Qué voy a decirle? ¿Cómo se lo voy a contar sin hacerle daño?

—No lo sé —le puso una mano en el hombro—. No tengo ni idea.

66

Santos encontró a Glory en su despacho del hotel. Pidió a la secretaria que no permitiera interrupciones, y le contó detenidamente toda la historia, empezando por el momento en que Liz había hablado con Jackson y él.

Mientras Santos hablaba, Glory lo miraba inmóvil, mirándolo sin verlo, sin dar crédito a su oídos.

—No puedes hablar en serio.

—Te aseguro que hablo completamente en serio —se aclaró la garganta—. Lo siento mucho, Glory.

—Pero esto es ridículo. Es una locura. ¿Estás diciendo que seguiste a mi madre? ¿Estás diciendo que descubriste que tenía algo que ver con el tal Chop Robichaux? ¿Que es cliente suya? —subió la voz—. ¿Insinúas que fue ella...?

—Sí. Ella fue la que me tendió la trampa.

Glory volvió a negar con la cabeza, sintiendo que la sangre escapaba de su cerebro. No podía creer que algo así estuviera sucediendo.

—No te creo.

—Lo siento. Me gustaría que no fuera verdad.

Se miró las manos y volvió a subir la vista a Glory. Ella contuvo la respiración al ver su rostro desamparado. Presa del miedo, empezó a temblar violentamente.

—¡No es verdad! —se puso en pie, con los puños cerrados a los lados—. ¿Por qué me haces esto, Santos? Sé que mi madre no te cae bien. Sé que tienes motivos para odiarla. Pero esto es... es...

Se apartó de él, incapaz de soportar la expresión lastimosa de sus ojos. Se llevó las manos a la cara, esforzándose por encontrar las palabras adecuadas, que hicieran que terminara esa pesadilla, que despertara y se encontrase con que no estaba sucediendo lo que creía.

Volvió a mirarlo directamente a los ojos.

—Esto va más allá de una simple enemistad, Santos. Lo que has ideado es enfermizo. Necesitas ayuda.

Se levantó y caminó hacia ella. Los ojos de Glory se llenaron de lágrimas. La sujetó por los brazos y la acarició, como si intentara ayudarla a entrar en calor.

—Yo no soy el enfermizo, cariño. Créeme, no me gusta tener que hacerte tanto daño.

Glory apartó las manos.

—No te creo. Todo esto es mentira. ¡Mentira! Es imposible. La mujer de la que hablas no es mi madre.

—Sé que es tu madre. No sabes el miedo que me daba venir a decirte esto. No puedes imaginar...

—Ahórrame la palabrería, detective Santos. Estás disfrutando con esto.

Santos se puso tenso.

—Estás enfadada con la persona que no es. Y por mucho que mates al mensajero no podrás alterar las noticias. Yo no soy el que te ha traicionado. Y los dos lo sabemos.

Glory se llevó la mano a los ojos, para cubrirlos y combatir contra las lágrimas. Seguía pensando que no era verdad. No podía ser verdad.

—He traído pruebas. Tengo fotografías, pero no quiero que las veas —la sujetó por el brazo y la obligó a mirarlo—. Créeme, Glory. Nunca te mentiría. Ni con respecto a esto, ni con respecto a ninguna otra cosa.

—¿Fotografías? —repitió Glory, con la vista empañada por las lágrimas—. ¿Qué quieres decir?

Santos señaló con la mirada el gran sobre que llevaba consigo, y que había dejado en la silla.

—Robichaux tiene registros de todos sus clientes. Guarda todas las transacciones, con la fecha, el tipo de servicio prestado y el precio. Los archivos de tu madre se remontan a 1970.

En aquella época Glory tenía tres años. Su padre aún estaba vivo. Completamente vivo.

Sintió que se le hacía un nudo en el estómago. No era verdad. No podía ser verdad.

Se acercó a la carpeta, la levantó, y la abrió con aire desafiante.

—¡Glory! —Santos dio un paso hacia ella—. Créeme, por favor, cariño. Cuando hayas visto esas fotografías no habrá vuelta atrás. ¿No lo entiendes? Cuando la hayas visto así, nunca...

—No digas nada más —respiró profundamente, advirtiendo por primera vez que estaba al borde de la histeria—. No me hables. No me vuelvas a hablar nunca más.

—Yo no lo he hecho, Glory. Sólo lo he descubierto —dio otro paso al frente—. Si miras esas fotografías, nunca serás capaz de olvidarlas. No te hagas eso. No es necesario. Créeme, por favor.

Glory aferró los papeles que contenía el sobre, sintiendo en los dedos el contacto del papel fotográfico. Sacó una de las instantáneas, mirando a Santos y no la fotografía.

Le empezó a temblar la mano. Sus ojos se llenaron de lágrimas. Dejó caer el sobre y empezó a sollozar. Santos se apresuró a tomarla entre sus brazos.

—Glory, cariño, todo se arreglará.

—Nada se arreglará —acertó a decir entre lágrimas—. ¿Cómo pueden arreglarse las cosas después de esto? Mi madre es... Mi madre...

Lloró durante largo rato. El dolor que sentía era demasiado intenso para soportarlo. Mientras tanto, Santos la abrazaba, murmurándole palabras de consuelo y acariciándole el pelo.

Al final, agotada, levantó la vista para mirarlo.

—¿Qué voy a hacer ahora, Santos? ¿Qué puedo hacer para seguir viviendo?

—Saldrás adelante —murmuró, secándole las lágrimas con los pulgares—. Pero antes tendrás que ir a hablar con ella. No tienes demasiado tiempo.

Glory se limpió la nariz con la palma de la mano.

—¿Qué quieres decir?

—Hay una orden de arresto contra ella.

—¿Una orden de arresto? —repitió, perdiendo las fuerzas—. ¿Cuáles son los cargos?

—Conspiración. He conseguido que esperen un poco. Sabía que querrías verla antes de...

Antes de que la detuvieran. Antes de que la historia saliera a la luz y los medios de comunicación se cebaran en ella.

Su frase sin terminar quedó colgada del aire, entre ellos. El corazón de Glory se detuvo, y después empezó a latir de nuevo a toda velocidad.

—¿Cuánto tiempo hace que lo sabías? ¿Cuánto tiempo has pasado siguiéndola?

Apenas podía pronunciar las palabras. Le sonaban demasiado raras.

—Cinco días.

—Cinco... días.

Contó hacia atrás, pensando en las veces que había visto a su madre. Se dio cuenta de lo que significaba el silencio de Santos.

Se apartó de él, sintiendo una cólera tan intensa que apenas podía respirar.

—Te enteraste de esto hace cinco días, pero no me dijiste nada. Durante cinco días estuviste sospechando y...

—Y hasta hoy no tenía nada más que sospechas. ¿Qué habría podido decirte?

—Podrías haberme dicho la verdad. Somos amantes. Dormimos juntos. Pero me has ocultado esto —sacudió la cabeza, destrozada—. No viste nada de malo en eso, ¿verdad?

—No. Sin tener pruebas, ¿qué podría haberte dicho? ¿Que creía que tu madre había preparado la trampa que me tendieron? ¿Que tenía algo que ver con un delincuente habitual? ¡Por favor, Glory! Es tu madre.

—Exactamente —se apartó el pelo de la cara con una mano temblorosa—. Es mi madre. Deberías haberme dicho la verdad. Deberías haberme dicho lo que ocurría. Me merecía eso, por lo menos.

—Si te lo hubiera dicho habría puesto en peligro la investigación.

—Ya veo —cerró los puños, furiosa—. Tenías miedo de que pusiera a mi madre sobre aviso y se escabullera. Tenías miedo de que encontrara la forma de detenerte. De que advirtiera a tu capitán lo que estabas haciendo.

Santos no dijo nada durante un momento. Después dejó escapar la respiración, frustrado.

—Sabía que no me creerías. Quería ser capaz de demostrarte que era cierto. ¿Qué tiene eso de malo?

Glory se dio cuenta de que Santos no la amaba. Nunca la amaría. La traición que había cometido en el pasado seguía pesando sobre él. No confiaba en ella. Nunca podría confiar.

Caminó hacia la mesa. Sacó el bolso del último cajón y se volvió de nuevo hacia él.

—¿Cuánto tiempo me queda?

—No mucho —miró de nuevo el reloj—. Veinte minutos, como mucho.

Glory asintió, muy tranquila, aunque por dentro estaba destrozada.

—Será mejor que me vaya.

—Voy contigo.

Glory entrecerró los ojos.

—Nada de eso. Voy sola.

—Se lo he prometido a Jackson.

—¿Aún te da miedo de que la ayude a escapar?

En el tenso silencio que siguió, Glory salió del despacho. Una vez en la puerta, se detuvo y se volvió hacia Santos.

—No dejas de acusarme de no creer en ti —le dijo—. De no haber creído nunca en ti. Pero creí en ti lo suficiente para amarte. No una vez, sino dos. Eres tú el que da importancia a nuestras diferencias. Tú fuiste el que juzgó, el que decidió que yo estaba demasiado mimada para amarte de verdad. Tú fuiste el que decidió que no me merecías. Tengo la impresión de que tú fuiste siempre el que no creía que esto pudiera funcionar. Porque no confiabas en mí. Pero en este momento no tengo tiempo de pensar en ello —respiró profundamente y lo miró a los ojos, retándolo a llevarle la contraria—. Voy a ver a mi madre. Y voy sola.

Santos no le llevó la contraria porque no se sentía con fuerzas. Seguía amándola, a pesar de que ella había sido la primera en traicionarlo, a pesar de que si no podía confiar en ella era porque le había demostrado, una y otra vez, que estaba dispuesta a anteponer la familia a la lógica.

67

Glory condujo como loca, cegada por las lágrimas, con la cabeza llena de las cosas que había dicho Santos sobre su madre, sobre sus retorcidas pasiones, su relación con Chop Robichaux y su intento de tenderle una trampa.

Se dijo que debía haber una explicación. Esperaba con todas sus fuerzas que la hubiera. Quería que su madre la abrazara y le dijera que no era cierto. Que le prometiera que no era cierto.

Pero sabía que sus ruegos no se verían cumplidos.

Algún milagro le permitió llegar a casa de su madre sin incidentes. Salió apresuradamente del coche y corrió por el camino. En cuanto llegó a la puerta se puso a llamar fuertemente. Abrió la señora Hillcrest, que se alarmó considerablemente al verla en aquel estado.

–¿Qué pasa, señorita Glory?

–¿Dónde está mi madre? –dijo, a punto de atropellarla al entrar en la casa–. Tengo que verla.

–En su habitación, descansando. Ha pedido que no la moleste nadie.

Glory corrió hacia las escaleras.

–Unas personas van a venir a buscarla. Distráelas todo lo que puedas.

–¿Cómo dice? –la siguió al pie de la escalera, confundida–. ¿Quién va a venir a buscar a su madre? No la entiendo.

Glory se detuvo para mirarla.

–Hágame caso, por favor.

Subió a toda prisa los escalones restantes y se detuvo frente a la puerta de su madre. Estuvo a punto de llamar para esperar a que le cediera el paso, pero al final pudo más la impaciencia. Abrió e irrumpió en el dormitorio.

Su madre estaba dormida. Se incorporó de un salto al oír el ruido y la miró confundida.

–¿Glory Alexandra? –dijo parpadeando y llevándose una mano a la garganta–. ¿Qué haces aquí?

–Tengo que hablar contigo.

Se acercó a la cama. Temblaba tanto que temía no poder llegar. Al final consiguió sentarse en el borde.

Las lágrimas le impedían hablar. Hizo un esfuerzo para tragárselas. No tenía mucho tiempo. Tenía que hablar con su madre. Tenía que oír la verdad, fuera la que fuera.

–Van a venir a buscarte. Tenemos que hablar. Tengo que saber...

–¿Que van a venir a buscarme? –interrumpió Hope, apartándose el pelo de los ojos–. ¿Quién? ¿Qué quieres decir?

–Santos y... otros –la miró a los ojos–. Tienen una orden de detención.

–¿Una orden de detención? ¿Para quién?

–Para ti, mamá. Dicen que...

–¿Para mí? –se echó hacia atrás, horrorizada–. ¿Por qué? No puedo imaginar cómo...

–Dicen que estabas involucrada con lo que hizo Chop Robichaux, que fuiste tú la que planeó la trampa que le tendieron a Santos.

Su madre no lo negó; emitió un sonido de indignación o incredulidad y se quedó mirándola fijamente a los ojos, atemorizada.

Se dio cuenta de que era culpable de todo lo que Santos había dicho. Era verdad.

Las lágrimas afloraron a sus ojos y empezaron a caerle por las mejillas. Se las retiró con impaciencia.

–Lo saben todo, mamá. Se han enterado de lo de Santos, y de tu relación con Chop Robichaux. Saben que... saben qué era lo que te suministraba —alzó la voz—. ¿Es eso cierto, madre? ¿Hacías esas cosas? ¿También cuando papá estaba vivo? No puedo soportar pensar en eso.

—¡No! —gritó su madre, con un sonido desesperado que salía del centro de su alma—. ¡No!

Glory tomó las manos de su madre. Estaban frías y húmedas como las de un cadáver.

—Tienen pruebas. Fechas y fotografías. Todo un expediente sobre ti —le frotó las manos, intentando calentarlas—. Dime que no es verdad y te creeré. Dime cómo han conseguido esas fotografías y...

Hope apartó las manos de las de su hija y salió de la cama de un salto. Corrió a la puerta del dormitorio y la cerró con pestillo.

—¿Madre?

Hope se volvió, jadeando nerviosa.

—La oscuridad ha llegado. Tenemos que intentar escondernos. Tenemos que hacer planes.

El corazón de Glory empezó a latir a toda velocidad. Se esforzó por mantener la calma.

—Estás muy nerviosa —dijo con la voz más tranquila que consiguió poner—. Vamos a calmarnos, y juntas encontraremos una solución a este problema. Te prometo que...

—¡No! Es demasiado tarde. Ya viene hacia aquí. El mal ha llegado.

Glory sujetó fuertemente las manos de su madre.

—¿De qué hablas, mamá? Tendrás que contármelo para que pueda ayudarte.

—Sí —asintió—. Tengo que contártelo. Ahora debo decirlo —la miró a los ojos con una expresión que la dejó sin aliento—. La oscuridad, la bestia. Viene a por nosotras.

Se apartó de Glory y empezó a recorrer la habitación. Su camisón de seda largo se le enredaba en los tobillos.

—Intenté protegerte —le dijo—. Siempre lo intenté, sin rendirme nunca. Pero lo sabía. La vi en ti, y era muy fuerte.

Glory se humedeció los labios.

—¿Qué es lo que viste?

—La bestia.

Dio un paso atrás. Las palabras de su madre la habían herido como una puñalada. Recordó su niñez, las ocasiones en que se había despertado para ver a su madre mirándola como si fuera el diablo en persona. Gimió débilmente. Lo único que deseaba era que su madre la quisiera.

Pero cuando Hope la miraba veía un monstruo.

—Es la maldición —continuó Hope—. La herencia de mal de Pierron. Se transmite de madre a hija. Todas la tenemos. Somos pecadoras, sucumbimos. Me resistí tanto como pude —se llevó las manos a la cara—, pero era demasiado fuerte.

Glory tragó saliva, pensando en lo que le había dicho Santos sobre las aficiones de su madre.

—¿Así que sucumbiste?

—Sí —la miró con la cara llena de lágrimas—. Deseaba algo mejor para ti. Me propuse sacarte a la bestia. Me prometí que no caerías en esta sucesión de pecado. ¿Es que no intenté limpiarte?

Glory recordó la biblioteca, y al pequeño Danny. Se le hizo un nudo en el estómago.

Hope se aferró a sus muñecas.

—Aún tienes tiempo. ¿Lo entiendes?

Negó con la cabeza, mirando a su madre horrorizada. Estaba loca. Completamente loca.

—Necesitas ayuda, mamá. Podemos conseguir que te ayuden.

—No hay ayuda. No puede haberla.

Corrió a las puertas de la terraza y las abrió. Se apoyó en la barandilla, en equilibrio, respirando profundamente.

—¡Mamá! —la sujetó por detrás, rodeándola con los brazos—. Te puedes caer. Apártate de ahí.

Su madre se debatió. Cayeron contra la barandilla, y la madera crujió. Asustada, Glory la apartó. Perdió el equilibrio y se golpeó el hombro con el marco de la puerta. Hope se liberó.

Se apartó de Glory y volvió a la barandilla.

—Espera en tu interior. Quiere alimentarse de tu alma inmortal. Intenté libertarte. Intenté borrar de tu carne la necesidad de pecado.

—Santos nos ayudará. Si se lo pido, nos ayudará.

Hope negó con la cabeza. De repente, su expresión era muy tranquila.

—Él tiene la oscuridad, Glory. La bestia los controla a todos. Los utiliza para conseguirnos.

Glory oyó unas voces en el piso inferior. Santos estaba allí. La ayudaría, y a pesar de todo, ayudaría a su madre.

—Están aquí —le dijo—. Déjame hablar con ellos. Conseguiré que nos den algo de tiempo. Podremos planear algo. Juntas.

—De acuerdo —asintió y volvió al dormitorio, con una calma más sobrecogedora que la histeria anterior—. Ahora voy a rezar el rosario.

Glory la siguió y cerró las puertas de la terraza.

—Me parece muy bien. Ahora vuelvo.

Su madre no pareció advertir su partida. En cuanto Glory salió de la habitación corrió hacia las escaleras, descontrolada. Santos y Jackson estaban en el vestíbulo con la señora Hillcrest y otros dos agentes a los que no reconocía.

—¡Santos!

Él miró hacia arriba. Con lágrimas de alivio en los ojos, empezó a bajar a toda prisa la escalera. Santos se reunió con ella a mitad de camino y la retuvo por las manos.

—¿Estás bien?

—Sí, pero mi madre... —se esforzó por no desmoronarse—. Está histérica. Ha perdido la razón. Tengo miedo, Santos. Temo por ella. No sé qué hará cuando vayáis a buscarla.

Santos miró a Jackson.

—Llama a la comisaría, y que envíen un psiquiatra cuanto antes —se volvió hacia Glory mientras su compañero encendía el transmisor—. ¿Dónde está?

Glory subió con él las escaleras. Cuando llegaron al dormitorio, Glory llamó con los nudillos a la puerta cerrada, y después bajó el picaporte.

—Madre —dijo con suavidad antes de abrir del todo, intentando no sobresaltarla—. Soy Glory. Santos viene conmigo. Va a ayudarnos. Todo se arreglará.

Entreabrió la puerta y miró en el interior, pero no vio a

su madre. Atemorizada, abrió de par en par y miró a su alrededor.

—¿Dónde estás, mamá?

Entonces la vio. Estaba de pie en la barandilla de la terraza, tambaleándose, con el rosario entre las manos. El viento agitaba su bata, levantándola. Parecía a punto de ponerse a volar.

—¡Madre! —Glory entró en la habitación, tendiéndole la mano—. No te muevas.

Hope la miró a los ojos. Su expresión era nítida, y extrañamente tranquila.

—La bestia ha llegado.

—Por favor, señora Saint Germaine, no se mueva —Santos entró lentamente en la habitación, hablando en voz muy baja—. Todo se arreglará. Sujétese y...

El rosario resbaló de los dedos de Hope y cayó el suelo. Glory contuvo la respiración, pero su madre sonrió.

—Recuerda, hija, que la oscuridad se manifiesta de muchas formas.

Entonces voló.

68

Santos miró el reloj. Tenía la impresión de que lo había consultado más de cien veces en menos de una hora. El día había sido muy tranquilo en el departamento de homicidios, aunque todos los días parecían tranquilos después del frenesí informativo que siguió al suicidio de Hope Saint Germaine, la detención de Chop Robichaux y la historia que había desencadenado los dos acontecimientos. Después llegó la detención del asesino de Blancanieves.

El vendedor de biblias de Tina había vuelto por fin a Nueva Orleans. Para entonces, Santos y Jackson ya tenían varios testigos que lo relacionaban con dos de las víctimas, en uno de los casos el mismo día de su muerte. Por supuesto, él negaba ser el asesino que buscaban. Incluso afirmaba que nunca había matado a nadie.

Pero si Santos había aprendido algo después de diez años de trabajo policial, era que pocas veces los delincuentes confesaban su culpabilidad de buen grado. Sin duda, aquél era el hombre que buscaban. El asesino de Blancanieves y el que había matado a su madre. Estaba seguro de ello.

Volvió a mirar el reloj y murmuró una maldición. No sabía por qué estaba tan impaciente por salir de allí. No tenía ningún sitio a donde ir, y nadie lo esperaba.

Y menos Glory.

La había visto por última vez en el entierro de su madre, y en aquella ocasión apenas habían hablado. Ella estaba embargada por el dolor. Santos había intentado acercarse para consolarla, pero le había resultado imposible. Había un muro entre ellos. Fuerte e indestructible. Era como si las revelaciones y el suicidio de su madre hubieran relegado a Glory a un paraje lejano, inalcanzable.

La echaba de menos. Quería escalar el muro e ir a su lado, pero no sabía cómo hacerlo.

Pero incluso en el caso de que lo supiera, una relación entre ellos no duraría. Había demasiadas cosas que los separaban, demasiado pasado, demasiado dolor. Procedían de mundos distintos. Glory no podría ser feliz con un policía durante mucho tiempo. Era mejor así.

Sonó su teléfono. Se apresuró a responder como si su vida dependiera de ello.

–Detective Santos.

–Ayúdame –susurró una voz de mujer al otro lado–. Ayúdame, por favor.

–¿Quién es?

–Por favor, Santos, tienes que ayudarme. No tengo nadie más a quien recurrir.

–¿Eres tú, Tina?

–Me está siguiendo. Sé que es él –sollozó–. Va a matarme.

Un escalofrío recorrió la columna de Santos.

–Lo tenemos. Es Buster Flowers, el que te dio la cruz.

–No es él. Por favor, Santos, no quiero morir.

Su gemido lo estremeció. Tina estaba aterrorizada.

–¿Dónde estás?

–En un teléfono público, en la esquina de Toulouse y Burgundy. Entre la droguería y la iglesia.

–De acuerdo –miró el reloj, calculando el tiempo que tardaría en llegar a aquella hora–. Quédate donde estás, ¿me oyes? Voy para allá. No tardaré más de diez minutos.

–Date prisa, Santos, por favor.

Santos colgó el teléfono y se puso en pie de un salto, descolgando la chaqueta en el mismo movimiento.

Patterson, el detective que se sentaba frente a él, lo miró extrañado.

–¿Qué pasa?

—Era la prostituta que me puso sobre la pista del asesino. Dice que no es el que tenemos encerrado, y que la persigue —se puso la chaqueta—. Si llega Jackson antes que yo, infórmalo. Ha llamado desde la cabina que hay entre Toulouse y Burgundy.

Patterson apretó los labios disgustado.

—Esa mujer está loca. Ya tenemos al asesino. Olvídala.

Hubo algo en la afirmación de Patterson y en su arrogancia que alertó a Santos. Era posible que hubieran encarcelado a un hombre inocente. Creía que Flowers era culpable, pero podía estar equivocado. Todas las pruebas que tenían contra él eran circunstanciales. Todo apuntaba a él, pero nada demostraba su culpabilidad.

Era posible que Buster Flowers no fuera el asesino de Blancanieves.

Aquello significaría que el culpable seguía libre. Tina podía estar en peligro.

—¿Me has oído? —insistió Patterson—. Esa mujer está loca. No pierdas el tiempo.

—Sí, ya te he oído, pero ¿y si no está loca? ¿Y si el asesino está detrás de ella? Puede que tú quieras arriesgarte, pero yo no.

Tardó los diez minutos prometidos en llegar de la comisaría al barrio francés. Encontró el teléfono público, la droguería y la iglesia. Detuvo el coche y salió rápidamente.

No había ni rastro de Tina.

Miró a su alrededor para asegurarse de que estaba en la esquina adecuada. En efecto, allí convergían las calles Toulouse y Burgundy. Había una droguería, aunque el edificio de al lado no era una iglesia, sino un convento. No había pérdida.

Pero Tina no estaba a la vista. Miró a su alrededor, buscando algún sitio donde pudiera haberse escondido. Reparó en la puerta de la droguería. El cartel de cerrado se balanceaba, como si acabaran de darle la vuelta.

Miró el reloj. Eran las cinco y veinte. Demasiado temprano para que cerrara una tienda. Miró el cartel, recordando algo que había dicho Tina, y el pelo de su nuca se erizó.

«Son condones, agente. Látex cien por ciento. El mejor amigo de la puta, ¿sabes? Los compramos al por mayor en la droguería de la esquina».

La droguería de la esquina.

Cruzó la calle. Se acercó a la puerta y escudriñó el interior. Había un hombre frente a la caja registradora, contando el dinero. No veía a nadie más.

Santos llamó al cristal, pero el joven negó con la cabeza, indicando que la tienda estaba cerrada. En respuesta, Santos se sacó del bolsillo la placa de policía y se la mostró.

El dependiente palideció, cerró la caja y se acercó. Examinó la placa a través del cristal durante largo rato, antes de abrir la puerta.

—¿Qué puedo hacer por usted, agente?

—Ha habido varios robos en esta zona —dijo Santos—. ¿Le importa que eche un vistazo por aquí?

—¿Robos? —repitió el dependiente—. ¿En esta zona?

—Exactamente.

—De acuerdo —dijo el joven extrañado, apartándose para cederle el paso.

El interior de la tienda era frío y estaba poco iluminado. Se trataba del típico establecimiento que podría encontrar en muchas esquinas de Nueva Orleans, sucio y lleno de cosas, con una gran variedad de objetos en venta, desde artículos de limpieza hasta aperitivos, bebidas y periódicos, todo en la planta baja de un edificio que debía datar de la década de los treinta.

La mirada de Santos aterrizó en una cesta de manzanas que había en el mostrador. Su pulso se aceleró. Se volvió hacia el dependiente, que llevaba un broche en el que ponía su nombre: John. Debía tener algo más de veinte años. De estatura y peso medios, tenía un rostro anodino, que no definía nada. Sus ojos y su pelo eran claros, y sus cejas tan pálidas que parecían inexistentes.

Estaba nervioso. Muy nervioso.

—¿Es tuya esta tienda, John?

El chico negó con la cabeza.

—De mi tío.

—Un negocio familiar —murmuró Santos—. Muy bien. ¿Dónde está tu tío esta tarde?

—Rezando.

—¿En serio? —empezó a recorrer la tienda lentamente—. ¿Va a menudo?

—Casi todos los días. Es muy creyente —se pasó las manos por los vaqueros, como si intentara secárselas—. ¿Busca algo en particular, agente?

—Detective Santos —respondió, haciendo caso omiso a su pregunta—. Es muy temprano para cerrar, ¿no? Tengo la impresión de que podrías hacer mucho negocio si dejaras la tienda abierta. Este barrio se llena de gente cuando anochece.

El muchacho se encogió de hombros.

—No vale la pena. La gente tiene tiempo para comprar durante todo el día.

—¿Qué hay de las chicas de la calle? Deben venir muchas por la noche.

Lo miró fijamente a los ojos. El chico mantuvo su mirada durante un momento y después se apartó.

—No vienen. A mi tío no le gustan las prostitutas. No quiere que entren en su tienda.

Mentía. El ambiente era bastante fresco dentro de la tienda, pero John estaba sudando.

—En realidad estoy buscando a una prostituta llamada Tina. ¿La conoces?

—No, ya le he dicho que las prostitutas no vienen aquí.

—Pero es posible que hayas visto a la mujer que busco. Estaba llamando por teléfono en esa cabina —la señaló—, hace un rato.

El joven volvió a encogerse de hombros.

—Mucha gente usa esa cabina. ¿Cómo es?

Santos describió a Tina, observando detenidamente a John, que lo miraba impasible.

—Ahora que lo pienso —dijo al fin—, he visto a una mujer que encaja con la descripción. Terminó de llamar por teléfono y se marchó.

—¿Sí?

—Sí. Iba de camino a Saint Peter.

Había algo raro en su voz, entre atemorizado y ligeramente divertido. Santos señaló una puerta que había en la parte trasera de la tienda.

—¿Qué es eso?

—El almacén.

—¿Te importa que eche un vistazo?

John dudó y se encogió de hombros.

—Claro que no. Adelante.

—Tú primero.

Santos lo siguió, con una extraña sensación. Se dijo que podía no significar nada, pero se resistía a creer que su instinto estuviera fallando.

Aquello lo devolvía a Tina. No sabía dónde podía estar.

El chico abrió la puerta de la trastienda. Estaba vacía, con excepción de las cajas que había en los estantes y en el suelo. Santos echó un vistazo, apartando las cajas en busca de puertas.

Encontró una. El cartel de salida que había encima de la puerta estaba quemado, y había varias cajas delante.

—¿Adónde conduce esta puerta?

—Al callejón. No la usamos nunca —le señaló unas teclas que había en la pared—. Tiene apertura electrónica, sólo desde el interior. Los ladrones entraron varias veces por ahí para robar. Ya es suficiente que entren por la puerta principal. Pero a eso ha venido, ¿no, detective Santos? —se cruzó de brazos—. Porque ha habido robos en la zona.

—Exactamente —se volvió hacia él y sonrió—. Creo que eso es todo. Me has ayudado mucho. Muchas gracias.

John lo acompañó a la puerta y abrió.

—¿Sabes? —le dijo Santos—. Es peligroso bloquear la salida de emergencia. Si viniera una inspección podríais tener problemas.

—Hablaré con mi tío.

—De acuerdo, John.

—Espero que capturen a los ladrones.

—Los capturaremos —le dijo mirándolo a los ojos—. Siempre lo conseguimos.

Salió a la calle, y John cerró la puerta tras él. Santos se volvió y miró al joven, que seguía contando el dinero.

Entrecerró los ojos. Había algo muy raro en todo aquello. Pero era muy posible que lo que se trajera el dependiente entre manos no tuviera nada que ver con Tina, y ella era la prioridad en aquel momento.

Aunque también era posible que sus mentiras estuvieran relacionadas con Tina. No había dicho la verdad sobre las prostitutas y la tienda. Estaba seguro. Aquello lo incomodaba enormemente.

Maldijo, consciente de que los segundos iban pasando. Tina podría haberse marchado. No le sorprendería que lo hubiera hecho; no era la persona más estable del mundo. Pero estaba asustada, muy asustada. Y sabía que él corría a su encuentro, así que no tenía motivos para marcharse.

Caminó hasta la esquina y miró la calle Saint Peter. El dependiente le había dicho que se había marchado por allí. Empezó a caminar en aquella dirección, pero se detuvo en seco al recordar las palabras textuales del joven: «Iba de camino a Saint Peter».

San Pedro. El santo que custodiaba las puertas del cielo. El santo que consultaba el historial y decidía si el alma era suficientemente pura para atravesar las puertas.

Aquel muchacho enviaba a Tina a ver a San Pedro.

Santos giró y corrió hacia la tienda. Se agachó al llegar; no quería que John lo viera. Deseaba poder llamar para pedir refuerzos, pero no se atrevía a alejarse. Cada segundo era crucial, si no era ya demasiado tarde.

Cuando llegó a la esquina, un Buick de último modelo salía por el callejón. Sus ojos se encontraron con los del conductor. Era el chico de la droguería.

Santos sacó la pistola, se puso en mitad de la calle y gritó:

—¡Alto!

En aquel momento, John pisó a fondo el acelerador, hacia él.

Santos se apartó del camino y disparó. Una vez, y después otra. El coche perdió el control, atravesó las puertas del convento y fue a chocar contra una estatua, que cayó contra el parabrisas, destrozándolo.

Alguien gritó. La gente salió de todas partes, ávida por ver lo que ocurría.

Santos corrió hacia el vehículo.

—Policía —gritó, mostrando su placa—. Llamen a la policía. Que alguien traiga una ambulancia.

Llegó al coche. El maletero se había abierto por el impacto. Dentro, atada como un cordero dispuesto para el sacrificio, estaba Tina.

Santos sintió que se le doblaban las rodillas de alivio. Estaba viva.

69

La popularidad del «Jardín de las delicias terrenales» aumentaba todas las noches. A Liz no le había molestado la crítica negativa del *Times Picayune,* ni el escándalo de Santos y Hope, que salpicaba los medios de comunicación. Tanto Liz como su establecimiento salían una y otra vez en televisión y en prensa.

El restaurante tenía tanto éxito que apenas podía respirar. Por suerte, en aquel instante se encontraba en una de las horas más tranquilas, entre la comida y la cena, y disfrutó de ello. Se sentó en uno de los taburetes de la barra del bar y suspiró.

El encargado le llevó un té de hierbas.

—El éxito resulta muy cansado.

—Pero no está mal, Darryl. Nada mal.

—No me quejo. Las propinas han sido maravillosas, y lo creas o no hemos vuelto a salir en los periódicos —sonrió.

—¿Otra vez? —preguntó, mientras se quitaba los zapatos.

Darryl le dio el ejemplar de la prensa.

—Esta vez te llaman «la propietaria del elegante y popular restaurante Jardín de las delicias terrenales».

Darryl sonrió de nuevo y volvió a la barra para atender una de las peticiones de las camareras.

Liz tomó un poco de té, leyó el artículo y sonrió. Resultaba increíble que un acto de conciencia hubiera tenido tal repercusión. No esperaba nada a cambio de su sinceridad, excepto dormir por las noches, pero no le importaba el éxito derivado.

Estaba tan encantada que a veces quería dar palmas y reír. Había levantado aquel lugar por sus propios medios. Tal y como había dicho Santos, había logrado hacer algo importante, algo que ayudaba a la gente en cierto sentido.

Su vida había dado un cambio positivo. Y habría sido perfecta de haber conseguido el amor de Santos.

—Hola, Liz.

Liz se sorprendió. Era la voz de Glory. Parecía incómoda, pero decidida a hablar con ella. Las últimas semanas no debían haber resultado fáciles para su antigua amiga. Sus ojos denotaban tanto cansancio como tristeza.

No resultaba precisamente agradable descubrir que Hope había sido una especie de monstruo.

—¿Qué estás haciendo aquí?

—¿Podemos hablar? Por favor.

—No sé qué diablos tenemos que hablar tú y yo.

—Tenemos que hablar sobre el pasado, sobre nosotras.

De forma repentina, los ojos de Liz se llenaron de lágrimas. Pero hizo un esfuerzo por controlarse.

—Ya no somos amigas.

—Pero lo fuimos, hace mucho tiempo. Por favor.

—Muy bien, como quieras.

Liz se levantó del taburete y le indicó a Darryl que estaría en el despacho si la necesitaba.

—Tu restaurante es maravilloso, Liz, y he oído que la comida también lo es. Felicidades.

—Gracias.

Una vez dentro del despacho se cruzó de brazos y miró a Glory. Pero no le ofreció que se sentara.

—Hay tantas cosas que quiero decirte que no sé por dónde empezar. Supongo que lo primero debería ser pedirte disculpas. Nunca pensé que mi madre pudiera hacerte daño. Debí haberlo sospechado, pero obviamente no la conocía tan bien como pensaba. En el fondo, nadie la conocía. En fin, imagino que habrás leído las noticias.

—Sí.

—Siento mucho no haberme quedado a tu lado. No supe demostrarte lo mucho que te quería. No supe demostrarte que eras mi mejor amiga. Tenía tanto miedo de Hope que olvidé todo lo demás. Aquel día se me rompió el corazón.

Liz lo comprendía muy bien, aunque habría preferido no hacerlo. Aquel día también se le había roto el corazón a ella.

Caminó hacia su escritorio y cerró los ojos un instante. Tal vez fuera una idiota, pero después de lo que había leído sobre Hope Saint Germaine no podía evitar sentir lástima por Glory.

Comprendía que tuviera miedo de aquella mujer.

—También he venido para darte las gracias por lo que hiciste por Santos.

La simple mención de aquel nombre bastó para poner tensa a Liz.

—No lo hice por él —espetó, irritada—. Ni lo hice para que pudierais vivir felices el resto de vuestras vidas.

—No dejé nunca de amarlo, Liz. Nunca.

La vehemencia de Glory la sorprendió. Había una emoción verdaderamente profunda en sus palabras. Una emoción que no podía pertenecer a una niña rica, mimada y egoísta. Entonces recordó el pasado y pensó en dos jovencitas que reían y jugaban juntas en el colegio. Recordó que una de ellas había conocido a un chico y que decía que estaba destinada a él.

Tal vez tuviera razón.

Liz apartó la mirada y miró el reloj para disimular su tristeza.

—Si eso es todo, tengo que volver al trabajo.

—Gracias por haberme escuchado, Liz. Gracias. Sé que estás muy ocupada. Yo misma encontraré la salida.

Liz la observó mientras se marchaba. Esta vez desaparecería de su vida para siempre.

Pero no podía permitir que se marchara sin decir toda la verdad.

—¡Glory!

Glory se detuvo y la miró.

—Aquel día en el colegio yo también cometí un tremendo

error. Tu madre me dijo que intercedería ante la hermana Marguerite si le contaba todo sobre vosotros –declaró–. Intenté justificarme pensando que ya sabía que erais amantes, pero en el fondo sabía que no era así. Tenía miedo, Glory. Yo también tenía miedo de tu madre, miedo de perder mi beca, de enfrentarme a mi padre.

–Entonces sólo tenías dieciséis años. Las jovencitas se asustan con facilidad.

–Y las que no somos tan jovencitas –sonrió Liz, mirándola–. Pero eso es agua pasada, Glory. Y creo que debemos olvidarlo.

John Francis Bourgeois, el chico de la droguería, fue arrestado y acusado por los asesinatos de las ocho jóvenes. Las pruebas contra él eran contundentes. Tanto las marcas de las manzanas como la prueba del ADN lo demostraban. Y por si fuera poco los análisis de sangre, las huellas dactilares y las diversas fibras y pelos encontrados hablaban en su contra.

Tina había testificado que John Bourgeois no era el hombre que recogió a su amiga Billie poco antes de que la mataran. Pero añadió que lo había visto pocos minutos antes. Tina no lo había considerado importante, pero John sí. Tuvo miedo de que intentara recordarlo y empezó a seguirla, esperando el momento adecuado para matarla, hasta que por fin llegó.

Santos estaba sentado en el sofá de su salón. Había acertado en todo. Se trataba de alguien conocido por las prostitutas de la zona, de alguien en quien confiaban, de alguien que quería «salvarlas».

Pero había fallado en una cosa. John Thomas Bourgeois tenía veintidós años. Por tanto, sólo tenía cinco cuando mataron a su madre.

Respiró profundamente. Había fracasado. No había descubierto al asesino de Lucía. No había vengado su asesinato.

Y nunca lo haría.

Se levantó, se detuvo en la ventana y miró hacia la tranquila calle. Acababa de amanecer y todo el mundo dormía, pero él no podía hacerlo. Acarició el cristal, caliente por la luz del sol. Recordó el momento en que encontró a Tina, una semana atrás, cuando se abrazó a él sollozando, agradecida.

No había conseguido salvar a su madre de aquel cruel asesino, pero al menos había logrado salvar a Tina. Y al detener a John Francis Bourgeois había salvado la vida de muchas otras mujeres.

Tenía muchas razones para sentirse bien.

Como en un final digno de un cuento de hadas, Tina había prometido abandonar la dura vida de la calle. Iba a marcharse a algún sitio donde no la conocieran para intentar empezar de nuevo. Santos le había prestado dinero, y Tina le había asegurado que se lo devolvería. De todas formas no le importaba si lo hacía o no. Sería el dinero mejor gastado de toda su vida. Muchos años más tarde había conseguido cumplir la promesa que había hecho a aquella chiquilla en el colegio abandonado.

Se apartó de la ventana y pensó en su madre, en su vida y en su muerte, en el amor que siempre le había profesado. Había llegado el momento de dejar en paz el pasado, tal y como Tina había dicho. Debía superar su dolor, su sentimiento de culpa. Debía sobreponerse a la asfixia que sufría para encarar la existencia y enfrentarse a ella sin demasiado equipaje.

Había llegado el momento de marcharse.

Santos sonrió. Y acto seguido estalló en una carcajada. Por primera vez en mucho tiempo se sentía bien. También él le estaba agradecido a la vida; por estar allí, por haber conocido el amor. Por Glory.

Siempre había tenido razón al decir que no había creído en ella. En realidad deseaba que le demostrara que sus sentimientos eran sinceros porque no creía en sí mismo, porque no creía merecer su cariño. Incluso después de la muerte de su padre fue a ella no tanto para reclamar su amor como para exigirle una prueba de éste.

Una vez más, rió. Hope había odiado a Lily tanto como Lily se odiaba a sí misma, algo que Santos no comprendía.

Lily era una buena mujer, encantadora, maravillosa y digna de ser amada.

Sin embargo, él había hecho lo mismo. Se había negado a admitir que era digno de ser amado, digno del amor de Glory.

Ahora lo sabía.

El pasado ya no existía, y por primera vez se sentía libre. Amaba a Glory. Merecía su amor y podía hacerla feliz. De hecho, la haría feliz.

Sólo tenía que ir a buscarla. Y esta vez, no exigiría ninguna prueba.

71

En las semanas transcurridas desde el suicidio de Hope y el posterior escándalo, Glory había encajado todas las piezas de la vida oculta de su madre. Resultó algo terriblemente doloroso, pero a pesar de todo quería conocer la verdad e intentar comprenderla. Sabía que sólo podría seguir viviendo si pasaba para siempre aquella página.

Glory había visitado a un psicólogo para que la ayudara a comprender el comportamiento de su madre. Hope había sido una enferma, una esquizofrénica. El especialista comentó que de estar viva no habrían tenido que enviarla a una cárcel, sino internarla en una institución adecuada.

Glory deseaba en el fondo de su corazón que hubieran podido ayudarla, pero sabía de sobra que Hope no habría resistido el escándalo. De todas formas, había decidido por su cuenta.

Sus propios sentimientos resultaban mucho más difíciles de asumir. Se sentía furiosa, traicionada, sola, confusa, impotente, como si la hubieran cortado en pedazos. En el corto espacio de veinticuatro horas su vida había cambiado por completo. Su madre, y la vida que había llevado, habían sido una terrible e inmensa mentira.

Ni siquiera sabía quién era ella misma.

De manera que había regresado a la casa de River Road para encontrarse con sus raíces y recomponer de algún modo su existencia.

Después de varias semanas creía haberlo logrado.

Glory dejó la pequeña pala sobre la tierra húmeda y oscura. El sol de junio calentaba su espalda, y su cuerpo estaba empapado de sudor. Le encantaba todo aquello. Le gustaba el calor, la humedad, incluso el sudor.

En poco tiempo tendría que regresar a la ciudad, al despacho con aire acondicionado del hotel. Sonrió e introdujo la planta en el agujero que había hecho, antes de cubrirlo. Había hablado varias veces con Jonathan Michaels desde su primer encuentro, y los abogados se estaban encargando de solucionar los detalles del acuerdo.

Había tomado la decisión más acertada. Además, necesitaba bastante dinero para restaurar la mansión de las Pierron. Tenía que rehabilitar el lugar para hacer tres suites lujosas para invitados y una más que utilizaría como lugar de residencia. Por otra parte, no tendría más remedio que contratar a un ama de llaves, un encargado, varios guías turísticos y otras tantas personas para la limpieza.

Sabía que no ganaría dinero con ello, pero no le importaba. Lo hacía por amor. La mansión de las Pierron formaba parte de la historia de Luisiana, y de su propia historia. Y no quería que se olvidara como tantas otras.

Sonrió, se limpió las manos y admiró su trabajo. Había pasado toda una semana arreglando el jardín. Y ahora estaba decorado con un triple macizo de preciosas begonias rojas.

Le había parecido un color muy adecuado para homenajear a las tres mujeres que habían vivido y trabajado en aquella casa. Mujeres de vidas fascinantes, que habían vivido grandes sueños y terribles decepciones.

Glory las comprendía. Todas habían sido buenas personas, muy lejos en todos los aspectos de las figuras diabólicas de la mente de su madre. Habían estado perdidas y atrapadas en un mundo que no les había dejado otra opción, en un mundo que las utilizaba para arrojarlas después a una vida sin amor ni respeto.

Se levantó una ligera brisa, procedente del Misisipi. Glory levantó la cabeza para oler la fragancia. Al comprender a sus antepasadas había llegado a comprenderse a sí misma. Ella también había estado atrapada. Por la falta de amor de su madre, por su incapacidad para aceptarse, por la necesidad de cambiar y de amoldarse a la persona que su madre deseaba que fuera.

Movió la cabeza en gesto negativo al recordar. Hope siempre la había mirado como si tuviera algo malo, como si estuviera dominada por algún tipo de horrendo demonio.

Pero el único mal se encontraba en la mente de su madre. Glory rió. Por fin era libre. Libre para amarse, libre para siempre. No volvería a intentar ser lo que no era. No volvería a dejar de creer en sí misma. No volvería a preguntarse quién era Glory Saint Germaine.

Ahora lo sabía.

En aquel instante oyó que se aproximaba un coche por el vado. Se dio la vuelta y usó una mano a modo de visera para defenderse del sol.

Era Santos.

Su corazón empezó a latir más deprisa, pero no se movió. Prefirió dejar que la encontrara. Lo había echado mucho de menos. Había deseado verlo con todo su corazón, pero tenía que enfrentarse a sus propios fantasmas.

Había descubierto que no aceptaría ninguna relación con Santos sin contar con su compromiso profundo. Pero mientras lo observaba tuvo que admitir que una oferta por su parte resultaría muy tentadora.

Santos se detuvo ante ella y la miró sin sonreír.

–Hola, Glory.

–Hola, Santos. Me preguntaba cuándo vendrías, si venías.

–Y yo me preguntaba si desearías que lo hiciera.

–Lo deseaba, y lo deseo. Me alegra que estés aquí.

Glory puso una mano sobre su pecho. Podía sentir los fuertes y seguros latidos de su corazón.

–¿Te encuentras bien? He estado preocupado por ti –declaró, tomando su mano.

Glory sonrió.

–Estoy bien. Muy bien.

–Te he echado de menos.

Glory sintió una profunda alegría.

—Y yo también a ti.

Santos se inclinó para besarla, pero apenas rozó sus labios.

—Te he traído algo.

—¿De verdad? —preguntó, encantada.

Santos sacó una cajita blanca del bolsillo de la chaqueta. Al menos había sido blanca en algún momento. Ahora estaba desgastada y arañada, como si hubiera pasado toda una vida en el puño de alguna persona.

Tomó la mano de Glory, la abrió y la depositó sobre su palma.

—Es para ti.

Glory la miró con un nudo en la garganta. Había algo en los ojos de Santos que no había contemplado con anterioridad, algo profundo, cálido y fuerte. Mientras abría la cajita, casi de forma solemne, sus manos empezaron a temblar. En el interior descubrió unos pendientes envueltos en un pañuelo. Levantó uno y lo miró contra el sol. Estaba hecho de cristal coloreado y brillaba bajo la luz con toda la gama del arco iris.

—Eran de mi madre —dijo con suavidad—. Es lo único que tengo de ella. Le gustaban mucho.

Santos los tomó y se los puso. Glory empezó a llorar.

—A mí también —declaró, mirándolo—. Los guardaré siempre.

Glory lo tomó de la mano y lo llevó a la casa, al piso superior. Una vez allí hicieron el amor en una cama iluminada por la luz del sol. Y esta vez fue amor verdadero, por primera vez desde su adolescencia. Fue como regresar a un tiempo en que eran demasiado jóvenes para saber que tenían el paraíso en sus manos.

Ahora ya no eran tan jóvenes. Y lo sabían.

www.ingramcontent.com/pod-product-compliance
Lightning Source LLC
LaVergne TN
LVHW030333070526
838199LV00067B/6258